Dan Walsh

Das letzte Manuskript

**Über den Autor:**

Dan Walsh ist Pastor und Mitglied der American Christian Fiction Writers-Organisation. Mit seiner Frau lebt der Vater zweier erwachsener Kinder in Daytona Beach/Florida.

Bibliografische Information der Deutschen Nationalbibliothek
Die Deutsche Nationalbibliothek verzeichnet diese Publikation in der
Deutschen Nationalbibliografie; detaillierte bibliografische Daten sind im
Internet über http://dnb.ddb.de abrufbar.

ISBN 978-3-86827-666-4
Alle Rechte vorbehalten
Copyright © 2012 by Dan Walsh
Originally published in English under the title
*The Discovery*
by Revell,
a division of Baker Publishing Group,
Grand Rapids, Michigan, 49516, USA
All rights reserved.
German edition © 2017 by Verlag der Francke-Buchhandlung GmbH
35037 Marburg an der Lahn
Deutsch von Eva Weyandt
Umschlagbilder: © iStockphoto.com / tomhoryn & mactrunk; robynmac
Umschlaggestaltung: Verlag der Francke-Buchhandlung GmbH
Satz: Verlag der Francke-Buchhandlung GmbH
Printed in Czech Republic

www.francke-buch.de

# Kapitel 1

Ich erinnere mich … eigentlich hätte ich traurig sein sollen. Alle waren traurig. Es ist ja auch traurig, wenn eine Legende aus dem Leben scheidet. Unsere Familie war zur Testamentseröffnung nach Charleston gekommen.

Gerard Warners Romane hatten sich millionenfach verkauft und er hatte sogar den Pulitzerpreis verliehen bekommen. Mehrere seiner Bücher waren verfilmt worden. Ich hatte Interviews mit einigen der Schauspieler gelesen, die in diesen Filmen mitgewirkt hatten. Man hätte den Eindruck gewinnen können, sie wären mit meinem Großvater befreundet gewesen.

Aber das entsprach nicht der Wahrheit.

Sie kannten ihn nicht. Keiner von ihnen kannte ihn. Er hätte nie zugelassen, dass sie ihn kennenlernten.

Für seine Fans war Gerard Warner zeitlebens eine rätselhafte, schwer fassbare Gestalt geblieben. Nicht einmal sein Foto durfte auf das Cover seiner Bücher. Sobald ein neuer Roman erschien, hagelte es Anfragen von Fernsehproduzenten und Talkshowmoderatoren – zum wiederholten Male. Jeder wollte als Erster ein Interview mit ihm machen. Aber er gestattete nur schriftliche Interviews. Fotos waren nicht erlaubt. Und Fragen zu seinem Privatleben beantwortete er grundsätzlich nicht.

Trotzdem wurden seine Bücher den Buchhändlern aus den Händen gerissen, so beliebt waren sie.

Ich nannte ihn Gramps.

„Du lächelst, Michael."

Ich sah meine wunderschöne Frau an, die meine Hand hielt. Ihre blonden Haare glänzten in der Sonne wie Gold. „Ich kann nicht anders, Jenn. Ich liebe diesen Ort." Ein Spaziergang auf der Broad Street in Charleston im Oktober ist ein Erlebnis. Doch eigentlich ist es egal, auf welcher Straße in der Altstadt man unterwegs ist. Sie sind alle wunderschön. Es begeistert mich jedes Mal aufs Neue, wenn ich das Kopfsteinpflaster der Chalmers sehe, die Höfe in der

Queens, die Eisentore und großartigen Treppenaufgänge in der Church Street oder die urigen Stadthäuser auf der Tradd Street.

Mich faszinieren auch die prächtigen Plantagen am Stadtrand, die den Bürgerkrieg überstanden haben. Mein Großvater hat mir all diese Orte gezeigt. Die sehenswerten Gärten und Teiche der Magnolia Plantage. Die atemberaubende Eichenallee, die zu Boone Hall führt. Die ausladenden grünen Rasenflächen und Gärten von Middleton Place, die sich bis zum Ufer des Ashley River erstrecken.

Charleston war die Lieblingsstadt meines Großvaters und während der letzten Jahrzehnte seines Lebens seine Heimatstadt. Einige seiner besten Werke waren hier entstanden. Für mich barg Charleston eine Fülle an Erinnerungen.

Erinnerungen an die Zeit mit ihm.

„Die anderen aus deiner Familie werden bestimmt nicht lächeln", meinte Jenn. „Deine Schwester Marilyn schon gar nicht. Ach übrigens, als du vorhin unter der Dusche gestanden hast, hat sie angerufen. Ähm, sag mal, könntest du vielleicht ein bisschen langsamer gehen?"

„Entschuldige." Das passierte mir immer wieder. Wenn ich aufgeregt oder in Gedanken war, ging ich automatisch schneller. Jenn beschwerte sich dann und sagte, ich solle nicht vergessen, dass sie beinahe doppelt so viele Schritte machen müsse wie ich.

„Sie wollte keine Nachricht hinterlassen", fuhr Jenn fort. „Aber sie wirkte irgendwie ziemlich angespannt. Glaubst du, das hängt mit der Testamentseröffnung zusammen?"

„Vielleicht, aber es geht ihr nicht um das Geld." Wir blieben an der Ecke Church und Broad Street stehen, um eine Kutsche passieren zu lassen, in der begeisterte Touristen saßen. Der Stadtführer bog in die Broad Street ein und lenkte die Aufmerksamkeit seiner Gruppe auf den Turm von St. Michael, der vor ihnen lag. Ich blickte ebenfalls hoch. Es war wirklich ein wunderschönes Bauwerk. „Wie du weißt, hat mein Großvater vor seinem Tod mit jedem von uns persönlich gesprochen." Wir überquerten die Straße. „Er wollte nicht, dass wir uns in der Familie darüber streiten, wer was bekommt. Mein Vater und Tante Fran erben zusammen die Hälfte seines Vermögens. Die andere Hälfte wird zu gleichen Teilen unter uns vier Enkelkindern aufgeteilt."

„Ja, ich weiß, das hast du mir erzählt. Aber worüber macht sie sich dann Gedanken?"

„Es geht um die Familiengeschichte. Irgendwie ist sie besessen davon."

„Hast du mir nicht erzählt, sie hätte das aufgegeben?", fragte Jenn.

„Nein, ich habe gesagt, sie *sollte* das aufgeben." Frustriert seufzte ich auf. „Sie verbringt lächerlich viel Zeit damit, irgendein Geheimnis enthüllen zu wollen, das mit meinem Großvater zu tun hat. Ich rede ihr seit Jahren gut zu, dass sie das Thema endlich ruhen lassen soll. Wann immer sie Gramps darauf angesprochen hat, wurde er nervös. Das war schon auffällig. Aber sie hat einfach keine Ruhe gegeben." Der Duft von frischem Knoblauchbrot stieg mir in die Nase, als wir an der offenen Tür eines italienischen Restaurants vorbeikamen. „Riechst du das? Nach der Testamentseröffnung könnten wir hier eine Kleinigkeit zu Mittag essen."

„Das wäre toll. Aber wonach sucht Marilyn? Was ist das große Geheimnis?"

Jenn und ich waren erst seit einem Jahr verheiratet und wohnten in der Nähe von Orlando. Die Fahrt hierher dauerte sieben Stunden. Meinem Großvater war sie nur ein paarmal begegnet. „Sie denkt, er hätte etwas verheimlicht."

„Was denn?"

„Keine Ahnung. Sie behauptet das."

„Sicher, er hat die Öffentlichkeit gemieden", meinte Jenn. „Aber das ist bei berühmten Persönlichkeiten doch nicht ungewöhnlich."

„Marilyn ist davon überzeugt, dass es einen tieferen Grund dafür gibt."

„Auf mich machte er einen sehr netten Eindruck", sagte sie. „Er hatte so freundliche Augen."

„Gramps war ein ungewöhnlicher Mann. Nicht nur wegen seiner Bücher, sondern es war auch einfach ein Erlebnis, in seiner Nähe zu sein, ganz gewöhnliche Dinge mit ihm zu tun. Und deswegen ärgere ich mich auch so über Marilyns Recherchen."

„Wie kommt sie denn darauf, dass es ein Geheimnis gibt?"

„Sie will schon seit einer Weile einen Familienstammbaum erstellen, weil einige ihrer Freundinnen das gemacht haben. Sie haben nach alten Fotoalben und Briefen gesucht, im Internet recherchiert und sich einmal im Monat über die Ergebnisse ihrer Recherchen ausgetauscht. Alle anderen haben Unmengen an Material gefunden, aber unser Familienstammbaum scheint mit meinem Großvater zu Ende zu sein."

„Tatsächlich?"

„Jetzt fang du nicht auch noch an."

„Das tue ich nicht, aber du musst doch zugeben, dass das irgendwie seltsam ist."

„Ach komm schon, Jenn."

„Was denn? Ich will damit doch gar nichts andeuten. Aber es ist tatsächlich ungewöhnlich, dass euer Stammbaum nicht weiter zurückreicht. Die meisten Familien wissen etwas mehr über ihre Vorfahren."

„Können wir das Thema fallen lassen?" Mein Blick wanderte ziellos zur anderen Straßenseite.

„Du bist verärgert."

„Das stimmt nicht." Aber es stimmte doch.

Unvermittelt blieb Jenn stehen und zerrte an meinem Ärmel. Sie zog mich ein paar Schritte zurück zu dem großen Schaufenster einer Gemäldegalerie.

„Oh Michael, sieh dir nur dieses Bild an!"

Wie gebannt standen wir vor dem Schaufenster. Das Bild faszinierte uns. Eine Sumpflandschaft bei Sonnenaufgang. Das Gemälde war so groß, dass es wunderbar über einen Kamin gepasst hätte. Palmwedel wiegten sich in einer sanften Brise. Eine große Eiche breitete ihre Äste über das Wasser. Im Vordergrund stand ein überlebensgroßer Blaureiher, der stolz den Kopf reckte und seinen stechenden und durchdringenden Blick über die Landschaft schweifen ließ. Das Gemälde war so bunt und detailgetreu – es hätte von Audubon stammen können. Blaureiher waren die Lieblingsvögel meiner Großmutter gewesen, das wusste ich noch. Ich schaute nach dem Preis. Achtzehnhundert Dollar.

„Vielleicht gibt es einen kleineren Druck davon", seufzte Jenn, während sie mit ihren großen braunen Augen zu mir aufschaute. Sie wusste genau, dass ich diesem Blick nicht widerstehen konnte. „Was denkst du eigentlich, wie viel wir bekommen werden?", fragte sie.

Ich hatte ihr bisher weder verraten, wie hoch das Vermögen meines Großvaters war, noch dass ich damit rechnete, dass sich unser Leben in ein oder zwei Stunden dramatisch verändern würde. „Wir werden sehen", erwiderte ich vage und zog sie vom Schaufenster fort. „Aber ich habe das unbestimmte Gefühl, dass wir auf dem Weg zurück zum Hotel vielleicht hier vorbeigehen werden."

Während Jenn vor Freude leise aufquietschte und begeistert meine Hand drückte, setzten wir unseren Weg auf der Broad Street fort.

Zu diesem Zeitpunkt war ich mir bereits ziemlich sicher, dass mein Erbe mich in die Lage versetzen würde, meinen Job bei der Bank aufzugeben und der anderen Leidenschaft zu folgen, die ich außer meiner Liebe zu Charleston mit meinem Großvater teilte.

Ich wollte auch Schriftsteller werden.

Erst jetzt kommt mir der Gedanke, die Worte „genau wie er" anzufügen, aber das wäre Unsinn. Ich war immer der Überzeugung gewesen, dass ich niemals so würde schreiben können wie er. Mein Geschreibsel würde garantiert weit hinter seinen Werken zurückbleiben. Es wären Kinderzeichnungen, die man an den Kühlschrank heftet, während er große Gemälde geschaffen hatte. Aber Gramps hatte mir diesbezüglich immer widersprochen und mein Selbstbewusstsein gestärkt. Einmal hatte er zu mir gesagt: „Du hast es im Blut, Junge. Das spüre ich. Das ist ein Talent, das Gott dir geschenkt hat. Darum lass dich nicht entmutigen, weil du so sein willst wie ich. Tu das, was du tun kannst. Suche die Straße, die du gehen willst, und dann sieh, wohin sie dich führt."

Als wir die Meeting Street erreichten, blieben wir stehen. Ich drehte mich noch einmal um und genoss den Ausblick auf die gesamte Broad Street in Richtung Osten bis zur Alten Börse. „Sieh dir das nur an, Jenn. Ist dir klar, dass die Leute auch schon zur Zeit George Washingtons in diesen Geschäften eingekauft haben? Washington höchstpersönlich war bei einem Ball in dem Gebäude dort drüben am Ende der Straße zu Gast." Ich drehte sie nach rechts und deutete auf die Kirche St. Michael. „Im Frühling des Jahres 1791 besuchte er einen Gottesdienst in dieser Kirche."

„Das ist wirklich beeindruckend." Jenn drehte sich um und blickte in die andere Richtung. „Wie weit ist es denn noch bis zu dieser Kanzlei?"

„Noch zwei Straßenzüge. Die Anwälte haben ihre Büros in einem wunderschönen dreistöckigen Haus aus dem Jahre 1788."

„Noch zwei Straßenzüge? Wir hätten mit dem Auto fahren sollen, Michael."

„Aber Jenn, es ist doch so ein wunderschöner Tag."

„Und ich trage Schuhe mit hohen Absätzen."

# Kapitel 2

„Mehr ist da nicht?"
Die Bemerkung meiner Schwester Marilyn stand in einem deutlichen Kontrast zu der fröhlichen, beinahe euphorischen Stimmung, die ansonsten im Raum herrschte. Alle erwachsenen Mitglieder unserer Großfamilie saßen in dem luxuriös ausgestatteten Konferenzzimmer der Kanzlei Bradley und Dunn. Vermutlich hatte ich Marilyns Bemerkung als Einziger mitbekommen, und das auch nur, weil ich befürchtet hatte, dass sie womöglich eine Szene machen würde. Außer Marilyn waren wir alle ziemlich aus dem Häuschen über die Höhe des Vermögens und die Großzügigkeit, mit der unser Großvater uns bedacht hatte.

Ich konnte es nicht fassen. Jeder von uns war auf einen Schlag zum Millionär geworden.

Mein Blick wanderte zu Jenn. Auf ihrem Gesicht stand ein Ausdruck, den ich noch nicht kannte. Fassungslosigkeit traf es nicht einmal annähernd.

Marilyn war offensichtlich verärgert, doch ich war zu Tränen gerührt. Nicht so sehr wegen des Geldes, sondern von der Großzügigkeit meines Großvaters und der Zuneigung und Fürsorge, die in den Worten, die Alfred Dunn, der Seniorpartner der Kanzlei, gerade verlesen hatte, zum Ausdruck kamen. Sie waren nicht in Juristendeutsch verfasst, sondern mein Großvater hatte diese Worte eigenhändig zu Papier gebracht. Beinahe hatte ich seine tiefe, sanfte Stimme gehört, als säße er in seinem Lieblingssessel und läse uns ein Kapitel aus seinem neusten Buch vor.

„Entschuldigen Sie, Mr Dunn", fuhr Marilyn fort, „aber mein Großvater hat doch bestimmt noch mehr geschrieben."

Ich sah mich im Raum um. Alle Anwesenden lehnten sich auf ihren burgunderfarbenen Lederstühlen zurück und versuchten zu verarbeiten, was gerade geschehen war. Nur Marilyn beugte sich vor und stützte die Ellbogen auf den Mahagonitisch.

„Wie bitte?", fragte der ältere Dunn und wandte sich ihr zu. In einer so großen Kanzlei war die Tatsache, dass er das Testament persönlich verlas, ein weiterer Hinweis auf die unglaubliche Höhe des Erbes.

„Mein Großvater muss Ihnen noch etwas für uns anvertraut haben. Einen Brief oder ein Video. Das kann nicht alles sein."

„Marilyn … bitte", mahnte mein Vater.

„Entschuldige bitte, Dad. Aber Gramps hat es mir versprochen."

„Was redest du da, Marilyn? Was hat er dir versprochen?", meldete sich nun mein Cousin Vincent zu Wort.

Seufzend trank ich einen Schluck von dem Latte Macchiato, der uns angeboten worden war, als wir in der Kanzlei eintrafen.

„Nicht hier, Marilyn. Nicht jetzt", sagte mein Vater.

„Wann denn dann, Dad? Wann, wenn nicht jetzt? Wann kommen wir noch einmal so zusammen? Zu Thanksgiving? Wäre das ein besserer Zeitpunkt?"

„Mrs Jensen", ergriff Mr Dunn das Wort. So hieß Marilyn seit ihrer Hochzeit. „Ich weiß nicht, worauf Sie anspielen. Ich habe das Testament persönlich mit Ihrem Großvater durchgesprochen. Dies ist genau das, was er zu sagen hatte, und genau so wollte er es haben. Außer dem Testament gibt es nichts mehr. Sind Sie nicht zufrieden mit dem Betrag, den er Ihnen hinterlassen hat? Ich hatte den Eindruck, dass er im Vorfeld mit jedem von Ihnen gesprochen hätte, um jegliche … Unannehmlichkeiten in diesem Augenblick zu vermeiden."

„Nein, nein, es geht nicht um die Höhe des Erbes. Das ist mehr Geld, als ich mir je hätte vorstellen können."

„Worum geht es denn dann?", fragte Vincent, der seine Verärgerung kaum noch verbergen konnte. „Auf mich wirkst du nicht sonderlich dankbar."

Damit sprach er das aus, was ihren Gesichtsausdrücken nach alle im Raum empfanden.

„Es geht um den Familienstammbaum", sagte ich und trank einen weiteren Schluck von meinem Latte.

„Welchen Familienstammbaum?" Offensichtlich hatte Vincent noch nichts von der Obsession meiner Schwester mitbekommen.

„Marilyn, könnten wir das Thema jetzt bitte ruhen lassen?", fragte meine Mutter. „Wen interessiert das denn jetzt noch?"

„Mich, Mom. Mich interessiert das sehr. Gramps hat mir versprochen, nach seinem Tod alle Geheimnisse aufzuklären."

„Geheimnisse", wiederholte ich. „Das hat er bestimmt nicht so gesagt."

„Ich weiß nicht mehr genau, welchen Ausdruck er verwendet hat", räumte meine Schwester ein. „Aber genau das hat er gemeint. Beim Picknick am Labor Day sagte er, ich könne aufhören, ihm all diese Fragen zu stellen, weil alles, was ich wissen wolle, nach seinem Tod ans Licht kommen würde. Ich fragte: ‚Versprichst du es, Gramps?', und er nickte."

„Vermutlich wollte er nur, dass du ihn in Ruhe lässt", merkte ich an.

„Nein, bestimmt nicht. Das hätte Gramps nicht getan. Er hätte mir nie irgendetwas versprochen, nur damit ich den Mund halte."

Sie hatte recht, das hätte er nicht getan.

Marilyn lehnte sich mit Tränen in den Augen zurück.

„Das hört sich ja fast so an, als hättest du auf Gramps' Tod gewartet, nur damit du an irgendwelche Informationen kommst", sagte Vincent.

„So ist es ganz und gar nicht", widersprach sie.

„Für mich klingt das aber auch so", gab ich meinem Cousin recht.

Marilyn legte die Hände an ihr Gesicht und massierte ihre Schläfen.

„Jetzt kommt schon, Leute", sagte Tante Fran. „Ihr wisst, dass das nicht stimmt."

„Nun gut", erklärte der Rechtsanwalt mit fester Stimme, „das hört sich so an, als hätten Sie im Familienkreis einiges zu besprechen. Dazu haben Sie später noch Gelegenheit." Er drehte seinen Stuhl so, dass er uns alle anschauen konnte. „Vielleicht beim Abendessen. Ich habe ein Buffet zusammenstellen lassen, das der Caterer in Mr Warners Haus in der Legare Street liefern wird. Auf einen Punkt möchte ich gerne noch einmal etwas genauer eingehen: Wie ich bereits unmittelbar nach der Verlesung des Testaments bemerkte, sind Mr Warners Vermögenswerte mit dem heutigen Tag nicht abschließend verteilt, da seine Romane nach wie vor lieferbar sind und regelmäßig nachgedruckt werden. Selbstverständlich werden die Honorar- und Lizenzzahlungen an Sie weitergegeben. Sein Verleger hat uns mitgeteilt, dass wir nach seinem Tod mit einem gesteigerten Interesse an seinen Werken rechnen müssen. Das ist nicht ungewöhnlich nach dem Ableben eines Schriftstellers, der eine solche Popularität besaß wie Mr Warner. Vor seinem Tod hat unsere Kanzlei mit ihm eine angemessene Vereinbarung getroffen bezüglich der Weitergabe dieser künftigen Einnahmen. Sie werden an Sie weiterüberwiesen, sobald sie unseren Geschäftskonten gutgeschrieben werden. Es war Mr Warners Wunsch, diese Zahlungen von jetzt an gleichmäßig unter Ihnen aufzuteilen, selbstverständlich nach Abzug unserer Bearbeitungsgebühr."

Noch mehr Geld. Es war einfach unglaublich. Jenn drückte meine Hand so fest, dass ich meine Finger nicht mehr spürte.

Bevor er sich von uns verabschiedete, bat uns der Anwalt, vor dem Verlassen der Kanzlei bei seiner Sekretärin vorbeizuschauen und ihr entweder unsere Bankverbindung mitzuteilen oder eine Adresse, an die sämtliche Schecks geschickt werden sollten.

Ich blickte mich im Raum um. Alle schenkten Mr Dunn ihre ungeteilte Aufmerksamkeit. Bis auf Marilyn. Sie starrte gedankenverloren einen künstlichen Ficus in der Ecke an.

Was war nur los mit ihr?

# Kapitel 3

„Michael, ich muss dir ein Geständnis machen.“
„Ach ja?“

Jenn und ich schlenderten zum Hotel zurück. Ich hatte nicht den Eindruck, dass ihr die hohen Absätze noch etwas ausmachten. Unterwegs hatten wir ein paar Zwischenstopps gemacht. Wir hatten das große Landschaftsgemälde mit dem Blaureiher gekauft, das perfekt an die Wand über unserem Kamin passen würde, und uns anschließend noch Fettucine Alfredo in dem italienischen Restaurant auf der Broad Street gegönnt, an dem wir auf dem Hinweg vorbeigekommen waren.

„Ja“, erwiderte Jenn. „Ich habe dich nur wegen deines Geldes geheiratet.“

„Ach so. Wegen des Geldes, das ich verdient habe, als du mich geheiratet hast, oder wegen des Geldes, das wir gerade bekommen haben?“

Sie lachte. „Es ist unglaublich“, meinte sie. „Sind wir jetzt wirklich Millionäre? Ist das gerade tatsächlich passiert?“

Wir blieben an der Kreuzung stehen und nickten einem älteren Ehepaar zu, das Arm in Arm an uns vorbeikam. So werden wir auch aussehen, wenn wir alt geworden sind, dachte ich. „Ich hatte keine Ahnung, dass es so viel sein würde, allerdings hatte ich schon vermutet, dass es sich um eine ziemlich ansehnliche Summe handeln würde.“

„Ziemlich ansehnlich …“, sagte sie. „Michael, wir haben momentan gerade mal zwölfhundert Dollar auf unserem Sparkonto!“

„Deshalb habe ich die achtzehnhundert Dollar für das Gemälde eben ja auch mit der Visakarte bezahlt. Ich frage mich, wie lange es wohl dauert, bis das Geld auf unserem Konto ist.“

„Ich habe gehört, wie die Sekretärin Vincent erklärte, es müsste morgen Nachmittag da sein.“

„Nie im Leben!“

„Doch, Michael …“ Jenn konnte ihren Satz nicht zu Ende bringen. Stattdessen begann sie zu lachen, strahlte mich an und schüttelte ungläubig den Kopf.

„Also, wie wäre es, wenn wir morgen Früh aus dem Hotel auschecken?", schlug ich vor.

„Warum?"

„Wir können in das Haus meines Großvaters in der Legare Street umziehen. Immerhin gehört es uns jetzt."

„Wirklich?", fragte sie. „Diesen Teil habe ich irgendwie nicht richtig verstanden."

„Ganz sicher. Deshalb habe ich ja auch weniger Bargeld bekommen als die anderen Enkelkinder."

„Ehrlich gesagt habe ich mich darüber schon etwas gewundert", sagte Jenn. „Nicht, weil ich mich irgendwie beklagen wollte, aber die große Differenz ist mir natürlich aufgefallen."

„Jenn, das Haus ist knapp zwei Millionen Dollar wert, selbst bei den heutigen Marktpreisen. Ich habe Mr Dunn danach gefragt, während du dich mit meiner Mutter unterhalten hast. Gramps hat es schätzen lassen und den Betrag von meinem Anteil abgezogen. Wir sollten alle gleich viel bekommen." Ich hatte das alles immer noch nicht ganz verarbeitet. Es war, als beträfe es andere, nicht uns. „Dieses Haus bedeutet mir viel mehr als das Geld. Für mich ist es von unschätzbarem Wert. Du erinnerst dich doch noch daran, oder?"

„Natürlich erinnere ich mich daran. Ich habe mich gleich bei meinem ersten Besuch in dieses Haus verliebt."

„Jenn, ist dir klar, was das bedeutet?"

„Jetzt kannst du Bücher schreiben", erwiderte sie.

„Und zwar an demselben Ort, an dem mein Großvater in den vergangenen dreißig Jahren seine Bücher geschrieben hat." In diesem Augenblick durchzuckte mich die Erkenntnis, dass genau das von Anfang an sein Plan gewesen war. Er hatte gewusst, wie sehr ich dieses Haus und diese Stadt liebte. Er hatte gar nicht erst fragen müssen, ob ich das Haus haben wollte. Er hatte es gewusst.

„Wir treffen uns doch alle in ein paar Stunden dort, richtig?", fragte Jenn.

Ich warf einen Blick auf meine Uhr. „Ja, um 18 Uhr zum Abendessen. Mr Dunn meinte, das sei die Idee meines Großvaters gewesen. Damit wir die Gelegenheit haben, uns noch ein wenig miteinander auszutauschen und unseren Erinnerungen nachzuhängen, bevor jeder wieder seiner Wege geht."

„Und ... dieses Haus, dieses unglaubliche Haus ... gehört wirklich *uns*? Einfach so?"

„Einfach so. Mr Dunn will mir die Schlüssel beim Abendessen geben, auch den von dem Bankschließfach, in dem die Besitzurkunde sicher verwahrt ist."

„Und es ist nicht mit einer Hypothek belastet?"

„Nein, es ist schuldenfrei."

„Ich besitze ein Haus", sagte sie.

„Du besitzt ein Haus! Wobei, eigentlich ist es nicht einfach nur ein Haus. Du besitzt ein historisches Wahrzeichen, das von oben bis unten mit Antiquitäten aus dem neunzehnten Jahrhundert eingerichtet ist. Jedes einzelne Stück von meiner Großmutter persönlich ausgesucht."

„Unfassbar", staunte Jenn.

In zufriedenem Schweigen schlenderten wir ein Stück weiter. Ich dachte darüber nach, wie glücklich Gramps und Nan in diesem Augenblick sein mussten, weil sie endlich wieder zusammen waren. Ihre Liebe zueinander hatte fast sechzig Jahre angedauert. Manchmal war es beinah merkwürdig gewesen, das mitzuerleben. Bei älteren Ehepaaren spürt man häufig, dass sie sich miteinander wohlfühlen, aber Gramps und Nan waren bis zum Ende ineinander verliebt. Ihre Leidenschaft füreinander war mindestens genauso stark wie meine für Jenn. Doch bei ihnen spürte man eine tiefe Vertrautheit, die wir in unserer Beziehung noch lange nicht erreicht hatten. Eine Vertrautheit, die im Laufe der Jahre gewachsen war und die sehr selten ist. Manchmal ertappte ich sie dabei, wie sie sich verstohlene Blicke zuwarfen, in denen ein ganzes Gespräch lag. Nie gingen sie nebeneinanderher, ohne sich an den Händen zu halten. Bis zum Schluss saßen sie am liebsten nebeneinander, und man konnte darauf wetten, dass sich Gramps' Arm dann sofort um Nans Schulter legte, als wäre er ein Teenager, der mit seiner Liebsten im Kino war.

Als Jenn und ich ihn einige Monate nach unserer Hochzeit zum ersten Mal besuchten, sagte Gramps etwas zu mir, worüber ich mich

15

sehr freute. Wir saßen im Garten neben dem Springbrunnen und tranken Eistee. „Du hast gut gewählt, Michael. Das spüre ich. So etwas kann ich gut beurteilen. Sie wird dich sehr glücklich machen. So wie Nan mich glücklich gemacht hat. Nan hätte Jenn auf Anhieb gemocht, wenn sie noch hier wäre, da bin ich mir sicher. Pass gut auf diese junge Dame auf, solange du lebst."

Das hatte ich vor.

Während wir in die Church Street einbogen, blickte ich zu Jenn hinüber. Ihr Blick wanderte hierhin und dorthin und nahm die Sehenswürdigkeiten dieser wunderschönen Stadt in sich auf. Vielleicht versuchte sie sich gerade vorzustellen, wie es wohl war, Bürgerin dieser Stadt zu sein und in einem angesehenen historischen Viertel zu leben.

Dass mein Großvater hier gewohnt hatte, erschien mir passend. Schließlich lag ein langes, erfolgreiches Leben hinter ihm. Aber hatte ich … hatten *wir* … diese Ehre verdient? Wir kamen an einem großen, altehrwürdigen Haus wie unserem vorbei. Noch immer konnte ich es nicht fassen, dass sein Besitzer künftig fast mein Nachbar sein sollte.

Ich stellte mir unser neues Zuhause in der Legare Street vor. Es war eines von Charlestons berühmten Single Houses. Gramps' Haus war im Jahr 1868 erbaut worden, unmittelbar nach dem Bürgerkrieg. Die Grundstücke in der Altstadt waren lang und schmal; die Häuser mussten den Grundstücken angepasst werden. Viele dieser Häuser verfügten über zwei, manche über drei Stockwerke. Ein Single House war, wie es die Bezeichnung bereits sagt, nur ein Zimmer breit. Die Breite des Zimmers hing von dem Geldbeutel des Bauherrn ab. Jedes Haus war mit einer langen, überdachten Veranda, der sogenannten Piazza, ausgestattet, die sich von vorne bis hinten, die gesamte Längsseite des Hauses entlang, erstreckte. Diese Veranda wiederholte sich im ersten Stock und wurde von weißen Säulen gestützt, die gleichmäßig über die komplette Hausseite verteilt waren. Um die Privatsphäre der Bewohner sicherzustellen, war die Veranda im Erdgeschoss mit einer soliden Haustür versehen.

Die Legare Street war wie die meisten Straßen im historischen Viertel für den Kutschverkehr ausgelegt. Sie war knapp zwei Fahrspuren breit. Viele der Häuser waren extrem schmal, doch ab und zu traf man auch auf ein großes Herrenhaus, das auf Grundstücken von doppelter oder gar dreifacher Breite erbaut war. Das Haus meines Großvaters – unser Haus – lag irgendwo dazwischen und stand auf einem Doppelgrundstück. Es gab zwei Stockwerke und einen großzügig konzipierten Dachboden, der in gewisser Weise ein drittes Stockwerk bildete. Zwei hübsche kleine Dachgauben waren nach Süden ausgerichtet.

Das Haus samt Einfahrt füllte die gesamte linke Seite des Grundstücks aus. Der Garten lag auf der rechten Seite, eingesäumt von einer mannshohen, von Efeu überwucherten Mauer. Vor der Mauer wuchs eine hohe Hecke, die diese Mauer ein Stück überragte und sicherstellte, dass niemand den Garten einsehen konnte. Abgesehen von dem schmiedeeisernen Tor vor der Einfahrt war das gesamte Grundstück eingezäunt und vor neugierigen Blicken abgeschirmt.

Genauso hatte mein Großvater es gewollt.

Sein Lieblingsbaum war eine Virginia-Eiche in der hinteren Ecke des Gartens gewesen, die ihre dicken Äste in alle Richtungen streckte und dem Garten Schatten spendete. In der Mitte des Gartens stand der Engelbrunnen, alt und verwittert. Aus dem Horn des Engels floss Wasser in eine runde Auffangschale. Durch die Fenster im Arbeitszimmer meines Großvaters, das sich im letzten Zimmer im Erdgeschoss befand, hatte man den Großteil des wundervollen Gartens im Blick.

In Gedanken sah ich das alles jetzt vor mir.

„Worüber denkst du nach?", fragte Jenn. Wir hatten unser Hotel erreicht.

„Ich kann immer noch nicht glauben, dass er mir das Haus vermacht hat."

Vollkommen unerwartet traten mir Tränen in die Augen.

# Kapitel 4

Zwei Stunden später war die ganze Familie im Haus in der Legare Street versammelt. Gerade hatten wir uns an einem ausgezeichneten Buffet mit für South Carolina typischen Gerichten gestärkt, das im Garten aufgebaut war. Draußen war es angenehm warm. Die Musik spielte leise im Hintergrund, Liebeslieder der Vierzigerjahre zu Ehren von Gramps und Nan. Die Sonne war untergegangen und der Garten lag im Dämmerlicht.

Alle waren bester Laune. Wie auch nicht? Seltsamerweise sogar Marilyn. Sie schien sich gefangen zu haben und verhielt sich, als wäre nichts geschehen. Jenn und ich saßen neben meinem Cousin Vincent und seiner Frau Abby und genossen den ausgezeichneten Kaffee von der Insel St. Helena.

„Na, Michael, wirst du jetzt das Buch schreiben, von dem du in den letzten Jahren immer gesprochen hast?", fragte Abby.

Jenn antwortete für mich. „Das wird er, und zwar an demselben Schreibtisch, an dem alle Bücher seines Großvaters entstanden sind." Sie war überglücklich.

„Wirst du auf Gramps' alter Schreibmaschine tippen?", fragte Vincent.

Ich lachte. Gramps hatte sich nie überwinden können, einen Computer anzuschaffen. „Nein, ich denke, ich bleibe lieber bei meinem Laptop. Aber ich werde sie ins Bücherregal stellen, als Inspiration sozusagen. Bei ihm hat das ziemlich gut funktioniert." Besorgnis flackerte in Vincents Augen auf. „Was denkst du gerade?", fragte ich.

„Nichts."

„Komm schon, ich kenne diesen Blick. Deswegen habe ich dich beim Poker immer schlagen können."

„Es ist nur … du willst in seine Fußstapfen treten? Gramps war, du weißt schon … ein Ausnahmetalent."

Abby funkelte Vincent wütend an. Dieser Blick sollte ihm wohl zu verstehen geben, dass er ein Vollidiot war, so etwas auszusprechen.

„Michael hat nicht vor, seinen Großvater nachzuahmen." Es war nett von Jenn, mir zu Hilfe zu eilen, aber das nützte wenig. „Er wird so schreiben, wie er eben schreibt, und seine eigene Stimme finden. Richtig, Michael?"

„Das habe ich vor."

„Ich bin mir sicher, du wirst großen Erfolg haben", betonte Abby. „Ich habe gehört, wie dein Großvater vergangene Weihnachten von einer deiner Kurzgeschichten geschwärmt hat. Er war fest davon überzeugt, dass du Talent hast."

„Vielleicht könntest du seine Biografie schreiben", schlug Vincent vor. „Das wäre doch ein guter Anfang. Zumal du denselben Namen trägst. Da ist der Wiedererkennungswert groß. Bestimmt wird das ein Bestseller: Die Biografie des großen Gerard Warner, verfasst von seinem Enkel. Das Interesse an unserem geheimnisvollen Gramps ist nach wie vor groß."

„Ich weiß nicht, Vince."

„Irgendjemand wird bestimmt eine Biografie schreiben", ließ Vince nicht locker. „Da kann das doch ruhig jemand aus der Familie machen, der wenigstens keinen Blödsinn schreibt."

Tante Fran hatte seinen Vorschlag anscheinend mitbekommen. „Hey, Michael, das ist doch keine schlechte Idee. Und es wäre ein Sachbuch, also könnte niemand Vergleiche ziehen."

Auch das half mir nicht. Jenn ergriff meine Hand. Sie spürte meinen Schmerz. In diesem Augenblick stand meine Mutter auf und ging zum Brunnen. Marilyn folgte ihr.

„Hallo, alle miteinander", rief Mom.

Die Hälfte der Familie verstummte und drehte sich zu ihr um.

„Hallo, ihr alle, könntet ihr mal kurz zuhören?"

Jetzt wandten sich auch die anderen ihr zu.

„Ich denke, diese Feier wird sich bald ihrem Ende zuneigen", begann sie. „Die meisten von uns kehren morgen wieder nach Hause zurück."

„Nur Michael und Jenn nicht", rief Vincent dazwischen. „Sie sind jetzt hier zu Hause."

Alle lachten.

„Na gut, dann lasst mich mal sagen, was ich auf dem Herzen habe, bevor die beiden unserer Gesellschaft überdrüssig werden und uns rauswerfen", fuhr meine Mutter fort. „Marilyn und ich hatten heute nach dem Treffen beim Anwalt ein ausführliches Gespräch. Sie möchte euch etwas sagen ... also halte ich jetzt mal den Mund und lasse sie reden." Mom trat zur Seite.

„Okay", sagte Marilyn und trat an ihre Stelle. „Ihr wisst schon, was kommt. Entschuldigt bitte, dass ich mich heute Nachmittag so blöd benommen habe. Ich wollte euch sagen, wie leid es mir tut, dass ich euch diesen Augenblick verdorben habe. Ich liebe Gramps so sehr und ich ..." Sie schluchzte auf. „Heute war ein besonderer Tag. Gramps war so gut zu uns, sein ganzes Leben lang. Ich möchte nicht, dass ihr denkt, ich sei nicht dankbar für das, was er uns geschenkt hat. Nicht nur am heutigen Tag, sondern ... ihr wisst schon, was ich meine."

Sie atmete tief durch. „Ich schätze, ich muss diese Sache mit der Familiengeschichte, mit der ich mich in den vergangenen zwei Jahren beschäftigt habe, einfach ruhen lassen. Aber ... kommt es denn keinem von euch seltsam vor, dass wir keine Ahnung haben, wie er und Nan sich kennengelernt haben oder wer seine Eltern waren oder ... Entschuldigt. Seht mich nur an. Ich fange schon wieder damit an. Auf jeden Fall tut es mir leid." Sie trat zur Seite.

Es folgte eine unbehagliche Stille. Schließlich trat mein Vater an die Stelle, an der gerade noch Marilyn gestanden hatte. „Also ich finde, wir sollten diesen Vorfall einfach vergessen. Es erfordert eine große Portion Mut, sich bei uns allen dafür zu entschuldigen." Er begann leise zu klatschen. Wir anderen fielen ein, bis unser Geklatsche beinah tosender Applaus war.

„Und bevor wir alle aufbrechen", fuhr mein Dad fort, „sollten wir noch einen Toast auf meinen Dad und meine Mom ausbringen." Er hob sein Champagnerglas. „Auf zwei wundervolle Menschen und ihr Leben." Er schien noch mehr sagen zu wollen, verlor aber die Fassung. Wir anderen hoben unsere Gläser und dann war der Garten erfüllt vom Klirren der Gläser beim Anstoßen.

Mein Blick wanderte zu Marilyn. Sie lächelte nicht.

In diesem Augenblick wusste ich es ... sie würde nicht lockerlassen.

# Kapitel 5

Am darauffolgenden Tag logierten Jenn und ich immer noch im Hotel. Als ich das Zimmer in der vergangenen Woche reserviert hatte, hatte sie noch protestiert. Es sei viel zu teuer. Ich hatte ihr erklärt, wir würden bestimmt so viel Geld aus dem Erbe meines Großvaters bekommen, dass wir uns ein paar Tage Luxus leisten könnten. Ich hatte recht behalten.

Jetzt wollte ich aus dem Hotel ausziehen und unser neues Haus in Besitz nehmen, aber sie hatte andere Vorstellungen. Mein Blick blieb an den Schlüsseln hängen, die Mr Dunn mir überreicht hatte, und wanderte weiter zu Jenn, die in unserem Hotelzimmer am Schreibtisch saß. Sie hatte mir gerade überzeugend dargelegt, warum es sinnvoll war, noch einen Tag länger in diesem teuren Hotel zu bleiben.

Ich hatte eine kluge Frau geheiratet, worauf Gramps mich vor seinem Tod ja hingewiesen hatte, und es wäre dumm gewesen, nicht auf sie zu hören.

„Aber du wirst mir doch helfen, wenn wir dort sind, nicht wahr, Michael?"

Jenns Stimme holte mich in die Gegenwart zurück. Ohne es wahrzunehmen, hatte ich begonnen, mich zu rasieren. Ich blickte in den Spiegel; Jenn saß noch immer am Schreibtisch und arbeitete an der Liste mit Dingen, die wir vor unserem Einzug in das Haus noch zu erledigen hatten. Sehr umsichtig. „Natürlich helfe ich dir", versicherte ich ihr. „Denkst du, ich wollte mich drücken und dir die ganze Arbeit überlassen?"

„Nicht drücken, aber du lässt dich so leicht ablenken, und dort im Haus gibt es so vieles, das dich –"

„Ich helfe dir, Jenn."

Verwundert blickte sie zu mir hoch. Ich schätze, in meinen Worten hatte eine gewisse Schärfe gelegen.

„Michael, ich fahre in ein paar Tagen nach Hause. Uns bleibt nicht viel Zeit. Und es gibt einiges zu erledigen. Wann wird unser neues Gemälde geliefert?"

„Um halb zwölf, aber ich könnte auch in der Galerie anrufen und um einen etwas späteren Termin bitten."

„Das solltest du vielleicht tun; dann haben wir nicht so einen Zeitdruck. Der erste Punkt auf meiner Liste: Wir brauchen neues Bettzeug, Kissen und Decken und Bezüge. Ich habe deinen Großvater wirklich gemocht, aber … ist er nicht in diesem Bett gestorben?"

Daran hatte ich noch gar nicht gedacht. Genauso wenig, wie ich mir Gedanken darüber gemacht hatte, ob Jenn überhaupt damit einverstanden war, dass wir sofort in das Haus einzogen und unser Leben in Florida aufgaben.

Und unsere Jobs. Vor allem ihren Job.

Mein Arbeitgeber war ohnehin gerade von einer großen kanadischen Bank übernommen worden und ich brauchte keinerlei Rücksicht zu nehmen. Vermutlich stand ich sowieso auf der Liste derer, die ihren Arbeitsplatz verlieren würden. Aber Jenn liebte ihre Arbeit und mochte ihren Arbeitgeber und ihre Kolleginnen und Kollegen. „Ich muss ihnen wenigstens zwei Wochen Zeit geben, eine Nachfolgerin für mich zu suchen", hatte sie gestern Abend angemerkt, als wir darüber gesprochen hatten. Also hatten wir beschlossen, dass sie in ein oder zwei Tagen nach Hause fliegen und noch zwei Wochen in ihrem Job arbeiten würde. Ich würde währenddessen hierbleiben und unser neues Zuhause vorbereiten. Gramps war Ende achtzig gewesen; das Haus brauchte vermutlich einiges an Zuwendung.

Nachdem ich mich rasiert hatte, trat Jenn hinter mich und schlang die Arme um meine Taille. „Geht es dir gut?"

Ich drehte mich um und zog sie an mich. „Aber natürlich. Ich bin zwar nicht sonderlich begeistert von der Vorstellung, dass du mich zwei Wochen lang allein lassen willst, aber –"

„Nein, ich meine die Sache mit dem Buch. Ich fand es unmöglich, dass Vincent gestern angedeutet hat, du könntest vom Schatten deines Großvaters verschluckt werden."

Soweit ich mich erinnerte, hatte Vincent es ein wenig anders ausgedrückt. Was Jenn gerade gesagt hatte, klang noch schlimmer. „Das macht mir nichts aus. Außerdem kann ich es nicht ändern. Egal wie gut ich bin, ich werde niemals an ihn heranreichen, und –"

„Sag so etwas nicht."

„Jenn, ich bin realistisch. Man erbt vielleicht eine große Nase oder einen hohen Blutdruck, aber nicht die Fähigkeit, so zu schreiben wie er."

Sie lachte. „Na, ich weiß nicht. Die Kinder berühmter Sänger starten doch auch oft eine Gesangskarriere."

„Aber sie sind nie so gut wie ihre Eltern."

„Das stimmt nicht."

„Na gut, nenn mir einen Superstar, dessen Kind oder Enkelkind genauso gut oder berühmt wurde wie er oder sie."

Sie zog sich ein wenig zurück und überlegte. Aber ihr fiel kein Name ein.

„Ich kann dir zwei Namen nennen", sagte ich. „Schon mal von Julian Lennon und Ben Taylor gehört?"

„Nicht wirklich", sagte sie.

„Genau."

☙

Nachdem wir am Vormittag die dringendsten Einkäufe erledigt hatten, machten wir uns auf den Weg zu unserem neuen Zuhause in der Legare Street. Es waren nur wenige Straßenzüge vom Hotel dorthin. Wenn unsere schweren Einkaufstüten nicht gewesen wären, hätten wir gut auch zu Fuß gehen können. So nah war es.

Das Haus meines Großvaters – *unser* Haus – lag unmittelbar hinter der Kreuzung mit der Tradd Street. Beinah die ganze Straße war überschattet. Entweder von den Häusern, die direkt an den Bürgersteig angrenzten, oder aber von den Zwergpalmen und Eichen vor den Häusern, die etwas zurückgesetzt standen.

Während ich langsam die Straße entlangfuhr, sagte Jenn: „Es ist wirklich unfassbar schön hier."

Inzwischen waren wir fast an unserer schmalen Einfahrt angelangt. Ein Pärchen Anfang zwanzig stand auf dem Bürgersteig, spähte durch das schmiedeeiserne Tor in unseren Garten und frönte damit einem beliebten Zeitvertreib der Touristen in Charleston: dem Bestaunen der Häuser und Gärten. Jenn und ich hatten das auch getan, wenn wir bei meinem Großvater zu Besuch gewesen waren: Wir waren durch die Nachbarschaft geschlendert und hatten die Häuser, die Höfe und die Gärten bewundert. Ich erinnerte mich, dass wir gelegentlich dem einen oder anderen Bewohner dieser unglaublichen Häuser begegnet waren.

„Siehst du das, Jenn? Touristen." Ich deutete auf das Pärchen. Sie hatten uns noch nicht gesehen. „Pass auf."

„Nicht, Michael."

Mit der Fernbedienung öffnete ich das Tor. Es setzte sich in Bewegung und schwang leise quietschend auf. Das Pärchen fuhr zusammen. Die beiden traten zur Seite und blickten uns nach, als wir auf das Grundstück fuhren.

„Du bist schrecklich", sagte sie und winkte dem Pärchen lächelnd zu.

„Ich will doch nur meinen Spaß haben." Nachdem ich aus dem Wagen ausgestiegen war, winkte ich ihnen ebenfalls zu, bevor das Tor wieder zuging und sie sich abwandten. Schließlich wollte ich ja kein Snob sein.

Wir mussten dreimal hin- und herlaufen, um all unsere Einkäufe ins Haus zu bringen. Wir hatten ein wenig mehr gekauft als Bettzeug und Bettwäsche, aber es war schön gewesen, Jenn dabei zuzusehen, wie sie einkaufte, ohne sich Sorgen ums Geld machen zu müssen. Jetzt blieben uns jedoch nur noch fünfzehn Minuten, bis die Leute von der Galerie unser Gemälde lieferten.

„Ich räume die Einkäufe weg, Michael. Du kannst in der Zwischenzeit den Kaminsims frei machen, damit wir das Gemälde gleich aufhängen können."

„Alles klar." Ich trat durch die Tür zur Linken ins Wohnzimmer. Meine Aufgabe war schnell erledigt. Die Wand über dem Kamin war bereits leer. Bis gestern hatte dort ein großes Porträt von meinen Großeltern gehangen, doch das hatte Gramps Tante Fran vermacht. Die paar Nippessachen stellte ich auf den Couchtisch. Eigentlich hatte ich mit einer dicken Staubschicht auf dem Kaminsims gerechnet, aber er war makellos sauber.

Auch die Nippessachen waren abgestaubt. Und der Couchtisch, auf dem ich die Sachen abstellte. Nicht ein einziges Staubkörnchen war zu finden. Ich schlenderte im Zimmer umher und sah mich um. Es war blitzsauber. Sogar die Holzdielen, auf denen ein großer Perserteppich lag, waren poliert und glänzten. Ich konnte mir nicht vorstellen, dass mein Großvater die Kraft gehabt hatte, das Haus so gut in Schuss zu halten. Auf einmal fiel es mir wieder ein.

*Helen.*

Kurz nach Nans Tod hatte Gramps eine Haushälterin eingestellt. Das bedeutete … Helen kam immer noch regelmäßig. „Hey, Jenn." Ich durchquerte das Foyer sowie das Esszimmer und ging in die Küche. Jenn hockte vor dem Vorratsschrank und packte Konserven, die keiner von uns jemals essen würde, vor allem ich nicht, in einen Karton. „Erinnerst du dich eigentlich an Helen?"

„Wie bitte?"

„Erinnerst du dich an Helen, Gramps' Haushälterin?"

„Nein."

„Ist dir aufgefallen, wie sauber es hier ist? Selbst das Wohnzimmer würde deiner Inspektion standhalten."

„Das ist ja sehr schön, aber wir brauchen keine Haushälterin", erwiderte Jenn, ohne in ihrer Arbeit innezuhalten.

Ich hatte mit einer solchen Antwort gerechnet. „Wäre es nicht schön, wenn du jemanden hättest, der für dich das Haus sauber hält? Es ist groß. Und außerdem könnten wir uns das jetzt leisten."

Sie drehte sich zu mir um. „Michael, ich möchte nicht, dass eine Frau, die ich nicht kenne, mein Haus putzt. Ich mache das selbst, und du wirst mir dabei helfen."

„Und was machen wir mit Helen?"

„Keine Ahnung. Ich fürchte, wir werden sie entlassen müssen." Sie räumte eine Dose Rote Bete in den Karton.

„Sie entlassen?"

„Ja, was denn sonst? Sieh mal nach, ob du ihre Telefonnummer irgendwo findest. Vielleicht am Kühlschrank."

„Ich?"

„Michael …"

Ich seufzte.

„Komm schon, Michael. Du schaffst das."

„Aber sie ist eine alte Frau, Jenn. Und wenn dies die einzige Möglichkeit für sie ist, ihren Lebensunterhalt zu verdienen?"

„Na ja, vielleicht können wir ihr ja eine Art Abfindung zahlen."

„Wie wäre Folgendes: Ich teile ihr mit, dass wir keine Haushälterin brauchen, sie aber die nächsten beiden Wochen noch bleiben kann. Damit hat sie sozusagen eine zweiwöchige Kündigungsfrist. Und danach zahlen wir ihr eine Abfindung. Dann ist sie fort, bevor du zurückkommst."

Ich ging zum Kühlschrank. Tatsächlich, da klemmte unter einem Magnet in Form eines Palmblatts eine Karte, auf der der Name Helen stand. Ich zog sie heraus und entdeckte am unteren Rand ihre Telefonnummer. In der Mitte war ihr Terminplan aufgelistet.

Ich blickte auf meine Uhr. Sie würde gegen Mittag hier sein.

„Sag was, Jenn."

# Kapitel 6

Der Mittag kam und ging vorbei, aber Helen tauchte nicht auf. Ich wartete noch eine Stunde, bis ich ihre Nummer wählte und eine Nachricht auf ihrem Anrufbeantworter hinterließ, unmittelbar nachdem sich die Leute von der Galerie verabschiedet hatten. Unser neues Gemälde hing nun über dem Kamin. Es passte hervorragend in das Zimmer. Die Farben fügten sich gut in die Ausstattung ein. Jenn hatte wirklich einen Blick für solche Dinge. Wir wollten gerade losgehen und irgendwo zu Mittag essen, als das Telefon läutete. Nicht mein Handy, sondern das Telefon im Haus meines Großvaters. Überrascht blieben wir an der Haustür stehen.

„Das ist bestimmt für deinen Großvater", meinte Jenn. „Vielleicht weiß der Anrufer noch nicht, dass er gestorben ist. Aber möglicherweise ist es auch Helen."

Ich ging zum nächsten Telefon, einem kleinen antiken Apparat, der im Foyer auf einem Schränkchen unmittelbar neben der Treppe stand.

Jenn ging ins Wohnzimmer und setzte sich in einen Sessel. „Das dauert niemals nur eine Minute", bemerkte sie lächelnd.

„Hallo?"

„Hallo, hier ist Rick Samson. Mit wem spreche ich, bitte?"

Rick Samson, der Agent meines Großvaters. Das war der Mann, mit dem ich mich in Verbindung setzen wollte, sobald mein erstes Manuskript fertig war. „Hallo, Mr Samson. Hier spricht Michael Warner. Ich bin —"

„Michael", sagte er. „Ich weiß, wer Sie sind. Mit Ihnen wollte ich sprechen."

Ich blickte zu Jenn hinüber, legte meine Hand auf das Telefon und formte die Worte „Rick Samson", während ich auf den Hörer deutete. Sie verstand mich nicht. „Sie wollten mit mir sprechen, Mr Samson?"

„Bitte nennen Sie mich Rick."

„Okay, Rick. Sie wissen, dass Sie die Nummer meines Großvaters gewählt haben, nicht?"

„Natürlich. Ich habe mich mit Alfred Dunn, dem Anwalt Ihres Großvaters, in Verbindung gesetzt. Er hat mir gesagt, dass das Haus jetzt Ihnen gehört. Und schon habe ich Sie an der Strippe."

„Allerdings", erwiderte ich. „Ich bin ein wenig erstaunt, dass Sie wissen, wer ich bin … woher eigentlich?"

„Ihr Großvater hat im vergangenen Jahr viel von Ihnen gesprochen."

„Tatsächlich?"

„Er war der Meinung, dass Sie eines Tages ein großer Schriftsteller sein könnten."

„Ich … ich fühle mich geehrt, dass er so gedacht hat." Wieder einmal kämpfte ich gegen die Tränen an.

„Deshalb weiß ich, wer Sie sind. Und ich rufe an, um mit Ihnen über einen Buchvertrag zu reden. Passt es gerade?"

Ein Buchvertrag? „Also, eigentlich sind wir auf dem Sprung, meine Frau Jenn und ich."

„Jenn, ja, ich habe von ihr gehört. Ihr Großvater hat auch von ihr erzählt. Er sagte, sie erinnere ihn sehr stark an Mary, als sie noch jung war."

Auch diese Bemerkung wühlte mich auf. Ich musste weiterreden, um meine Emotionen in Schach zu halten. „Ich habe kurz Zeit, aber vielleicht geben Sie mir besser Ihre Nummer. Dann rufe ich Sie heute Nachmittag zurück." Viel lieber hätte ich mich ins Arbeitszimmer meines Großvaters zurückgezogen, das Gespräch dort angenommen und mir angehört, was der Mann zu sagen hatte. Ich blickte zu Jenn hinüber. Sie saß auf der Sesselkante und hörte gespannt zu.

„Das wäre prima, Michael. Sie finden meine Nummer auf dem Schreibtisch Ihres Großvaters. Er benutzte noch eine von diesen altmodischen Rollkarteien."

„Ich habe sie gesehen."

„Sehen Sie nicht unter dem Namen meiner Agentur nach, sondern unter meinem Namen. Wenn Sie die Nummer, die er darunter notiert hat, wählen, erreichen Sie mich direkt und brauchen nicht erst mit einem meiner Mitarbeiter zu sprechen."

„Vielen Dank, Mr Samson … Rick." Ich gab ihm meine Handynummer und sagte ihm, er könne mich gern jederzeit anrufen. Anschließend tauschten wir noch einige Höflichkeiten aus und legten dann auf.

Jenn erhob sich und nahm ihre Tasche.

„Weißt du, wer das war?", fragte ich.

„Nein, aber du wirkst beinahe so aufgeregt wie gestern, als du gehört hast, wie viel Geld dein Großvater uns hinterlassen hat."

„Das war *Rick Samson*."

„Irgendwie kommt mir der Name bekannt vor." Sie öffnete die Haustür und ging hinaus.

„Das ist der Agent meines Großvaters. Jahrelang hat er seine Buchverträge ausgehandelt. Er ist einer der ganz Großen im Geschäft." Ich folgte ihr nach draußen und schloss die Tür hinter mir ab.

„Tatsächlich?" Ihr Gesichtsausdruck war jetzt ähnlich begeistert wie meiner. „Du hast mir schon mal von ihm erzählt, richtig? Du hast gesagt, dass du ihm dein Buch anbieten möchtest, wenn es fertig ist."

„Ja, allerdings hatte ich nicht an ihn persönlich gedacht. Ich hätte auch jeden seiner Mitarbeiter genommen. Seine Agentur ist eine der besten."

„Aber er hat dich persönlich angerufen", erklärte sie. „Er hat keinen der anderen damit beauftragt."

„Das stimmt." Wir stiegen die drei Stufen hinunter. „Das hat er. Rick Samson höchstpersönlich hat mich angerufen." Dadurch, dass ich es wiederholte, wurde es nicht realer. Es war einfach zu großartig. Hunderte, vielleicht Tausende von Schriftstellern hätten ihren ganzen Besitz dafür gegeben, wenn einer seiner Agenten sie auch nur gegrüßt hätte. Ich trat neben Jenn an das Auto und öffnete ihr die Tür.

„Und was hat er gesagt?", fragte sie, während sie einstieg.

Ich stieg ebenfalls ein und wendete den Wagen. „Er möchte mit mir über einen Buchvertrag reden."

„Das kann nicht sein", rief sie. „Wirklich? Oh Michael, das ist ja wundervoll."

Ich drückte auf die Fernbedienung und beobachtete im Rückspiegel, wie sich das kunstvoll geschmiedete Tor langsam in Bewegung setzte. Dann blickte ich durch die Windschutzscheibe in den atemberaubenden Garten, betrachtete das einzigartige Charleston Single House durch mein linkes Seitenfenster und die wunderschöne Frau rechts neben mir. Plötzlich stieg ein alter Traum wieder in mir auf. Während ich langsam rückwärts aus der Einfahrt setzte, teilte ich ihn Jenn mit. „Dieses Auto passt nicht mehr."

„Wie bitte?"

„Dieses Auto passt nicht zu diesem Haus."

„Was um alles in der Welt hast du vor?"

„Es ist an der Zeit", verkündete ich. „Nachdem ich dich zum Flughafen gebracht habe, fahre ich zum nächsten Mini Cooper Händler und tausche diese alte Kiste gegen den Wagen ein, von dem wir schon seit Jahren träumen."

„Den blauen Cooper S mit Turbomotor?", fragte sie nach. „Den aufgemotzten mit dem weißen Dach und den weißen Streifen auf der Motorhaube?"

„Genau den."

„Auf keinen Fall", sagte sie.

„Warum nicht? Er würde wundervoll in diese Einfahrt passen." Ich deutete auf das Tor, das sich gerade wieder schloss.

„Du wirst den Wagen nicht kaufen, *nachdem* ich abgeflogen bin. Wir werden ihn zusammen kaufen, bevor ich nach Hause fliege, und bis ich in dieses Flugzeug steige, verbringe ich jede Minute hinter dem Steuer."

&#9741;

In Charleston gibt es unglaublich viele hervorragende Restaurants. Dieses Mal entschieden wir uns für Tommy Condons Irish Pub. Damit kann man nichts verkehrt machen. Es hat genau das Ambiente, das man von einem solchen Restaurant erwartet. Sogar die Musik ist gut. Ich bestellte Fish and Chips und Jenn einen Salat. Das Gespräch war leicht und fröhlich und wechselte zwischen der Tatsache, dass wir es uns tatsächlich leisten konnten, einen neuen Mini Cooper zu kaufen, und dem Gespräch über den Buchvertrag, das ich am Nachmittag mit Rick Samson führen würde.

Ich hatte bereits zwei oder drei Ideen für einen Roman entwickelt und fragte mich, mit welcher ich beginnen sollte. Was für eine unglaubliche Chance, ein Buch zu schreiben, welchen Inhalts auch immer, in dem Wissen, dass es bereits verkauft war. Wer bekommt schon eine solche Gelegenheit? Ich hatte gerade die Rechnung beglichen, als mein Handy läutete.

„Ist er das?", fragte Jenn.

Ich kannte die Nummer nicht und schüttelte den Kopf. „Hallo?"

„Spricht dort Michael?" Es war die Stimme einer älteren Frau.

„Ja."

„Hier ist Helen, die Haushälterin Ihres Großvaters. Sie erinnern sich bestimmt nicht mehr an mich."

„Doch, das tue ich, Helen. Natürlich erinnere ich mich an Sie. Wir hatten keine Gelegenheit, bei der Beerdigung miteinander zu sprechen, aber ich habe Sie gesehen."

„Ihr Verlust tut mir so leid. Ihr Großvater war ein ungewöhnlicher Mann. Es hat mir sehr viel Freude bereitet, für ihn zu arbeiten."

„Genau darum hatte ich Sie angerufen."

„Ja, ich habe Ihre Nachricht erhalten."

„Ich habe Ihren Terminplan am Kühlschrank gesehen." Ich hielt inne und überlegte, wie ich ihr auf nette Art und Weise beibringen könnte, dass wir ihre Dienste nicht länger benötigten.

„Ich habe wohl vergessen, ihn abzunehmen", sagte sie. „Vor ein paar Tagen habe ich zum letzten Mal sauber gemacht. Ich hoffe, alles war zu Ihrer Zufriedenheit."

„Alles war in bester Ordnung."

„Danke. Ich habe ja nur ein paar Jahre für ihn gearbeitet, aber …"

„Dann … kommen Sie also nicht mehr?"

„Anscheinend wissen Sie es noch nicht. Ihr Großvater, die treue Seele … ich meine, damit hatte ich überhaupt nicht gerechnet. Er hatte mit seinem Anwalt eine Übergangsregelung vereinbart, die mit dem Tag seines Ablebens in Kraft trat. Das war wirklich unglaublich."

Ich hätte mir denken können, dass mein Großvater für sie gesorgt hatte.

„Ich bekomme eine monatliche Zahlung über den Betrag, den

ich bei ihm verdient habe. Und zwar so lange, bis ich das Renten-eintrittsalter erreicht habe. Das ist in ein paar Jahren. Damit und mit dem, was ich gespart habe, brauche ich nicht mehr arbeiten zu gehen. Ist das nicht wundervoll?"

„Das freut mich für Sie", erwiderte ich. „Mein Großvater war wirklich sehr großzügig, uns allen gegenüber. Sie haben sicher ge-hört, dass er mir das Haus hinterlassen hat."

„Ich wusste, dass es so kommen würde. Er hat ein paarmal mit mir darüber gesprochen. Brauchen Sie jemanden, der Ihnen hilft? Einige meiner Freundinnen verdienen ihren Lebensunterhalt als Haushälterin. Ich könnte mich mal umhören. Eine oder zwei habe ich im Sinn, die sicher ausgezeichnet für Sie arbeiten würden. Sie können auch gut kochen."

„Das ist sehr nett von Ihnen, Helen, aber ich denke, wir werden uns selbst darum kümmern. Genießen Sie Ihren ... Ruhestand."

„Oh, das werde ich."

Ich legte auf und sah Jenn an. Sie hatte unser Gespräch verfolgt. „Keine Helen", sagte sie.

„Nein. Dann muss ich mich wohl selbst versorgen, während du weg bist."

„Das wirst du bestimmt überleben", meinte sie. „Jetzt lass uns in den Supermarkt fahren. Ich habe eine Einkaufsliste gemacht."

„Wie wäre es, wenn ich erst mal herumtelefoniere und mich nach dem nächsten Mini Cooper Händler erkundige?"

Jenn strahlte. „Hast du denn nachgesehen, ob das Geld schon auf dem Konto ist?"

Ich lächelte. „Jenn, lass mich dir was zeigen. Bevor wir losgefah-ren sind, habe ich auf unser Konto geschaut. Unser Guthaben ist unverschämt hoch. Es ist mehr, als ich je zu Gesicht bekommen habe." Ich ging mit dem Handy ins Internet und loggte mich in meinem Bankkonto ein. „Hier." Ich hielt das Display so, dass Jenn es sehen konnte.

„Michael, das ist einfach verrückt", sagte sie, während sie auf den Bildschirm starrte.

# Kapitel 7

Es war später Nachmittag, als Jenn und ich mit einer antiken Lampe in unser neues Zuhause zurückkehrten. Einer echten Öllampe, weiß schillernd, aus dem Jahre 1860 (zumindest glaube ich, dass der Antiquitätenhändler das gesagt hat). Ein sehr hübscher, aber schwacher Trostpreis.

Unser Besuch beim Autohändler hatte nicht den gewünschten Erfolg gebracht. Zwar hatten wir uns die vorhandenen Autos angeschaut und das Modell, das wir uns ausgesucht hatten, auch Probe gefahren. Geschmeidiges Fahrverhalten, hervorragende Umsetzung, unglaubliches Soundsystem. Das Problem war, dass der Wagen rot lackiert war. Zwar mit weißem Dach und weißen Streifen auf der Motorhaube, aber in einem leuchtenden Rot.

Ich hätte mich damit abgefunden. Doch ich wusste, Jenn träumte von einem blauen Auto. Der Händler in Charleston versprach, uns den gewünschten Wagen innerhalb von zwei Tagen zu besorgen. Aber Jenn flog bereits morgen nach Florida zurück, um ihre letzten beiden Arbeitswochen anzutreten. Wir hatten uns damit getröstet, dass solche Verzögerungen auszuhalten und keineswegs unzumutbar waren. Trotzdem waren wir schwer enttäuscht. Als wir den Händler verlassen hatten, war mir die antike Lampe eingefallen, die Jenn am Tag unserer Ankunft in der Stadt entdeckt hatte. Allerdings kostete sie sechshundert Dollar.

Damals hatte sie unsere Möglichkeiten noch bei Weitem überschritten.

Ich blickte zu Jenn hinüber. Sie saß mit der Lampe auf dem Schoß auf dem Beifahrersitz und strich mit der Handfläche über ihren Sockel. „Ich weiß schon genau, wo ich sie hinstellen werde. Auf den Tisch in der Halle neben das Telefon."

„Sie wird sich dort großartig machen." Natürlich wusste Jenn, dass ich von solchen Dingen keine Ahnung hatte. Aber mit der Lampe sagte ich ihr, dass ich sie liebte und es mir leidtat, dass sie den Cooper jetzt zwei Wochen lang nicht fahren konnte. Während wir aus dem Wagen stiegen, schloss sich das Tor hinter uns. „Stell du die Lampe auf und ich trage inzwischen die Lebensmittel ins Haus."

Jenn kam um den Wagen herum, die Lampe vorsichtig mit einem Arm umschlungen, und umarmte mich mit dem anderen. „Ich liebe dich", sagte sie.

„Ich liebe dich auch."

Ich öffnete den Kofferraum und starrte gerade auf die Lebensmitteltüten, als mein Handy klingelte. Ich schaute auf das Display. Rick Samson. Ich konnte kaum glauben, dass er mich erneut anrief. Wir hatten doch vereinbart, dass ich mich bei ihm meldete, und das hätte ich auch getan, sobald ich die Lebensmittel verräumt hatte. War Rick Samson tatsächlich derart an mir interessiert?

„Hallo Michael, sind Sie das?"

„Ja, Mr Samson, ich bin es."

„Sie vergaßen –"

„Ich wollte gerade –"

„– mich Rick zu nennen. Ich bin zwar schon alt, aber wir können doch trotzdem Freunde sein, nicht wahr?"

Ich lachte, vielleicht ein wenig zu laut. „Entschuldigung, Rick. Ich wollte Sie gleich anrufen. Wir hatten einige Besorgungen zu machen und sind gerade erst nach Hause gekommen."

„Kein Problem. Ich habe nur gleich noch einen Termin, der mich den restlichen Nachmittag in Beschlag nehmen wird. Deshalb dachte, ich versuche es gerade noch einmal. Haben Sie ein paar Minuten?"

Er war tatsächlich an mir interessiert. „Sicher, äh …" Ich starrte auf die Lebensmittel im Kofferraum, darunter Milch und ein paar Tiefkühlsachen. Wie lange würde das Gespräch wohl dauern? Aber wie viel kostete das Gefriergut? Zehn Dollar? Zum Kuckuck damit. „Ich habe Zeit. Sie sagten, dass Sie mit mir über einen Buchvertrag reden wollten." Ich lehnte mich an die hintere Stoßstange.

„Allerdings. Ich habe mich mit dem Verleger Ihres Großvaters in Verbindung gesetzt. Wie erwartet, schießen die Verkaufszahlen seiner Bücher in die Höhe. Jetzt ist also der beste Zeitpunkt, schnell etwas Neues herauszubringen. Ich nehme an, Ihr Großvater hat Ihnen genügend Geld hinterlassen, dass Sie Ihren Job aufgeben können."

„Das ist bereits geschehen; ich brauchte nicht einmal die zweiwöchige Kündigungsfrist einzuhalten."

„Großartig. Dann sind Sie jetzt also frei?"

„Wie ein Vogel im Wind. Seit Ihrem Anruf vorhin habe ich darüber nachgedacht, gleich mit dem Schreiben zu beginnen. Jenn und ich haben sogar beim Mittagessen darüber gesprochen."

„Dann ist sie also dabei? Gut. Denn wenn wir uns einig werden, müssen Sie sofort loslegen und intensiv an dem Buch arbeiten, damit wir es bald herausbringen können. Bis zum Erscheinungstermin des Buches kann ich das Interesse wachhalten mit einigen Vermarktungsideen, die wir gerade ausarbeiten. Seine Fans werden es verschlingen, da bin ich mir sicher."

Das klang aufregend, aber meine Romane wären nicht einmal dasselbe Genre wie das meines Großvaters. Ich rechnete nicht damit, viele seiner Fans für mich zu gewinnen, schon gar nicht die Mehrheit. „Also ... warum sind Sie der Meinung, dass mein Buch so gut laufen wird, Rick? Liegt es nur am Wiedererkennungswert des Familiennamens, der Familienverbindung?"

„Das ist natürlich durchaus ein Faktor und ein ernst zu nehmender Pluspunkt, verstehen Sie mich nicht falsch. Ich überlege, meinen besten Ghostwriter zu Ihnen zu schicken, der Ihnen hilft, diese Sache schnell zum Abschluss zu bringen."

Diese Sache?

„Ihr Name wird auf dem Buch stehen und Sie können natürlich auch so viel Sie wollen selbst schreiben, sich die Teile herauspicken, die Ihnen besonders am Herzen liegen. Aber der Mann, den ich im Auge habe, ist unglaublich. Er wird Ihnen einige Fragen stellen, einiges von dem lesen, was Sie bisher geschrieben haben, und ehe Sie sichs versehen, wird er genauso schreiben wie Sie. Sein Text wird Ihren Texten so ähnlich sein, dass nicht einmal Ihre Frau den Unterschied erkennen können wird."

Seine Worte machten mich stutzig. „Von welchem Zeitrahmen sprechen wir hier?"

„Ich habe acht Wochen im Sinn, höchstens."

Acht Wochen, dachte ich, um einen Roman zu schreiben? Dann bräuchte ich tatsächlich Hilfe. Aber ich konnte mir nicht vorstellen, wie das gehen sollte. Jenn wäre mit Sicherheit nicht allzu glücklich darüber, wenn sich ein Fremder bei uns einnistete, um das Buch mit mir zusammen zu schreiben. Und ich war auch nicht gerade erpicht darauf, dass die Hälfte meines ersten Romans aus der Feder eines Ghostwriters kam. „Sie denken wirklich, dass die Fans meines Großvaters eines meiner Bücher lesen würden?"

„Machen Sie Witze, Michael? Sie sind der Enkel einer Legende, der ein Buch über seinen Großvater schreibt … über einen Mann, der die Öffentlichkeit gescheut und all die Jahre ein Geheimnis um seine Vergangenheit gemacht hat … ich meine, nicht einmal ich kenne seine Geschichte, und ich habe mehr als zwanzig Jahre mit ihm zusammengearbeitet."

„Was?"

„Ich nehme an, Sie wissen über sein Privatleben Bescheid, die Dinge, die für ihn in der Öffentlichkeit immer tabu waren. Ich rede hier nicht über schmutzige Geheimnisse. Ihr Großvater war ein anständiger Mensch. Ich meine seine Familiengeschichten. Sie wissen schon, wie er und Ihre Großmutter sich kennengelernt haben und so. Die Art von Fragen, die er in Interviews nie beantwortet hat. Wenn so ein Buch jetzt auf den Markt kommt, wird es uns aus der Hand gerissen. Wir werden bestimmt hunderttausend Exemplare verkaufen, vielleicht sogar eine Million."

Das war schrecklich, einfach schrecklich. „Dann interessieren Sie sich gar nicht für meine Romanideen?"

„Ihre was?"

„Meine Romanideen. Die Geschichten, die ich mir ausgedacht habe." Ich wollte sagen, so wie mein Großvater das immer gemacht hat, aber das tat ich nicht. Denn meine Romane wären nicht wie die meines Großvaters. Es wären meine Bücher. Bücher, die niemand jemals würde lesen wollen.

„Oh … ich verstehe." Eine lange, unbehagliche Stille folgte. „Nun, Michael, ich bin offen dafür, vielleicht nach diesem Buch. Ich kann Ihnen garantieren, dass ein großes Publikum bereit ist, sich anzuhören, was Sie zu sagen haben, nachdem Sie die Biografie über Ihren Großvater geschrieben haben. Selbst wenn Sie nur einen Bruchteil seiner Fans für sich gewinnen könnten, wären Ihre Bücher immer noch Bestseller. Also, was sagen Sie? Wie wäre es, wenn ich Ihnen einen Vertrag zuschicke? Und Sie könnten schon mal mit

Ihren Recherchen beginnen, über eine Gliederung nachdenken, alte Fotos zusammensuchen und vielleicht überlegen, welche Fragen Sie Ihrer Familie stellen."

Wie furchtbar! Mir war beinahe übel. Warum habe ich das nicht vorausgesehen? „Kann ich darüber nachdenken?"

„Sicher, es ist eine große Sache. Ich möchte Sie nicht überfahren. Denken Sie ein paar Tage darüber nach, reden Sie mit Ihrer Frau darüber. Ich setze inzwischen den Vertrag auf und spreche mit meinem Ghostwriter, um zu eruieren, wie schnell er bei Ihnen sein kann. Wie klingt das?"

„Prima, Mr Samson, ich –"

„Rick, Sie wissen doch."

„Richtig, Rick. Ich weiß es wirklich zu schätzen, dass Sie bei diesem Projekt an mich gedacht haben." *Was rede ich da? Das stimmt doch überhaupt nicht.* „Ich werde mich bald bei Ihnen melden."

„Gut. Tun Sie das. Und im Ernst, wenn wir das hier zusammen durchziehen, bitte ich einen meiner besten Agenten, mit Ihnen über Ihre Romanideen zu reden. Ich verspreche es."

Einen seiner Agenten … das war doch wenigstens etwas. „Danke, Rick."

„Ich muss jetzt Schluss machen, Michael. Wir bleiben in Kontakt."

Wir legten auf. Ich nahm die Tüte mit der Milch aus dem Kofferraum. Dann eine andere mit gefrorenem Gemüse. Wie in Trance ging ich zur Haustür. Dort wartete Jenn auf mich. Sie spürte sofort, dass etwas nicht stimmte; meine Emotionen standen mir deutlich ins Gesicht geschrieben.

Wenn ich mich entschloss, dieses Buch zu schreiben, würde ich meine Schwester Marilyn anrufen und sie um Hilfe bitten müssen.

Aber eigentlich wollte ich das nicht.

# Kapitel 8

Ich war deprimiert. Dabei hatte ich dazu nun wirklich kein Recht. Und das deprimierte mich umso mehr.

Jenn und ich hatten gerade unser exzellentes Abendessen beendet. Sie hatte einige der Reste vom Buffet aufgewärmt, das Bradley und Dunn am Vortag vom Caterer hatte liefern lassen. Jetzt saßen wir in unseren Gartenstühlen im Freien und tranken Kaffee. Wir hatten uns auf dem Lieblingsplatz meines Großvaters niedergelassen, hinter dem Haus, von der Straße aus nicht zu sehen. Es war etwa zwanzig Grad warm bei niedriger Luftfeuchtigkeit. Eine sanfte Brise strich über die Gartenmauer und wehte den Duft des nacht-blühenden Jasmins aus den Nachbargärten zu uns.

Dieses wundervolle historische Haus, in dessen Garten wir saßen, gehörte mir, und es war schuldenfrei. Auf meinem Konto lag ein kleines Vermögen. Ein blauer Mini Cooper S mit weißen Streifen war bestellt. Neben mir saß Jenn und sah atemberaubend aus. Wieso um alles in der Welt war ich also deprimiert?

„Du musst das nicht machen, Michael. Wir brauchen das Geld nicht."

Ich stellte meine Kaffeetasse ab. Ich kann nur reden, wenn ich mit den Händen gestikulieren kann. „Ich weiß, Jenn. Aber ich frage mich, ob ich es nicht vielleicht doch tun sollte. Immerhin hatten Vincent und Tante Fran gestern Abend dieselbe Idee. Und Marilyn wäre begeistert. Sie würde bestimmt alles tun, um mir zu helfen."

„Aber du willst das doch gar nicht", wandte Jenn ein. „Kein bisschen, das merke ich doch."

Ich seufzte. Da hatte sie nicht ganz unrecht. „Aber kann ich einem Mann wie Rick Samson eine Absage erteilen? Du hättest ihn hören sollen. Er ist total begeistert von der Idee. Wenn ich es mache, dann organisiert er sicher eine große Lesereise, die von zahlreichen Marketingmaßnahmen flankiert wird. Ich würde alle großen Städte besuchen. Ich wäre in Talkshows und würde Interviews im Radio geben. Innerhalb weniger Monate würde ich, ein bislang vollkommen unbekannter Schriftsteller, in die Bestsellerriege aufrücken. Das ist eine unglaubliche Chance. Die kann ich nicht einfach ausschlagen."

„Möchtest du das denn?"

„Eines Tages ja. Aber ich hatte gehofft, durch meine eigenen Romane in diese Liga aufzusteigen. Vielleicht nicht beim ersten oder zweiten Buch, aber ... eines Tages. Natürlich hatte ich damit gerechnet, dass mir die Tatsache, dass ich Gerard Warners Enkel bin, ein paar Türen öffnen würde, aber ich dachte doch, ich müsste sie selbst offen halten, indem ich den Leuten zeige, dass meine Veröffentlichungen tatsächlich Aufmerksamkeit verdienen."

„Spricht denn irgendwas dagegen, es genau so zu machen? Das ist doch nach wie vor möglich. Es würde nur ein wenig länger dauern." Jenn ergriff meine Hand. „Aber Zeit ist nun wirklich nicht das Problem. Die hast du."

Sie hatte recht. Zeit hatte ich jetzt in Hülle und Fülle. Alle Zeit der Welt. Warum die Eile? „Da ist noch etwas anderes, das mich beschäftigt."

„Was denn?"

„Die Recherche für ein solches Projekt. Rick geht davon aus, dass meine Familie über alles Bescheid weiß, worüber mein Großvater in der Öffentlichkeit nicht reden wollte. Aber das stimmt nicht. Mich hat seine Vergangenheit nie interessiert. Er war einfach Gramps, sie war Nan. Ich meine, ich könnte über alle möglichen Familiengeschichten schreiben, über Weihnachtsfeste oder wie wir den vierten Juli gefeiert haben. Aber ich weiß nicht einmal, wie sich meine Großeltern kennengelernt haben oder wo Gramps geboren wurde."

„Marilyn konnte das anscheinend auch nicht ermitteln."

„Genau. Aber solche Informationen gehören in eine Biografie. In der Regel beginnt ein solches Buch mit der Geburt der betreffenden Person. Gerard Warner, die frühen Jahre."

„Ich habe eine Idee."

Ich sah Jenn an. Die Vorstellung, dass sie morgen abreiste und ich zwei Wochen ohne sie klarkommen musste, gefiel mir ganz und gar nicht. „Und die wäre?"

„Du könntest dich morgen, nachdem du mich zum Flughafen gebracht hast, doch einfach mal auf die Suche machen. Oben auf dem Dachboden oder vielleicht im Arbeitszimmer deines Großvaters. Normalerweise werfen die Leute ihre alten Sachen nicht weg. Bestimmt findest du Fotoalben, Liebesbriefe, Geburtsurkunden. Als meine Großmutter vor ein paar Jahren gestorben ist, haben meine Eltern fünf Kartons mit Erinnerungsstücken gefunden, die sie noch nie zuvor gesehen hatten. Sie hatten einen Mordsspaß dabei, alles durchzusehen."

Das war wirklich eine gute Idee.

„Fang einfach an und warte ab, wohin dich das führt", sagte sie. „Marilyn gibt dir bestimmt alle Informationen, die sie bereits zusammengetragen hat."

„Bestimmt. Aber lass uns ihr lieber noch nichts davon sagen. Ich bin mir ja nicht einmal sicher, ob ich –"

„Michael, mach dir keine Sorgen. Es ist ja nicht so, als würden Marilyn und ich ständig miteinander telefonieren, sodass es mir versehentlich herausrutschen könnte."

„Du hast recht. Es ist nur einfach so, dass ich mir noch nicht sicher bin, ob ich die Biografie schreiben will – selbst wenn ich eine Tonne alter Erinnerungsstücke finde."

„Dann lass es doch einfach offen. Du brauchst dich noch nicht zu entscheiden. Mach einen Schritt nach dem anderen. Bete darüber. Denk darüber nach. Hat Rick etwas gesagt, bis wann er eine Antwort haben will?"

„Er sagte, ich solle mir zwei oder drei Tage Zeit nehmen."

„Dann mach das auch. Im Augenblick brauchen wir noch nichts zu entscheiden."

„Also gut", sagte ich. Dann griff ich nach meinem Kaffeebecher, trank einen tiefen Schluck und lehnte mich zurück.

„Es gibt noch eine andere Entscheidung, über die ich gern mit dir reden möchte", sagte Jenn. Ein verlegener Ausdruck huschte über ihr Gesicht und sie beugte sich vor. „Hinsichtlich eines ganz anderen Themas."

„Okay … muss ich mich innerlich auf das Schlimmste einstellen?"

„Nein, du Scherzkeks, es geht um etwas Gutes … etwas wirklich Gutes."

„Dann schieß mal los."

„Wie du weißt, fliege ich ja morgen nach Orlando zurück, um noch zwei Wochen zu arbeiten."

„Das weiß ich allerdings", erwiderte ich lächelnd.

„Also, ich werde natürlich auch eine Liste mit den Dingen machen, die ich mit herbringen möchte. Aber ich denke, den Großteil unserer Sachen sollten wir weggeben. Eigentlich gibt es in unserer Wohnung kaum etwas, das ich behalten möchte. Dieses Haus ist so wundervoll eingerichtet."

Ich verstand nicht so ganz, worauf sie hinauswollte, aber Jenn wählte manchmal Nebenstraßen, wenn sie über ein wichtiges Thema reden wollte. „Geht es gerade immer noch um das ‚wirklich Gute'?"

„Also gut, ich spreche es einfach aus. Wenn die beiden Wochen um sind, dachte ich … eigentlich gibt es doch keinen Grund, warum ich mir hier sofort einen neuen Job suchen sollte."

„Nein, da stimme ich dir zu."

„Also … wie wäre es … wenn wir eine Familie gründen? Ein Baby bekommen?"

„Wirklich?" Ich schrie es beinahe. Schon seit Monaten wünschte ich mir Kinder.

„Wirklich", sagte sie.

„Jenn, ich wäre … das wäre … einfach gigantisch. Das ist eine fantastische Idee!"

Ohne meine Hand loszulassen, stand sie auf. „Und ich habe mir gedacht …" Sie zog mich auf die Beine. „Wir könnten schon heute Abend damit anfangen."

Ich schlang die Arme um sie und wir küssten uns. Hand in Hand gingen wir zum Haus zurück. Nach ein paar Schritten blieb ich stehen. „Sollten wir nicht die Kaffeetassen mitnehmen?"

„Die können bis morgen warten", erwiderte sie.

Ich lächelte und wir gingen weiter.

Plötzlich war meine Niedergeschlagenheit wie weggeblasen.

# Kapitel 9

Jenn befand sich mittlerweile auf dem Weg nach Orlando. Und ich würde den Rest des Tages allein in unserem neuen Haus verbringen.

Am Flughafen hatte ich sie glücklicherweise davon überzeugen können, dass ich keinesfalls zwei Wochen am Stück ohne sie auskommen könnte. Ich hatte argumentiert, dass wir uns ein paar Hundert Dollar für einen Flug mit Sicherheit leisten konnten, wo wir doch jetzt Millionäre waren. Sie sollte am Wochenende auf jeden Fall nach Charleston kommen. Mir war klar gewesen, dass Jenn Ja sagen würde; schließlich liebte sie mich und wollte genauso gern mit mir zusammen sein wie ich mit ihr. Die Tatsache, dass sie erst nachgegeben hatte, nachdem ich ihr in Erinnerung gerufen hatte, dass sie, wenn sie nach Hause käme, das ganze Wochenende lang den neuen Mini Cooper fahren könnte, ignorierte ich geflissentlich.

Ich schloss die Autotür und suchte am Schlüsselbund nach dem Schlüssel für die Haustür. Während ich die Eingangsstufen hochstieg, nahm ich mir einen Augenblick Zeit, die überdachte Veranda zu bewundern, die sich über die gesamte Längsseite des Hauses erstreckte. Links und rechts der Haustür standen zwei perfekt beschnittene Büsche, Buchsbäume, glaube ich. Ihre guten Tage waren gezählt, jetzt, wo ich ihr Herr war. Eine dunkelgrüne Korbgarnitur stand links von mir, der ideale Platz für einen Kaffee und ein Gespräch am Abend. Rechts von mir befand sich eine kleine Essecke, ebenfalls mit Korbstühlen sowie einem runden Glastisch, auf dem ein Gesteck aus Seidenblumen prangte.

Am hinteren Ende der Veranda standen zwei weiß gestrichene Schaukelstühle – wundervoll geeignet zum Ausruhen für ein Pärchen, das einmal ganz für sich sein wollte.

Womit hatte ich ein solches Zuhause verdient?

Kaum war die Haustür hinter mir ins Schloss gefallen, begann die Standuhr im Wohnzimmer zu schlagen. Sie teilte mir mit, dass es inzwischen halb vier Uhr war. Die Uhr war wirklich ein schönes

Möbelstück und zudem eines der Lieblingsstücke meines Großvaters. Aber ich war mir nicht sicher, ob ich mich daran gewöhnen könnte, dass sie jede Viertelstunde schlug, Tag und Nacht. Ich legte meine Schlüssel auf den Tisch im Foyer und machte mich sofort an mein kleines Projekt, das ich noch vor dem Abendessen zum Abschluss zu bringen gedachte.

Noch hatte ich nicht entschieden, ob ich das Buch über meinen Großvater tatsächlich schreiben wollte, aber ich wollte mich zumindest, wie Jenn es vorgeschlagen hatte, im Haus umschauen. Vielleicht entdeckte ich ja wirklich irgendwo Kartons mit alten Erinnerungsstücken. Am besten fing ich mit meiner Suche auf dem Dachboden an.

Während ich die gewundene Treppe in den ersten Stock hochstieg, bewunderte ich die exquisiten Schnitzarbeiten, die den Handlauf, die Stufen und sogar die Haltevorrichtung des Leuchters an der Decke zierten. Auf dem oberen Treppenabsatz angelangt, ging ich zur Tür, die zum Dachboden führte. Die Treppe dahinter war weitaus weniger aufwendig gestaltet und sehr viel steiler. Durch die Dachgauben fiel Tageslicht auf die Stufen. Gramps hatte die vordere Hälfte des Bodens zu einem hübschen Gästezimmer umgebaut, das überwiegend in Himmelblau gehalten war. Dort hatten Jenn und ich bei unserem zweiten Besuch übernachtet.

Ich nahm die letzte Stufe, die direkt in dieses Gästezimmer führte. Es erinnerte beinahe an einen Loft. Nach wie vor hatte ich das Gefühl, im Gästezimmer eines anderen zu stehen. Ehrlich gesagt ging es mir in jedem Zimmer des Hauses so.

Durch eine Tür zu meiner Linken gelangte ich in die hintere Hälfte des Stockwerks, in den noch nicht ausgebauten Dachboden. Ich öffnete die Tür und tastete nach dem Lichtschalter. Ein Stapel Kartons sperrte das Licht, das ansonsten durch die hintere Dachgaube hereingefallen wäre, größtenteils aus. Ich ließ die Tür offen stehen, als ich eintrat, und schon bald hatten sich meine Augen an das Dämmerlicht gewöhnt.

Da die einzigen Kartons, die ich sehen konnte, die vor dem Fenster waren, begann ich dort mit meiner Suche. Zwanzig Minuten später war ich noch nicht fündig geworden. Allerdings konnte ich jetzt besser sehen, da ich die Kartons an anderer Stelle wieder aufeinandergestapelt hatte. Darin waren lediglich Haushaltsutensilien verpackt gewesen – alte Teller, Töpfe und Pfannen, muffiges Leinen und Bettdecken. Ich schaute mich nach weiteren Kartons um, nach irgendetwas, das mir Stoff geben würde für dieses Buch über meinen Großvater.

Nachdem ich jeden Quadratzentimeter abgesucht hatte, hatte ich nicht ein einziges Fotoalbum gefunden, nicht eine einzige Schachtel mit alten Briefen, keinen einzigen Behälter mit Aufzeichnungen irgendeiner Art. Ich nieste viel, doch mehr ergaben meine Bemühungen nicht.

Als ich die Tür hinter mir ins Schloss zog und die Treppe wieder hinunterstieg, kam mir ein Gedanke. Die Piratentruhe! Eine Holztruhe aus der viktorianischen Ära am Fußende des Bettes in dem großen Gästezimmer im ersten Stock. Vor Jahren hatte Nan uns einmal erzählt, sie hätten sie gekauft, weil mein Großvater fand, dass sie aussah wie eine Kiste, in der ein Pirat seinen Schatz vergraben würde.

Ich hatte bislang nicht an die Truhe gedacht, weil ich ja wusste, was sich darin befand. Vor ihrem Tod hatte Nan mir den Inhalt einmal selbst gezeigt. „Hier verstecke ich meine Schätze", hatte sie mir mit einem verschmitzten Lächeln verraten. Die Truhe war voller alter Fotoalben. Mehr als ein Dutzend. Aber kein einziges Foto stammte aus den frühen Jahren, es gab keines von Gramps und Nan als Kinder oder als sie miteinander befreundet waren. Auf dem frühsten Foto waren sie bereits verheiratet.

Marilyn hatte sich davon vor ein paar Monaten noch einmal persönlich überzeugt, das hatte sie mir in einem unserer nervigen Gespräche über dieses Thema verraten. Am letzten Geburtstag meines Großvaters war sie nach oben geschlichen, um die Truhe zu durchsuchen, und tief enttäuscht wieder heruntergekommen. Aber vielleicht hatte mein Großvater ja seither noch etwas hineingelegt. Vielleicht sogar kurz vor seinem Tod.

Ich eilte die letzten Stufen hinunter und durchquerte den Flur. Die Gästezimmertür stand bereits offen. Ich kniete mich auf den Boden und hob den Deckel der Truhe an. Er knackte unheimlich, wie bei Piratentruhen zu erwarten.

Im Truheninneren fand ich genau das, was ich in Erinnerung

hatte. Zwei Stapel ordentlich aufeinandergelegter Fotoalben nahmen den größten Teil des Stauraums ein. Vermutlich war Marilyn die Letzte gewesen, die den Koffer geöffnet hatte, und sie hatte alles wieder genau so hineingelegt, wie Nan es vor Jahren eingeräumt hatte. An der Seite stand eine Reihe kleinerer Schachteln. Ich nahm sie heraus, aber sie waren rosa und mit Blumenmuster; so etwas passte nicht zu meinem Großvater.

Ich öffnete sie trotzdem. Postkarten lagen darin. Ich überflog die Daten; keine war älter als zwanzig Jahre. In den darauffolgenden dreißig Minuten blätterte ich die Fotoalben durch. Ich hätte Stunden damit verbringen und in Erinnerungen schwelgen können. Aber ich kannte sie bereits. Ich fand nicht ein einziges Foto oder Dokument, das sich auf die Zeit vor der Hochzeit meiner Großeltern bezog.

Bisher hatte mich das nie gestört.

Nachdem ich alles wieder ordentlich verstaut hatte, klappte ich den Deckel zu und stand auf.

Jetzt tat es das aber doch.

# Kapitel 10

Als ich die Treppe hinunterstieg, schossen mir alle möglichen beunruhigenden Gedanken durch den Kopf.

Sie gefielen mir überhaupt nicht.

Alle meine Erinnerungen an meinen Großvater waren positiv. Mehr noch, sie waren großartig. Ich hatte nie das Gefühl gehabt, dass er etwas verheimlichte. Nie war er einer Frage ausgewichen, die ich ihm gestellt hatte, oder hatte bewusst das Thema gewechselt – zumindest soweit ich mich erinnerte. Ganz im Gegenteil: Als Antwort auf meine Fragen hatte er mir immer eine wundervolle Geschichte erzählt.

Aber andererseits hatte ich ihm auch nie die Art Fragen gestellt, die Marilyn an ihn gerichtet hatte.

Ich durchquerte das Esszimmer, ging in die Küche und schenkte mir ein Glas Eistee ein. Eine Frage brannte mir auf den Nägeln: *Wieso hat jemand kein einziges Foto von seinem Hochzeitstag?*

Es war Marilyn, die darauf hingewiesen hatte, dass Gramps und Nan in den Vierzigerjahren geheiratet hatten. Die Großeltern aller ihrer Freunde hatten jede Menge Schwarz-Weiß-Fotos von ihrem Hochzeitstag und Dutzende Fotos aus ihrer Verlobungszeit. Die meisten besaßen sogar Kinderfotos von sich.

Warum Gramps und Nan nicht?

Plötzlich erschien mir dies eine berechtigte Frage zu sein.

Warum nicht?

Und wenn wir schon dabei waren, warum gab es keinen Trauschein und keine Geburtsurkunden? Wenigstens diese Dokumente hätten doch zu finden sein müssen. Vergilbt und brüchig, an den Ecken eingerissen. Und warum gab es keine Liebesbriefe? Sie hatten sich in den Kriegsjahren kennengelernt und ineinander verliebt. Damals schrieben sich Liebende noch unzählige Briefe. Hatte mein Großvater überhaupt im Zweiten Weltkrieg gekämpft?

Ich war immer davon ausgegangen. Seine Bücher zeichneten sich aus durch dichte Handlungsstränge, Action und Spannung, viele spielten in Kriegszeiten. Bestimmt kannte er Gefahr und Sterben und die Intensität kriegerischer Auseinandersetzungen aus eigenem Erleben. Aber während ich darüber nachdachte, konnte ich mich nicht an ein einziges Gespräch über seine Kriegserlebnisse erinnern. Warum hatte ich nie danach gefragt? Bestimmt nicht, weil ich befürchtet hatte, dass er mir keine direkte Antwort geben könnte. Es hatte sich einfach nie ergeben.

Ich ging zurück zum Tisch im Esszimmer und schnappte mir meinen Laptop. Der Drang, etwas zu schreiben, irgendetwas, wurde übermächtig in mir. Ich musste meinen Kopf klar bekommen, bevor mein Geist in die Dunkelheit der Zweifel hinabstürzte. „Gramps, du bist nach wie vor mein Held", sagte ich laut auf dem Weg zurück in den hinteren Teil des Hauses und in sein Arbeitszimmer.

*War er ein Krimineller, ein Verbrecher auf der Flucht vor dem Gesetz? Hatte er jemanden umgebracht? Hatte er –*

Stopp.

Ich musste aufhören, mich in Marilyns Verschwörungstheorien hineinziehen zu lassen. Während ich das Arbeitszimmer meines Großvaters betrat, gingen mir die Worte „Pass auf, wo du hintrittst" durch den Kopf. Er hatte sie gesagt, wann immer ich im Laufe der Jahre sein Arbeitszimmer betreten hatte.

Es war ein prachtvoller Raum. Über zwei Wände zogen sich deckenhohe Bücherregale. Die obersten drei Regale auf der linken Seite waren gefüllt mit den Erstausgaben seiner Romane. Nan hatte sie dort einsortiert. Die anderen Bücher hatte er für seine Recherchen gebraucht. Bestimmt war allein der Inhalt dieses Zimmers mittlerweile ein Vermögen wert.

Aber was mir beim Betreten des Raumes ins Auge stach, waren nicht die Bücherregale. Die hintere Wand war größtenteils verglast; durch sie blickte man hinaus in den abgeschiedenen Teil des Gartens hinter dem Haus. Dort standen die Liegestühle, in denen Jenn und ich gestern Abend gesessen hatten. Und vor der Fensterfront stand der Schreibtisch meines Großvaters.

Der jetzt mein Schreibtisch war.

Und dort, mitten auf dem Schreibtisch, seine berühmte Schreibmaschine. Eine alte Remington-Rand-Reiseschreibmaschine aus den Vierzigerjahren. Eine flache, schwarze, glänzende und sehr effektive Maschine. Wenn man eine Taste anschlug, hörte man ein Klacken, ein Buchstabe wurde getippt.

Eine Erinnerung durchzuckte mich. Damals war ich zwölf oder dreizehn. Ich war allein nach Charleston gekommen, um eine Woche meiner Sommerferien bei Gramps und Nan zu verbringen. Aber ich war gewarnt worden, dass Gramps einen festen Abgabetermin hatte; er würde jeden Nachmittag arbeiten müssen. Die Vormittage verbrachten wir gemeinsam, doch nach dem Mittagessen verschwand er bis zum Abendessen in seinem Arbeitszimmer. Ich erinnerte mich daran, wie ich mit meiner Großmutter in der Küche war und den herrlichen Duft von Rindereintopf und frisch gebackenem Brot einatmete.

„Würdest du Gramps holen?", fragte Nan. „Das Abendessen ist fertig."

„Soll ich anklopfen?"

„Er wird dich nicht hören."

„Ich kann sehr laut klopfen." Ich hörte das Klacken der Remington Rand bis hier.

„Das glaube ich dir gern", antwortete Nan. „Aber ich rede nicht vom Geräusch der Schreibmaschine. Wenn du diese Tür öffnest, wirst du Gramps Körper an seinem Schreibtisch entdecken, und er hämmert auf dieses Ding ein. Aber sein Geist befindet sich in einer anderen Welt."

Sie hatte recht. Ich musste entschlossen auf ihn zugehen, ihm ein paarmal auf die Schulter tippen und mit ihm reden, als wollte ich ihn aus einem tiefen Schlaf aufwecken.

Jetzt starrte ich auf die Remington Rand und erinnerte mich daran, wie faszinierend es gewesen war, meinen Großvater bei der Arbeit zu beobachten. Ich beugte mich vor und legte meine Hände auf die Tasten. Ohne nachzudenken tippte ich „D-i-e".

„Die", las ich laut. „*Die?*"

Mehr war mir nicht eingefallen? D-i-e? Wem wollte ich hier eigentlich etwas vormachen? Ich würde nie so schreiben können wie er. Ein tiefer Seufzer entwich meinen Lippen. Ein guter Schriftsteller wurde man nicht allein dadurch, dass man in seinem Haus lebte und an seinem Schreibtisch saß.

Diese Schreibmaschine jeden Tag vor Augen zu haben, schien

mir jetzt keine gute Idee mehr zu sein. Vermutlich würde sie mich mehr einschüchtern als ermutigen. Ich schaute mich um und entdeckte den Koffer, in dem Gramps die Maschine verstaute, wenn er auf Reisen ging, in einem Regal. Es war nicht der Originalkoffer, sondern ein wunderschöner, handgearbeiteter Holzkoffer. Vermutlich eine Sonderanfertigung.

Ich beschloss, die Schreibmaschine darin zu verstauen und nicht offen herumstehen zu lassen. Sie würde in diesem Raum bleiben, wäre in dem Koffer aber vor Staub geschützt. Ich griff nach dem Koffer und hob ihn hoch. Er war ungewöhnlich schwer, als enthielte er bereits eine Schreibmaschine. Als ich ihn neben der Remington Rand abstellte, spürte ich, wie darin etwas verrutschte. Der Koffer war definitiv nicht leer. Ich öffnete die Messingriegel und hob den Deckel an.

Darin lag ein ziemlich umfangreiches Manuskript, das von zwei Schnüren zusammengehalten wurde. Und darauf ein altes, in Leder gebundenes Tagebuch. Ich holte zuerst das Tagebuch heraus und blätterte es durch. Nur die ersten Seiten waren beschrieben, die restlichen Seiten waren leer. Es war die Schrift meines Großvaters, das erkannte ich auf den ersten Blick.

Verblüfft zog ich den Stuhl unter dem Schreibtisch hervor und ließ mich darauf nieder.

Ich legte das Tagebuch zur Seite, holte das Manuskript heraus und lehnte mich auf dem Stuhl zurück.

Das Papier war vom Alter leicht vergilbt. Meine Hände begannen zu zittern, als ich die wenigen Worte auf der Titelseite las. Ganz unverkennbar auf der Remington Rand geschrieben.

*Eine aussichtslose Liebe*
*Von Gerard Warner*

Ich konnte meinen Augen nicht trauen. Ich kannte jedes Buch, das mein Großvater je geschrieben hatte.

In meinen Händen hielt ich einen noch unveröffentlichten Roman von einem der größten Autoren unserer Zeit.

# Kapitel 11

„Jenn, du wirst es nicht glauben."

Ich musste einfach mit ihr reden. Seit der planmäßigen Ankunftszeit ihres Flugzeugs hatte ich es bereits ein halbes Dutzend Mal probiert, sie aber nicht erreicht. Mittlerweile platzte ich beinahe vor Ungeduld.

„Was ist los? Alles in Ordnung?"

„Alles bestens. Bist du jetzt erst angekommen?"

„Ich gehe gerade durch das Terminal."

„Jenn, ich habe einen unglaublichen Fund gemacht."

„Fotos von deinen Großeltern? Ich habe dir doch gesagt, die Leute werfen nichts –"

„Nein, keine Fotos. Diese Suche war, um ehrlich zu sein, die reinste Zeitverschwendung."

„Du hast keine Fotos gefunden?"

„Kein einziges. Marilyn hatte recht. Aber hör zu, ich habe etwas anderes gefunden, etwas viel Besseres."

„Was denn?"

„Ein Manuskript, Jenn. Ein Buch von meinem Großvater, das er bisher nie veröffentlicht hat."

„Was?"

„Ich halte es gerade in den Händen."

„Ein fertiges Buch?"

„Ich denke schon. Ich muss es zwar erst lesen, um das mit Sicherheit sagen zu können, aber ist dir klar, was das bedeutet?"

„Das scheint eine große Sache zu sein."

„*Riesengroß*. Viel besser als die Idee mit der Biografie."

„Bleib dran", sagte sie. „Ich bin jetzt im Aufzug. So, du kannst weiterreden."

„Gramps' letzter Roman erschien vor mehr als drei Jahren. Kannst du dir vorstellen, was die Entdeckung eines noch unveröffentlichten Romans aus seiner Feder auslösen wird, und was Verlage zahlen werden, um dieses Manuskript ein paar Wochen nach seinem Tod herausbringen zu können?" Noch während ich diese Worte aussprach, wurde mir bewusst, wie mies sie klangen. Als würde mir Gramps Tod auf einmal nichts mehr ausmachen.

„Ich schätze, ziemlich viel. Sag mal, Michael, wäre es in Ordnung, wenn ich dich zurückrufe, nachdem ich den Mietwagen bekommen habe, meine Taschen verstaut sind und ich auf dem Heimweg bin?"

Ich wollte wirklich gerne weiter mit ihr über diese Sache reden. „Na gut. In einer halben Stunde?"

„Ich denke schon."

Nachdem wir das Gespräch beendet hatten, ging ich in die Küche, um mir Eistee nachzuschenken. Und um den Kopf klar zu bekommen. Mit dem Glas in der Hand kehrte ich ins Arbeitszimmer zurück, blieb aber im Türrahmen stehen und starrte auf das Manuskript, das auf dem Schreibtisch lag. Es war ein unglaublicher Fund. Ich sah es dort liegen, neben der Schreibmaschine … und ganz plötzlich durchzuckte mich der Gedanke, dass Gramps es genau hier geschrieben hatte, in diesem Zimmer, auf dieser kleinen Maschine. Mein Blick wanderte zu dem Holzkoffer, der aufgeklappt danebenstand. Auf einmal war mir alles klar.

Gramps hatte gewollt, dass ich es finde.

Irgendwann kurz vor seinem Tod hatte Gramps alles so vorbereitet, dass ich dieses unveröffentlichte Manuskript in diesem Holzkoffer finden musste. Er hatte mir das Haus vererbt und wusste, dass ich sein Arbeitszimmer zum Schreiben nutzen würde. Und er wusste auch, dass ich auf meinem Laptop schreiben würde, nicht auf seiner Schreibmaschine. Also hätte er die Schreibmaschine selbst in den Koffer packen können. Aber er hatte sie mitten auf seinem Schreibtisch stehen lassen, weil er wusste, dass ich sie in den Holzkoffer räumen würde.

Und dabei seinen Roman finden.

Seinen letzten, unveröffentlichten Roman.

Ich beugte mich über den Papierstapel und wunderte mich erneut über das leicht vergilbte Papier. Das verstand ich nicht so ganz. Ich nahm das Manuskript in die Hand und blätterte die ersten fünfzig Seiten durch. Alle Seiten wiesen dieselbe Verfärbung auf. Vielleicht war es ja gar nicht sein letzter Roman. Auf dem Deckblatt stand kein Datum. Ich setzte mich an den Schreibtisch, löste die Schnüre und überflog die ersten paar Seiten, bis ich zu Kapitel eins kam. Nirgendwo stand, wann er es geschrieben hatte.

Aber eigentlich war das auch egal. Wichtig war nur, dass es ein unveröffentlichtes Manuskript war. Und Gramps hatte gewollt, dass ich es *nach* seinem Tod fand.

Aber aus welchem Grund?

Erneut las ich den Titel. *Eine aussichtslose Liebe.* Interessant. Ich fragte mich, worum es in dem Roman ging. Die Suche nach Informationen über Gramps Herkunft würde ich erst mal zurückstellen. Das hier war eine viel größere Sache. Rick Samson würde mir da mit Sicherheit recht geben.

Ich überlegte, wann ich ihn anrufen und was ich ihm sagen sollte. Aber natürlich würde ich das Manuskript zuerst lesen und mich davon überzeugen müssen, dass es fertiggestellt war. Plötzlich kam mir eine Idee. Ich nahm den Manuskriptstapel erneut in die Hand und schlug die letzte Seite auf. Und da stand es: ENDE.

Der Roman war also vollendet. Trotzdem, ich musste ihn zuerst lesen. Das hatte oberste Priorität.

Ich legte das Manuskript vor mich und trank einen Schluck Eistee. Einen Moment mal, was dachte ich denn da? *Ich musste ihn zuerst lesen.* Als ob dieses Werk meine Billigung bräuchte. Hastig schob ich den Stuhl ein paar Zentimeter vom Schreibtisch zurück. Was war nur über mich gekommen? Ich *wollte* dieses Manuskript lesen. Nicht um seinen finanziellen Wert einzuschätzen, sondern weil mein Großvater es geschrieben hatte. Weil ich ihn liebte. Geld hatte ich jetzt mehr als genug. Gramps hatte mir bereits mehr gegeben, als ich vermutlich jemals selbst verdienen würde.

Er hatte dieses Werk geschrieben und es aus irgendeinem Grund nicht veröffentlicht. Und aus irgendeinem anderen Grund hatte er alles so arrangiert, dass ich das Manuskript nach seinem Tod fand. Er musste gewusst haben, wie wertvoll es war. Wollte er, dass ich es für ihn veröffentlichte? So schien es fast. Und wenn dem so war, erwartete er dann von mir, dass ich die Einnahmen mit dem Rest der Familie teilte? Nur mit den anderen Enkelkindern oder auch mit meinem Vater und Tante Fran?

Aber wenn das sein Ansinnen war, warum hatte er das Buch

dann nicht einfach selbst veröffentlicht und damit vor seinem Tod in sein Vermögen eingebracht?

Das ergab doch alles keinen Sinn.

Ein Lächeln stahl sich auf meine Lippen. Gramps' Romanen hatte immer etwas Rätselhaftes angehaftet. Ich fragte mich, was Jenn von alldem halten würde. Während ich mein Glas auf einen Untersetzer stellte, fiel mein Blick auf das alte Tagebuch, das ebenfalls in dem Holzkoffer gelegen hatte.

*Das Tagebuch.*

Damit würde ich anfangen.

# Kapitel 12

Bevor ich die Gelegenheit hatte, mich in das Tagebuch meines Großvaters zu vertiefen, rief Jenn zurück. Ich erzählte ihr noch einmal ganz genau, um was für einen Fund es sich handelte, und auch von meinen Überlegungen, dass Gramps mich das Manuskript absichtlich hatte finden lassen. Sie konnte sich das alles genauso wenig erklären wie ich. Wir einigten uns darauf, dass ich in den kommenden Tagen zuerst einmal das Manuskript lesen würde, bevor wir uns überlegten, wie es weitergehen sollte. Vielleicht klärte sich dann ja alles auf. Einen Moment lang überlegte ich, ob ich das Manuskript besser in einen Safe legen sollte.

Schließlich hielt ich das einzige Exemplar eines noch unveröffentlichten Werkes meines Großvaters in den Händen.

Wenn ich etwas schrieb, machte ich mindestens zwei oder drei Sicherheitskopien. Die Segnungen des digitalen Zeitalters. Nachdenklich starrte ich auf den Papierstapel, der möglicherweise gut eine Million Dollar wert war. Doch dann befahl ich mir, mich zu entspannen. Dieses Haus hatte zwei Jahrhunderte überstanden, ohne Schaden zu nehmen, und das Manuskript hatte so lange hier gelegen, dass es Gilb ansetzen konnte. Da kam es auf ein paar Tage mehr auch nicht mehr an.

Natürlich erzählte ich Jenn auch von dem Tagebuch, in dem nur wenige Seiten beschrieben waren, und dass ich es gleich nach unserem Telefonat lesen wollte. Sie war genauso neugierig wie ich und ich versprach, ihr bei unserem nächsten Gespräch zu berichten, was darin stand.

Als wir auflegten, ging die Sonne bereits langsam unter. Ich zog an der kleinen Kette der Tiffanylampe, die ein sanftes Licht spendete, lehnte mich zurück, drehte den Stuhl um 180 Grad und legte meine Füße auf eine kleine Ottomane aus Leder, die mein Großvater zu genau diesem Zweck hier hingestellt hatte. Das Licht fiel über meine rechte Schulter. Ich schlug das Tagebuch auf.

Dass mein Großvater Tagebuch führte, im traditionellen Sinn, wie jemand, der seine tiefsten Gedanken festhalten möchte, war mir neu. Allerdings trug er immer einen kleinen Notizblock und einen Stift bei sich. Dann und wann notierte er sich Beobachtungen und Gedanken, die irgendwann noch einmal wichtig für ihn sein könnten. Ich erinnerte mich an eine Gelegenheit, die etwa fünf Jahre zurücklag. Wir waren zum Fischen in der Nähe der Mündung des Nowell Creek und ich hatte gerade einen ansehnlichen Rotbarsch am Haken. Nachdem mein Großvater den Burschen mithilfe eines Netzes ins Boot gehievt hatte, trat ein eigentümlicher Ausdruck auf sein Gesicht, und er zog diesen kleinen Block aus seiner Tasche.

„Gramps", sagte ich, während ich zusah, wie der Rotbarsch im Netz zu seinen Füßen zappelte. „Was ist los?"

„Mir ist gerade eingefallen, wie ich ein bestimmtes Ereignis in der Szene, an der ich gerade arbeite, beschreiben kann."

„Es geht ums Angeln?"

„Nein", antwortete er, „aber mir ist aufgefallen, wie lebendig dieser Rotbarsch auf einmal wurde, als er das Netz erblickte. Gib mir eine Minute."

Er wusste, dass ich ebenfalls Schriftsteller werden wollte, darum sagte er, als er den Block wieder in seine Hemdtasche gesteckt hatte: „Du musst dir auch so einen besorgen. Meine besten Formulierungen fallen mir zu den unpassendsten Zeiten ein."

Ich holte mein Smartphone hervor, das ich in einer Tasche mit Reißverschluss verstaut hatte, damit es nicht nass wurde, und sagte: „Hab schon einen."

„Hast du je etwas darauf geschrieben?", fragte er.

Ich dachte einen Augenblick nach. „Nichts wirklich Wichtiges." Leider hatte sich daran bis heute nichts geändert. Das war traurig, aber wahr.

Ich legte das Tagebuch auf meinen Schoß und las die ersten Seiten. Gramps hatte die Einträge datiert. Sie stammten alle aus dem vergangenen Monat, aus den zwei Wochen vor seinem Tod.

Die ersten Einträge beschrieben einige seiner liebsten und letzten Erinnerungen an Nan.

An die Kreuzfahrt, die sie an ihrem letzten gemeinsamen Hochzeitstag in die östliche Karibik unternommen hatten. An einen Spaziergang auf einem Berg im südlichen Maine, bei dem sie wilde Blaubeeren gepflückt hatten, einen Sonnenuntergang in dem wunderhübschen Städtchen Sedona in Arizona. An ein einfaches Gespräch, das sie im Garten in den Liegestühlen geführt hatten, in denen Jenn und ich gestern Abend noch gesessen hatten. Nan hatte Gramps erzählt, dass er nach all den Jahren immer noch ihr Lieblingsautor sei. Und Nan hatte einiges über den Himmel gesagt, in jenen letzten Wochen, in denen ihr Geist noch klar gewesen war.

Jeder Eintrag berührte mich tief. Es war nicht der Schreibstil, den ich aus Gramps' Büchern kannte. Er schrieb viel persönlicher. Doch er verstand es ausgezeichnet, seine Gefühle so zu beschreiben, dass man sie verstehen und nachempfinden konnte. Aus dem, was er über seine Liebe zu Nan schrieb, sprach eine Freude, die ich mit Händen greifen konnte; ich spürte, wie glücklich sie miteinander gewesen waren. Aber ich spürte auf jeder Seite auch eine tiefe Einsamkeit, einen unfassbaren Schmerz.

Der letzte Eintrag, knapp zwei Seiten lang, war anders. Es waren offensichtlich seine letzten Zeilen:

*Ich werde bald sterben. Ich spüre es.*

*Ich habe den Arzt nicht aufgesucht, um mir dies bestätigen zu lassen, und das werde ich auch nicht tun. Vielleicht sind das die Marotten eines alten Mannes. Aber er würde mich doch nur zu einer endlosen Reihe schmerzhafter lebensrettender Therapien überreden, die mein Leben nicht verlängern, sondern es nur elender machen würden. Ich habe miterlebt, was sie meiner geliebten Mary angetan haben, einen Tod in kleinen Schritten. Ich werde nicht zulassen, dass sie mir das antun.*

*Warum sollte ich mein Leben auch verlängern wollen?*

*Ich habe ein volles Maß an Jahren gelebt und bin bereit, zu dem Zeitpunkt aus dieser Welt zu scheiden, den mein Schöpfer mir bestimmt hat. Außerdem möchte ich Mary wiedersehen, wieder mit ihr zusammen sein. Das wollte ich, seit ich zum letzten Mal die Wärme ihrer Hand in meiner gespürt habe. Vier lange Jahre ist das jetzt her.*

*Und darum werde ich dieser Krankheit in mir ihren Lauf lassen, was auch immer es ist. Vermutlich irgendein Krebs. Ich habe keine starken Schmerzen, zumindest im Augenblick noch nicht. Noch kann ich alles erledigen, was zu tun ist, was ich tun möchte. Das wird auch so bleiben, bis mein Körper an irgendeinem Punkt beginnt, sich in das Unausweichliche zu fügen. Das habe ich gelesen. Wenn dies geschieht, nun … darum nennt man es das Unausweichliche.*

*Ich werde meine letzten Tage unter Morphium verbringen, bis der Herr sich entschließt, mich ruhig im Schlaf zu sich zu holen. Und dann wird es mir gut gehen.*

Gramps hatte also schon seit geraumer Zeit gewusst, dass er sterben würde. Man hatte uns nicht genau mitgeteilt, wie er aus dem Leben geschieden war, nur dass es im Schlaf geschehen war. Dieser Wunsch war ihm anscheinend erfüllt worden. Mein Dad und Tante Fran hatten keine Autopsie vornehmen lassen. Es war ganz eindeutig, dass niemand nachgeholfen hatte, und keiner von ihnen legte Wert darauf, die genaue Todesursache zu erfahren.

*Ich schreibe diese letzten Seiten für meine Familie. Genauer gesagt, für meinen Enkel Michael, der sie finden wird.*

„Was?!", rief ich laut, als ich meinen Namen las.

*Ich vertraue darauf, dass er weiß, was damit zu tun ist, genauso wie mit dem Päckchen, das ich in meinem Schreibmaschinenkoffer zurückgelassen habe (der seine eigene Geschichte hat, wie er ebenfalls herausfinden wird).*

Ich hatte also recht. Gramps wollte, dass ich das Manuskript finde. Was meinte er mit dem Satz, er vertraue darauf, dass ich wüsste, was damit zu tun sei? Das wusste ich nicht! Mein Blick wanderte zu dem Holzkoffer hinüber, und ich fragte mich, inwiefern er wohl seine eigene Geschichte hatte. Wie um alles in der Welt sollte ich das alles in Erfahrung bringen? Bevor ich weiterlas, blätterte ich noch einmal die restlichen Tagebuchseiten durch.

Es gab keine weiteren Einträge mehr.

Wo sollte ich alle diese Informationen finden?

*Mein Testament ist bereits geschrieben und mittlerweile dürften alle wissen, wie hoch ihr Erbe ist. Ich denke, sie werden alle sehr glücklich sein. Sie haben dieses Glück verdient, denn jeder von ihnen hat auf vielfältige Weise zu meinem eigenen Glück beigetragen. Außerdem hat der gute Herr es so eingerichtet, dass man nicht die kleinste Kleinigkeit mitnehmen kann.*

*Aber keiner von ihnen wird auch nur annähernd so glücklich sein wie ich. Ich rechne damit, die Hand meiner Mary wieder halten zu können und Antworten zu bekommen auf Fragen, die weise Männer schon über Jahrhunderte hinweg beschäftigen.*

*Empfinde ich Bedauern?*

*Das, was mir am meisten zu schaffen macht, ist durch die Gnade Gottes fortgewaschen worden. Da ist diese eine Sache, die mich in meinem Leben lange Zeit verfolgt hat. Über Jahrzehnte hinweg habe ich mich in ihren Schatten geduckt. Es scheint mir geglückt zu sein, denn ich bin meinem Ende sehr nahe. Aber ich möchte nicht, dass sie auch meine Familie über meinen Tod hinweg verfolgt.*

*Sie haben das Recht, die Wahrheit zu erfahren.*

*Ich werde es ihnen überlassen zu entscheiden, wie sie damit umgehen wollen.*

*Eigentlich überlasse ich die Entscheidung darüber dir, Michael.*

Die letzten drei Zeilen las ich drei Mal. „Oh Gramps, du machst mich fertig." Irgendeine geheimnisvolle Angelegenheit hatte ihn sein ganzes Leben lang verfolgt?

*Über Jahrzehnte hinweg habe ich mich in ihren Schatten geduckt.*

Was bedeutete das? Und inwiefern würde diese Sache jetzt meine Familie verfolgen? Marilyn würde ausrasten, wenn sie das läse. Gramps' Worte schienen ihre schlimmsten Verschwörungstheorien zu bestätigen.

Und warum … Ich sprang auf und sagte laut: „Warum willst du die Entscheidung darüber, was damit geschehen soll, mir überlassen, Gramps? Warum ausgerechnet mir?" Ich legte das Tagebuch neben das Manuskript, knipste das Licht aus und stürmte aus dem Arbeitszimmer. Die Tür knallte ich hinter mir zu.

Das war alles total verrückt.

Ich musste dringend für ein paar Stunden aus dem Haus gehen, frische Luft schnappen und vielleicht irgendwo etwas Leckeres essen. Außerdem musste ich mit Jenn reden. Aber ich wusste schon, was ich danach tun würde.

Ich würde mir das Manuskript vornehmen und es von vorne bis hinten durchlesen. Vermutlich würde ich bis spät in die Nacht hinein lesen und dann gleich morgen Früh weitermachen.

# Eine aussichtslose Liebe

## von Gerard Warner

# Kapitel 1

**Oktober 1942**

„Ben", sagte sie, „woran denkst du gerade? Du bist mit deinen Gedanken schon wieder ganz woanders."

Ben Coleman sah zu Claire auf, dann wanderte sein Blick zu seinen anderen neuen „Freunden" weiter, die mit ihm im Schnellrestaurant des McCrory's-Kaufhauses zu Mittag aßen. Wie könnte er ihr sagen, woran er gerade gedacht hatte? Ihm war durch den Kopf gegangen, dass er sich hoffnungslos in sie verliebt hatte und dass sie unmöglich zusammenkommen konnten. Er hatte über die Gründe dafür nachgedacht. Die beiden wichtigsten waren unüberwindliche Hindernisse. Er blickte in ihre wunderschönen Augen. „Ach, ich bin nur ein bisschen müde", erwiderte er und unterdrückte ein Seufzen. „Hab ich was verpasst?"

Immer diese Lügen.

Angefangen mit seinem Namen. Er war nicht Ben Coleman. In den vergangenen zwei Monaten hatte er die Erfahrung gemacht, wie schwer Worte wiegen konnten, wenn man sie allein tragen musste. Lügen, die man einem Menschen auftischte, den man liebte, wogen noch schwerer.

„Hank hat vorgeschlagen, dass wir heute Abend ins Kino gehen", antwortete Claire. „Ich habe um 18 Uhr Feierabend. Wann fängt der Film an, Hank?"

Ben sah zu Hank Nelson hinüber, dessen liebeskranker Blick an Claire hing. So schaute er sie immer an, aber sie schien es nicht zu bemerken. Nicht dass Hank ansonsten eine Chance gehabt hätte; Claire spielte in einer ganz anderen Liga als er. Und Hank war ohnehin nicht gerade der Typ, auf den die Frauen flogen. „Um 19 Uhr", erwiderte Hank. „Ich könnte vorbeikommen und dich abholen."

Hanks Angebot bezog sich eindeutig ausschließlich auf Claire und schloss alle anderen am Tisch aus. „Das ist nicht nötig, Hank.

Ich brauche nicht abgeholt zu werden. Wie sieht es aus, Ben. Kannst du mitkommen?"

Claire Richards – und ja, das war ihr richtiger Name – blickte ihn direkt an, als sie die Frage stellte. Entweder lag er vollkommen falsch oder sie empfand auch etwas für ihn. Im Augenblick erschien ihm das gar nicht so unwahrscheinlich. Immerhin bat sie ihn beinahe um eine Verabredung. „Was läuft denn?", fragte er.

„Ein Kriegsfilm", erklärte Hank. „*Geheime Mission* mit James Mason und Stewart Granger. Hast du gerade denn nicht zugehört?"

„Entschuldige, nein, das habe ich nicht." Ein Kriegsfilm, dachte Ben. Schlimmer noch, ein Kriegsfilm über Spione. Nicht gerade die schönste Samstagabendbeschäftigung. Aber wenn er mitginge, könnte er noch mehr Zeit mit Claire verbringen. Claire, deren Herz Jim Burton gehörte, ihrem Freund aus der Highschool, der gerade irgendwo in Nordafrika gegen Rommel und die Nazis kämpfte. Burton war der erste große Hinderungsgrund. „Klar, ich komme mit", erklärte Ben.

„Toll. Barb und Joe, was ist mit euch?"

Barbara Scott war Claires beste Freundin. Sie und Joe waren verlobt und wollten in der Woche vor Thanksgiving heiraten. Irgendwann zwischen Thanksgiving und Weihnachten würde Joe einrücken müssen. „Ich weiß nicht so recht", meinte Joe. „Eigentlich bin ich nicht in der Stimmung für einen Kriegsfilm."

Claire verzog das Gesicht.

„Ach komm schon, Joe", sagte Barb. „Das macht bestimmt Spaß." Sie hatte die Botschaft verstanden. Claire wollte, dass die ganze Clique mitkam; sie wollte ein Gruppenereignis daraus machen.

„Na gut, wenn du unbedingt willst", gab Joe nach. Barb beugte sich vor und drückte ihm einen Kuss auf die Wange.

Ben trank den letzten Schluck seines Root Beers aus. Allmählich gewöhnte er sich an dieses Getränk. Als die Musik aus der Musikbox verstummte, stand Hank auf. „Ich kümmere mich darum."

„Leg Frank Sinatra auf", bat Claire, *Night and Day*, machst du das, Hank?"

Ben ertappte Hank dabei, wie er das Gesicht verzog. Offensichtlich entsprach dieser Liedwunsch nicht seinem Geschmack. „Natürlich, Claire. Du bekommst deinen Song."

Ben liebte Sinatra. Eigentlich gefiel ihm alle Musik, die er in diesen vergangenen zwei Monaten endlich wieder hatte genießen können. Bing Crosby, Glenn Miller, die Andrews Sisters. Er hatte schon so lange keine gute amerikanische Musik mehr gehört.

Als die Musik einsetzte, sagte Claire: „Zu diesem Lied haben Jim und ich zum letzten Mal getanzt, kurz bevor er einrücken musste."

„Ohhh", machte Barb, „das ist ja so romantisch. Ich liebe dieses Lied."

„Du liebst alle Songs von Sinatra", meinte Joe.

„Stimmt", erwiderte sie. „Das kann ich nicht leugnen."

Ben beobachtete Claires Augen, wie immer, wenn sie über Jim sprach. Sie hatte nie geweint oder irgendwelche Emotionen gezeigt. Und auch jetzt lächelte sie nur abwesend, als Sinatra den Refrain schmetterte.

Das musste etwas zu bedeuten haben.

Claires Blick richtete sich auf die Uhr an der Wand. „Nach diesem Song muss ich los. Meine Mittagspause ist um 14 Uhr zu Ende." Claire arbeitete bei Woolworth auf der Beach Street. „Hast du schon einen Job gefunden?", fragte sie Ben.

„Noch nicht." Allerdings suchte Ben auch nicht besonders intensiv. Er hatte genug Geld. Eigentlich sogar so viel, dass es für den Rest seines Leben gereicht hätte. Aber irgendwann würde er sich eine Arbeitsstelle suchen müssen, schon allein um den äußeren Schein zu wahren.

„Vielleicht könntest du dich in der Zwischenzeit bei der zivilen Luftpatrouille engagieren", schlug Barb vor. „Ich habe im vergangenen August da angefangen. Das macht großen Spaß."

„Bist du schon mal geritten?", fragte Joe.

„Wie bitte?", fragte Ben.

„Pferde, kannst du reiten?"

Ben schüttelte den Kopf. „Hab nie auf einem gesessen. Warum?"

„Die Küstenwache ist auf der Suche nach Männern, die reiten können. Ich wünschte, ich hätte davon gehört, bevor ich in die Armee eingetreten bin. Ich hätte die Krauts hier zu Hause bekämpfen können anstatt in Übersee."

„Du kannst doch gar nicht reiten", bemerkte Barb.

65

„Nicht mehr, aber als Kind bin ich geritten. Damals haben wir in der Nähe von Samsula gelebt."

„Tatsächlich? Das wusste ich ja gar nicht."

„Es gibt noch vieles, das du nicht über mich weißt", sagte Joe und griff nach ihrer Hand.

„Ein Mann mit vielen Geheimnissen", spottete Hank. „Also, was tun sie, diese Männer auf Pferden?"

„Für dich wäre das sowieso nichts", erwiderte Joe und spielte damit auf die Tatsache an, dass Hank ausgemustert worden war.

Niedergeschlagen sah Hank zu Boden.

„Joe", sagte Claire vorwurfsvoll.

„Das war nicht nett", fügte Barb hinzu.

„Was denn? Das war doch nicht böse gemeint."

Bens Blick blieb an Hanks dicken Brillengläsern hängen. Wenn er einen ansah, hatte man immer den Eindruck, seine Augen würden gleich aus den Augenhöhlen herausspringen. Seine Nase war ähnlich groß wie seine Brille und mit den dichten Locken, die sich auf seinem Kopf türmten, erinnerte er an den einen der Marx Brothers. „Also, was ist jetzt mit den Pferden?", fragte Ben. „Nicht, dass *ich* da mitmachen könnte. Ich bin auch nicht tauglich für den Militärdienst, schon vergessen?"

„Das hatte ich tatsächlich vergessen", erwiderte Joe.

Als Ben die anderen kennengelernt hatte, hatte er ihnen erzählt, er leide unter Herzgeräuschen. Irgendwie hatte er erklären müssen, warum er sich nicht wie jeder andere gesunde junge Mann, der sein Heimatland liebte, zum Militärdienst gemeldet hatte.

„Dein Problem ist nicht so offensichtlich", fügte Joe hinzu. „Nichts für ungut, Hank."

„Schon gut", erwiderte dieser.

„Also", setzte Joe an, „im vergangenen Monat hat die Küstenwache damit begonnen, Strandpatrouillen zu Pferde loszuschicken. Ihr wisst ja, was sie tun. Sie suchen an den Küsten nach weiteren deutschen Saboteuren, die von den U-Booten an Land kommen."

„Das war echt eine Sache!", sagte Hank. „Im Juni sind vier von ihnen südlich von Jacksonville an Land gekommen. In der Zeitung stand, man hätte Gewehre, Sprengstoff und einen ganzen Koffer voller Bargeld in den Dünen gefunden."

„Na ja, wenn diese Sache erst mal in Gang gekommen ist, werden sie wohl keine Krauts mehr an Land schmuggeln können", meinte Joe. „Jede Patrouille wird mit Pferden und Schäferhunden ausgestattet, und sie werden die ganze Nacht lang in Schichten Wache halten. Anders als Autos machen Pferde keinen Lärm und sie können sich auch nicht im Sand festfahren. Die Krauts werden sie nicht einmal kommen hören."

„Und du bist sicher, dass du dich nicht noch zur Strandpatrouille versetzen lassen kannst?", fragte Barb hoffnungsvoll.

„Ja, Schatz", erwiderte Joe. „Das habe ich schon probiert. Der Armeeanwerber meinte, unterschrieben sei unterschrieben."

Barb zog einen Schmollmund. Joe beugte sich vor und küsste sie.

„Also, Ben, ich meinte ja auch gar nicht, dass du der Küstenwache beitreten solltest", sagte Barb. „Schließlich weiß ich um die Probleme mit deinem Herzen. Ich habe von der freiwilligen Mitarbeit bei der zivilen Luftüberwachung gesprochen. Du hast doch bestimmt schon die Wachtürme gesehen, die momentan überall aufgestellt werden."

Ben nickte.

„Du könntest dich zum Späher ausbilden lassen. Dafür bekommst du zwar keinen Lohn, aber es macht großen Spaß. Du sitzt in dem Turm und hältst am Himmel Ausschau nach deutschen Flugzeugen und auf dem Meer nach U-Booten und meldest alles, was du beobachtest."

„Hast du schon mal was entdeckt?", fragte Hank.

„Zwar noch kein U-Boot, aber dafür jede Menge Flugzeuge."

„Lass mich raten", sagte er. „Unsere Flugzeuge."

„Ja", gestand Barb zerknirscht. „Bisher schon, aber man kann ja nie wissen …"

„Ich denke, wir wissen es sehr wohl", meinte Hank. „Die Deutschen besitzen gar kein Flugzeug, das über den Atlantik fliegen kann. Zumindest noch nicht."

„Ich denke darüber nach", sagte Ben. Er wollte das Thema wechseln. Diese ganze Unterhaltung machte ihn nervös. Sie redeten gerade über das zweite große Hindernis, Claires Zuneigung zu gewinnen. Wenn seine wahre Identität bekannt würde, würde er verhaftet, verurteilt und hingerichtet, genau wie sechs andere deutsche Saboteure vor acht Wochen. Sie waren im Juni gefasst, im Juli vor Gericht gestellt und im August auf dem elektrischen Stuhl hingerichtet worden.

Der Sinatra-Song war zu Ende.

„So, ich muss los", sagte Claire und stand auf.

Ben erhob sich ebenfalls. „Ja, ich muss auch zurück. Ich habe meiner Vermieterin versprochen, ihr noch vor Einbruch der Dunkelheit bei ein paar Dingen zu helfen." Das war eine weitere Lüge, aber wenn Claire wegging, gab es für ihn keinen Grund mehr zu bleiben.

An der Glastür blieb Claire stehen und sah Ben an. „Aber du kommst doch mit ins Kino, oder?"

„Das würde ich um nichts in der Welt verpassen wollen", sagte Ben.

Nachdem sie sich voneinander verabschiedet hatten, ging Claire davon. Ben blickte ihr vom Bürgersteig aus nach. Wieder hatte es den Anschein gehabt, als sei es Claire besonders wichtig, dass er mitkam. Sie wollte, dass er sie ins Kino begleitete.

Und darum würde er sich heute Abend überwinden und sich diesen dummen Film ansehen.

Sein Verstand sagte ihm, dass Claire niemals die Seine sein könnte. Aber er ignorierte seine Einwände. Sein ganzes Leben hing jetzt in der Schwebe. Der sorgfältig ausgearbeitete Plan, der ihn Mitte August ein Stück nördlich von hier an Land gespült hatte, war in jener ersten Nacht zunichtegemacht worden. Sich von diesem Plan zu befreien, eine Chance für einen Neuanfang zu finden … das war der neue Plan. Der einzige Plan, der Ben wichtig war.

Claire, dachte er.

So viele Lügen.

# Kapitel 2

Der Spionagefilm, der im Kino von Daytona gezeigt wurde, war in großen Teilen Unsinn. Aber wen wunderte das? Britische Schauspieler, eine britische Handlung und Unmengen an Propaganda. Die Nazis waren böse und unfähig, die Alliierten edel und intelligent. Ein vorhersehbarer Schluss.

Doch das kümmerte Ben nicht. Dank der Wochenschau und der Vorschauen, die im Vorfeld gezeigt worden waren, hatte er ganze zwei Stunden neben Claire sitzen können. Bei einigen der spannenden Szenen hatte sie sich an ihn gelehnt. Zweimal hatte sie seinen Unterarm umklammert anstatt der Armlehne.

Auch das Bild, das in dem Film von den Nazis vermittelt wurde, störte ihn nicht. Aus eigener Erfahrung wusste er, dass sie wirklich abgrundtief böse waren. Und viele, mit denen er zu tun gehabt hatte – einige davon in einflussreichen Positionen – waren tatsächlich in höchstem Maße inkompetent.

Er wünschte sich von ganzem Herzen, dass sie den Krieg verloren.

Mittlerweile war es dunkel. Ben stand in der Mitte der Broadway Bridge und blickte in Richtung Westen zur Innenstadt hinüber, aus der er gerade gekommen war. Eine Hauptstraße, die Beach Street, führte am Fluss entlang, der Daytona in zwei Stadtteile aufteilte: In den Stadtteil am Strand und den auf dem Festland. So beschrieben es die Einwohner. Ein paar wenige Straßen gingen von der Hauptstraße ab, aber insgesamt war die Stadt nicht besonders groß. Wie viele andere Kleinstädte, an die Ben sich aus Pennsylvania erinnerte, wo er zur Welt gekommen war.

Ihm gefiel besonders, wie wenig Rot es hier zu sehen gab. Wenn dies eine Innenstadt in Deutschland gewesen wäre, ganz egal welcher Größe, wären jetzt überall rote Flaggen mit dem schwarzen Hakenkreuz, das in einem weißen Kreis prangte, zu sehen gewesen. Überall. Das hatte ihn krank gemacht.

Auf der einen Seite der Beach Street befanden sich jede Menge hübsche Geschäfte sowie Restaurants und natürlich das Kino, in dem sie gerade gewesen waren, auf der anderen Seite begann ein wunderschöner Park, der sich am Flussufer entlangzog, mit friedlichen Gehwegen, die um Teiche und Brunnen herumführten, üppig blühenden Blumen und Sträuchern und stattlichen Palmen.

Aber diese Pracht konnte man nur bei Tageslicht bewundern. Jetzt herrschte in der ganzen Stadt tiefe Dunkelheit, abgesehen von ein paar wenigen Lichtern, deren gedämpfter Schein hier und da durch die Fenster drang. Ben drehte sich um und blickte zu dem Stadtteil am Strand hinüber, der ebenfalls fast komplett verdunkelt dalag, da die Bevölkerung Angst vor Luftangriffen hatte. Beinahe hätte er über diese Absurdität gelacht. Nur zu gern hätte er mal mit jemandem darüber geredet. Hank hatte recht. Seine Brillengläser waren vielleicht dick und sein Sehvermögen eingeschränkt, aber bei diesem Thema hatte er mehr Durchblick als die Führer des Landes. Keiner einzigen Menschenseele in Amerika drohte Gefahr aus der Luft. Jede Luftwarnung, jede Vorsichtsmaßnahme gegen einen Überfall aus der Luft war vollkommene Zeitvergeudung. Die deutsche Luftwaffe kam mit ihren Flugzeugen kaum über den Ärmelkanal, eine Flugzeit von einer Stunde, bevor ihnen der Sprit ausging. Ben bezweifelte, dass sie jemals ein Flugzeug haben würden, das den Atlantik überqueren könnte.

Gefahr drohte Amerika vom Meer her.

Seitdem Hitler den Vereinigten Staaten im Dezember den Krieg erklärt hatte, hatten deutsche U-Boote an der Ostküste und im Golf von Mexiko mehrere Hundert Schiffe der Alliierten versenkt, viele sogar in Küstennähe. Er war jetzt seit fast zwei Monaten wieder im Land, aber in den Zeitungen war absolut nichts darüber zu lesen gewesen. Warum hielt die Regierung diese Gefahr vor der Öffentlichkeit verborgen?

Er dachte daran, was Barb am Mittag im Restaurant erzählt hatte. Von patriotischem Eifer getrieben, kletterte sie an mehreren Tagen in der Woche auf ihren Wachturm am Strand, um nach dem Feind Ausschau zu halten. Sie würde nie ein feindliches Flugzeug zu Gesicht bekommen und ganz bestimmt würde sie niemals tagsüber ein U-Boot erspähen.

Ben lehnte sich an das Geländer der Broadway Bridge und erinnerte sich, wie er eines Abends an der Reling von U-Boot 176 gestanden hatte, neben dem Deckgeschütz, zwei Tage vor Beginn seiner Mission. Er war nach oben gekommen, um frische Luft zu schnappen. Zwei deutsche Seeleute suchten das Wasser bis zur Küstenlinie ab, weil sie hofften, irgendwo die Silhouette eines alliierten Frachtschiffs ausmachen zu können. Liberty-Schiffe wurden sie genannt.

Der Trick war, die Küstengewässer unmittelbar in der Nähe, aber außerhalb der Schiffswege zu patrouillieren. Die U-Boote bewegten sich langsam und lautlos parallel zu den Küstenstädten. Erstaunlicherweise ließen viele Städte nachts ihre Lichter brennen. Wenn die Schiffe der Alliierten an ihnen vorbeifuhren, boten die Lichter am Ufer einen perfekten Hintergrund, vor dem die deutschen Späher die Umrisse eines Schiffes problemlos erkennen konnten, selbst wenn das Schiff selbst ohne Licht fuhr.

In jener Nacht hatte Ben genau das miterlebt. Die beiden Seeleute hatten das Schiff der Alliierten beinah zeitgleich gesichtet und Alarm ausgelöst. Sofort ging die Besatzung des U-Boots auf Gefechtsstation. „Verzeihung, aber Sie müssen jetzt nach unten gehen", teilte man Ben mit.

„Natürlich. Viel Glück", sagte er, als er die Leiter hinunterstieg.

*Viel Glück?* Hatte er das wirklich gesagt? Am liebsten hätte er die Amerikaner auf diesem Frachter, der seinem Untergang entgegenfuhr, gewarnt. Aber das war natürlich ausgeschlossen.

Auf dem Weg zu seinem Quartier wich er den Seeleuten aus, die unten die Torpedos klarmachten. Er und sein Team, drei andere Männer, hervorragend ausgebildete Agenten der deutschen Abwehr, waren Passagiere auf diesem Schiff und hatten in ihrer Unterkunft zu bleiben, sobald ein U-Boot auf Gefechtsstation ging.

Gefecht, dachte er. Dies war kein Gefecht. Es war ein Abschlachten. Als würde man mit einem Maschinengewehr auf eine Kuh anlegen, die friedlich auf einer Wiese graste. Diese Liberty-Schiffe hatten keine Chance und keinerlei Möglichkeit, sich selbst zu verteidigen. Das erste Anzeichen von Gefahr, das diese amerikanischen Kaufleute wahrnahmen, war die massive Explosion in der Mitte ihres Schiffes, die es nicht selten auseinanderbrechen ließ.

Ben setzte sich unten in der überfüllten Offiziersmesse zu seinem Partner Jürgen Kiep, der mit Leib und Seele bei der Sache war.

„Das ist so aufregend, findest du nicht?", sagte Jürgen. „Ich wünschte, ich könnte zusehen." Er deutete mit dem Finger nach oben.

„Ich habe die Silhouette des Frachters gesehen", erzählte Ben, „bevor ich nach unten geschickt wurde."

„Dieses Schiff ist schon so gut wie versenkt", meinte Jürgen und deutete nach unten. „Jeden Augenblick ist es so weit."

Ben lächelte und nickte und bedauerte seinen vorgetäuschten Enthusiasmus augenblicklich. Seit sechs Jahren war er nun schon gezwungen, diese Scharade zu spielen, so zu tun, als sei er ein treuer, sogar leidenschaftlicher Anhänger der Nazis. Doch in wenigen Tagen könnte er diese Bürde endlich abschütteln. Die Kruste, die sich über seinen Lügen gebildet hatte, begann allmählich zu bröckeln.

Kurz darauf ging eine Erschütterung durch das U-Boot und das Zischen der abgeschossenen Torpedos folgte auf das tiefe Stöhnen der Abschussrohre.

„Jetzt dauert's nicht mehr lange", meinte Jürgen.

Ben seufzte, versuchte aber sofort, das zu überspielen. Beide Männer warteten schweigend. Nach ein paar Minuten vernahmen sie ein tiefes Grollen. Dann, kurz darauf, noch eines … *Wumm!*

„Erwischt!", schrie Jürgen und sprang auf. „Hast du das gehört? Beide Torpedos haben getroffen. Der Frachter wird auf jeden Fall untergehen!"

Mit einem gezwungenen Lächeln stand Ben auf.

„Komm mit", sagte Jürgen. „Vielleicht lassen sie uns ja an Deck. Das ist bestimmt ein unglaublicher Anblick, meinst du nicht?"

„Bestimmt", wiederholte Ben. Er wollte es nicht sehen. Diese Einschläge bedeuteten, dass Dutzende amerikanischer Männer, einige davon in seinem Alter, gerade ihr Leben verloren hatten. Andere klammerten sich an brennende Trümmer oder ertranken in der Brandung. *Ich bin Amerikaner*, sagte er sich, während er Jürgen zur Ausstiegsluke folgte. Seine Entscheidung war getroffen, daran gab es nichts zu rütteln –

„Entschuldigen Sie, junger Mann."

„Was?"

„Lassen Sie mich bitte vorbei? Da kommt ein Wagen über die Brücke, sonst wäre ich ja über die Fahrbahn um Sie herumgegangen."

Ben blickte auf einen kleinen Mann hinunter, der einen Mantel und einen Filzhut trug. Dafür, dass es gar nicht so kalt war, war er ziemlich dick eingepackt.

„Sie haben doch nicht vor zu springen, oder?"

„Was? Nein!", erwiderte Ben abwehrend.

„Dann haben Sie wohl Probleme mit Ihrem Mädchen", sagte der Mann, während er an Ben vorbeiging, der sich an das Geländer drückte. „Wenn ein Mann ohne Angel so lange auf einer Brücke steht, dann will er entweder hinunterspringen oder er hat Probleme mit seinem Mädchen."

„Sie haben den Nagel auf den Kopf getroffen. Ich habe Probleme mit einem Mädchen. Aber ich habe nicht vor zu springen. Dafür ist das Leben viel zu schön."

Der Mann blieb stehen. „Dann rücken Sie also bald ein und fragen sich, ob sie auf Sie warten wird? So geht es momentan vielen. Mein Junge hat das vor ein paar Monaten selbst erlebt. Er ist jetzt in England."

„Na ja, das ist eigentlich nicht mein Problem. Ich bin nicht wehrtauglich. Das Mädchen, das ich liebe, liebt jemanden wie Ihren Sohn, nur dass er in Nordafrika ist."

„Ah, verstehe", erwiderte der Mann. „Das kann einen Mann schon dazu bringen, stundenlang auf einer Brücke zu stehen, schätze ich. Aber nehmen Sie es mir nicht übel: Nachdem ich mitbekommen habe, was mein Junge durchmacht, hoffe ich, dass Ihre Angebetete ihrem jungen Mann in Afrika treu bleibt. Aber ich hoffe auch, dass Sie eine andere finden, die genau richtig für Sie ist." Er winkte, drehte sich um und ging auf das Festland zu.

„Gute Nacht", rief Ben ihm hinterher. Er schob seine Hände in die Taschen und setzte sich in die entgegengesetzte Richtung in Bewegung. Warum hatte er diesem Mann von Claire erzählt? Es war einfach aus ihm herausgebrochen, als wäre es ... die Wahrheit.

Es war die Wahrheit.

Und es tat gut, sie auszusprechen. Viel zu lange hatte er immer nur Lügen erzählt. Aber die Worte des Mannes machten ihn auch traurig. Er hatte gesagt, er hoffe, dass Claire Jim Burton treu bleiben würde.

Während Bens Blick über das Wasser hinwegwanderte, erinnerte er sich daran, wie Claire ihm bereits an dem Tag, an dem sie sich kennengelernt hatten, von Jim erzählt hatte. Das war in seiner ersten Woche in der Stadt gewesen. Er war zu Woolworth gegangen, um dort im Schnellrestaurant einen Happen zu essen.

Doch vor der Tür lag ein großer brauner Hund und blockierte den Eingang. Bösartig schien er nicht zu sein. Ben wollte gerade über ihn hinwegsteigen, als der Hund aufblickte und anfing, mit dem Schwanz zu wedeln. Ben bückte sich und tätschelte seinen Kopf. „Na, mein Junge, alles klar bei dir?" Sofort rollte sich der Hund auf die Seite. „Ich seh schon, ich soll dir den Bauch kraulen."

Er hörte, wie sich die Eingangstür öffnete, und noch bevor er aufblicken konnte, rief eine Frau: „Oh nein!" Im nächsten Augenblick ergoss sich ein eiskalter Wasserstrahl über seinen Kopf und seine Kleidung.

„Ach du meine Güte, das tut mir ja so leid."

Ben rieb sich das Wasser aus den Augen und blickte in das Gesicht einer wunderschönen jungen Frau.

„Bitte entschuldigen Sie", wiederholte sie. „Ich habe Sie nicht gesehen."

„Alles in Ordnung, wirklich. Es ist ja nur Wasser." Wie hätte er ihr auch böse sein können? Sie war hinreißend.

„Nein, das ist nicht in Ordnung. Ich hole Ihnen schnell ein Handtuch. Bitte warten Sie kurz, ich bin sofort wieder da."

Ben stand auf, genau wie der braune Hund. Kurz darauf kam das Mädchen mit einem weißen Handtuch zurück und begann, ihn abzutrocknen. Ihr Lächeln war umwerfend und sie hatte freundliche Augen. „Es ist wirklich alles in Ordnung", versicherte er ihr erneut.

„Ich wollte Brownie nur eine Schale Wasser bringen", erklärte sie. „Es ist so heiß hier draußen."

„Ich bin jetzt gut abgekühlt." Ben lächelte. „Ist das Ihr Hund?"

„Nein, er ist sozusagen das Maskottchen der Stadt. Ich glaube nicht, dass er irgendjemandem gehört." Inzwischen hatte sie Ben so gut es ging abgetrocknet. „Ich heiße übrigens Claire."

Ben stellte sich ebenfalls vor und sie reichten einander höflich die Hand. Am liebsten hätte er nie wieder losgelassen.

Während er nun über die Brücke ging, spürte Ben die erste Berührung ihrer Hände noch, als wäre es gestern gewesen. Claire hatte ihm erzählt, dass sie einen Teilzeitjob bei Woolworth hatte. Bevor sie wieder hineinging, bestand sie darauf, dass er ihr erlaubte, das Missgeschick irgendwie wiedergutzumachen. Ben hatte vorgeschlagen, dass sie zur Entschädigung nach Feierabend mit ihm essen gehen könnte.

Da hatte er von Jim Burton erfahren.

Aber das spielte für ihn keine Rolle. Ben wusste, dass er Claire einfach wiedersehen musste, und so ging er in den nächsten Wochen zu Woolworth, wann immer er die Gelegenheit dazu hatte. Er suchte sich einen Platz im Restaurant, von dem aus er den ganzen Laden im Blick hatte, und kam so oft wie möglich zum Mittagessen oder auf eine Tasse Kaffee vorbei. Während er beobachtete, wie Claire ihren unterschiedlichen Pflichten nachging, wurde seine Zuneigung stärker und er fühlte sich immer mehr zu ihr hingezogen. Nicht nur ihre äußere Schönheit zog ihn in ihren Bann, sondern auch, wie unglaublich nett sie war. Einem durstigen Hund an einem heißen Tag Wasser zu bringen, war typisch für Claire. Sie war gleichbleibend freundlich: zu ihrem Chef, ihren Kollegen und Kolleginnen, sogar launischen Kunden gegenüber.

Zwar gab er sich alle Mühe, diskret zu sein, wenn er zu ihr hinübersah, doch er konnte nicht anders: Oft starrte er sie minutenlang an. Ab und zu bemerkte sie ihn und lächelte oder winkte ihm zu. Gelegentlich unterhielten sie sich sogar, aber sie blieb immer auf Abstand. Nicht ein einziges Mal ermutigte sie ihn dazu, sie noch einmal um eine Verabredung zu bitten.

Nach ein paar Wochen kam sie jedoch aus heiterem Himmel zu ihm hinüber und fragte ihn, ob er Lust hätte, sich mit ihr und „der Clique" im Schnellrestaurant des McCrory's zu treffen. Dort hingen sie oft zusammen ab, erklärte sie. Da er hoffte, dass sich daraus mehr entwickeln könnte, sagte er ohne zu zögern Ja.

Bisher waren sie sich allerdings noch keinen Deut nähergekommen. Aber wenigstens hatte er die Gelegenheit, mehr Zeit mit Claire zu verbringen, und so bereute Ben die Entscheidung nicht.

Claire schien sein wachsendes Interesse bemerkt zu haben, denn sie ließ immer wieder Jims Namen ins Gespräch einfließen. Doch zwischendurch blitzten kleine Hoffnungsschimmer auf, so wie heute.

Ben seufzte und ging schneller. Ihm war klar, dass Claire an Jim Burton festhalten würde, selbst wenn sie tatsächlich Gefühle für ihn entwickeln sollte. So war sie. Sie war nicht nur wunderschön und eine gute Gesprächspartnerin, sondern auch nett und zutiefst aufrichtig. Sie war jemand, der immer das Richtige tun würde.

Und Ben wusste, er war der Falsche für eine Frau wie sie.

Aus den unterschiedlichsten Gründen.

# Kapitel 3

Hinter der Brücke war es nicht mehr weit bis zu Bens Wohnung in der Grandview Avenue. Für einen Freitagabend erschien es ihm überraschend ruhig. Zwar waren ein paar Autos an ihm vorbeigefahren und es waren auch einige wenige Leute unterwegs, aber alle auf der anderen Straßenseite. Nirgendwo waren Gespräche zu hören. Ben bog um die Ecke und sah zu dem zweistöckigen Haus auf der linken Seite hinüber, in dem er eine kleine Wohnung angemietet hatte. Es lag einen Straßenzug vom Strand entfernt, nah genug, dass er das Rauschen der Wellen hören konnte, wenn der Wind in die richtige Richtung stand, so wie es heute der Fall war. Eigentlich ein angenehmes Geräusch, aber Ben war nicht in der Stimmung für einen Abendspaziergang am Strand.

Nicht nach dem, was in jener Nacht geschehen war.

Die Erinnerungen daran waren so real und schrecklich, dass er noch immer unter Albträumen litt. Aber bei dem, was Joe beim Mittagessen bei McCrory's erzählt hatte, war ihm eines klar geworden: Er müsste dorthin zurückgehen, zu der Stelle zurückkehren, an der Jürgen, die beiden anderen Männer aus dem Team und er an Land gekommen waren. Und das noch heute Abend, bevor die Küstenwache ihre neuen berittenen und mit Hunden ausgestatteten Patrouillen an den Strand schickte. Die Stelle war nicht weit weg, nur zwanzig Minuten nördlich von hier.

Ben wollte gerade die Treppe zur seinem Wohngebäude hochsteigen, als er Mrs Arthur bemerkte, die auf der obersten Stufe saß und eine Zigarette rauchte. Sie hatte ihre Haare mit Lockenwicklern aufgedreht und unter einem Tuch verborgen. Ihre dünnen Beine ragten wie Streichhölzer unter ihrem Mantel hervor und ihre Füße steckten in dicken Wollpantoffeln.

„Guten Abend, Mrs Arthur. Ist das nicht ein schöner Abend?"

„Das stimmt, Junge. Für einen Freitagabend kommen Sie aber früh nach Hause, nicht?"

„Eigentlich will ich nur schnell den Wagen holen. Dann bin ich auch schon wieder weg."

„Wo wollen Sie denn hin?"

Mrs Arthur war schrecklich neugierig. Wenn sie nicht so viele Fragen stellen würde, bräuchte er sich nicht noch weitere Lügen auszudenken. „Ein Freund braucht eine Fahrgelegenheit. Ich bin in letzter Zeit viel zu Fuß unterwegs gewesen und habe meine Benzingutscheine aufgespart. Seine sind alle."

„Wie nett von Ihnen, dass Sie Ihre mit ihm teilen."

Ben besaß ausreichend Rationierungsmarken für dieses Jahr und noch ein weiteres Heft mit Marken für das nächste Jahr. Für Nahrungsmittel, Benzin, was auch immer. Alle gefälscht, aber so gut, dass sie nicht von echten zu unterscheiden waren.

„Habt ihr Jungs ein heißes Date?"

Er lachte. „Nein, ganz und gar nicht. Ich fahre ihn nur zur Arbeit." Wie war er denn darauf gekommen? „So, ich muss jetzt los; ich habe ihm versprochen, ihn in fünfzehn Minuten abzuholen."

„Fahren Sie vorsichtig", ermahnte sie ihn. „Heutzutage haben alle diese Abdunklungsvorrichtungen an ihren Scheinwerfern. Dabei ist es schon ohne diese Dinger schwierig genug, im Dunkeln etwas zu erkennen."

„Ich passe auf." Er ging an ihr vorbei, öffnete die Haustür und durchquerte den dunklen Flur. Seine Wohnung befand sich im ersten Stock hinter der dritten Tür. In der Wohnung angekommen, schaltete er das Licht an und schloss hinter sich ab.

Dabei musterte er die Tür stirnrunzelnd.

Dieses Schloss war ein Problem. Fast jeder könnte sich ohne große Anstrengung Zutritt zu seiner Wohnung verschaffen. Der dunkle Flur war ein weiteres Problem. Diese gesamte Wohnung war ein Problem. Sie war nicht annähernd sicher genug. Nicht nach dem heutigen Abend. Die Miete war wöchentlich fällig. Ben beschloss, sie noch für eine weitere Woche zu zahlen, aber so schnell wie möglich umzuziehen. Am liebsten in etwas Eigenes, einen Zufluchtsort, den er wie eine Festung sichern konnte.

Diese Wohnung bestand aus zwei Zimmern: einer kleinen Küche mit Essecke und einem nur wenig größeren Schlafzimmer, das mit einer Kommode, einem Sessel und einem furchtbar unbequemen Bett möbliert war. Ben ging durch die Küche ins Schlafzimmer, bückte sich, zog die unterste Kommodenschublade heraus, griff nach der Zigarrenkiste und setzte sich damit auf das Bett.

In der Kiste lagen eine Pistole, ein Stapel Rationierungsmarken und ein Bündel Bargeld, etwa zweihundert Dollar. Jeder deutsche Agent hatte, bevor sie aufgebrochen waren, eine solche Pistole bekommen. Es war ein amerikanischer Colt 45, das Standardmodell für GIs. Ben war ein Ass im Umgang mit der Pistole, der Beste in seiner Abschlussklasse. Bei den Schießübungen hatten sie allerdings mit einer Walther P38, einer deutschen Pistole, geschossen.

Er nahm die Pistole heraus und verstaute die Zigarrenkiste wieder in der Schublade. Während er die Waffe hinten in seinen Hosenbund steckte, betete er stumm zu einem Gott, der ihm bestimmt schon lange nicht mehr zuhörte, da war Ben sich relativ sicher. *Bitte gib, dass ich sie heute Abend nicht benutzen muss ... bitte.*

Er griff in seine Hosentasche und vergewisserte sich noch einmal, dass er den Autoschlüssel hatte, dann schaltete er das Licht aus und schloss die Tür hinter sich ab.

Ⓒ⅀

Ben verringerte seine Geschwindigkeit auf fünfzig Stundenkilometer, die neue Geschwindigkeit für gute Patrioten, und hielt zu seiner Linken nach der High Bridge Road Ausschau, der einzigen Stichstraße hier draußen auf diesem einsamen Stück der A1A. Während der letzten fünfzehn Kilometer war links und rechts der Straße kaum etwas anderes zu sehen gewesen als Sanddünen. Rechts von ihm, unmittelbar hinter den Dünen, brandete der Atlantik.

Er war froh, dass er dieses Mal mit dem Wagen unterwegs war. In jener Nacht hatte er die fünfzehn Kilometer nach Ormond Beach, der nächsten Stadt nördlich von Daytona, zu Fuß zurückgelegt. Die High Bridge Road hatte er als Orientierungspunkt gewählt, damit er später die Stelle wiederfinden und den Koffer holen könnte, den er vergraben hatte.

„Fünfzig mal fünfzig." Ben wiederholte laut den kleinen Satz, den er in jener Nacht auswendig gelernt hatte. Fünfzig Schritte am

Highway entlang nach Süden, dann fünfzig Schritte nach Westen in die Dünen.

Kurz nach seiner Ankunft hatte er diesen Wagen, ein schwarzes Ford Coupé, Baujahr 1935, für zweihundert Dollar in bar erstanden. Auf seiner Windschutzscheibe hatte bereits ein „A"-Aufkleber, der Rationierungsaufkleber für den Durchschnittsamerikaner, geklebt. Wenn der Tankwart diesen Aufkleber sah, wusste er, dass er maximal fünfzehn Liter Benzin in den Tank füllen durfte. Das war die normale Wochenration. Für Ben stellte das jedoch kein Problem, sondern allenfalls ein Hindernis dar. Sein Vorrat an Rationierungsmarken war unbegrenzt. Er brauchte nur verschiedene Tankstellen in der Stadt anzufahren, bis sein Tank gefüllt war.

Das Coupé war ein hübscher Wagen, aber nicht zu protzig. Auch das hatte er während der Ausbildung gelernt: Achte bei einem Kauf immer darauf, nicht aufzufallen. Verhalte dich wie ein Durchschnittstyp, tu nichts, was irgendwie Aufsehen erregt.

In jener Augustnacht hatte er den Koffer wegen des langen Fußmarsches in die Stadt vergraben müssen. Er hatte nicht riskieren können, mit einem Koffer in der Hand auf der A1A beobachtet zu werden. Man hätte ihn für einen GI auf Urlaub halten, anhalten und ihm anbieten können, ihn mitzunehmen. Oder schlimmer noch, ein Polizist hätte ihn entdecken, stoppen und vermutlich mit gezogener Pistole überprüfen können, ob er ein deutscher Spion war.

Das hätte durchaus passieren können, vor allem nach dem Fiasko im Juni, als die ersten beiden Teams deutscher Spione an Land gegangen waren. Eine Mannschaft war südlich von Jacksonville gelandet, die andere auf Long Island in der Nähe des Dorfes Amagansett. Idioten und Dummköpfe waren sie, allesamt. Sie waren keine ausgebildeten deutsche Soldaten oder Abwehragenten, sondern allein deswegen ausgewählt worden, weil sie einigermaßen gut Englisch sprachen und irgendwann mal in Amerika gelebt hatten. Ihre gesamte Ausbildungszeit hatte weniger als fünf Wochen betragen.

Die Operation Pastorius war eine Idee von Walter Kappe, einem Deutschen, der während der Dreißigerjahre in Amerika gelebt und in dieser Zeit vergeblich versucht hatte, unter den Zehntausenden Deutschen, die nach dem Ersten Weltkrieg aus dem Vaterland geflohen waren, eine nationalsozialistische Partei zu etablieren.

Wie seine Eltern.

Ben war damals zur Highschool gegangen und hatte ab und zu mitbekommen, wie seine Eltern sich über Kappe und den „deutsch-amerikanischen Bund" und all die wundervollen Dinge unterhielten, die jetzt, nachdem Adolf Hitler an die Macht gekommen war, in Deutschland geschahen. Er hatte das aber nicht ernst genommen, bis er im Jahr 1935 eines Tages von der Schule nach Hause gekommen war und seine Eltern beim Packen angetroffen hatte.

„Wir gehen heim ins Vaterland, Junge", hatte sein Vater ihm erklärt. „Dort ist alles wieder gut. Es gibt Arbeitsplätze für jeden. Ist das nicht aufregend?"

Ben schüttelte den Kopf und versuchte die Erinnerung daran aus seinem Kopf zu vertreiben. Wenn sie sich festsetzte, würde er nur wieder traurig. Das Licht seiner Scheinwerfer fiel auf den Wegweiser zur High Bridge Road. Zum Glück waren weit und breit keine Autos zu sehen. Ben beschloss, die A1A zu verlassen und abseits der High Bridge Road zu parken, so weit von der Straße entfernt, wie er es wagen konnte, ohne sich im Sand festzufahren.

Sobald er abgebogen war, schaltete er die Scheinwerfer aus. Nachdem er den Wagen an einer geeigneten Stelle zum Stehen gebracht hatte, stieg er aus. Gut, die Dünen links und rechts der Straße warfen ihre Schatten und hüllten den gesamten Bereich in tiefe Dunkelheit. Ben öffnete den Kofferraum und holte eine Schaufel heraus.

Als er auf die A1A zuging, blitzten Scheinwerfer auf der Straße auf. Er sprang hinter eine Gruppe Palmen und versteckte sich dort, bis der Wagen vorbeigefahren war. Vermutlich war er ein wenig übervorsichtig, aber besser so als anders. Er erinnerte sich noch gut an einen Satz, den ihm sein Abwehr-Kommandeur eingeschärft hatte: *Spione tun gut daran, etwas paranoid zu sein; oder noch besser: sehr paranoid.*

Diese Lektion hätten die ersten Teams im Juni besser beherzigen sollen.

Ben verließ seine Deckung und dachte dabei über die Ironie des Ganzen nach. Auf der einen Seite war er stolz auf die Ausbildung und Disziplin seines Teams und verachtete den arroganten Kappe

81

und seine Männer wegen ihrer Dummheit und Inkompetenz. Aber auf der anderen Seite saß sein Hass auf die Nazis tief und deshalb war er gleichzeitig froh darüber, dass sie geschnappt worden waren. Ben beschloss zum wiederholten Mal, alles, was er gelernt hatte, einzusetzen, damit er nicht geschnappt wurde.

Und damit ihn nicht das gleiche Schicksal ereilte wie seine Vorgänger.

Er vergewisserte sich noch einmal, dass die Straße leer war, und zählte dann die ersten fünfzig Schritte ab. Anschließend wandte er sich nach rechts und marschierte fünfzig Schritte in Richtung Dünen.

Nachdem er zum Stehen gekommen war, schaute er sich um und versuchte sich zu orientieren. Doch es war zwecklos. Nichts an dieser Stelle kam ihm bekannt vor. Das lag nicht nur daran, dass es dunkel war und er in jener Nacht furchtbar nervös gewesen war, sondern in erster Linie daran, dass er von niedrigen, hügeligen Dünen umgeben war, die dicht mit Zwergpalmen und Dünengras bewachsen waren. Alles sah gleich aus.

Also begann er einfach zu graben. Er konnte nur hoffen, dass seine Schritte dieses Mal genauso groß gewesen waren wie vor zwei Monaten. Damals hatte er das Loch mit bloßen Händen gegraben; eine Stunde hatte er dafür gebraucht.

Nach zehn Minuten traf die Schaufel auf ein Hindernis. Er stieß ein paarmal zu – das war definitiv kein Stein. Als er den Sand fortkratze, sah er, dass der Gegenstand flach war und die richtige Größe hatte. Schnell warf er die Schaufel beiseite, legte sich vor dem Loch auf den Boden und grub mit den Händen weiter.

Endlich bekam er den Koffergriff zu fassen. Nachdem er ein paarmal fest daran gezogen hatte, war der Koffer frei. Ben hob ihn aus dem Loch und stellte ihn neben sich ab. Dann befreite er ihn vom Sand und ging damit zurück zur Straße. Ihn zu öffnen war überflüssig; Jürgen und er hatten ihn eigenhändig gepackt, bevor sie an Bord des U-Bootes gegangen waren, und seinen Inhalt noch einmal überprüft. Außerdem hatte er ihn geöffnet, bevor er ihn vor zwei Monaten hier vergraben hatte, um Bargeld und Rationierungsmarken herauszunehmen – aber nur so viele, dass es für die erste Zeit reichte. Er hatte sich nicht verdächtig machen wollen, falls er angehalten werden sollte.

Auch jetzt war seine größte Angst, dass er mit diesem Koffer in seinem Besitz in eine Polizeistreife geraten könnte. Seinen Inhalt könnte er nicht erklären. Außer den Rationierungsmarken für ein ganzes Jahr lagen in dem Koffer 175.000 Dollar Bargeld. Kein Falschgeld, sondern echte amerikanische Dollars, in kleinen, nicht markierten Scheinen, mit besten Grüßen vom Führer.

Als Ben die Dünen an der Straße erreichte, blieb er stehen. Nach wie vor war es stockdunkel, bis auf einen Wagen, der soeben vorbeifuhr. Auf dem Bauch robbte Ben sich die Düne hoch und blieb so lange in Deckung, bis er sich einen Überblick verschafft hatte. In beide Richtungen waren keine weiteren Autos mehr zu sehen. Er rutschte die Düne so schnell wie möglich wieder hinunter, schnappte sich den Koffer und legte die letzten fünfzig Schritte zur High Bridge Road rennend zurück. Dabei drohten ihn dieselbe Furcht und Panik zu überwältigen wie in der Nacht vor zwei Monaten.

Kurz darauf war der Koffer sicher in seinem Kofferraum verstaut. Ben sprang auf den Fahrersitz und warf einen Blick in den Rückspiegel. Soeben fuhr ein weiterer Wagen auf der A1A vorbei in Richtung Norden, fort von der Stadt. Er blieb eine Weile sitzen, um mehrmals tief durchzuatmen.

Als er den Motor anließ, überfiel ihn die Erinnerung, die ihn in den vergangenen zwei Monaten in seinen Albträumen verfolgt hatte. Er versuchte sie im Keim zu ersticken, weil er befürchtete, dass er ansonsten in dieser Nacht alles noch einmal würde durchleben müssen.

Er wusste, warum diese Erinnerung ihn gerade jetzt quälte. Er war weniger als hundert Meter von einer anderen Grube entfernt, die er in jener Nacht gegraben hatte.

Der Grube, in der Jürgens Leichnam lag.

# Kapitel 4

Die Anspannung, die Ben in der vergangenen Nacht verspürt hatte, war verschwunden; irgendwann zwischen dem Aufwachen und seinem Frühstück bei McCrory's war sie von ihm abgefallen. Der Koffer in seinem Kofferraum bereitete ihm allerdings nach wie vor Kopfzerbrechen. Durch das Fenster des Lokals im McCrory's hatte er den Wagen gut im Blick. Er starrte zu ihm hinüber, als könnte er mit seinen Augen das Metall durchbohren. Alle paar Minuten, wann immer jemand auf dem Bürgersteig daran vorbeilief, sah er erneut hin. Als wäre der Koffer für jeden sichtbar. Aber wenigstens war er jetzt im Kofferraum verstaut und er musste sich keine Sorgen mehr machen, dass er dabei erwischt werden könnte, wie er ihn ausgrub.

„Soll ich nachschenken?"

Ben klappte seinen Block zu und blickte zu Miss Jane hoch. Er hatte keine Ahnung, warum sie so genannt werden wollte, aber dass dem so war, hatte sie ihm deutlich zu verstehen gegeben. Er schob ihr seine Kaffeetasse hin. „Das wäre sehr nett. Soll ich schon zahlen?"

Sie schenkte ihm Kaffee nach. „Das hat keine Eile, mein Lieber. Ich bin bis zum frühen Nachmittag hier. Sie können bezahlen, wenn Sie fertig sind."

„Bestimmt muss ich bald Miete zahlen, weil ich schon so lange hier hocke, Miss Jane."

Sie lachte. „Lassen Sie sich ruhig Zeit."

„Sie bekommen zur Entschädigung aber ein hübsches Trinkgeld", versicherte er ihr. „Das ist ein Versprechen."

„Da sage ich bestimmt nicht Nein, Ben." Mit diesen Worten ging sie davon.

Er klappte seinen Block wieder auf und arbeitete weiter an dem Projekt, an dem er fast den ganzen Vormittag gearbeitet hatte. Seiner Legende – seiner *neuen* Legende, nicht einer, die sich die Abwehr für ihn ausgedacht hatte. Dabei hatte er sich an eine der

Anweisungen seines Kommandeurs gehalten: *„Wenn du dir eine Legende ausdenkst, dann halte dich möglichst eng an deine eigene Geschichte. Lüge nur in den wesentlichen Dingen."* Dahinter steckte der Gedanke, dass die Gefahr, sich in einem Gespräch zu verplappern, umso geringer war, desto mehr Wahrheit die Geschichte enthielt. Oder in einem Verhör durch das FBI.

Doch um Letzteres machte sich Ben jetzt keine allzu großen Sorgen mehr, denn er hatte den Plan, amerikanische Verteidigungsanlagen zu sabotieren, fallen gelassen. Die Gefahr, dass er gefasst wurde, war gering, zumal Jürgen tot war. Wer sollte ihm jetzt noch in die Quere kommen? Die anderen beiden Agenten waren direkt nach der Landung in Richtung Norden aufgebrochen. Seither hatte er sie weder gesehen noch von ihnen gehört, aber damit war auch nicht zu rechnen gewesen. Sie mussten sich auf ihren Auftrag konzentrieren.

Um zu verhindern, was mit den anderen Teams geschehen war, hatten die Abwehr-Kommandeure beschlossen, dass die neuen Teams sechs Monate lang nicht einmal den Versuch unternehmen sollten, Kontakt zueinander aufzunehmen. Sie sollten die Zeit nutzen, um sesshaft zu werden und sich in die Bevölkerung einzugliedern. Ben hatte also noch vier Monate Zeit. Aber nach seiner Einschätzung würde er die anderen niemals wiedersehen.

Sie wussten nicht, wo er sich aufhielt und hatten keinerlei Möglichkeit, direkt Kontakt zu ihm aufzunehmen. Der Plan sah vor, dass beide Teams nach Ablauf der sechs Monate eine Reihe von Anzeigen mit verschlüsselten Botschaften in ausgewählten Zeitungen schalteten. Das andere Team würde die Anzeigen also in vier Monaten aufsetzen, aber vergeblich auf seine Anzeige warten. Nach zwei Wochen würden sie einen zweiten Versuch unternehmen, zwei Wochen danach noch einen. Wenn ein Team nicht reagierte, sollte das andere Team vom Schlimmsten ausgehen und seinen Auftrag wie geplant durchführen. Aber unter keinen Umständen sollte der Versuch unternommen werden, auf andere Weise einen Kontakt herzustellen.

Die Deutschen konnten sich keinen weiteren peinlichen Skandal leisten.

*Vom Schlimmsten ausgehen*, dachte Ben. Die Effizienz und Vorsicht der Deutschen garantierten ihm nun seine Freiheit. Die Gefahr, enttarnt zu werden, war gering.

Seine große Sorge war jetzt, sich eine Geschichte auszudenken, die Claire glaubhaft erschien. Bei ihrem letzten Gespräch hatte sie ihm viele Fragen gestellt. Tief gehende Fragen, wie eine Frau sie stellt, wenn sie einen Mann besser kennenlernen will. Das gefiel ihm. Doch nach ihren Gesprächen quälten ihn immer tiefe Schuldgefühle. Wie sehr wünschte er sich, offen mit ihr reden zu können, einfach er selbst zu sein. Ihr anzuvertrauen, wer er war. Er wollte ihr auch von seiner Vergangenheit erzählen und erklären, was ihn dazu gezwungen hatte, dieses Doppelleben zu führen.

Aber das war unmöglich. Es war viel zu riskant.

Natürlich musste er sie anlügen in Bezug auf seine Herkunft, aber er würde dennoch einen Weg finden, sie mit dem Menschen bekannt zu machen, der er in seinem tiefsten Inneren war. Er würde mit ihr über seine Hoffnungen und Träume reden und ihr anvertrauen, wie er sich sein Leben vorstellte. Sein Leben mit ihr, wenn sie ihn haben wollte. Dies alles entspräche der Wahrheit.

*„Nehmen Sie es mir nicht übel, aber ich hoffe, sie bleibt ihrem jungen Mann in Afrika treu …“*

Die Worte des Mannes, den er am vergangenen Abend auf der Brücke getroffen hatte, klangen in ihm nach. Er trank einen Schluck Kaffee. Ben hatte nichts gegen Claires Highschoolfreund. Er hatte ihn nie kennengelernt. Der arme Kerl kämpfte für sein Land, tat etwas Ehrenhaftes. Und wenn Ben auch nur eine Minute lang den Eindruck gehabt hätte, dass Claire diesen Jungen aufrichtig liebte, hätte er sich zurückgehalten. Das erforderte der Anstand.

Aber er glaubte es einfach nicht.

Er trank seine Kaffeetasse leer und blickte auf die Uhr. Es wurde Zeit; er musste jetzt los. Claire und „die Clique“ wollten sich zum Konzert der Big Band an der Freilichtbühne auf der Strandseite treffen und danach vielleicht noch einen Runde durch den Vergnügungspark drehen. Er klappte seinen Block zu und steckte den Stift in seine Hemdtasche.

„Wollen Sie nicht noch ein Weilchen bleiben?“, fragte Miss Jane, als er sich erhob. „Es ist bald Zeit fürs Mittagessen.“

„Das ist ein verlockendes Angebot, aber ich muss los. Ich treffe mich mit ein paar Freunden." Ben ging mit der Rechnung zur Kasse. „Wir wollen zum USO-Konzert auf der Freilichtbühne."

„Darüber stand heute Morgen etwas in der Zeitung", erwiderte sie. „Es ziehen immer mehr Armeehelferinnen in die Stadt. In ein paar Wochen ist hier der Bär los. Also, dann viel Spaß euch!"

Er lächelte und ging zur Tür. Auf dem Bürgersteig blieb er einen Moment lang stehen und blickte in beide Richtungen, um die Fußgänger zu mustern, die unterwegs waren. Keiner schenkte ihm Beachtung. Aber er würde sich erst besser fühlen, wenn er den Koffer in einem sicheren Versteck verstaut hatte.

Ben stieg in den Wagen und dachte sofort an Claire und wie sehr er sich darauf freute, sie wiederzusehen. Irgendwie musste er es schaffen, an diesem Nachmittag ein wenig Zeit mit ihr allein zu verbringen. Er wünschte, er hätte eine Idee, wie er das bewerkstelligen könnte.

Ohne zu lügen.

# Kapitel 5

Claire liebte den Oktober.

Selbst um die Mittagszeit war es angenehm kühl. Die drückende Feuchtigkeit, die im Sommer bis in alle Poren drang, war abgeklungen, und daran würde sich bis zum Frühling auch nichts ändern. Die Moskitos waren verschwunden. Im Herbst frischte der Wind vom Meer her auf. Da ihre Familie auf der Ridgewood Avenue wohnte, ganz in der Nähe des Flusses, war der Wind hier sehr erfrischend. Auch jetzt spielte er sanft mit dem blaugrauen Weißmoos, das von den Ästen der Virginia-Eichen herunterhing.

Von ihrer Veranda aus konnte sie mehr als ein Dutzend dieser alten Bäume sehen. Sie saß in einem Schaukelstuhl, ein Glas Eistee vor sich auf dem Tisch. Hinter ihr quietschte die Fliegengittertür.

„Solltest du dich nicht für die Arbeit fertig machen, Claire?"

„Mom, du musst dich einfach einen Moment zu mir setzen, egal, was du gerade zu tun hast. Es ist so herrlich."

Ihre Mutter kam nach draußen und ließ sich in dem Schaukelstuhl neben ihr nieder. Sie blieb allerdings auf der Kante sitzen. „Ich komme gerade vom Einkaufen und habe nicht viel Zeit. Die Lebensmittel müssen verräumt werden."

„Brauchst du Hilfe?"

„Musst du nicht zur Arbeit?"

„Ich habe Mr Morris gebeten, mir den Nachmittag freizugeben, damit wir zu dem USO-Konzert auf der Freilichtbühne gehen können."

„Dein Vater hat mir heute Morgen beim Frühstück davon erzählt. Im *News Journal* stand ein Artikel darüber. Wusstest du, dass die Armee hier ein Ausbildungszentrum einrichtet? Für Frauen? Er meinte, das würde seiner Firma zusätzliche Aufträge bringen. Unzählige Mädchen aus dem ganzen Land haben sich bereits dafür gemeldet. Sie werden wohl in den Hotels am Strand untergebracht. Und vermutlich auch im Krankenhaus."

„Tatsächlich?", fragte Claire. „Warum?"

„Vermutlich weil sonst nirgendwo Platz ist."

„Und wir haben dann kein Krankenhaus mehr?"

„Nein, Dummchen. Nach Angaben der Krankenhausverwaltung wird momentan ohnehin nur ein Bruchteil der Zimmer genutzt. Deshalb wird das Krankenhaus in ein Hotel auf der Atlantic Avenue verlegt. Dort wird es wohl bis zum Ende des Krieges bleiben, so stand es zumindest in der Zeitung."

„Und alle diese Mädchen treten in die Armee ein?", fragte Claire. „Aber sie müssen doch nicht kämpfen, oder?"

„Nein", erklärte ihre Mutter. „Auf keinen Fall. Sie übernehmen verschiedene Verwaltungsaufgaben. Telefonvermittlung und Dienst am Funkgerät. Einige werden wohl auch den LKW-Führerschein machen und eine Mechanikerausbildung durchlaufen. Kannst du dir das vorstellen? Frauen, die Lastwagen reparieren? In der Zeitung steht, einige würden sogar zu Pilotinnen ausgebildet."

„Tatsächlich? Für welche Flugzeuge?"

„Für dieselben, die auch die Männer im Kampf fliegen. Aber die Pilotinnen werden wohl nur für Testflüge eingesetzt. Sie sollen die Flugzeuge testen, bevor sie nach Übersee verschifft werden. Du überlegst doch nicht etwa, ebenfalls in die Armee einzutreten, oder?"

„Nein", versicherte Claire beschwichtigend. „Das kann ich mir nicht vorstellen. Hast du die Uniformen gesehen, die die Mädchen tragen müssen? Gestern wurden einige ausgeliefert. An Männern sehen Uniformen toll aus, aber an Frauen gefallen sie mir gar nicht."

Ihre Mutter lehnte sich im Schaukelstuhl zurück und schloss die Augen. „Es ist wirklich schön hier."

„Pass auf, ich helfe dir, die Lebensmittel wegzuräumen, und dann können wir uns gemeinsam noch ein wenig hier entspannen, bis ich zum Konzert aufbrechen muss." Claire legte ihre Zeitschrift auf den Tisch und richtete sich auf.

„Du bleibst, wo du bist", bestimmte ihre Mutter. „Es ist ja nicht viel. Außerdem muss ich wegen des Kirchenchors noch ein paar Anrufe erledigen. Erinnerungsanrufe." Ihr Blick fiel auf Claires Zeitschrift. „Oh, John Wayne", sagte sie, während sie sein Foto auf dem Deckblatt der *Look* betrachtete. „Hat er einen neuen Film gedreht?"

„Es scheint so", erwiderte Claire. „Einen Kriegsfilm mit dem Titel *Flying Tigers*. Du magst John Wayne? Ich dachte, Gary Cooper sei dein Favorit."

„Ich liebe Gary Cooper. John Wayne toleriere ich lediglich."

„Weiß Dad, dass du für einen anderen Mann schwärmst?", fragte Claire lächelnd.

„Nun, dein Vater und ich haben eine Übereinkunft erzielt", erklärte ihre Mutter, während sie sich erhob. „Ich begleite ihn in die Filme mit John Wayne, dafür sieht er sich mit mir die Filme mit Gary Cooper an."

„Ich verstehe", meinte Claire. „Das ist ein ziemlich hoher Preis für Gary Cooper."

„Vielleicht, aber ich bin bereit, ihn zu bezahlen." Ihre Mutter ging zur Fliegengittertür zurück. „Da wir gerade von den Männern in unserem Leben sprechen ... hast du noch mal einen Brief von Jim bekommen?"

Das war ein heikles Thema zwischen ihnen. „Nein, Mom, das habe ich nicht."

„Wie viele hast du ihm geschrieben seit seinem letzten Brief?"

„Ich weiß es nicht, vielleicht vier oder fünf. Aber er kommt nicht so oft zum Schreiben. Für den Fall, dass du es noch nicht mitbekommen hast, wir befinden uns im Krieg."

„Aber Claire, dein Bruder ist doch auch in Übersee, und Brenda sagt, er schreibt ihr sehr viel. Selbst dein Vater und ich bekommen mehr Briefe von ihm als du von Jim."

Brenda war die Frau von Claires Bruder Jack. Sie hatten im vergangenen Jahr geheiratet, einen Monat vor dem Angriff auf Pearl Harbor. „Ich weiß nicht, was ich sagen soll, Mom." Claire seufzte. „Jim ist eben kein großer Briefeschreiber."

„Er ist auch kein großer Redner", erwiderte ihre Mutter. „Ihr zwei seid seit dem letzten Schuljahr befreundet. Aber ich glaube nicht, dass wir uns bisher mehr als zwei Minuten mit ihm unterhalten haben. Er war immer höflich, aber das war auch schon alles."

„Vielleicht hat er sich nicht viel mit dir und Dad unterhalten, aber ... wenn wir zusammen waren, haben wir schon intensiv miteinander geredet." Das Thema war Claire unangenehm und sie wünschte, ihre Mutter würde es ruhen lassen. Ihre Eltern waren nicht damit einverstanden, dass Claire Jim versprochen hatte, auf

ihn zu warten, als er nach Übersee ging. Das hatten sie ihr un-
missverständlich zu verstehen gegeben. Schließlich waren sie nicht
einmal miteinander verlobt.

„Na ja, du weißt sicher, was du tust." Ihre Mutter öffnete die
Fliegengittertür. „Wer geht denn mit zum Konzert?"

„Die übliche Gruppe."

„Auch dieser nette junge Mann – wie heißt er doch gleich …
Benjamin?"

Claire blickte ihre Mutter fragend an, die sie verlegen angrinste.
„Ben kommt auch mit, ja."

„Er macht einen netten Eindruck auf mich", bemerkte sie.

„Ja, Ben ist wirklich sehr nett. Aber ich kenne ihn noch nicht so
gut."

„Ist er beim Militär?"

„Nein. Er wurde nicht genommen. Er ist wehruntauglich."

„Tatsächlich? Das sieht man ihm gar nicht an."

„Irgendein Herzgeräusch. Er meinte, es sei nichts Ernstes, aber
doch so, dass er ausgemustert wurde."

„Nun … dann wird er also in der Stadt bleiben."

„Ja, Mom. Das nehme ich an."

„Womit verdient er seinen Lebensunterhalt?"

„Ich weiß es nicht genau. Wie ich schon sagte, ich kenne ihn
noch nicht so gut."

Ihre Mutter verschwand im Haus, drehte sich aber noch einmal
um und fragte durch die Fliegengittertür: „Weißt du, an wen er
mich ein wenig erinnert?"

„Nein, an wen?"

„An Gary Cooper", erwiderte sie und wandte sich ab.

Claire lächelte. Dann dachte sie über die Worte ihrer Mutter
nach.

Er sah Gary Cooper tatsächlich ein wenig ähnlich.

# Kapitel 6

Ben beschloss, zu Fuß zur Freilichtbühne zu gehen. Immerhin lag sie nur vier oder fünf Straßenzüge entfernt. Er schnappte sich seine Schlüssel, zog eine leichte Jacke über und ging zur Haustür. Seine Vermieterin, die in der Wohnung direkt neben der Haustür wohnte, schloss gerade ihre Wohnungstür ab.

„Sie haben sich ja so fein gemacht, Mrs Arthur. Haben Sie etwas Besonderes vor?"

„Gewissermaßen", erwiderte sie. „Ich gehe in die Kirche."

„An einem Samstag?", fragte er.

„Ich gehe ja nicht zur Messe", erklärte sie, „sondern zur Beichte. Sind Sie katholisch?"

„Nein, meine Familie ist protestantisch." Das war nicht gelogen, doch seine Familie war seit der Übersiedlung nach Deutschland nicht mehr zur Kirche gegangen.

„In meinem Alter verpasse ich keine Messe mehr und gehe mindestens einmal die Woche zur Beichte. Mein Gewissen soll rein sein." Auf Bens verständnislosen Blick hin führte sie das weiter aus. „Von Sünden, Sie verstehen schon. Man beichtet dem Priester alles, was man falsch gemacht hat, bittet Gott um Vergebung, und er erteilt einem die Absolution. Man tut Buße und das Gewissen … Sie wissen schon, Ihre Seele … wird wieder rein."

Inzwischen standen sie am Fuß der Außentreppe. „Verspüren Sie nach der Beichte denn Erleichterung?", fragte Ben. „Fühlen Sie sich danach … *rein*?" Dieses Gespräch wurde langsam viel zu persönlich.

„Und ob", erwiderte sie. „Wollen Sie es mal ausprobieren?"

„Nein, ich war nur neugierig."

„Na, ich muss jetzt jedenfalls los", erklärte sie. „Die St.-Paul-Kirche liegt auf der anderen Seite des Flusses. Ich muss die Brücke überqueren. Kann ich Sie irgendwohin mitnehmen?"

„Nein, ich gehe in die andere Richtung."

„Ach so. Na dann einen schönen Nachmittag."

„Für Sie auch." Ben wandte sich um und ging die Straße in Richtung Strand hinunter. „Ach, sagen Sie, Mrs Arthur." Seine Vermieterin blieb stehen und drehte sich zu ihm um. „Das, was Sie dem Priester anvertrauen, muss er doch alles für sich behalten, oder?"

„Wie bitte?"

„Ich habe das mal in einem Film gesehen. Ein Polizist stellte einem Priester ein paar Fragen über einen Verdächtigen, der zur Beichte gegangen war. Der Priester sagte, er könne dazu nichts sagen. Er dürfe nichts weitergeben, was in der Beichte gesagt worden war."

„Das stimmt", bestätigte Mrs Arthur. „Das ist Kirchengesetz. Nicht einmal das Gericht kann einen Priester dazu zwingen, etwas preiszugeben, das ihm in einer Beichte anvertraut wurde. Alles, was ich sage, bleibt zwischen mir, dem Priester und Gott. Sie sollten es wirklich mal ausprobieren."

„Sie sagten, Sie gehören zu St. Paul?"

„Ja. Um dorthin zu kommen, müssen Sie nur über die Brücke fahren und dann rechts in die Ridgewood Street einbiegen. Nach ein paar Querstraßen sehen Sie die Kirche schon auf der linken Seite. Sie können sie gar nicht verfehlen. Ob es auch eine lutherische Kirche in der Stadt gibt, weiß ich ehrlich gesagt gar nicht."

„Alles klar, vielen Dank", sagte Ben.

Als er um die Ecke bog, bedauerte er sein Gespräch mit Mrs Arthur bereits. Was musste sie jetzt von ihm denken? Vermutlich überlegte sie, welche Sünden er wohl begangen hatte, welche Vergehen sein Gewissen belasteten.

Na ja, das war egal. In ein paar Tagen würde er sowieso aus ihrer Wohnung ausziehen.

❧

Ben hörte die Musik der Big Band schon lange, bevor die Freilichtbühne in Sicht kam. Auf der Atlantic Avenue beschleunigte er seine Schritte. Da vorne auf der rechten Seite stand das hell erleuchtete Riesenrad, das sich langsam drehte. Jetzt war es nicht mehr weit. Er begann zu rennen und bewegte sich dabei im Zickzack um die vielen Menschen herum, die in dieselbe Richtung unterwegs waren. Viele waren Frauen in Uniform, Armeehelferinnen. Das USO-Konzert fand ihnen zu Ehren statt, um sie in der Stadt willkommen zu heißen.

Da war der Uhrenturm in der Mitte der Strandpromenade. Dort wollte er sich mit Claire und den anderen treffen. Er hoffte nur, dass sie auf ihn gewartet hatten. Den Blick fest auf den Turm gerichtet, eilte er über einen gepflasterten Weg, der von der Straße zu dem Holzsteg führte. Beim Näherkommen suchte er die Menge nach Claire ab. In der Nähe des Turms drängten sich die Leute, aber er konnte weder sie noch einen der anderen entdecken.

„Ben, hier drüben."

Das war ihre Stimme.

„Wir sind hier drüben."

Er umrundete den Turm und da war sie. Lächelnd kam sie auf ihn zu. Dicht gefolgt von Barb und Joe. Hank stand hinter ihnen, das Gesicht der Freilichtbühne zugewandt. „Es fängt an, Leute", sagte er und klopfte mit dem Fuß den Takt mit. „Beeilt euch."

Ben kannte die Melodie, es war eines seiner Lieblingsstücke: Glen Millers „In the Mood". Nicht mehr ganz neu, aber Ben hatte es vor wenigen Monaten zum ersten Mal gehört. Die Abwehr hatte zu Vorbereitungszwecken eine Sondergenehmigung erteilt. Das Musikstück hatte ihn sofort begeistert, wie auch einige der anderen Stücke, die ihm vorgespielt worden waren. Seit die Nazis die Macht ergriffen hatten, war die Big-Band-Musik in Deutschland größtenteils verboten.

Ben eilte Claire entgegen. Er wünschte sich so sehr, sie fest in seine Arme ziehen zu können. Sie war so wunderschön. Während sie auf ihn zukam, streckte sie die Hand nach ihm aus, doch dann besann sie sich und zog sie schnell wieder zurück.

Aber er hatte es bemerkt. *Sie wollte meine Hand nehmen.*

„Ich liebe dieses Stück", sagte sie, als sie vor ihm stand.

„Ich auch", bemerkte Ben. „Die Band spielt genauso gut wie die von Glen Miller."

„Bestimmt hängen wir jetzt in der hintersten Reihe fest", jammerte Hank und stürmte los.

„Hey, langsam, Hank", rief Barb, „sonst verlieren wir uns noch aus den Augen."

*Nein, lauf schneller*, dachte Ben. *Bitte.*

Aber Hank wartete auf sie und so gingen sie gemeinsam über die Wiese und durch den Eingang zur Freilichtbühne. Tausende Zuhörer hatten sich bereits einen Platz gesucht. Viele drängelten sich auch noch in den Gängen. Bens Blick wanderte nach vorne. In der Mitte der Bühne stand der Bandleader und vor ihm saß das Orchester.

Er blieb einen Augenblick stehen, wollte den Anblick genießen, aber Hank führte sie schnell zur rechten Seite, die dem Meer am nächsten lag. Es gab vier große Sitzblöcke, zwei zu jeder Seite des Hauptgangs.

„Die beiden mittleren Blöcke sind bereits besetzt", sagte Hank. „Aber dort drüben ist noch eine halbe Reihe frei."

„Seht nur, die Leute tanzen", rief Barb. Die Freilichtbühne war von einer hüfthohen Mauer umgeben. Hinter der Mauer verlief ein breiter Betonweg parallel zum Strand. Der war jetzt zum Tanzboden geworden. „Komm, Joe", forderte sie ihren Verlobten auf.

„Na klar." Sie rannten durch eine Öffnung in der Mauer, suchten sich eine freie Stelle und begannen zu tanzen.

Claire blickte Ben mit flehenden Augen an. Sie wollte von ihm aufgefordert werden. „Ich würde so gern mit dir tanzen, aber ich kann nicht tanzen." Seine Worte taten ihm körperlich weh

„Macht ja nichts", erwiderte sie.

„Aber ich kann tanzen", verkündete Hank. „Komm."

Claire warf Ben einen Blick zu.

„Ich komme schon klar", sagte er. „Amüsiert euch."

Hank führte Claire an der Hand zur Tanzfläche, dorthin, wo auch Joe und Barb einen Platz gefunden hatten. Die Band stimmte einen neuen Song an. Die Tanzenden fanden sich schnell in den Rhythmus ein. Ben schaute zu und wand sich innerlich. Hank und Claire wirbelten umeinander, hielten sich an den Händen, drehten sich in kurzen Kreisen. Ihre Köpfe, Arme und Beine waren ständig in Bewegung, in perfekter Übereinstimmung mit der Musik.

Ben tanzte innerlich mit. Die Musik lud geradezu dazu ein. Es war das ideale Musikstück zum Tanzen. Er war ein talentierter Sportler und verfügte über eine hervorragende Koordinationsfähigkeit, aber im Rahmen seiner Ausbildung zum Saboteur war eine

Frivolität wie das Tanzen nicht erwünscht gewesen. Tanzen galt als moralisch verwerflich. Was für eine Heuchelei!

Sein Blick blieb an Hanks Gesicht hängen, das vor Begeisterung glühte. Kein Wunder. Schließlich tanzte er mit Claire. Und leider war Hank ein wirklich guter Tänzer. Ein hervorragender Tänzer sogar. Ben blickte sich um. Hank war möglicherweise der beste Tänzer auf der Tanzfläche. *Wie kann das sein?*, dachte Ben.

Endlich war das Musikstück zu Ende und damit auch Bens Qual.

Alle Tänzer und die Zuhörer auf den Plätzen klatschten und jubelten der Big Band zu. Ben beobachtete, wie sich der Bandleader auf der Bühne verneigte. Er drehte sich wieder zu der Band um, klopfte ein paarmal mit dem Taktstock und dann …

„Chattanooga Choo Choo" wurde angestimmt.

„Komm, Claire", rief Hank.

Die Quälerei ging weiter.

# Kapitel 7

Zum Ende des Konzerts spielte die Band einige langsame Tanzmelodien. Barb und Joe blieben auf dem provisorischen Tanzboden. Doch Claire erklärte Hank, sie brauche eine Pause, was auch stimmte. Aber natürlich spürte sie, dass er in sie verliebt war, und sie hatte nicht die Absicht, ihn zu ermutigen, indem sie eng an ihn geschmiegt mit ihm tanzte. Er schien das ganz gut aufzunehmen.

Es war so entspannend, einfach dazusitzen und der Musik zu lauschen. Die kühle Meerbrise strich über ihren erhitzten Körper. Das tat gut. Aber sie war auch ziemlich nervös, als sie neben Ben saß, und sie konnte den Grund dafür nicht benennen.

Nach dem dritten langsamen Musikstück drehte sich der Bandleader zum Publikum um. „Vielen Dank, meine Damen und Herren. Sie waren ein wundervolles Publikum. Unser besonderer Dank gilt den jungen Armeehelferinnen für ihre Hingabe und ihren Einsatz für unser Land. Dies wird hoffentlich das erste von vielen weiteren Konzerten für mich und die Band hier auf dieser wundervollen Bühne am Meer sein. Als letztes Stück habe ich eine weitere schöne Melodie von Glenn Miller ausgesucht, zu Ehren unseres guten Freundes, dem Mond. In etwa zwei Stunden wird er über dem Meer aufgehen und voll und rund am Himmel stehen."

Die Band begann „Moonlight Serenade" zu spielen. Der beruhigende Klang der gedämpften Trompeten und Posaunen, Saxophone und Klarinetten erfüllte die Luft.

Ben lehnte sich zu ihr hinüber und flüsterte: „Ich denke, zu diesem Stück könnte ich tanzen, ohne dich zu sehr zu verletzen. Aber wenn du zu müde bist, kann ich das natürlich verstehen."

Claire nickte sofort bereitwillig. Ben stand auf und nahm ihre Hand. Sie blickte in sein lächelndes Gesicht und die dunkelbraunen Augen, als sie sich erhob und ihm folgte. Er führte sie zu einem freien Platz in der Menge und wiegte sich mit ihr zum Klang der Musik. Schon bald musste sie sich zusammenreißen, dass sie nicht den Kopf an seine Schulter legte.

*Was tue ich hier?*, dachte sie.

„Du tanzt sehr gut", flüsterte er ihr zu. „Ich meine eben, mit Hank. Ihr beide habt den anderen die Show gestohlen."

„Ich war ganz überrascht, dass er so gut tanzen kann", erwiderte sie, froh über das Gespräch. „Man traut ihm eigentlich gar nicht zu, dass er …"

„Ich weiß genau, was du sagen willst", bemerkte Ben. „Ich würde alles dafür geben, nur halb so gut tanzen zu können wie er."

„Du machst das doch sehr gut", erwiderte sie.

Er drückte ihre Hand und wirbelte sie in einem Halbkreis herum. „Danke. Das langsame Tanzen habe ich ein wenig gelernt."

„Wer hat es dir beigebracht?"

„Meine Mutter, bevor … vor einigen Jahren."

„Wo ist sie jetzt?"

„Sie … meine Eltern sind beide Anfang des Jahres gestorben."

Seine Worte schockierten Claire – das war nicht die Antwort, die sie erwartet hatte. „Das … das tut mir leid."

„Mir auch", sagte Ben. Sie glaubte, Tränen in seinen Augen glitzern zu sehen. Er blickte beiseite. „Ich erzähle es dir irgendwann mal, aber nicht jetzt. Jetzt möchte ich einfach nur den Augenblick genießen."

Claire folgte seiner Führung, als er zwei Schritte zurück machte und sie zur anderen Seite drehte. Als er in ihre Augen blickte, war sein Lächeln wieder da und die Tränen waren verschwunden. Er schien etwas sagen zu wollen, hielt sich aber zurück. Tief in ihrem Inneren regte sich ein Gefühl; sie hätte ihn so gern getröstet.

Eine Weile tanzten sie schweigend weiter. Aber sein Blick hing wie gebannt an ihrem Gesicht und sie hielt seinem Blick stand. Sie wollte nicht wegsehen. Mit seinen Augen schien Ben Dinge zu sagen, von denen sie beide wussten, dass sie nicht ausgesprochen werden sollten.

Aber sie wollte sie hören. Verlegen wandte sie den Blick schließlich ab. *Das liegt nur an der Musik*, dachte sie. Und am Meer und dem sanften Wind. Als das Musikstück zu Ende war, sah sie wieder zu ihm auf.

Wenn sie nur seine Gedanken lesen könnte.

Ben konnte kaum glauben, was geschehen war. Barb und Joe hatten nach dem Konzert gemeinsam essen gehen wollen und Hank hatte sich ebenfalls verabschieden müssen. Seine Tante und sein Onkel kamen aus Miami zu Besuch und seine Eltern bestanden darauf, dass er zum Abendessen zu Hause war.

Ben war tatsächlich mit Claire allein. Und sie schien keine Eile zu haben aufzubrechen.

Die Freilichtbühne hatte sich inzwischen zum größten Teil geleert. Claire und er folgten den anderen Zuhörern über den breiten Betonweg zum Vergnügungspark.

Wie auf ein Zeichen blieben sie einen Augenblick stehen, um die Massen an sich vorbeizulassen, lehnten sich an das Geländer der Uferpromenade und schauten auf das Meer hinaus. Am Horizont ging langsam die Sonne unter. Einige Pelikane flogen über das Meer hinweg. Voller Staunen beobachtete Ben, wie einer nach dem anderen im Sturzflug nach unten schoss. Mit ihrem einen Flügel kamen sie bis auf wenige Zentimeter an die Welle heran. Kurz bevor er das Wasser berührte, legte der erste Vogel den anderen Flügel leicht zur Seite und erhob sich sofort wieder in den Himmel. Die anderen Pelikane vollführten zu genau dem gleichen Zeitpunkt nacheinander dasselbe Manöver. „Wer hat ihnen das beigebracht?", fragte er.

„Keine Ahnung", erwiderte Claire. „Gott vermutlich. Scheint großen Spaß zu machen."

„Wahrscheinlich tun sie es deshalb", meinte Ben. „Glaubst du nicht auch? Ich meine, es sieht nicht so aus, als müssten sie das tun." In diesem Augenblick kam ihm ein deprimierender Gedanke: Er konnte sich nicht erinnern, wann er das letzte Mal etwas einfach nur deshalb getan hatte, weil es ihm Spaß machte. Fasziniert blickte er auf all die Menschen, die mit ihren Autos über den Strand fuhren. „Ich kann mich immer noch nicht daran gewöhnen, dass hier Autos erlaubt sind. Aber ehrlich gesagt habe ich auch noch nie einen Strand wie diesen gesehen – so endlos und flach."

„Das ist nur bei Ebbe so", erklärte Claire. „Aber die Ebbe kann hier Stunden andauern. Und du hast recht, ich glaube, auf der Welt gibt es wirklich kaum einen Strand, der so ist wie dieser hier. Hier werden sogar Autorennen veranstaltet."

„Am Strand?"

Sie deutete nach Süden. „Unten in der Bucht. Vor ein paar Jahren wurde dort eine Rennstrecke geschaffen. Weißt du, wo der Leuchtturm steht?"

Ben nickte.

„Da ganz in der Nähe. Wegen des Krieges wird das Rennen dieses Jahr bestimmt ausfallen, aber vor ein paar Jahren habe ich mir mit meinem Dad zusammen mal eins angeschaut."

„Ein Dragster-Rennen?"

„Nein, ein Stockcar-Rennen. Manchmal nehmen dreißig oder vierzig Autos daran teil. Die Strecke wird abgesperrt; sie führt am Strand entlang und über die Atlantic Avenue zurück. Meinem Dad zufolge ist die Gerade dreieinhalb Kilometer lang; die Autos können richtig Gas geben, bis sie die Kehre erreichen. Der Krach ist unglaublich!"

„Das würde ich mir gern mal ansehen."

„Vielleicht nächstes Jahr, sobald der Krieg vorbei ist. Es ist wirklich sehr aufregend."

Ben sagte nichts, aber seiner Einschätzung nach würde der Krieg nächstes Jahr noch nicht vorbei sein. Den Nazis standen viel zu viele Männer, Panzer und Flugzeuge zur Verfügung. Es würde ihn nicht wundern, wenn der Krieg noch einige Jahre dauerte. „Vielleicht könnte ich dich und deinen Vater beim nächsten Rennen mal begleiten."

Claire lächelte. „Vielleicht."

Ben drehte sich um und starrte auf das Riesenrad. *Wenn Pelikane Spaß haben können ...*, dachte er. „Bist du schon mal damit gefahren?"

„Ein paarmal", erwiderte sie. „Der Ausblick von oben ist unglaublich."

„Hast du Lust? Ich würde mir diesen Ausblick gern ansehen." Was redete er da? Er sollte die Dinge nicht so überstürzen.

Claires Blick wanderte zur Turmuhr. „Ich denke, für eine Fahrt haben wir noch Zeit, dann muss ich aber heim zum Abendessen."

„Um wie viel Uhr wirst du zu Hause erwartet?"

„Wir essen um halb sechs."

Bevor die anderen sich verabschiedet hatten, hatte Ben angeboten, Claire später nach Hause zu bringen. Er war ganz verblüfft gewesen, als sie Ja gesagt hatte. „Mein Wagen steht bei meiner Wohnung an der Grandview. Das ist nicht weit von hier. Ich verspreche dir, ich bringe dich pünktlich nach Hause."

„Na dann los."

Sie marschierten am Uhrenturm vorbei auf das Riesenrad zu. Ben hätte so gern Claires Hand genommen.

„Darf ich dich was fragen?", sagte sie.

„Klar."

„Beim Tanzen sagtest du, deine Eltern seien gestorben …"

„Und du willst jetzt wissen wie?"

Sie schüttelte den Kopf. Anscheinend war es ihr peinlich, dass sie überhaupt gefragt hatte. „Du brauchst nicht darüber zu reden, wenn es zu schmerzlich für dich ist."

Es tat noch schrecklich weh, aber er wollte ihr davon erzählen. Zumindest so viel, wie möglich war. „Es ist vor sechs Monaten geschehen."

„Vor sechs Monaten! Oh Ben, das tut mir so leid."

„Es war ein ziemlicher Schock. Ich kann immer noch kaum glauben, dass sie tot sind."

„Ehrlich, Ben, du brauchst nicht mit mir darüber zu reden. Ich hatte keine Ahnung, dass es noch so frisch ist."

„Ist schon in Ordnung. Vielleicht nicht die Einzelheiten, aber … ich möchte es dir gern erzählen." Sie kamen an einer Schießbude vorbei. Ben lächelte, als er das handgeschriebene Schild über dem Originalschild las: „Übe dich in der Verteidigung deines Landes – gleich hier!"

„Na, was meinste, Bursche?", rief der Schießbudenbetreiber.

Ben sah ihn an. Es waren bereits vier Kunden dabei, auf die vorbeiziehenden Hasen, tanzenden Sterne und Enten zu schießen.

„Ja, Sie da. Was meinen Sie, junger Mann? Kostet nur fünfundzwanzig Cents. Wenn Sie fünfmal hintereinander treffen, gewinnen Sie diesen hübschen großen Bären für Ihr Mädchen."

„Wir sind etwas in Eile", erwiderte Ben. „Und sie ist nicht –"

„Kommen Sie, fünfundzwanzig Cents. Ich wette, Sie treffen

nicht mal vier Ziele hintereinander. Aber ich überlasse Ihnen diesen Bären, wenn Sie viermal treffen."

Ben sah zu den anderen hinüber, die der Schießbudenbetreiber bereits zu einer Runde überredet hatte. Sie hielten Gewehre in der Hand. Auf dem Tisch lagen auch zwei Pistolen. „Wie viele Ziele muss ich treffen, wenn ich mit der Pistole schieße?"

„Mit der Pistole? Bewegliche Ziele mit einer Pistole zu treffen ist viel schwieriger. Ich gebe Ihnen meinen Bären für drei Treffer hintereinander. Nur drei hintereinander."

Ben blickte Claire an und versuchte zu erkennen, ob sie ihm irgendwelche Signale schickte. Doch sie lächelte ihn nur an. „Wie viele Schuss bekomme ich?"

„Die da hat sechs Schuss."

„Claire, möchtest du den Bären?"

„Ben, das ist doch nicht nötig."

„Möchtest du ihn?"

Sie lachte. „Welches Mädchen würde ihn nicht haben wollen?"

Das war sarkastisch gemeint. „Siehst du noch etwas anderes, das dir gefällt?"

„Was?"

„Such dir einen zweiten Preis aus." Ben schaute zu dem Mann. Er starrte ihn verwirrt an.

„Also gut", sagte Claire, „dieser Tiger sieht niedlich aus."

Ben sah den Schausteller an. „Ich mache Ihnen einen Vorschlag, Sir. Wenn ich alle sechs Ziele hintereinander treffe, dann geben Sie Claire den Bären und den Tiger. Wenn ich einmal danebenschieße, bekomme ich gar nichts."

Der Mann lächelte. „Ah, Sie sind geschäftstüchtig, was? Abgemacht, Junge. Geben Sie mir den Vierteldollar und kommen Sie her." Der Mann blickte Claire an. „Junge Lady, Sie sollten sich vielleicht abwenden. Ich garantiere Ihnen, das wird nicht schön."

„Das Risiko gehe ich ein", erwiderte sie.

Ben trat an den Tisch. Die anderen vier Schützen hatten Bens Vorschlag anscheinend mitbekommen, denn sie hielten inne, um zuzusehen. Er nahm eine Pistole, legte an, zielte und feuerte sechs Schuss hintereinander ab. Zwischen jedem Schuss lag nicht einmal eine Sekunde.

Zwei Hasen, zwei Sterne und zwei Enten fielen um. Einfach so.

Dem Schausteller quollen beinahe die Augen aus dem Kopf. Sein Blick wanderte zwischen den Zielen und Ben hin und her. „Schau sich das einer an", sagte er.

Ben trat zurück, griff nach dem Tiger und dem Bären und drückte die Plüschtiere Claire in die Arme. „Einen schönen Tag noch, Sir", sagte er. Dann gingen sie weiter. Sein Blick wanderte zur Uhr. „Es liegt an dir, Claire, aber ich denke, eine Fahrt auf dem Riesenrad schaffen wir, und du wärst trotzdem noch pünktlich zu Hause."

Sie blickte zu ihm hoch. „Ja, das glaube ich auch."

# Kapitel 8

„Sind die beiden hier oben unsere Anstandsdamen?" Ben betrachtete belustigt den Plüschbären und den Tiger, die zwischen ihnen saßen. Im Augenblick bewegten sie sich nicht; sie waren auf dem höchsten Punkt angekommen und das Riesenrad stand still.

„Sieht ganz so aus", erwiderte Claire. „Ist die Aussicht nicht herrlich? Ich wünschte beinahe, wir könnten für immer hier oben bleiben."

„Ich hätte nichts dagegen." Sie blickten nach Süden. Ben konnte sein Wohnhaus in der Grandview Avenue erkennen. Und dahinter den Leuchtturm und die Bucht. Im Westen ging die Sonne unter – ein atemberaubender Anblick. Sein Blick wanderte weiter nach Osten, an der Main Street vorbei zum Pier und hinaus auf das Meer.

„Siehst du diese kleinen Lichter dort draußen?", fragte Claire. „Das sind Krabbenboote."

Das wusste Ben bereits. Er versuchte eine Erinnerung zu unterdrücken, die mit Macht in ihm aufstieg. Ein Krabbenboot durch das Periskop des U-Boots. So nah, dass er die Mannschaft auf dem Deck erkennen konnte. Der Kapitän des U-Bootes hatte ihn aufgefordert, einmal hindurchzusehen. Dann hatte er gesagt: „Dafür bräuchten wir nicht einmal einen Torpedo. Nur das Deckgeschütz, peng-peng-peng, und schon wäre es versenkt. Aber heute Abend werden wir es verschonen. Wir sind auf größere Beute aus als Krabbenboote."

„Woran denkst du gerade?"

„Was?"

„Du starrst schon wieder ins Leere."

Ben konzentrierte sich auf ihre Augen, auf ihre Lippen. Das war ein viel schönerer Anblick. „Och, ich dachte gerade darüber nach, wie es wohl heutzutage auf so einem Krabbenboot ist." Das war nicht ganz gelogen.

„Du meinst, wegen des Krieges?", fragte Claire. Ben nickte. „Ich habe gehört, dass sie sogar nach deutschen U-Booten Ausschau halten sollen." Sie wandte sich ab und ließ ihren Blick über das Meer schweifen. „Ob wohl gerade welche in der Nähe sind?"

„Das bezweifle ich. Zumindest hoffe ich, dass es nicht so ist." Das U-Boot, das ihn abgesetzt hatte, war auf jeden Fall nicht mehr da, das wusste Ben. Sein nächstes Ziel lag irgendwo im Golf von Mexiko. „Halt dich fest." Das Riesenrad setzte sich wieder in Bewegung und sie wurden sanft nach vorn geworfen.

„Ben – wegen der Frage, die ich dir vor dem Schießstand gestellt habe ..."

Er hatte schon überlegt, wann sie wohl darauf zurückkäme. „Du meinst, wegen meiner Eltern?"

„Du brauchst nicht darüber zu reden, wenn du nicht möchtest. Aber ich würde dich gern besser kennenlernen. Ich meine, wenn wir Freunde sein wollen ..."

„Ein Freund sollte so etwas Wichtiges wissen, da hast du recht", erklärte er. Es machte ihm nichts aus, dass sie das Wort „Freunde" verwendet hatte. Sie waren tatsächlich Freunde und er spürte, dass sie diesen letzten Teil nur hinzugefügt hatte, um höflich zu sein. Claire fing an, mehr als Freundschaft für ihn zu empfinden. Da war er sich fast sicher. Das Riesenrad war jetzt wieder unten angekommen und hob sie erneut in die Lüfte. „Wie oft es sich wohl dreht?"

„Vermutlich noch drei oder vier Mal."

Gut, er würde sich kurz fassen. „Also, sie kamen bei einem Luftangriff ums Leben."

Claire schnappte nach Luft. „Wirklich? Wo?"

Das konnte er ihr nicht sagen. Es war in Köln passiert. „Wir hatten eine Reise nach Europa gemacht, um Familienangehörige zu besuchen."

„Oh, ihr wart in London? Ich habe die Berichterstattung gesehen. Es ist so schrecklich, was dort geschieht! Die vielen Brände, Menschen, die unter Trümmern begraben liegen – entschuldige, dass ich das gesagt habe."

„Nein, das macht nichts. Ich war nicht bei ihnen, als es geschah, zum Glück. Und mir wurde gesagt, es sei sehr schnell gegangen, sie hätten nicht gelitten." Ben überlegte, ob es wohl eine Lüge war, sie in dem Glauben zu lassen, es sei in London passiert. Aber er konnte das nicht richtigstellen. Und was er sagte, stimmte ja: Er war nicht bei ihnen gewesen, als sie starben. Er war zu diesem Zeitpunkt für seinen Auftrag ausgebildet worden.

Claire tätschelte ihm den Arm. „Hast du noch Geschwister? Ich habe einen Bruder. Jack heißt er. Er ist irgendwo in England als Schütze in einem B-17." Sie ließ die Hand auf seinem Arm liegen.

„Nein, ich bin Einzelkind. Wir haben in Pennsylvania gelebt, aber ich wollte nicht dorthin zurück … danach. Ich hatte etwas Geld zur Verfügung und beschloss herzukommen. Ich war noch nie in Florida. Ich brauchte einfach einen Neuanfang." Das war ein sicherer Weg zu beschreiben, was geschehen war, dachte er.

„Das tut mir so schrecklich leid. Du vermisst sie bestimmt ganz schrecklich. Standest du deinen Eltern sehr nahe?"

„Nicht so nahe, wie ich es mir gewünscht hätte", erwiderte Ben. Das entsprach der Wahrheit. „Aber ich habe sie natürlich geliebt. Ich hatte gehofft, eines Tages würden wir hierher zurückkommen und unsere Beziehung in Ordnung bringen." Das alles ging ihm sehr nahe. „Ich hätte es mir gewünscht." Tränen traten ihm in die Augen. Er musste aufhören zu reden.

„Es tut mir leid, Ben." Sie nahm die Pfote des Bären und hielt sie ihm hin. „Leider habe ich kein Taschentuch dabei", sagte sie lächelnd.

Ben fuhr sich mit der Bärenpfote über die Augen. Das war natürlich lächerlich, aber irgendwie auch tröstlich. Das Riesenrad stand erneut still. Jetzt waren sie nur noch wenige Sitze vom Ausstieg entfernt.

„Lass uns heute nicht mehr darüber reden", schlug Claire vor.

„Das ist eine gute Idee."

Als ihre Kabine unten ankam, öffnete einer der Mitarbeiter die Tür und sie stiegen aus. Ben reichte Claire die Plüschtiere. Ihr Blick wanderte zum Uhrenturm hinüber. „Wir sollten uns jetzt besser auf den Weg machen."

„Du hast recht. Komm mit." Beinahe hätte er ihre Hand ergriffen. Sie verließen den Vergnügungspark über den breiten Betonweg. „Meine Wohnung ist ganz hier in der Nähe. Aber ich bin auf der Suche nach einer neuen Unterkunft."

„Hier in der Gegend?"

„Ja, definitiv. Vielleicht miete ich eines dieser kleinen Häuser in

106

Strandnähe. Ich wünsche mir einfach etwas mehr Privatsphäre. Eigentlich ist die Wohnung, in der ich jetzt wohne, ja ganz in Ordnung. Aber sie ist ein wenig unruhig."

„Es könnte schwierig werden, etwas Neues zu finden." Claire beugte sich vor und meinte leise: „Es sind so viele Armeehelferinnen in der Stadt." Gerade war eine Gruppe von vier Mädchen an ihnen vorbeigegangen.

„Ja, das ist mir bewusst. Alle Hotels sind voll besetzt. Man überlegt sogar, an verschiedenen Stellen in der Stadt kleine Zeltstädte zu errichten."

„Meine Mutter hat mir heute erzählt, dass sogar das Krankenhaus für sie hergerichtet wird. Hey, da wir gerade von meiner Mutter reden, was hast du für das Abendessen geplant?"

„Wie bitte?"

„Eigentlich könntest du doch zum Abendessen bleiben, wenn du mich schon nach Hause fährst."

„Das geht doch nicht."

„Natürlich geht das. Ich lade dich ein."

„Wenn ich unangekündigt mit zum Abendessen komme, mache ich einen schlechten ersten Eindruck auf deine Mutter. Das ist mir peinlich."

Sie blieb stehen. „Ben, sie ist nicht so. Und mein Dad auch nicht."

„Dein Vater ist auch da?"

„Mein Dad ist immer zum Abendessen zu Hause. Aber entspann dich …" Sie setzten sich wieder in Bewegung. „Du wirst ihn mögen. Er ist sehr nett und man kann sich gut mit ihm unterhalten. Wenn wir bei mir zu Hause ankommen, wartest du einfach kurz draußen und ich gehe schnell rein und sage ihnen Bescheid."

„Und wenn sie Nein sagen?"

„Das werden sie nicht. Glaub mir, meine Mutter liebt Gesellschaft. Sie freut sich bestimmt, dass sie die Chance bekommt, dich kennenzulernen. Anscheinend hat sie dich schon mal irgendwo gesehen. Keine Ahnung, wann und wo." An der Kreuzung bogen sie nach links in die Atlantic Avenue ab. Claire lachte. „Sie findet, dass du wie Gary Cooper aussiehst."

„Gary Cooper?" Ben lächelte, doch insgeheim stieg Panik in ihm auf. Während der Ausbildung hatte er diesen Namen schon mal gehört. Er war ein berühmter Sänger oder vielleicht auch Schauspieler. Das hatte er vergessen. „Und was meinst du?"

„Ich kann eine gewisse Ähnlichkeit erkennen. Aber Gary Cooper ist schon alt, mindestens vierzig." Während sie weitergingen, hakte sie sich bei ihm unter. Das war eine rein freundschaftliche Geste und hatte nichts mit Verliebtheit zu tun.

Aber es gefiel Ben und er stellte sich vor, dass sie eines Tages verliebt Arm in Arm miteinander spazieren gehen würden. Auf diesen Gedanken konzentrierte er sich viel lieber als auf die furchterregende Vorstellung, in gut zwanzig Minuten ihre Eltern beim Abendessen kennenzulernen.

Die vielen Fragen, die sie stellen würden.

Und die vielen Lügen, die er ihnen auftischen müsste.

# Kapitel 9

Ben saß in seinem Wagen und trommelte mit den Fingern auf das Armaturenbrett. Er wartete darauf, dass Claire den Kopf zur Tür herausstreckte und ihn hoffentlich hereinwinkte. Die Dämmerung hatte die letzten Farben des Sonnenuntergangs vom Himmel gewischt, aber Ben konnte das Haus, in dem Claire lebte, noch deutlich genug erkennen. Es war prachtvoll. Die meisten Häuser in diesem Teil der Ridgewood Avenue sahen fast aus wie Herrenhäuser.

Ben hatte auch in Deutschland Häuser dieser Größe gesehen. Viele waren von wohlhabenden Juden konfisziert und dann in Hauptquartiere hochrangiger Nazis umgewandelt worden, oder sie wurden als Ausbildungsstätten für Spezialeinheiten genutzt. Wie zum Beispiel das Anwesen, in dem er und sein Team auf ihre Aufgaben vorbereitet worden waren, irgendwo in Preußen auf dem Land, in der Nähe von Brandenburg an der Havel. Er erinnerte sich an etwas, das sein Abwehr-Kommandant gesagt hatte, als sie im Wohnzimmer Cognac tranken: „Ist das zu glauben … so etwas gehörte einem *Juden*? Das ist beinahe schon obszön, die reinste Verschwendung!"

Claires Haus war vermutlich sogar noch größer als jenes Haus. Es war zwei Stockwerke hoch, drei, wenn man den Dachboden dazuzählte, und umgeben von alten Virginia-Eichen, von deren Ästen Weißmoos herabhing. Eine breite Veranda zog sich über die Vorderfront und die rechte Seite. Am Ende der Einfahrt stand eine Garage, die größer war als die meisten Häuser im Strandviertel, die Ben zu mieten überlegt hatte.

Was auch immer Claires Vater beruflich tat, er schien sehr gut darin zu sein.

In den vergangenen zwei Monaten hatte Ben sich einen Eindruck von den wirtschaftlichen Verhältnissen im Land verschaffen können. Zumindest von der wirtschaftlichen Situation der Einwohner von Daytona Beach. In anderen Teilen des Landes war die Situation möglicherweise viel schlimmer. Aber hier gab es wenig Leid oder Entbehrung. Nichts, was auch nur annähernd mit der Propaganda übereinstimmte, die in Deutschland verbreitet wurde. Es gab überall Kriegsposter, die alle Bürger aufforderten zu sparen und ihren Beitrag zu leisten. Und es waren Benzingutscheine und Essenmarken eingeführt worden. Aber nach allem, was er gesehen und im Radio gehört hatte, besaßen die Amerikaner deutlich mehr als nur das, was sie zum Leben brauchten. Sehr viel mehr als die deutsche Zivilbevölkerung, die jetzt seit drei Jahren Krieg erlebte. Selbst die Benzinrationierung war nicht auf Benzinknappheit zurückzuführen. In Amerika gab es genügend Treibstoff für Schiffe, Flugzeuge, Panzer und Automobile. Aber seit dem Angriff auf Pearl Harbor herrschte ein Mangel an Gummi. Amerika hatte 90 Prozent seines Gummis von jetzt japanisch regierten Ländern eingeführt. Die Benzinrationierung diente eigentlich dazu, die Autoreifen zu schonen.

Ganz gewiss brachten die Menschen auch hier Opfer. Fast alle Lebensmittel waren rationiert. Aber das schien niemanden groß zu stören. Die Amerikaner rückten zusammen, halfen einander aus und waren voll patriotischem Eifer. Ben ging es ähnlich. Er liebte dieses Land, liebte es von ganzem Herzen.

Sicher, auch Amerikas Propagandamaschinerie funktionierte hervorragend, aber hier war es anders. Und er konnte den Unterschied auch benennen. Die Amerikaner sollten an Dinge glauben, die das menschliche Miteinander stärkten. An Dinge, die wahr waren. In Deutschland war das anders. Dort herrschte die Lüge. Doch der deutschen Bevölkerung wurde die neue Ideologie aufgezwungen, ob sie wollte oder nicht. Die Menschen hatten sich zu fügen, die Augen vor der Wahrheit zu verschließen und dabei noch gute Miene zum bösen Spiel zu machen. Auszusprechen, was man dachte, Dinge zu benennen, mit denen man nicht einverstanden war, war verboten. Auch Fragen durften nicht gestellt werden.

Seine Eltern waren in eine Falle gelockt worden. Und ihn hatten sie mit hineingezogen. Aber sie hatten einen hohen Preis dafür gezahlt.

*Heil Hitler.*

Diese beiden Worte würden niemals mehr über seine Lippen kommen.

*Klopf-klopf-klopf.* „Ben?"

Erschrocken zuckte er zusammen. Claire stand neben seiner Fensterscheibe.

„Hast du mich denn nicht gesehen? Ich habe dir von der Veranda aus gewunken."

„Entschuldige."

„Träumst du mal wieder?"

Er öffnete die Wagentür. „Es tut mir leid. Also, was hat deine Mutter gesagt?"

„Sie hat gesagt: ,Hol ihn rein. Ich freue mich darauf, ihn kennenzulernen. Das Abendessen ist in zehn Minuten fertig.'"

Claire drehte sich um und ging zum Haus zurück. Ben schloss schnell zu ihr auf. Bei dem plötzlichen Dröhnen am Himmel fuhr er erschrocken zusammen. Diesen Lärm kannte er: Propellerflugzeuge. Auf dem U-Boot war bei diesem Geräusch Panik angesagt. Alle gingen sofort in Deckung. Es wurde Alarm gegeben.

Claire drehte sich um. „Alles in Ordnung, Ben."

Seine Reaktion war ihm peinlich. „Sie sind so laut", erklärte er und atmete tief durch, um seine Fassung wiederzugewinnen. Er sah auf, als vier Sturzkampfbomber in Formation vorbeidonnerten. Sie flogen in Richtung Westen.

„Bestimmt fliegen sie zum Marinestützpunkt in Deland. Die Firma meines Vaters hat dort gerade einen großen Auftrag an Land gezogen. Er hat uns vorgewarnt. Von jetzt an werden wir sehr viel mehr solcher Flugzeuge hören. Vielleicht erzählt er dir ja beim Abendessen davon. Natürlich nur so viel, wie er darüber reden darf. Hast du Hunger?"

„Einen Bärenhunger." Das stimmte. Er hatte keine Hausmannskost mehr genossen seit … er konnte sich gar nicht mehr an das letzte Mal erinnern.

☙

„Ich freue mich sehr, Sie kennenzulernen, Ben." Sie standen in dem großen Foyer, von dem aus die Treppe in den ersten Stock führte. Claires Mutter zog einen Topfhandschuh aus und reichte ihm die Hand. Über ihrem geblümten Kleid trug sie eine weiße Schürze.

„Ich freue mich auch, Sie kennenzulernen, Mrs Richards."

„Das Abendessen ist gleich fertig", sagte sie. „In etwa fünf Minuten. Möchten Sie sich schon ins Esszimmer setzen oder lieber im Wohnzimmer warten?"

„Mir ist das eine so recht wie das andere", erwiderte Ben.

„Komm mit." Claire berührte sanft seinen Arm und führte ihn ins Esszimmer: „Du sitzt hier, Ben. Möchtest du ein Glas Eistee? Mom, haben wir noch welchen?"

„Natürlich."

„Ich hole dir ein Glas", sagte Claire. „Du setzt dich hin." Sie folgte ihrer Mutter in die Küche.

„Na, na", flüsterte ihre Mutter. „Was ist das denn? Du bringst Gary Cooper zum Essen nach Hause?"

„Pst!", mahnte Claire. „Er kann dich hören."

„Nein, kann er nicht."

Claire öffnete den Kühlschrank und nahm den Glaskrug mit dem Tee heraus. „Es ist wirklich nichts. Nach dem Konzert mussten die anderen aus der Clique gehen und Ben hat angeboten, mich nach Hause zu bringen."

„Ich verstehe." Ihre Mutter lächelte, während sie die gestampften Kartoffeln aus dem Topf in eine Schüssel gab. „Er besitzt also ein Auto."

„Hör zu, Mom, ich muss dir noch was sagen und wir haben nicht viel Zeit." Claire trat näher. „Wenn Ben weg ist, werde ich dir mehr erzählen, aber ich habe etwas erfahren, das du und Dad unbedingt wissen müsst." Ihrer Mutter entging ihr ernster Tonfall nicht und mit einem Mal sah sie besorgt aus. „Bens Eltern sind beide bei einem Bombenangriff in London ums Leben gekommen. Erst vor wenigen Monaten."

Ihre Mutter schnappte nach Luft. „Wie schrecklich." Ihr Blick wanderte zum Esszimmer hinüber, aber sie konnte Ben nicht sehen.

„Ich ... nun, ich wollte euch das nur sagen, damit ihr keine bohrenden Fragen nach seiner Familie stellt. Er kann noch nicht so gut darüber reden."

„Aber natürlich, das kann ich gut verstehen."

„Ich laufe schnell hoch und sage Dad Bescheid."

„Ist gut, Liebes." Ihre Mutter seufzte und schaute erneut zum Esszimmer hinüber. „Der arme Junge."

Claire eilte ins Esszimmer zurück und brachte Ben seinen Eistee.

112

„Lass ihn dir schmecken, Ben. Ich gehe schnell hoch und schaue nach, was meinen Vater davon abhält, nach unten zu kommen."

„Danke." Er nahm ihr das Glas ab. „Mach dir meinetwegen keine Gedanken, mir geht es hier gut."

Als Claire die letzte Stufe erklomm, sah sie ihren Vater aus dem Schlafzimmer kommen. Sie bedeutete ihm, wieder hineinzugehen.

„Was ist los?", flüsterte er.

„Nichts. Ich muss dir nur schnell etwas wegen Ben erzählen. Mom habe ich es bereits gesagt."

„Ben? Dann bist du nicht mehr mit Jim ... bist du mit Ben ...?"

„Ben ist nur ein Freund. Aber jetzt hör mir bitte kurz zu, ich muss dir wirklich etwas sagen und wir haben nicht viel Zeit." Sie erzählte ihm von Bens Eltern.

„Das ist ja wirklich traurig", erwiderte er. „Man liest solche Dinge in der Zeitung, aber –"

„Ich wollte es dir und Mom erzählen, damit ihr nicht zu viele Fragen stellt. Er hat es mir vorhin im Vergnügungspark erzählt. Und dabei hat er –"

„Du warst mit ihm im Vergnügungspark?"

„Oh nein." In diesem Moment fiel ihr etwas ein. „Ich habe meinen Plüschbären und den Tiger in seinem Wagen vergessen."

„Er hat dir Plüschtiere geschenkt? Im Vergnügungspark?"

„Dad, würdest du bitte aufhören? Es war nichts. Wir sind am Schießstand vorbeigekommen und –"

„Er scheint ein guter Schütze zu sein."

„Das ist er. Aber wie schon gesagt: Ben und ich sind wirklich nur Freunde. Ich habe ihn zum Abendessen zu uns eingeladen, weil er ganz allein ist. Und er hat mir leidgetan, als ich das mit seinen Eltern erfahren habe. Aber mir war klar, dass du ihn mit Sicherheit in dein väterliches Kreuzverhör nehmen würdest, wenn ich dir nicht im Vorfeld Bescheid sage." Claire drehte sich um.

„Ich verspreche dir, dass ich mich benehmen werde", versicherte ihr Vater ihr. „Aber jetzt habe ich keine Ahnung, was ich mit ihm reden soll. Fragen zu stellen ist mein Job." Er folgte ihr.

Claire blieb auf dem oberen Treppenabsatz stehen und wirbelte herum. „Du kannst ja auch Fragen stellen. Nur bitte nicht über seine Familie. Du machst das schon."

# Kapitel 10

Claire saß auf einem Hocker vor ihrem Schminktisch und bürstete sich die Haare. Es war noch nicht spät, aber sie war schrecklich müde. Sie trug bereits ihr Nachthemd und hatte die Bettdecke aufgeschlagen. Auf dem Nachttisch lag der neuste Hercule-Poirot-Krimi von Agatha Christie: *Das unvollendete Bildnis.*

Claire liebte gute Krimis. Aber in Büchern, nicht in ihrem Leben.

Ihr Blick wanderte zu der Schachtel mit Briefpapier, die sie kurz nach Jims Abreise nach Übersee bei Woolworth gekauft hatte. Sie hatte es nur für ihn ausgesucht. Es zeigte eine hübsche Strandszene in Pastelltönen und eine Palme in der rechten oberen Ecke, damit er sich der Heimat verbunden fühlte. Sie hatte ihm schon so oft geschrieben, dass die Schachtel inzwischen fast halb leer war. Aber jetzt würde sie ihm erst wieder schreiben, wenn er ihr geantwortet hatte.

Rechts neben dem Briefpapier lag der letzte Brief, den sie von Jim bekommen hatte, vor über zwei Wochen. Sie legte die Bürste weg und nahm ihn in die Hand. „Warum schreibst du mir nicht?"

„Was ist los, Liebes?" Claires Mutter öffnete die Tür und steckte den Kopf herein. „Hast du etwas gesagt?"

Claire legte den Brief weg und begann erneut ihre Haare zu bürsten. „Ich habe nur laut gedacht."

Ihre Mutter trat ins Zimmer. „Ich glaube, dein Vater mag Ben."

„Ach ja?" Sie täuschte nur beiläufiges Interesse vor.

„Nachdem er weg war, hat er viel Nettes über ihn gesagt."

„Wirklich? Was denn zum Beispiel?" Claire drehte sich zu ihrer Mutter um.

„Ich weiß nicht ... dass er gut zuhören und sich gut ausdrücken kann. Er erwähnte auch seinen Humor und dass er sich darüber freue, angesichts all dessen, was Ben vor Kurzem erlebt hat."

„Er ist wirklich unkompliziert im Umgang", meinte Claire. Am liebsten hätte sie noch mehr gesagt.

Ihre Mutter trat näher und ihr Blick richtete sich auf Jims Brief auf dem Schminktisch. „Kommen dir wegen Jim Zweifel?"

Claire warf die Bürste auf den Schminktisch. „Ach Mom, ich weiß es nicht." Sie wünschte, sie könnte ihre zwiespältigen Gefühle verscheuchen. „Warum schreibt er mir nicht häufiger?" Sie griff nach seinem Brief. „Als ich den vor zwei Wochen bekommen habe, war ich so aufgeregt. Ich habe ihn an jenem Tag bestimmt ein halbes Dutzend Mal gelesen. Und an den Folgetagen habe ich ihn jeden Abend vor dem Einschlafen in die Hand genommen und ihn an mich gedrückt, als wäre er ein Schatz."

„Aber inzwischen hast du Ben besser kennengelernt. Ein Stück Papier ist eben doch etwas anderes als ein Mensch aus Fleisch und Blut."

„Es ist nicht nur das, Mom. Was du heute Morgen auf der Veranda gesagt hast, hat mich nachdenklich gemacht. Ich habe Entschuldigungen für Jim erfunden, warum er nicht häufiger schreibt. Dabei glaube ich insgeheim, dass er sich öfter melden könnte, wenn er wollte. Jack schreibt euch und Brenda ja auch regelmäßig."

„Ich wollte dich nicht verunsichern, Claire. Das weißt du."

„Das weiß ich, aber … warum *will* er mir nicht öfter schreiben? Ich verstehe das nicht. Wenn man sagt, dass man jemanden liebt –"

„Hat Jim das gesagt? Habt ihr beide euch gesagt, dass ihr euch liebt?"

Claire dachte kurz nach. „Nicht ausdrücklich. Wir haben sozusagen immer drum herumgeredet. Aber am Bahnhof hat er mich geküsst wie jemand, der verliebt ist. Und wenn er dann doch einmal schreibt, steht am Ende seiner Briefe immer: ‚In Liebe, Jim'."

„Schreibt er in seinen Briefen denn Dinge, die darauf schließen lassen, dass er dich liebt? Wie sehr er dich vermisst, dass er nicht aufhören kann, an dich zu denken? Dass er sich wünscht, dich in seinen Armen zu halten und –"

„Mom!"

„Was denn? So etwas sagt ein Mann, wenn er verliebt ist. Dein Vater hat das auch zu mir gesagt. Das tut er heute immer noch, wenn er auf Geschäftsreise gehen muss."

Claire seufzte und legte den Brief aus der Hand. Jim schrieb nichts Derartiges. Tränen stiegen ihr in die Augen. Ihre Mutter beugte sich vor und nahm sie in die Arme. „Entschuldige bitte.

Ich wollte dich nicht traurig machen. Aber du weißt doch, dass wir nur dein Bestes wollen. Ich möchte einfach nicht, dass du verletzt wirst."

„Ist es möglich, dass Jim einfach nicht so romantisch veranlagt ist?"

„Das ist sicher möglich." Ihre Mutter richtete sich wieder auf. „Er ist verrückt nach dir, das weißt du, oder? Ben, meine ich."

„Nein, das stimmt nicht. Wir sind ... nur Freunde."

„Claire, merkst du denn nicht, wie er dich ansieht? Selbst deinem Vater ist das aufgefallen. Gerade eben hat er noch zu mir gesagt: ‚Weiß Claire, was Ben für sie empfindet?'"

„Wirklich?"

„Ich glaube, dass er ziemlich in dich verliebt ist. Falls du nicht auf diese Art an ihm interessiert bist, sei besser vorsichtig. Schließlich willst du ihn nicht noch zusätzlich verletzen, nachdem er bereits den Tod seiner Eltern zu verkraften hat."

„Nein, das will ich ganz bestimmt nicht." *Ben ist in mich verliebt?* In Claire stieg Aufregung hoch. Aber direkt darauf folgte Erschrecken. „Hat es so ausgesehen, als würde ich seine Gefühle erwidern? Hattet ihr den Eindruck, dass ich mit ihm geflirtet habe?"

„Nein, du warst einfach du selbst, nett und fröhlich. Aber wenn ein junger Mann verliebt ist, braucht er nicht viel Ermutigung. Deshalb kann ich dir nur raten, vorsichtig zu sein."

Claire wandte sich wieder dem Spiegel zu und suchte darin den Blick ihrer Mutter. „Ich bin so verwirrt."

„Liebes, das ist in dieser Lebensphase ganz normal", erwiderte ihre Mutter. „Dann empfindest du also etwas für Ben? Dachte ich's mir doch."

„Nein, ich ... ich weiß es nicht. Ich darf nichts für Ben empfinden. Ich habe Jim versprochen, dass ich auf ihn warte. Und ich möchte nicht eines dieser Mädchen sein, von denen ich immerzu in meinen Zeitschriften lese: die einsam und ungeduldig sind und sich deshalb in den ersten Jungen verlieben, der ein wenig Interesse an ihnen zeigt, während der Junge, dem sie eigentlich fest versprochen haben, auf ihn zu warten, und den allein die Hoffnung darauf aufrichtet, in Übersee allen möglichen Gefahren ausgesetzt ist. Das kann ich Jim nicht antun."

„Dann … solltest du besser vorsichtig sein, wenn du mit Ben zusammen bist."

CB

Insgesamt war es ein schöner Abend gewesen. Aber jetzt war Ben zutiefst erschöpft. All diese zwiespältigen Gefühle, die Anspannung und Sorge, dass er sich irgendwie verraten könnte; seine Liebe zu Claire, der Wunsch zu beeindrucken, die Angst, etwas Falsches zu sagen, zu viel preiszugeben, etwas Falsches gefragt zu werden. Das war sehr anstrengend.

Angenehm gesättigt ließ er sich auf sein Bett fallen. Das Essen war hervorragend gewesen. Roastbeef, gestampfte Kartoffeln und Mais, dazu frisches Brot. Und dann hatte Mrs Richards noch einen selbst gebackenen Apfelkuchen auf den Tisch gebracht. Ben verschränkte die Arme hinter dem Kopf und starrte zur Decke. Apfelkuchen, mit Zimt.

Das war das Leben, das er sich gewünscht hatte.

Er hatte in Amerika leben wollen, wo er zur Welt gekommen war. Hatte hierbleiben wollen. Ein nettes Mädchen aus einer netten Familie kennenlernen. Es ausführen, sich verlieben. Die nette Familie des Mädchens näher kennenlernen und ihr die Gelegenheit geben, ihn besser kennenzulernen. Einige Monate später dann ein ernstes Gespräch mit dem Vater führen, ihn vor Nervosität zitternd bitten, sein kleines Mädchen heiraten zu dürfen. Vor der Frau seines Herzens niederknien, ihr einen funkelnden Ring präsentieren.

Das war das Leben, das er sich immer noch wünschte. Aber das war ihm versagt. Es war ihm gestohlen worden.

*Dad, warum hast du nicht auf mich gehört? Du hast nie auf mich gehört.*

Ben streifte seine Schuhe ab und ließ sie zu Boden poltern. Wie könnte er jetzt noch ein normales Leben führen? Mr und Mrs Richards hatten im Augenblick vielleicht einen guten Eindruck von ihm. Warum auch nicht? An ihrem Abendbrottisch hatte ein netter junger Mann gesessen. Er war höflich und respektvoll gewesen, hatte viel gelächelt, sich für ihr Leben interessiert, ihre Fragen beantwortet. Einige seiner Antworten hatten sogar der Wahrheit entsprochen.

Nein, die meisten sogar. Aber nur, weil sie ganz offensichtlich mit Bedacht nicht die Fragen gestellt hatten, die er erwartet hatte. Anscheinend hatte Claire sie entsprechend vorbereitet und ihnen erzählt, dass seine Eltern erst vor Kurzem ums Leben gekommen waren. Aber das war in Ordnung. Es zeigte, dass sie etwas für ihn empfand.

Sie empfand etwas für ihn.

Dieser Gedanke zauberte ein Lächeln auf Bens Gesicht. Es stimmte, so war es. Er dachte an die Szene am Uhrenturm, als Claire beinahe seine Hand ergriffen hätte. Dann den Tanz. Dass sie noch geblieben war, nachdem alle anderen sich verabschiedet hatten, um den Nachmittag mit ihm ausklingen zu lassen. Wie sie ihn auf dem Riesenrad angesehen hatte, die Zärtlichkeit, mit der sie ihn berührt hatte, als er ihr von seinen Eltern erzählt hatte. Sie liebte Jim Burton nicht. Was auch immer sie für den Mann empfand, Liebe war es nicht. Aber Ben war klar, dass sie sich trotzdem nicht frei fühlte, ihre Gefühle für ihn zuzulassen. Immerhin hatte sie versprochen, auf Burton zu warten.

Er hatte keine Ahnung, was aus ihnen werden sollte, wie sie jemals zusammen sein könnten. Aber er wusste, dass sie etwas für ihn empfand. Und das allein zählte.

An diesem Abend zählte es sehr viel.

Ben seufzte tief und rutschte in seinem Bett nach oben, bis sein Kopf auf dem Kissen lag. Er war zu müde, um sich auch nur auszuziehen. Gähnend griff er mit einer Hand nach oben und löschte das Licht, dann ließ er sie wieder fallen und schloss die Augen.

Vielleicht war er sogar zu müde zum Denken. Er hoffte es. In letzter Zeit hatte er seine Gedanken vor dem Einschlafen allein durch Lesen zur Ruhe bringen können. Nur das hatte verhindern können, dass er jenen Abend am Strand immer wieder neu durchlebte.

Doch heute Abend war er sogar zu müde zum Lesen.

# Kapitel 11

„Ist das zu glauben? Es passiert tatsächlich! Heute ist der große Tag!"

Ben sah zu Jürgen, der sich an die Reling klammerte, nickte und täuschte Begeisterung vor. Das erste Team von Saboteuren saß bereits im Schlauchboot, hatte aber noch nicht abgelegt. Die Seeleute beluden das Boot gerade mit Kisten und Koffern voller Geld, Kleidung und Sprengstoff, was sich angesichts der rauen Brandung als gar nicht so einfach erwies.

„Nicht so laut, Jürgen", mahnte einer der Männer. „Am Strand könnten Patrouillen sein."

„Du sollst ihn doch nicht mehr Jürgen nennen", wies ihn der andere Mann zurecht. „Von jetzt an nur noch englische Namen."

„Stimmt, Entschuldigung." Er blickte Jürgen an. „George, halt den Mund."

Ben starrte zum Strand hinüber, der in vollkommener Dunkelheit lag. Selbst die Umrisse der Sanddünen waren kaum zu erkennen. Der Kapitän hatte eine mondlose Nacht ausgewählt und eine Stelle, die viele Kilometer von der nächsten Stadt entfernt war. Die Temperaturen waren angenehm mild; es war eine typische Augustnacht in Florida. Die leichte Brise wehte Ben gelegentlich salzige Gischt ins Gesicht, aber das Wasser war erstaunlich warm.

Die Seeleute sollten die beiden Teams in zwei Schlauchbooten an Land rudern, sie dort samt ihrer Ausrüstung absetzen und anschließend zum U-Boot zurückkehren. Schnell und geräuschlos. Als Vorsichtsmaßnahme trugen alle Saboteure Uniformen der Kriegsmarine, mit besten Grüßen von der deutschen Marine. Sobald sie an Land waren, sollten sie in Zivilkleidung schlüpfen und die Uniformen den Seeleuten wieder mitgeben.

Jürgen hatte den Kapitän gefragt, warum sie für die kurze Zeit Uniformen anziehen sollten. Der Kapitän hatte geantwortet: „Wenn ihr in Uniform gefasst werdet, geltet ihr als Marineangehörige. Erwischt man euch jedoch in Zivilkleidung, werdet ihr als Spione erschossen. Aber nicht nur ihr, sondern auch meine Männer. Sobald ihr aus den Booten steigt, seid ihr auf euch selbst gestellt. Meine Aufgabe ist damit erledigt."

„George, Ben, ihr seid an der Reihe", rief der Kapitän jetzt leise vom Kommandoturm. „Steigt ins Boot."

An den Rudern saßen bereits zwei Seeleute. Ben nickte Jürgen zu und ließ ihm den Vortritt. Das Schlauchboot schlingerte heftig bei dem starken Wellengang. Es war, als müsste man sich auf einem bockenden Pferd halten. „Seid vorsichtig. Es ist leichter, wenn ihr geduckt bleibt", riet einer der Seeleute.

Jürgen stolperte, konnte sich aber an einem der Seile festhalten. Er setzte sich, dann blickte er zu Ben hoch. „Okay, jetzt bist du dran."

Bens Magen krampfte sich zusammen, aber es war nicht in erster Linie der hohe Wellengang, der ihm Angst machte. Er war endlich angekommen, in Amerika, wohin er zurückkehren wollte, seit er sechzehn war. Bald würde er seine Nazi-Fesseln abstreifen können. Aber um wirklich frei zu sein, würde er den Mann, der in diesem Moment zu ihm hochguckte, töten müssen. Daran bestand für ihn kein Zweifel. Jürgen war ein überzeugter Nazi; er würde ihn nicht umstimmen können, wenn sie an Land waren.

In den vergangenen Monaten hatte Ben verschiedene Methoden erlernt, wie man einen Menschen schnell und effektiv töten konnte. Aber getan hatte er es noch nie. Und er hatte riesige Angst, dass er im entscheidenden Moment nicht den Mut dazu haben würde. Aber ein Zurück gab es nicht mehr. Jürgens einziges Ziel war es, in den kommenden Monaten so viele Amerikaner wie nur irgend möglich zu töten.

Er durfte nicht am Leben bleiben.

Ben schaffte es erstaunlich problemlos, ins Boot zu steigen. Sofort trat ein deutscher Seemann hinter ihn. Gemeinsam nahmen sie ihre Kisten und Koffer entgegen, die in wasserfesten Hüllen steckten. Ben blickte sich um. Das erste Team war gerade losgerudert. Jürgen winkte den beiden Männern zu und verabschiedete sie mit dem Hitlergruß. Einer von ihnen erwiderte ihn. Ben war froh, dass er von jetzt an nie wieder mit den Nazis zu tun haben würde. Beide Teams kannten ihre Aufgaben und sobald sie auf amerikanischen Boden waren, sollten sie getrennte Wege gehen.

„Okay, Männer", sagte der Kapitän, der an Deck des U-Bootes stand. „Es wird Zeit. Hauptbootsmann Schultz?"

„Jawohl, Herr Kapitän." Das war der Seemann vorne im Boot.

„Denken Sie an Ihre Ausbildung. Der Wellengang in der Nähe der Küste ist noch stärker als hier, aber wenn Sie sich an Ihre Instruktionen halten, müssten Sie eigentlich klarkommen."

„Jawohl, Herr Kapitän. Ich werde die Männer in kürzester Zeit an Land bringen."

„Und kommen Sie schnell wieder zurück. Ich möchte in fünfzehn Minuten hier verschwinden. Erinnern Sie bitte auch die Männer im anderen Boot daran."

„Das werde ich, Herr Kapitän."

„Viel Glück."

Und los ging es in die Dunkelheit. Die Seeleute ruderten aus Leibeskräften. Jürgen und Ben saßen in der Mitte des Bootes und klammerten sich an die Halteseile. Ben hörte das Tosen der Wellen.

Das Schlingern wurde stärker, je näher sie der Küste kamen. Jetzt hatten sie das Gefühl, auf einem zutiefst zornigen Pferd zu reiten. Plötzlich wurde einer der Koffer hoch in die Luft geschleudert. Ben konnte ihn gerade noch auffangen, bevor er über Bord ging. Die Angst vor den Wellen verdrängte die Furcht vor dem, was er Jürgen würde antun müssen, sobald sie an Land waren.

„Okay, Männer", rief der Hauptbootsmann. „Jeden Augenblick werden wir von einer Welle erfasst und an Land getragen. Denkt an das, was ihr gelernt habt."

Das Tosen der Wellen war nun ohrenbetäubend. Das Meer war viel rauer, als Ben erwartet hatte. Die Angst schnürte ihm die Kehle zu.

„Das gefällt mir nicht", sagte Jürgen.

Im nächsten Augenblick wurde das Boot hochgehoben. „Festhalten, Männer!", rief der Hauptbootsmann. „Das ist sie."

Die Welle hob sie in die Höhe, viel zu hoch, wie es schien. Ben erinnerte sich, dass sie sich zurücklehnen sollten, ihr Gewicht nach hinten verlagern, aber er –

„Ich kann mich nicht halten", schrie der Matrose hinter Ben. Er flog nach vorn und stürzte aus dem Boot.

Ben wurde gegen Jürgen geschleudert. Ein Koffer flog herum und traf Jürgen am Kopf und Ben in den Rücken. Einen Schmerzensschrei unterdrückend, stieß er den Koffer ins Meer. Das Boot schoss erneut in die Höhe, stand beinahe senkrecht, dann kippte es nach hinten ab und alle Insassen stürzten ins Meer. Ben hörte die anderen Männer schreien, bevor er unterging. Unter Wasser öffnete er die Augen, doch er konnte in der Dunkelheit nichts erkennen. Jürgen prallte einmal gegen ihn. Er klammerte sich an Bens Arm fest, aber die tosende Brandung riss sie auseinander. Ben kämpfte sich nach oben, weil er dringend Luft holen musste, aber es gelang ihm nicht. Das wirbelnde Wasser zog ihn nach unten. Er brauchte dringend Sauerstoff.

Schließlich spürte er Sand unter seinen Handflächen. Der Meeresboden! Er drehte sich um, sodass seine Füße den Boden berührten, und stieß sich mit aller Kraft ab. Endlich durchbrach er die Wasseroberfläche und konnte nach Luft schnappen.

Rums! Eine weitere Welle traf ihn von hinten und drückte ihn wieder unter Wasser. Und wieder lähmte ihn das wirbelnde Wasser, hinderte ihn daran, an die Oberfläche zu gelangen. Er würde ertrinken. Doch dann erinnerte er sich daran, wie er sich gerade geholfen hatte, und tauchte zum Meeresboden. Dort stieß er sich erneut mit aller Kraft ab, sodass er an die Wasseroberfläche kam und wieder Luft holen konnte. Dieses Mal berührten seine Füße dabei den sandigen Meeresboden.

Ben drehte sich um und sah eine Welle auf sich zukommen. Schnell tauchte er unter und entging so der vollen Wucht des Wassers. Er wurde zwar herumgewirbelt, hatte aber den Eindruck, den Elementen nicht mehr hilflos ausgeliefert zu sein. Als er sich diesmal vom Boden abstieß, war er tatsächlich in der Lage zu stehen. Das Wasser reichte ihm bis kurz über die Schultern. Er sah sich kurz um, aber er war allein. In den folgenden Minuten bewegte er sich halb schwimmend, halb gehend auf den Strand zu. Als das Wasser nur noch knöcheltief war, ließ er sich erschöpft auf den Sand sinken.

Noch nie in seinem Leben hatte er solche Angst gehabt.

Kurz darauf zog ihn jemand an den Armen hoch. „Ben, alles in Ordnung?" Es war der Hauptbootsmann.

„Ja." Der Hauptbootsmann und ein anderer Matrose halfen ihm auf die Beine. Sie alle waren nass vom Kopf bis zu den Füßen.

„Wir brauchen Ihre Hilfe", sagte der Hauptbootsmann. „Mein

anderer Mann hält das Boot, aber wir müssen die Kisten und Koffer einsammeln. Sie treiben im Wasser."

„Wo ist Jürgen?", fragte Ben. „Ich meine George."

„Keine Ahnung. Wir müssen ihn finden. Können Sie laufen?"

„Ja, ich bin in Ordnung."

„Dann fangen Sie zusammen mit meinem Mann an, die Gepäckstücke einzusammeln. Es darf keines liegen bleiben. Sie kennen die Befehle; wir dürfen keinerlei Spuren hinterlassen, dass wir jemals an diesem Strand gewesen sind. Ich mache mich auf die Suche nach Ihrem Partner."

Ben nickte. Er und der andere Matrose schritten den Strand ab. Da ihre Augen sich mittlerweile an die Dunkelheit gewöhnt hatten, konnten sie die dunklen Schatten im seichten Wasser einigermaßen gut erkennen. Es dauerte nicht lange, bis sie alle Gepäckstücke neben einer großen Sanddüne aufgestellt hatten. Erschöpft ließen sie sich im Sand nieder und versuchten, wieder zu Atem zu kommen.

Kurz darauf kam der Hauptbootsmann zu ihnen zurück und baute sich vor ihnen auf.

„Wo ist George?", fragte Ben.

„Wie es scheint, ist er in der Brandung ertrunken. Aber wir können nicht länger warten. Wenn wir nicht in fünf Minuten zurück sind, läuft das Boot ohne uns aus. Ziehen Sie Ihre Zivilkleidung an. Wir brauchen Ihre Uniform."

„Aber was ist mit George? Was soll ich tun?" Ben stand auf, suchte nach dem Koffer mit seiner Zivilkleidung und legte die nasse Uniform ab.

„Ich bin nicht Ihr Vorgesetzter. Aber wenn ich Sie wäre, würde ich hier warten, bis sein Leichnam an Land gespült wird. Die Strömung ist ziemlich stark und drückt direkt auf den Strand, es kann nicht mehr lange dauern."

„Stimmt", erwiderte Ben und legte mehr Zuversicht in seine Stimme, als er tatsächlich verspürte.

„Sie können nur hoffen, dass er vor Sonnenaufgang an Land gespült wird", sagte der Hauptbootsmann, als Ben ihm seine nasse Uniform reichte. „Und wenn Sie ihn begraben, achten Sie darauf, dass Sie ihm die Uniform ausziehen. Begraben Sie ihn in Zivilkleidung. Okay, Männer, wir hauen ab." Er sah Ben an. „Viel Glück."

123

Ben setzte sich auf eine der Kisten und sah zu, wie die drei Matrosen das Boot wieder ins Wasser schoben. Er beneidete sie nicht um diese zweite Fahrt über das aufgewühlte Meer. Nachdem seine Kräfte wieder zurückgekehrt waren, stand er auf. Seine Mission war nun eine ganz andere als die, mit der er hergekommen war. Es standen nur noch zwei Punkte auf der Liste: Jürgens Leichnam finden und ihn tief in den Dünen vergraben.

Während der nächsten Stunden suchte er den Strand nach ihm ab, aber ohne Erfolg. Gerade als sich die ersten hellen Streifen am Himmel zeigten, entdeckte er in der Ferne eine unförmige Gestalt im seichten Wasser. Er rannte zu der Stelle.

Es war eindeutig ein Körper, in einer deutschen Uniform, der mit dem Gesicht nach unten im Wasser lag. Langsam bückte er sich und drehte den Körper um. Die leblosen Augen seines Partners Jürgen starrten ihn an.

Er zuckte zusammen und wandte den Blick ab.

Als er wieder hinsah, blinzelten Jürgens leblose Augen plötzlich. Einmal, dann noch einmal.

Ben schnappte nach Luft und zuckte zurück.

Im nächsten Augenblick fuhr er in seinem Bett hoch. Er war wieder in seiner Wohnung in der Grandview Avenue. Sein Körper war schweißüberströmt.

# Kapitel 12

Claire war froh, dass Montag war und sie wieder arbeiten konnte. Am gestrigen Sonntag war sie nicht mit ihren Freunden verabredet gewesen und so hatte sie viel Zeit zum Nachdenken gehabt. Während des Gottesdienstes hatte sie versucht, sich auf die Predigt zu konzentrieren und das, was der Pastor sagte, auf ihre Situation zu übertragen. Aber irgendwie schien es einfach nicht zu passen, oder aber ihr fehlte der Durchblick.

Der Pastor hatte seine Zuhörer ermahnt, Gott in Zeiten der Unsicherheit zu vertrauen, und eine Reihe von Beispielen aus der Bibel genannt. Er hatte von Menschen erzählt, die großes Leid durchmachen mussten, viel schlimmer als das, was Amerika gerade erlebte. Bestimmt sollte sie das irgendwie zuversichtlich stimmen, und mit Sicherheit hatte er noch mehr gesagt, aber Claire wusste nicht mehr was. Sie war zu unkonzentriert gewesen und ihre Gedanken waren immer wieder abgewandert.

Ben war in sie verliebt. Das hatte ihre Mutter gesagt. Natürlich hatte sie gespürt, dass er sie mochte, aber … dass er in sie *verliebt* war? Immer wieder durchlebte sie in Gedanken die Zeit mit ihm; im Restaurant am Freitag mit ihren Freunden, beim Konzert am Samstag, nach dem Konzert im Vergnügungspark, beim Abendessen bei ihnen zu Hause. Wie er sie ansah und mit ihr redete, als sie ihn zum Wagen begleitete. Die Gefühle, die Ben in ihr weckte, gefielen ihr, aber war bedeuteten sie? Seit mehr als einem Monat gehörte er nun schon zu ihrer Clique, aber an diesem Wochenende hatte sich irgendetwas zwischen ihnen verändert. War das Liebe?

Während des Gottesdienstes war Claire zudem noch etwas anderes durch den Kopf gegangen – ihr Versprechen an Jim, auf ihn zu warten und ihm oft zu schreiben. Was sie getan hatte. Aber seine seltenen Antworten und das, was in seinen Briefen eben *nicht* stand, machten sie nachdenklich. Was empfand sie für Jim? Was hatte sie vor seiner Einberufung gefühlt, dass sie ihm so übereilt versprochen hatte, auf ihn zu warten? War das Liebe gewesen? Und wenn dem so war, was empfand sie jetzt für ihn? Waren ihre Gefühle wichtig? Spielten ihre Gefühle überhaupt eine Rolle? Sie hatte ein Versprechen gegeben. Was für ein Mensch wäre sie, wenn sie das jetzt einfach so brechen würde?

Gerade noch rechtzeitig hatte sie sich zur Ordnung gerufen und daran erinnert, dass sie im Gottesdienst saß. Der Pastor sagte: „Und darum müssen wir unser Vertrauen voll und ganz auf Gott setzen und uns nicht auf unseren eigenen Verstand verlassen!" Alle in Claires Nähe sagten „Amen" und sie stimmte mit ein. Dann forderte der Pastor die Gemeinde auf, sich zum Gebet zu neigen. Und auch das tat sie. Aber ihr Gebet schien nichts bewirkt zu haben. Bestimmt war ihr Vertrauen in Gott nicht groß genug. Die quälenden Gedanken hatten ihr den ganzen restlichen Sonntag über keine Ruhe gelassen.

„Miss Richards."

Claire drehte sich um. Sie stand in einem der Schaufenster von Woolworth und hielt ein aufgerolltes Poster in der Hand.

„Miss Richards, diese Rationierungsposter müssen heute Morgen unbedingt aufgehängt werden. Deshalb hatte ich Sie gebeten, eine halbe Stunde früher zu kommen."

Genau wie gestern in der Kirche war sie mit ihren Gedanken auf Wanderschaft gegangen. „Entschuldigen Sie bitte, Mr Morris. Ich fürchte, ich habe geträumt." Vorsichtig trat sie um die ausgestellten Küchengeräte und Servierschalen herum zum Fenster. „Es wird nicht wieder vorkommen."

„Wenn Sie diese Poster aufgehängt haben, müssen Sie noch Rationierungsschilder im Laden aufstellen. Und ich habe Informationen über einige Änderungen im Süßwarenregal bekommen. Die Liste liegt auf meinem Schreibtisch."

„Ich mache mich sofort an die Arbeit", versprach Claire, aber sie wusste nicht, ob ihr Chef sie gehört hatte, denn er hatte sich bereits umgedreht und eilte durch den Hauptgang davon. Sie enttäuschte ihn nur ungern. Er war immer so nett zu ihr.

Hastig rollte sie das Poster auseinander. Darauf war ein Bild von einem gut aussehenden GI, der mit einem strahlenden Lächeln eine Blechtasse hochhielt, als wollte er „Danke" sagen. Darüber stand: „Kommt mit weniger aus – damit sie genug haben!" Sie drehte es schnell um, damit sie sein Gesicht nicht mehr zu sehen brauchte. Eine Ähnlichkeit mit Jim war zwar nicht vorhanden, aber der Soldat erinnerte sie trotzdem an ihn. Jim war dort draußen und musste sich einschränken, damit es ihr hier gut ging. Mit weniger auszukommen. Opfer zu bringen. Das wurde von ihr verlangt. Das wurde von jedem Amerikaner verlangt, der sein Heimatland liebte.

Jetzt war es an ihr, ihren Beitrag zu leisten. Sie durfte nicht mehr an Ben denken. Schnell strich sie das Poster glatt und klebte es an der Oberkante fest, damit es nicht verrutschte.

„Da bist du. Deine Mutter sagte mir, dass ich dich hier finden könnte."

Claire klebte auch noch die Unterkante fest und drehte sich dann um. „Was machst du denn hier, Barb?" Verstohlen überprüfte sie, ob Mr Morris in der Nähe war. „Ich habe jetzt keine Zeit."

„Wann hast du Mittagspause?"

Claire blickte auf die Uhr an der Wand. „In etwa einer Stunde."

„Hast du schon was vor?"

„Eigentlich nicht."

„Gut, denn wir müssen reden."

Barb sah sie ernst an.

„Worüber?"

„Ich denke, du hast jetzt keine Zeit."

„Das stimmt. Kannst du in einer Stunde wiederkommen?"

„Ich habe bis zum Nachmittag frei, also ja."

„Dann treffen wir uns in einer Stunde am Eingang. Ich möchte nicht hier essen. Aber wir können gerne irgendwo anders hingehen."

„Hauptsache, wir gehen nicht in unser Stammlokal. Nicht dass wir noch einen Bekannten treffen."

„Das klingt ja ziemlich ernst."

„Das ist es auch, in gewisser Weise. Aber keine Sorge, es geht nicht um Leben oder Tod … mehr um Gesundheit und Glück."

„Was soll das heißen?"

„Zerbrich dir darüber mal nicht das Köpfchen. Ich bin in einer Stunde wieder da."

Claire und Barb ergatterten im Ligget's Drugstore einen freien Platz. Die Kellnerin war sofort zur Stelle. „Ich nehme ein Thunfischsandwich", bestellte Claire. „Und eine Coca-Cola."

„Für mich bitte einen Hotdog, nur mit Senf und Relish. Und auch eine Coca-Cola."

„Kommt sofort, meine Damen." Die Kellnerin verschwand mit ihrer Bestellung in der Küche.

„Also … was ist los?", fragte Claire. Sollte sie sich auf eine schlechte Nachricht einstellen? Barb wirkte aufgeregt, aber nicht unbedingt traurig.

„Wir sind doch gute Freundinnen, oder?", fragte Barb.

„Die besten. Warum?"

Barb senkte einen Moment lang den Blick, dann sah sie ihr direkt in die Augen. „Ich weiß nicht, wie ich dir das schonend beibringen soll, also rücke ich gleich mit der Sprache heraus. Läuft da was zwischen dir und Ben?"

*Oh nein*, dachte Claire. „Was meinst du?"

„Du weißt schon, entwickelt ihr beide … Gefühle füreinander?"

Claire wusste nicht, was sie antworten sollte. Barb und sie waren Freundinnen. Aber Barbs Freund Joe und Jim waren auch gut befreundet. Sie kannten sich alle vier seit der Highschool und waren im letzten Schuljahr sogar gemeinsam ausgegangen. „Ich möchte ehrlich zu dir sein, Barb."

„Ich bitte darum."

Claire sah Barb stirnrunzelnd an. Sie schien nicht böse oder beleidigt zu sein. Was sollte das alles? „Wenn du mich das vor ein paar Tagen gefragt hättest, hätte ich entschieden Nein gesagt. Aber meine Eltern haben mir dieselbe Frage gestellt, nachdem Ben am Samstag zum Abendessen bei uns war."

„Ben war zum Abendessen bei euch? Wann denn, nach dem Konzert?"

„Nicht sofort nach dem Konzert, aber … eben am Abend. Er hat mir leidgetan. Er hat mir paar ziemlich schlimme Dinge erzählt, die er durchmachen musste, darum habe ich ihn nach der Riesenradfahrt im Vergnügungspark zu uns zum Abendessen eingeladen."

„Du und Ben, ihr seid Riesenrad gefahren?"

War das falsch gewesen? Warum reagierte Barb so? „Da war

nichts weiter, nur eine Fahrt im Riesenrad, Barb. Es ist doch nicht so, als hätten wir –"

„Nein, entschuldige bitte, Claire. Ich bin nicht verärgert. Wenn überhaupt … freue ich mich darüber."

„Du freust dich darüber?"

Barb seufzte. „Ich bin erleichtert, das ist wohl die bessere Wortwahl."

„Ich verstehe nicht."

„Das glaube ich dir gern. Aber bevor ich dir sage, was ich dir sagen wollte, musst du mir versprechen, dass du nicht böse auf mich bist. Und du musst mir versprechen, dass du nicht verrätst, woher du deine Informationen hast."

„Was? Wovon redest du?"

„Also gut … du erinnerst dich doch noch an Sally Hamilton, richtig? Aus der Highschool?"

Natürlich erinnerte sich Claire an sie. Mit ihr war Jim befreundet gewesen, bevor Claire und er ein Paar geworden waren. Sally und Jim waren drei Jahre zusammen gewesen, von der neunten Klasse bis zu dem Sommer vor ihrem letzten Schuljahr. „Natürlich erinnere ich mich an Sally. Warum?"

„Oh Claire … wenn das geschehen wäre, bevor Ben und du –"

„Barb, zwischen mir und Ben ist gar nichts. Wir sind zusammen Riesenrad gefahren, mehr nicht."

„Aber ich habe beobachtet, wie er dich ansieht. Joe ist das auch aufgefallen. Wir haben beide gespürt, dass Ben verrückt nach dir ist. Hast du das nicht bemerkt?"

„Ich würde nicht sagen, dass er *verrückt* nach mir ist."

„Das ist er aber. Die Sache ist, bis zu diesem Wochenende habe ich von deiner Seite keine Reaktion bemerkt."

„Und was glaubst du jetzt zu merken?"

„Ich weiß nicht, irgendetwas. Es ist, als wäre während des Konzerts etwas geschehen. Vielleicht auch schon davor. Aber ich habe bemerkt, wie du ihn angesehen hast, als ihr beide getanzt habt. In diesem Augenblick dachte ich: *Oh-oh, Claire steckt in Schwierigkeiten.* Genau so schaue ich Joe an. Aber jetzt denke ich –"

„Was willst du mir sagen, Barb? Und was hat das mit Sally Hamilton zu tun?"

„Jim und Sally sind wieder zusammen. So, jetzt ist es raus."
„Wie bitte?"

„Na ja, nicht zusammen. Jim ist ja immer noch in Übersee. Aber ich denke, du solltest wissen, dass er ihr wieder schreibt. Viele Briefe. Briefe, wie ein Mann sie seiner Freundin schreibt."

Claire war fassungslos. Sie fühlte sich, als hätte Barb ihr einen Faustschlag in den Magen versetzt.

„Du bist mir böse. Das tut mir leid, aber ich musste es dir sagen. Du bist meine beste Freundin. Ich wusste, dass dir das wehtut, aber nachdem Ben jetzt auf der Bildfläche erschienen ist –"

„Barb, Ben ist nicht auf der Bildfläche erschienen. Oder vielleicht ja doch. Ich weiß es nicht. Aber was sagst du da? Woher weißt du das?"

„Gestern Nachmittag bin ich mit dem Hund spazieren gegangen", berichtete Barb. „Wie du weißt, wohnt Sally nur fünf Häuser von mir entfernt. Sie war gerade draußen und hat die Post hereingeholt. Da sie mit ihren Eltern über das Wochenende weggefahren war, konnte sie den Briefkasten gestern erst leeren. Wie auch immer … ich blieb also stehen, um Hallo zu sagen, während sie die Briefe durchblätterte. Bei einem der Umschläge hielt sie inne und in ihre Augen trat ein träumerischer Ausdruck. ‚Jim', seufzte sie, als wäre ich gar nicht da. ‚Jim hat dir geschrieben?', fragte ich. Und sie sagte Ja, als wäre das keine große Sache. Sie hat mir erzählt, dass sie sich seit einer Weile wieder schreiben. Ich sage dir, am liebsten hätte ich ihr auf der Stelle eine Ohrfeige verpasst. Ich konnte es nicht glauben. Aber dann habe ich lieber die Ahnungslose gespielt und ihr ein paar Fragen gestellt. Wie sich herausgestellt hat, sind sie und Jim wieder ineinander verliebt. Er hat ihr geschrieben, er sei ein solcher Narr gewesen und ob sie noch einmal neu anfangen könnten. Natürlich war sie dazu bereit. Aber Claire, ich sage dir, Sally hat keine Ahnung, dass du nicht darüber Bescheid weißt. Ich weiß ja nicht, was für Lügen er dir schreibt, aber sie glaubt, dass Jim dir alles gebeichtet hat."

Das war entsetzlich. Claire kam nicht dagegen an. Tränen traten in ihre Augen.

„Oh Claire, verzeih mir bitte. Jim hat dir kein Wort davon geschrieben, nicht wahr?" Sie legte die Hand auf Claires Arm. „Es tut mir so leid. Das ist typisch Jim. Er ist ein solcher Feigling."

Claire griff nach einer Serviette und fuhr sich damit über die Augen.

„Aber verstehst du denn nicht, Claire? Dadurch bist du frei. Du und Ben könnt jetzt zusammenkommen – natürlich nur, wenn du das willst. Und da Ben diese Herzgeräusche hast, brauchst du auch keine Sorge zu haben, dass er womöglich in den Krieg ziehen muss."

Claire seufzte. Sie war frei.

Warum nur freute sie sich nicht darüber?

# Kapitel 13

Pater Aidan Flanagan, der bereits seit einer halben Stunde in dem dunklen Beichtstuhl in der St.-Paul-Kirche saß, hatte an diesem Montag schon viele Bitten um Gottes Erbarmen von seinen Gemeindekindern gehört, ihnen ein Bußwerk aufgegeben und die Absolution erteilt. Nun war fast Essenszeit. In den vergangenen Minuten war niemand mehr gekommen.

Als Aidan ein Geräusch hörte, spähte er durch das Gitter, durch das er vom Beichtstuhl in das Kirchenschiff blicken konnte. Aber vor dem Beichtstuhl stand niemand mehr und es kniete auch keiner in einer der Bänke. In der Hoffnung, seinen Schäfchen weitergeholfen zu haben, sprach er ein kurzes Dankgebet und öffnete die Tür.

In diesem Augenblick entdeckte er ganz hinten in der Kirche einen jungen Mann. Er schätzte ihn auf Anfang bis Mitte zwanzig. Katholik war er nicht, das merkte man an seinem Verhalten. Allein schon an der Art, wie er sich in der Kirchenbank lümmelte, als würde er sich auf einer Parkbank ausruhen. Vielleicht wartete er auf jemanden. Aidan blickte sich um. Die Kirche war leer.

Der Mann sah ihn einen Moment lang direkt an, dann wandte er den Blick schnell wieder ab.

Aidan ging zu ihm. „Kann ich Ihnen helfen? Sind Sie hier, um die Beichte abzulegen? Ich stehe Ihnen jederzeit zur Verfügung."

Der Mann wirkte zutiefst aufgewühlt. Es waren seine Augen, die ihn verrieten. „Ich muss mit jemandem reden. Aber ich weiß nicht so genau ..."

„Passen Sie auf: Ich gehe wieder in den Beichtstuhl und Sie kommen herein, wenn Sie dazu bereit sind." Aidan drehte sich um und wollte zum Beichtstuhl zurückgehen.

„Ich weiß nicht ... vielleicht sollte ich später wiederkommen."

Aidan blieb stehen und wandte sich erneut um. „Wie Sie möchten. Am Mittwoch nach der Morgenmesse wäre gut. Oder wenn Sie gern vorher kommen möchten, dann sagen Sie doch kurz im

Pfarramt Bescheid. Ich bin Pater Flanagan. Wir können uns jederzeit verabreden."

Der Mann erhob sich. „Ich möchte Ihnen keine Umstände machen. Und wo Sie jetzt schon mal da sind …"

„In Ordnung, mein Sohn." Aidan ging in den Beichtstuhl. Nach einigen Augenblicken hörte er Schritte. Dann öffnete sich die Tür auf der anderen Seite und schloss sich wieder. Aidan schob die kleine Holzluke vor dem Sichtfenster zur Seite. Ein Gitter bot dem Beichtenden einen Sichtschutz, ermöglichte es ihnen aber, einander gut zu verstehen. Eine ganze Weile herrschte Schweigen. „Möchten Sie etwas beichten?", fragte Aidan schließlich.

„Ich weiß nicht, was ich sagen soll", erklärte der junge Mann. „Ich weiß nicht … wie das geht."

„Üblicherweise beginnen die Leute mit einem Gebet. Zum Beispiel: ‚Vergib mir, Vater, denn ich habe gesündigt' und dann sagen sie, wann ihre letzte Beichte war."

„Ich bin kein Katholik."

„Oh."

„Ich bin Lutheraner. Nun, zumindest wurde ich als Lutheraner erzogen, aber nach unserem Umzug nach Deutschland sind meine Eltern nicht mehr mit mir in die Kirche gegangen."

„Sie haben in Deutschland gelebt?"

„Bis vor Kurzem."

„Ich verstehe. Was genau heißt das?"

„Darum geht es ja, Pater. Darum bin ich hier. Ich … ich muss mit jemandem reden. Ganz vertraulich. Und alles, was wir hier reden, ist doch vertraulich, oder, Pater? Das stimmt doch? Sie dürfen nichts davon weitersagen."

„Ja, das stimmt."

„Gut, ich wollte mich nur vergewissern."

„Wollen Sie denn eine Beichte ablegen?"

„Ja, aber ich bin mir nicht sicher, ob es darum geht, Sünden zu bekennen. Natürlich weiß ich, dass Lügen eine Sünde ist, und in der letzten Zeit habe ich ununterbrochen gelogen. Eigentlich schon seit Jahren."

„Ich verstehe."

„Ich glaube aber nicht, dass das, weswegen ich lüge, eine Sünde ist. Aber wenn jemand wüsste, was ich getan habe und wer ich bin, dann würde ich bestimmt sofort verhaftet und vermutlich hingerichtet."

Aidan flehte im Stillen um Weisheit. Das klang ziemlich ernst. „Warum würde man Sie verhaften? Normalerweise wird man nur verhaftet, wenn man ein Verbrechen begangen hat."

„Ich habe ein Verbrechen begangen, ein Kriegsverbrechen. Aber ich glaube nicht, dass mein Handeln verkehrt war. Nicht wirklich. Wenn Sie die ganze Geschichte kennen würden, würden Sie mir sicher zustimmen. Das hoffe ich zumindest. Nach meiner Einschätzung hatte ich keine andere Wahl. Niemand hat mir je die Wahl gelassen." Der junge Mann regte sich zunehmend auf.

„Also, mein Sohn, Sie wurden zu etwas gezwungen … zu dieser Sache? Und darum haben Sie das Gefühl, keine Wahl gehabt zu haben?"

„Gezwungen? In gewisser Weise schon. Aber Sie müssen die ganze Geschichte hören, um das zu verstehen."

„Ich habe keine Eile."

„Ich habe extra gewartet, bis alle anderen gegangen waren."

„Das war sehr umsichtig von Ihnen. Erzählen Sie mir Ihre Geschichte. Ich möchte Ihnen gern helfen, wenn es in meiner Macht steht."

„Obwohl ich Lutheraner bin? Ich bin seit Jahren nicht mehr im Gottesdienst gewesen."

„Das ist jetzt nicht von Bedeutung. Wichtig ist nur, dass Sie hier sind, dass Sie zu Gott gekommen sind, um Hilfe zu suchen." Aidan musste an einen Vers aus Psalm 46 denken: *Gott ist unsere Zuflucht und Stärke, ein bewährter Helfer in Zeiten der Not.* Dieser junge Mann schien Gottes Hilfe wirklich sehr dringend zu brauchen. Und Aidan selbst hatte schon unzählige Male erfahren dürfen, dass Gott tatsächlich seine Zuflucht war. Er wollte diesem jungen Mann keine Hindernisse in den Weg legen.

„Und Sie dürfen wirklich nicht über das reden, was ich Ihnen hier anvertraue?"

„Das darf ich wirklich nicht und ich würde es auch nie tun."

Ein tiefer Seufzer drang von der anderen Seite des Gitters zu ihm herüber.

„Vor zwei Monaten bin ich auf einem deutschen U-Boot nach Amerika gekommen. Zwei Schlauchboote haben uns ein paar Meilen nördlich von hier an Land gebracht."

Aidan fehlten die Worte. Er hatte damit gerechnet, dass der junge Mann beichtete, ein Deserteur zu sein oder so etwas. Aber das hier … „Dann sind Sie also … ein deutscher Spion?"

„Nein, das bin ich nicht. Das war zwar mein ursprünglicher Auftrag, dazu wurde ich hergeschickt, aber ich bin aus einem anderen Grund hergekommen."

„Und der wäre?"

„Ich wollte wieder in Amerika leben. Ich wollte nie hier weg. Ich bin hier zur Welt gekommen und aufgewachsen. Meine Eltern sind gebürtige Deutsche und nach dem 1. Weltkrieg nach Amerika ausgewandert. 1935 sind sie nach Deutschland zurückgekehrt und mich haben sie gegen meinen Willen mitgenommen. Sie wollten in ihr Heimatland zurück, um an den *wundervollen* Dingen teilzuhaben, die Hitler für das Vaterland tat." Der Sarkasmus in diesem letzten Satz war nicht zu überhören. „Ich hasse Deutschland. Ich hasse alles, wofür die Nazis stehen."

Aidan war froh, das zu hören. „Eben haben Sie ‚wir' gesagt. Gibt es noch andere? Hegen sie dieselben Gefühle in Bezug auf Hitler wie Sie?"

„Nein, die anderen sind Nazis mit Leib und Seele. Zumindest zwei von ihnen. Mein Partner ist tot – aber ich habe ihn nicht getötet, Pater. Er ist in der Nacht, in der wir an Land gekommen sind, in der Brandung ertrunken."

„Wo ist er jetzt? Wo sind die anderen beiden?"

„Warum wollen Sie das wissen?"

„Ich versuche nur, das alles zu verstehen, um Ihnen besser helfen zu können. Glauben Sie mir, nichts von dem, was Sie mir anvertrauen, wird nach außen dringen." Noch während diese Worte über Aidans Lippen kamen, fragte er sich, ob es richtig war, das zu sagen.

„Die anderen beiden Männer sind auf dem Weg nach Norden, um ihren Auftrag zu erfüllen. Meinen Partner habe ich in den Dünen in der Nähe der Stelle, an der wir an Land gekommen sind, vergraben."

Das war schwer vorstellbar und fast genauso schwer zu glauben.

Aber der junge Mann wirkte sehr aufrichtig. „Ist der Auftrag Ihrer beiden Partner … Menschen zu verletzen, Amerikaner zu töten?"

„Ja. Das ist ihr Auftrag. Und sie sollen die Kriegsproduktion behindern, wo es nur geht."

*Du meine Güte.* Was sollte er tun? Das war einfach schrecklich. „Hatten Sie ursprünglich vor, Ihren Auftrag auszuführen, und haben dann Ihre Meinung geändert?"

„Nein, so etwas hätte ich niemals getan. Ich habe mich nur als Nazi ausgegeben, damit ich für diese Aufgabe ausgewählt wurde. Mein Ziel war von Anfang an, hierher zurückzukommen, um noch einmal neu anzufangen. Und genau das habe ich erreicht. Ich bin frei. Ich kann noch einmal ganz von vorn beginnen. Aber innerlich fühle ich mich eben nicht frei."

*Nein, das glaube ich dir gern*, dachte Aidan. „Warum?"

„Weil ich ständig lügen muss. Ich muss alle anlügen. Sie sind die erste Person, der ich die Wahrheit erzählt habe. Mit keinem anderem kann ich darüber reden. Man würde mich verraten. Und Sie wissen ja, was mit deutschen Spionen geschieht."

Aidan erinnerte sich, etwas darüber gelesen zu haben. Vor ein paar Monaten waren sechs Spione hingerichtet worden.

„Aber ich bin kein Spion. Ich habe kein Unrecht getan. Ich habe keinen Menschen verletzt und schon gar nicht getötet."

„Aber Sie wollen schweigend zusehen, wie Ihre Freunde losziehen, um ihre Mission zu erfüllen? Lautete ihr Auftrag nicht, Amerikaner zu töten?"

„Das sind nicht meine Freunde, Pater. Ich unterstütze weder sie noch das, was sie vorhaben."

„Aber Sie unternehmen auch nichts dagegen." Aidan bereute sofort, dass er das gesagt hatte. Er übte zu großen Druck auf den jungen Mann aus.

„Sie verstehen das nicht. Wie sollten Sie auch? Wie könnte überhaupt jemand das verstehen?" Der junge Mann stand auf. „Ich muss gehen."

„Bitte gehen Sie nicht. Ich wollte Sie nicht beleidigen."

„Ich weiß. Es ist nur so … ach, ich weiß auch nicht. Vielleicht komme ich noch mal wieder, dann können wir weiterreden, wenn das für Sie in Ordnung ist."

„Jederzeit, mein Sohn. Sie können am Mittwoch wiederkommen, wenn Sie möchten. Oder rufen Sie einfach im Pfarramt an und fragen Sie nach mir. Ich treffe mich gern jederzeit mit Ihnen."

„Pater Flanagan, richtig?"

„Genau."

„Vielen Dank, Pater. Ich muss gehen. Einen schönen Tag noch."

Aidan hörte, wie die Tür geöffnet wurde und wieder ins Schloss fiel. Doch er blieb noch eine Weile sitzen. Er brauchte jetzt ein wenig Zeit, um seine Gedanken zu ordnen und zu beten.

Das war die ungewöhnlichste Beichte, die er in den vierzig Jahren, in denen er Priester war, je abgenommen hatte.

# Kapitel 14

Eine Weile später überquerte Ben in seinem Ford Coupé die Broadway Bridge und fuhr in die Innenstadt zurück. Nachdem er am Vormittag aus der Kirche gekommen war, hatte er sich auf die Suche nach einer neuen Unterkunft gemacht. In der Vermont Avenue, ganz in der Nähe seines bisherigen Appartements, hatte er einen hübschen kleinen Bungalow mit zwei Schlafzimmern gefunden, der gerade zur Vermietung stand. Der Eigentümer, der normalerweise während des Winters selbst hier wohnte, musste aus geschäftlichen Gründen unverzüglich nach Baltimore zurückkehren.

Somit brauchte Ben nicht zu befürchten, dass er unverhofft auftauchte, um nach dem Rechten zu sehen oder hinter ihm herzuschnüffeln. Nachdem Ben die Schlüssel bekommen hatte, fuhr er sofort zum Eisenwarenladen und besorgte zwei neue Schlösser für die Türen. Außerdem erstand er für jede der beiden Außentüren noch ein zusätzliches Schloss und außerdem eines für die Tür des kleinen Schlafzimmers, in dem er seinen Koffer mit dem Geld und den Rationierungsmarken verstecken würde.

Ein Stein fiel ihm vom Herzen, dass er nun endlich ein gutes Versteck für den Koffer hatte und er ihn nicht mehr in seinem Wagen durch die Gegend kutschieren musste.

An der ersten Ampel nach der Brücke bog Ben rechts ab. Als ihm das große Woolworth-Leuchtzeichen an der Fassade oberhalb der Markise ins Auge stach, machte er sich sofort auf die Suche nach einem Parkplatz. Auf dem Sitz neben ihm saßen die beiden Plüschtiere, die Claire in seinem Wagen vergessen hatte. „Vielen Dank, euch beiden." Er lächelte über das dümmliche Grinsen auf ihren Gesichtern. Sie hatten ihm den perfekten Vorwand geliefert, Claire heute ohne „die Clique" zu treffen.

Mrs Richards hatte ihm am Telefon erzählt, dass ihre Tochter heute um 16 Uhr Feierabend hatte. Sie schien sich sehr darüber zu freuen, dass er sich meldete, und hatte noch ein wenig mit ihm geplaudert, bevor sie aufgelegt hatte.

Im Augenblick fühlte Ben sich ziemlich gut. Anfangs hatte ihn sein Gespräch mit Pater Flanagan aufgewühlt. Aber dann war ihm sehr schnell klar geworden, dass das nur daran lag, weil sich durch die ganze Heimlichtuerei eine solche Anspannung in ihm aufgestaut hatte. Weil er permanent befürchten musste, verraten zu werden, falls er sich einem anderen Menschen anvertraute. Doch das war unnötig ... alles war gut.

Pater Flanagan stellte keine Gefahr dar. Er hatte Ben zwar keinen Rat gegeben, der ihm geholfen hätte, aber dafür war Ben auch gar nicht lange genug geblieben. Trotzdem hatte es geholfen, sich mal alles von der Seele zu reden. Ben hatte den Eindruck, dass die Last, die er mit sich herumschleppte, allein dadurch leichter geworden war, weil ein anderer Mensch jetzt wusste, was er durchmachte.

Ben hatte Glück: In der Nähe des Woolworth-Eingangs parkte gerade ein grüner Buick aus. Er nutzte seine Chance. Ein Blick auf die Uhr verriet ihm, dass Claire jeden Augenblick durch die Tür kommen müsste. Angestrengt spähte er zwischen den Werbepostern für Kriegsanleihen und Rationierungsmarken hindurch, die im Schaufenster klebten, weil er hoffte, sie im Laden zu entdecken. *Bleib ruhig*, ermahnte er sich. Er durfte nichts überstürzen und sie keinesfalls bedrängen. Nicht, dass sie in ihm einen zweiten Hank sah. Aber es fiel ihm ziemlich schwer, sich zurückzuhalten.

Da kam sie. Sie trat gerade durch die Glastüren.

Ben stieg aus dem Wagen aus. Sie war so wunderschön, aber irgendwie wirkte sie bedrückt. „Claire." Sie drehte sich in seine Richtung, suchte die Menschen ab nach der Stimme, die ihren Namen gerufen hatte. „Hier drüben." Er trat ein paar Schritte vor, neben die Stoßstange.

„Oh, hallo Ben", sagte sie und lächelte ihn strahlend an. „Ich habe mich also nicht getäuscht. Du bist es."

„Deine Mutter hat mir verraten, wann du Feierabend hast. Ich habe heute Nachmittag mit zweien deiner Freunde einige Besorgungen gemacht. Sie haben auf dem Beifahrersitz gesessen, sind aber immer, wenn ich gebremst habe, in den Fußraum geflogen."

„Was?" Sie kam fragend auf ihn zu.

Ben ging zum Wagen zurück, holte den Tiger und den Bären heraus und hielt beide Stofftiere in die Höhe. „Die hast du am Samstag im Wagen vergessen."

„Ach, stimmt ja", erwiderte sie und eilte die letzten Meter zu ihm.

Er reichte ihr die Tiere und sie drückte sie an sich. „Vielen Dank, Ben. Die kann ich im Augenblick gut gebrauchen."

„Alles in Ordnung? Du wirkst irgendwie ... bedrückt."

„Ist das so offensichtlich?"

„Ich sehe es in deinen Augen." Claire lehnte sich an den Kotflügel. „Vorsicht", warnte er sie. „Der Wagen muss dringend gewaschen werden. Nicht, dass dein Rock schmutzig wird."

„Das ist im Augenblick die geringste meiner Sorgen."

„Hast du Ärger bei der Arbeit?"

„Nein. Aber beim Mittagessen habe ich von Barb eine ziemlich unangenehme Neuigkeit erfahren."

„Ist mit Joe alles in Ordnung?"

„Ihm geht es gut. Nur ... es ist etwas geschehen. Und Barb hat davon erfahren. Als wir zusammen Mittagessen waren, hat sie es mir erzählt."

Ben wusste nicht, was er sagen sollte. Schweigend blieben sie nebeneinander stehen. Claire schaute zu ihm hoch. Ihr Blick war irgendwie anders als sonst. Ben merkte, wie ihm warm wurde.

„Vielen Dank, dass du mir die beiden gebracht hast." Sie drückte die Plüschtiere erneut an sich. „Mir fällt gerade ein, ich glaube, ich habe dir noch gar nicht dafür gedankt, dass du sie am Samstag für mich gewonnen hast. Vermutlich hat mich deine Geschicklichkeit im Umgang mit der Waffe zu sehr aus der Fassung gebracht."

„Ich habe das Schießen erst im vergangenen Jahr gelernt." Hoffentlich fragte sie nicht nach.

„Es ist eine Schande, dass die Armee dich nicht genommen hat. Man sollte doch meinen, dass sie einen Mann, der so gut mit einer Schusswaffe umgehen kann wie du, mit offenen Armen empfangen."

Was sollte er darauf erwidern?

„Aber ich bin froh darüber ... dass sie dich nicht genommen haben, meine ich."

„Wirklich?"

Mit demselben Blick wie eben schaute sie zu ihm hoch. „Ja, das bin ich."

In diesem Augenblick schien für Ben die Zeit stillzustehen. Es war, als wären unausgesprochene Worte zwischen ihnen gewechselt worden. Am liebsten hätte er ihr hier und jetzt gestanden, wie sehr er sie liebte, wie viel sie ihm bedeutete. Doch stattdessen fragte er nur: „Möchtest du über das reden, was dich beschäftigt? Ich weiß nicht, ob ich helfen kann, aber manchmal tut es einfach gut, über Probleme zu reden. Mir geht das jedenfalls so." *Du redest, als ob du ein Fachmann wärst.*

„Vielleicht ist das eine gute Idee", erwiderte Claire. „Abendessen gibt es erst um halb sechs."

Sein Blick wanderte zur anderen Straßenseite. „Wir könnten einen Spaziergang im Uferpark machen. Anschließend kann ich dich gerne nach Hause fahren."

„Das wäre schön."

„Dann lass uns gehen. Hier, wir setzen deine beiden Freunde wieder auf den Beifahrersitz." Claire reichte ihm die Plüschtiere und Ben setzte sie in den Wagen. „Musst du deine Mutter anrufen und ihr Bescheid sagen, dass du nicht sofort nach Hause kommst?"

„Nein, sie ist daran gewöhnt, dass ich manchmal nach der Arbeit noch Besorgungen mache oder mich mit Barb treffe. Hauptsache, ich bin zum Abendessen zu Hause."

„Prima, dann lass uns gehen."

Sie gingen bis zur Kreuzung und warteten darauf, dass die Fußgängerampel grün wurde. Dann überquerten sie gemeinsam die Straße. Ben kämpfte gegen den Impuls an, ihre Hand zu ergreifen.

Dabei hatte er das seltsame Gefühl, dass sie ihre Hand nicht wegziehen würde, wenn er es versuchen sollte.

# Kapitel 15

Der Uferpark von Daytona Beach war atemberaubend schön. Ben hatte nie etwas Ähnliches gesehen. In Deutschland war das Wetter oft auch im Oktober noch angenehm mild, es konnte aber auch schon recht kühl werden. In Pennsylvania, wo er aufgewachsen war, war es um diese Jahreszeit generell bereits ziemlich kalt. Aber hier war es nicht nur schön warm und sonnig, sondern es standen auch überall Palmen. Große, üppige Oleanderbüsche zierten den Park und Blumen säumten die Gehwege. Sie standen in voller Blüte, als wäre Frühling.

An seiner Seite ging die schönste junge Frau, die er je gesehen hatte. Ben hatte keine Ahnung, was geschehen war, aber aus irgendeinem Grund schien ihm Jim Burton nicht mehr im Weg zu stehen. „Möchtest du lieber ein wenig laufen oder sollen wir uns auf eine Bank setzen?", fragte er.

„Lass uns ein wenig laufen, vielleicht den Weg dort drüben am Fluss entlang."

Ben bog auf den Weg ab. „Also, was ist geschehen? Was hat Barb dir erzählt?"

Claire seufzte. „Es geht um Jim."

„Ach?"

„Anscheinend sind wir kein Paar mehr."

Ben fiel es schwer, seine Freude zu unterdrücken. Aber er sah, wie traurig Claire war. „Das tut mir leid", sagte er.

„Mir auch, denke ich. Aber eigentlich ärgere ich mich momentan hauptsächlich über die Art, wie ich es erfahren habe."

„Danach wollte ich dich gerade fragen: Wieso hast du das von Barb erfahren?"

„Ich kann nicht glauben, dass sich Jim so verhalten hat. Er ist ein solcher Feigling."

„Was ist geschehen?"

Claire erzählte ihm, wie Barb herausgefunden hatte, dass Jim seine Beziehung zu seiner vorherigen Freundin, einem Mädchen namens Sally, wieder aufgenommen hatte. Er hatte ihr geschrieben, und zwar sehr oft. „Ich habe ihm mehrmals in der Woche Briefe geschickt und immer Entschuldigungen für ihn gefunden, warum er nur so selten geantwortet hat. Doch jetzt stellt sich heraus, dass Sally all die Briefe bekommen hat, die er eigentlich mir schreiben sollte. Er hatte nicht einmal den Mut, mir zu erklären, dass er nichts mehr für mich empfindet."

„Das ist ziemlich mies", sagte Ben. „Das hast du nicht verdient."

„Nein, das habe ich nicht."

Sie blieben vor dem Denkmal der American Legion stehen, dessen weiße Säulen die Sonnenstrahlen reflektierten. Ben wandte sich wieder dem Wasser zu. „Hey, sieh nur." Er deutete auf eine Stelle ungefähr in der Mitte des Flusses. „Hast du das gesehen? Da waren Flossen im Wasser. Zwei, eine größer als die andere."

Claire drehte sich um und legte ihre Hand an die Stirn, um ihre Augen gegen die Sonne abzuschirmen.

„Vermutlich Delfine. Sind sie in gerader Linie geschwommen oder eher rollend?"

„Eher rollend. Da sind sie wieder, ein wenig weiter rechts. Siehst du sie?"

Claire blickte in die Richtung, in die er deutete. „Nein, ich habe sie wieder verpasst."

„Warte." Ben stellte sich hinter sie und beugte sich vor, bis sein Kinn fast auf ihrer rechten Schulter ruhte. „Gib mir deine Hand." Sie standen so nah beieinander wie am Samstagabend beim Tanzen. Claire wich nicht vor ihm zurück. Wenn überhaupt lehnte sie sich sogar eher an ihn. Er hob ihren Arm in die Richtung, von der er erwartete, dass die Delfine dort gleich wieder auftauchten. „Schau genau hin, warte … etwa … dort", sagte er leise.

Die Delfinflossen kamen wieder an die Oberfläche.

„Ich sehe sie!", rief Claire. „Tatsächlich, da sind sie! Oh Ben, sind sie nicht wunderschön? Ich liebe Delfine." Sie tauchten erneut ab, kamen aber gleich wieder an die Oberfläche. „Sieh dir nur den Kleinen an! Ich wette, das sind Mutter und Kind."

„Da glaube ich auch", pflichtete Ben ihr bei. Widerstrebend ließ er ihre Hand los, blieb aber hinter ihr stehen. Ihm fiel auf, dass sie nicht zur Seite trat. Sie warteten eine Weile, doch die

143

Delfine waren augenscheinlich weitergezogen. „Wollen wir weitergehen?"

„Nein, komm, wir setzen uns einen Moment." Claire deutete auf eine Bank, die etwa fünfzig Meter vor ihnen entfernt unter einer Gruppe Palmen stand. Von dort aus hatte man freien Blick auf den Fluss. „Vielleicht kommen sie ja zurück."

Schweigend, aber dicht nebeneinander, setzten sie sich in Bewegung. Mehrmals berührte ihre Hand die seine. Nur mit Mühe schaffte Ben es, ihre Finger nicht einfach festzuhalten. Insgeheim träumte er davon, Claire in die Arme zu nehmen, mit seinen Lippen die ihren zu suchen und sie zu küssen. Jim Burton stand endlich nicht mehr zwischen ihnen. In letzter Zeit waren Ben furchtbare Gedanken gekommen, derentwegen er sich sehr schuldig gefühlt hatte. Er hatte sich doch tatsächlich vorgestellt, dass Jim ja vielleicht fallen würde und Claire dadurch für ihn frei wäre. Dabei war ihm klar, dass man so etwas noch nicht einmal denken durfte. Aber er hatte sich nicht vorstellen können, dass etwas anderes als der Tod einen Mann dazu bringen könnte, einen solch kostbaren Schatz wie Claire aufzugeben.

Zu seiner Erleichterung kam es ihm nicht so vor, als ob Claire todunglücklich wäre. Sie wirkte eher zornig auf ihn. Ein gutes Zeichen! Es bestätigte ihm, was er schon die ganze Zeit vermutet hatte: Im Grunde ihres Herzens liebte sie Jim Burton nicht.

Dicht nebeneinander setzten sie sich auf die Bank.

„Darf ich dich fragen, was dich an dieser ganzen Sache am meisten ärgert?"

Claire senkte kurz den Blick, dann schaute sie aufs Wasser hinaus. „Ich verstehe einfach nicht, warum er mich so behandelt. Schließlich hat er mich gefragt, ob ich auf ihn warte. Das war nicht meine Idee. Und meine Eltern waren überhaupt nicht angetan davon."

„Mochten sie Jim nicht?"

„Ich glaube nicht, dass es daran lag. Sie kannten ihn gar nicht richtig."

„Wart ihr nicht ein Jahr lang befreundet?"

„Das schon, aber er war nicht sonderlich versessen darauf, sie richtig kennenzulernen. Jetzt weiß ich auch, warum. Er war noch nicht über Sally hinweg und meinte es nicht wirklich ernst mit mir." Claire sah ihn an. „Ob du es glaubst oder nicht, du hast am Samstag beim Abendessen mehr Zeit mit meinen Eltern verbracht als er in jenem ganzen Jahr."

„Tatsächlich?"

Sie nickte.

„Haben sie ... etwas über mich gesagt?"

Sie lächelte und stieß ihm spielerisch den Ellbogen in die Rippen. „Sie mögen dich."

„Das haben sie gesagt?"

„Sogar mein Dad. Er hat gesagt: ‚Ben scheint ein netter junger Mann zu sein. Man kann sich gut mit ihm unterhalten.' Weißt du, was das bedeutet?"

„Nein." Aber Ben gefiel, was er hörte.

„Damit meinte mein Vater, dass er nichts dagegenhätte, wenn ich dich noch mal mitbringen würde."

„Wirklich?"

„Ja. Aber das würde er nie so deutlich aussprechen. Denn auch wenn er nicht damit einverstanden war, weiß er ja, dass ich Jim versprochen habe, auf ihn zu warten ... Bestimmt wird er sehr böse auf Jim sein, wenn er hört, wie er sich verhalten hat."

„Dann ärgerst du dich also mehr über die Art und Weise, wie Jim dich behandelt hat, als ..."

„Du meinst, ob er mir das Herz gebrochen hat? Nein, das hat er nicht. Mir ist jetzt klar, dass ich Jim vermutlich nie richtig geliebt habe. Aber trotzdem ist es nicht richtig, wie er sich mir gegenüber verhalten hat. Er hat mir etwas vorgespielt, weil er einfach zu feige war, offen mit mir über seine Gefühle zu reden."

„Das lässt sich nicht leugnen." Was sagte er da? Er belog Claire doch auch. Jetzt, in diesem Augenblick. Und die ganze Zeit schon. Er belog sie, und war er nicht ebenfalls feige?

„Barb hat mir erzählt, dass Jim auch Sally angelogen hat."

„Inwiefern?" Ben spürte, wie er sich innerlich verkrampfte.

„Sally denkt, ich wüsste, dass sie wieder zusammen sind. Jims Brief hatte sie wohl entnommen, dass er mit mir Schluss gemacht hat. Aber ich habe seit mehr als zwei Wochen nichts mehr von ihm gehört. Ihr hat er in dieser Zeit wohl eine ganze Reihe Briefe geschrieben; bestimmt hätte er Zeit gefunden, auch mir mal mitzuteilen, dass er Sally immer noch liebt, wenn er das gewollt hätte. Ich bin nur froh, dass ich jetzt Bescheid weiß."

„Warum?"

„Weil man mit jemandem, der lügt, keine gesunde Beziehung haben kann."

Bens Herz sank; diese Worte waren für ihn wie ein Schlag in die Magengrube.

Claire stand auf und griff nach seiner Hand. „Also, Ben Coleman, wirst du nun mit mir ausgehen oder nicht?"

„Was?"

„Alle, denen ich vertraue – meine Mutter, mein Vater und Barb – haben den Eindruck, dass du in mich verliebt bist. Sie konnten es nicht fassen, dass ich es nicht gemerkt habe. Also … willst du nun oder nicht?"

Ben stand ebenfalls auf. „Claire, ich bekenne mich schuldig." Er nahm ihre Hand und spürte die Berührung sofort im ganzen Körper. Nachdem er auch ihre linke Hand ergriffen hatte, sagte er: „Ich glaube, ich liebe dich seit dem Tag, an dem wir uns kennengelernt haben."

Claire sah ihm fest in die Augen und erwiderte: „Ich weiß nicht, ob ich dich schon liebe, Ben. Aber ich weiß, dass ich bereits jetzt mehr für dich empfinde, als ich jemals für Jim empfunden habe."

„Wirklich?"

Claire nickte und mit einem Mal war Bens Unbehagen verschwunden. Er wusste zwar nicht, wie er das letzte große Hindernis zwischen ihnen – die Wahrheit über seine Vergangenheit – jemals überwinden sollte, aber im Augenblick war ihm das egal. Er liebte sie von ganzem Herzen, voll und ganz.

Als Claire den Kopf an seine Schulter legte, schloss er sie fest in seine Arme. Diesen Augenblick würde er niemals in seinem Leben vergessen. Er veränderte etwas in ihm, das spürte Ben. Plötzlich überwältige ihn der tiefe Wunsch, Claire zu beschützen, sie vor allem Unglück zu bewahren, egal, was es ihn kosten würde. Er beugte sich vor und küsste sie sanft auf die Wange, dann nahm er ihren Kopf in seine Hände, streichelte ihre Wangen, suchte ihre Lippen und versprach ihr mit seinem Kuss alles – für den Rest ihres Lebens.

An ihn geschmiegt wandte Claire den Blick wieder dem Fluss zu.

Ben ließ die Arme um sie gelegt und genoss den Moment. Diese Frau, die er da in den Armen hielt, war ihm unendlich kostbar. Sie war so warmherzig, aber auch so zerbrechlich. Ben ahnte, was es Claire kosten musste, ihm zu vertrauen, und er nahm sich fest vor, sich dieses Vertrauens als würdig zu erweisen. Er würde sie nicht enttäuschen. Irgendwie würde er einen Weg finden.

Die Liebe seines Lebens lag in seinen Armen.

Unvermittelt stimmten die Möwen über ihren Köpfen ein lautes Gezeter an. Erschrocken fuhren sie zusammen. Claire löste sich von ihm und sie brachen in lautes Gelächter aus.

Die Möwen landeten auf der Rasenfläche zwischen dem Gehweg und dem Fluss und starrten sie herausfordernd an. „Sie scheinen einverstanden zu sein", bemerkte Claire.

„Ich glaube eher, sie wollen Futter."

„Wo wir gerade von Futter reden …", meinte sie, „möchtest du heute Abend wieder mit uns zu Abend essen?"

Händchen haltend machten sie sich auf den Weg zurück zum Wagen. „Oh ja, das würde ich sehr gern."

# Kapitel 16

„Wie nett, dass Sie uns Gesellschaft leisten, Ben." Claires Vater
nahm am Kopfende des Tisches Platz, nachdem er seiner Frau einen
Kuss auf die Wange gedrückt hatte. Mrs Richards saß am anderen
Ende des Tisches, Claire und Ben an den Längsseiten. Am Esstisch
der Richards hätten bequem zwölf Personen Platz gehabt. Claire
strahlte vor Glück.

In ihrem Gesicht drückte sich aus, was Ben empfand. „Als Claire
mich eingeladen hat, habe ich sofort Ja gesagt. Das Roastbeef und
die Stampfkartoffeln vom Samstagabend sind mir in guter Erinnerung geblieben." Er sah Claires Mutter an. „Und ich habe nie einen
besseren Apfelkuchen gegessen. Das meine ich ganz ernst."

Mrs Richards lächelte. „Ich freue mich, dass Ihnen mein Kuchen
so gut geschmeckt hat. Es sind noch einige Stücke übrig."

„Wenn Sie noch eine Tasse Kaffee dazugeben, könnten Sie mich
dazu überreden, zum Dessert zu bleiben", erklärte Ben. Claires Eltern lachten.

„Wir wollen beten und dann anfangen", sagte ihr Vater.

Das Essen auf dem Tisch duftete verlockend. Schweineschnitzel,
grüne Bohnen und Bratkartoffeln. Bens Blick wanderte zu Claire
hinüber, die ihm zulächelte, und blieb an ihren Lippen hängen.
Ihr Kuss von vor einer Stunde brannte noch auf seinen Lippen.
Ihr Vater sprach das Tischgebet und Ben schloss die Augen. Er war
definitiv sehr dankbar, an diesem Tisch sitzen zu dürfen.

Das überschäumende Glücksgefühl und seine Begeisterung und
Freude darüber, dass Claire seine Gefühle erwiderte, hatten vorü-
bergehend alle düsteren und quälenden Gedanken, die sich bei ihm
einschleichen wollten, verdrängt. Aus irgendeinem unerklärlichen
Grund hatte Gott, der seit seiner Jugend wenig Raum in seinem
Leben gehabt hatte, eine neue Tür für ihn geöffnet, und er würde
hindurchgehen, ohne auch nur eine Sekunde zu zögern oder einen
Blick zurückzuwerfen.

An diesem Abend ganz bestimmt nicht.

„Greifen Sie zu, Ben", forderte Mrs Richards ihn auf. „Der Gast zuerst."

Ben griff nach den grünen Bohnen, obwohl er den Blick kaum von den Schnitzeln lösen konnte. Aber er wollte einen guten Eindruck auf Mrs Richards machen. „Claire hat mir erzählt, dass Sie vor Kurzem einen umfangreichen Vertrag mit dem Militär abgeschlossen haben, Mr Richards."

Claires Vater lächelte. „Ja, das stimmt. Ehrlich gesagt hat sich der Umfang sogar noch einmal erweitert, nachdem nun all diese jungen Damen in die Stadt gekommen sind. Sie wissen schon, die WACS."

„Nennt man sie so?", fragte Mrs Richards. „Das klingt nicht sehr nett."

„So ist das eben, Liebes", sagte Mr Richards. „Abkürzungen sind modern. Wer will schon immer Women's Auxiliary Corps sagen?"

„Man begegnet ihnen inzwischen überall in der Stadt", bemerkte Claire. „Und jeden Tag kommen noch mehr an."

„Dürfen Sie darüber reden, welche Arbeiten Sie für das Militär ausführen?", fragte Ben. Wenn er selbst Fragen stellte, brauchte er nicht so viele zu beantworten.

„Auf Details darf ich natürlich nicht eingehen, aber grob gesagt sind wir für die Wartung und Reparatur von Flugzeugen zuständig. Nach Pearl Harbor haben wir unsere gesamten Kapazitäten dem Militär zur Verfügung gestellt. Unsere Werkstätten befinden sich in Daytona und in Deland. Ich selbst arbeite in Deland. Beide Flughäfen sind mittlerweile Marinestützpunkte."

„Am Samstag sind vier Sturzkampfbomber über uns hinweggedonnert", erzählte Ben. „Claire meinte, ihr Ziel sei bestimmt Deland."

„Sie kennen sich mit Bombertypen aus?", fragte Mr Richards. „Die meisten Menschen können ein Flugzeug nicht vom anderen unterscheiden."

Ben wurde nervös. „Ich … interessiere mich sehr für Flugzeuge", erklärte er. „Ich wäre gern Pilot geworden."

„Tatsächlich", erwiderte Claires Vater. „Ich habe einen Pilotenschein. Aber ich habe seit Jahren nicht mehr am Steuer eines Flugzeugs gesessen. Dabei hat es mir große Freude gemacht. Haben Sie sich schon mal bei der Luftwaffe beworben? Im kommenden Jahr werden Hunderte Flugzeuge gebaut. Bestimmt werden Piloten gebraucht."

„Ben kann nicht im Militär dienen, Dad", erinnerte ihn Claire. „Schon vergessen?"

„Oh, stimmt ja."

Ben seufzte innerlich auf. Mit dieser Erinnerung an seine Wehruntauglichkeit hatte Claire ihn gerettet. Unbehagliches Schweigen senkte sich über den Tisch und alle konzentrierten sich auf ihr Essen. „Wozu braucht Ihre Firma die Armeehelferinnen?", fragte Ben schließlich.

„Sie werden bei uns ausgebildet", erwiderte Mr Richards. „Viele der Männer ziehen in den Krieg … äh, ich meine … also, Sie wissen ja, es herrscht großer Mangel an Männern für die Arbeiten, die traditionsgemäß von Männern übernommen werden."

Ben merkte, dass Mr Richards Sorge hatte, irgendetwas zu sagen, das ihn wegen seiner vermeintlichen Wehruntauglichkeit in Verlegenheit brachte. „Ist schon in Ordnung, Mr Richards. Ich verstehe, was Sie meinen. Millionen Männer haben sich zum Wehrdienst gemeldet, viele davon in meinem Alter. Sie können sich nicht vorstellen, wie gern ich dabei wäre. Ich würde alles tun, um die Nazis zu besiegen." Das war sein tiefster Ernst.

Mr Richards lächelte. „Danke, Ben. Also, deswegen brauchen wir die vielen jungen Frauen. Sie werden dazu ausgebildet, diese Aufgaben zu übernehmen."

„In Ihrer Werkstatt lernen die Armeehelferinnen also, Militärflugzeuge wie die Dauntless zu reparieren?", fragte Ben.

„Ja. Sie lernen alles von der Pike auf, vom Aufpumpen der Reifen bis hin zur Reparatur der Motoren. Nehmen Sie sich doch bitte noch das letzte Schnitzel, Ben."

„Vielen Dank, Sir. Ich bin fertig."

Claire stach ihre Gabel in das Fleischstück und nahm es von der Servierplatte. „Ich weiß doch, dass du es willst", sagte sie. „Schieb deinen Teller rüber." Ben gehorchte. „Habe ich euch eigentlich schon erzählt, dass Ben heute ein Haus gemietet hat?"

„Tatsächlich?", fragte Mrs Richards. „Wo denn?"

„In der Vermont Avenue, ganz in der Nähe meiner jetzigen Wohnung."

„Ein Haus ist gut", bemerkte Mrs Richards.

„Darf ich fragen, welcher Art von Arbeit Sie nachgehen, Ben?"

„Ben hat im Augenblick keinen Job, Dad", erklärte Claire. „Nach dem Tod seiner Eltern –"

„Aber ich bin auf der Suche", warf Ben schnell ein. „Meine Eltern haben mir ein wenig Geld hinterlassen, daher besteht kein Grund zur Eile, aber trotzdem ..."

„Eine Auszeit ist sicher gut", meinte Mrs Richards. „Sie haben Schreckliches erlebt ... die Eltern auf diese Weise zu verlieren, muss furchtbar sein. Nehmen Sie sich alle Zeit, die Sie brauchen."

„Danke, Mrs Richards."

„Ich frage deshalb", erklärte Mr Richards, „weil ich Ihnen vielleicht bei mir einen Job anbieten könnte. Sie scheinen mir ein intelligenter junger Mann zu sein, sehr beredt. Haben Sie eine Collegeausbildung?"

„Einen Bachelor-Abschluss. In englischer Literatur."

„Du hast einen Collegeabschluss?", fragte Claire, offensichtlich beeindruckt.

„Erstaunt dich das?", fragte er.

„Nein ... ich wusste, dass du klug bist. Mir war nur nicht klar, dass du schon so alt bist."

„Alt? Ich bin gerade mal vierundzwanzig."

„Das ist doch nicht alt", widersprach ihre Mutter. „Du bist immerhin auch schon neunzehn."

„Ich mache doch nur Spaß, Mom."

„Nun, mir ist ziemlich egal, welches Fach Sie studiert haben", ergriff Mr Richards wieder das Wort. „Dass Sie Ihre Ausbildung abgeschlossen haben, ist gut. Das ist eine große Leistung. Sie wären bestimmt ein hervorragender Ausbilder. Können Sie vor Menschen reden?"

„Ich weiß es nicht", antwortete Ben. „Ich habe es nie ausprobiert. Als Lehrer, meinen Sie?"

Claires Vater nickte. „Wir bieten eine praktische Ausbildung an, aber natürlich auch viel theoretischen Unterricht im Klassenraum."

„Aber ich habe wirklich keine Ahnung von Flugzeugen."

„Dafür gibt es doch Handbücher, Ben, in denen alles von A – Z erklärt ist. Wichtig ist, dieses Wissen verständlich an andere weiterzugeben."

„Und zwar so interessant, dass die Zuhörer sich nicht langweilen", warf Claire ein. „Und das kannst du."

Bens Blick wanderte zu Claire. Sie war von der Idee begeistert. Dieses Gespräch machte ihm Spaß. Er mochte ihre Eltern, alle beide.

„Also, denken Sie darüber nach, Ben, und lassen Sie mich anschließend einfach wissen, zu welcher Entscheidung Sie gekommen sind. Ich möchte Sie zu nichts drängen."

„Ich bin Ihnen sehr dankbar für das Angebot, Mr Richards. Wirklich. Ich werde darüber nachdenken."

„Wäre das nicht toll?", begeisterte sich Claire. „Wenn du und mein Dad zusammenarbeiten würdet?"

Ben lächelte. Er würde alles tun, was sie glücklich machte. Aber irgendetwas ließ ihm keine Ruhe, ein Gedanke, den er nicht greifen konnte, eine Bemerkung, die gefallen war.

„Prima", sagte Mr Richards. Dann sah er seine Frau an. „Was meinst du, können wir jetzt diesen Apfelkuchen bekommen, Liebes? Alle einverstanden damit?"

„Ich nehme nur ein kleines Stück", sagte Claire.

„In meinem Magen ist noch Platz", meinte Ben.

Mrs Richards stand auf und begann, den Tisch abzuräumen. „Ich setze den Kaffee auf und stelle den Kuchen in den Ofen, um ihn aufzuwärmen."

„Ich helfe dir", sagte Claire. Dann ging sie um den Tisch herum und nahm Bens Teller. Er konnte kaum glauben, dass sie jetzt zusammen waren. Alles war so schnell gegangen. Noch vor wenigen Tagen hatte er keinerlei Hoffnung gehabt. Nie hätte er erwartet, einmal an diesem Tisch zu sitzen. Er wollte nichts tun oder sagen, das ihre Zukunft irgendwie in Gefahr brachte.

Als Claire und ihre Mutter das Esszimmer verließen und in die Küche gingen, wurde der beunruhigende Gedanke plötzlich greifbar. Er hatte mit Claires Vater und seinem Stellenangebot zu tun.

Ihr Vater arbeitete für die Marine. Ihm oblag die Wartung der neusten Militärkampfflugzeuge und Bomber.

Auf keinen Fall konnte Ben sein Angebot annehmen. Wie sollte das gehen? Er bräuchte eine Arbeitserlaubnis und die bekam man erst nach einer gründlichen Überprüfung. Wen sollte er als Referenz nennen, etwa die Offiziere von der Abwehr? Und sollte er vielleicht angeben, dass er an der Münchner Universität studiert hatte? Dass die Deutschen ihn wegen seines Examens in englischer Literatur als Spion angeworben hatten?

„Alles in Ordnung, Ben?"

„Hmm?" Ben sah Claire an, die zurück ins Esszimmer gekommen war und gerade nach den Serviertellern griff.

„Beunruhigt dich etwas?"

„Was sollte ihn denn beunruhigen?", fragte ihr Vater. „Er freut sich schon auf den Apfelkuchen deiner Mutter."

# Kapitel 17

In der letzten Nacht hatte Ben nicht gut geschlafen.

Zum Glück hatte er nicht wieder von Jürgen geträumt; dafür war er dankbar. Doch er hatte einfach keine Ruhe finden können und sich stundenlang unruhig im Bett herumgeworfen. Eigentlich hätte er überglücklich sein sollen, jetzt wo seine Beziehung zu Claire eine so positive Wendung genommen hatte. Er hatte sie zweimal geküsst. Nein, dreimal. Zweimal am Fluss und dann noch einmal am Wagen, als sie sich voneinander verabschiedet hatten. Doch das Angebot ihres Vaters beim Abendessen ließ ihm einfach keine Ruhe. Wie gern würde er es annehmen, und bestimmt hätte er auch Talent dazu. Er wäre ein guter Lehrer. Und er liebte Flugzeuge tatsächlich, wäre wirklich sehr gern Pilot geworden. Aber für die Luftwaffe zu fliegen und Briten oder Amerikaner anzugreifen war für ihn nicht infrage gekommen.

Nun saß Ben in einer Bank in der St.-Paul-Kirche, einige Reihen hinter dem Beichtstuhl, und wartete auf Pater Flanagan. Am Morgen hatte er hin und her überlegt, ob er ihn tatsächlich anrufen sollte, doch dann war er zu der Überzeugung gekommen, dass es richtig war. Gestern Abend hatte er zum ersten Mal seit Jahren richtig gebetet. An die Gebete, die er als guter lutherischer Junge gelernt hatte, konnte er sich nicht mehr erinnern, darum hatte er einfach mit Gott geredet, wie er mit jedem anderen gesprochen hätte, nur mit etwas mehr Respekt. Danach war er dann endlich eingeschlafen. Nach dem Aufwachen war sein erster Gedanke gewesen, Pater Flanagan anzurufen.

Und so saß er nun hier. Er hatte keine Ahnung, was er sagen sollte.

Ben sah sich im Innenraum der Kirche um. Sie war wunderschön, auch wenn sie nicht annähernd so prächtig war wie manche Kathedralen in Deutschland. Mit einigen von ihnen konnte sie es aber durchaus aufnehmen. Über den dicken Steinsäulen zu beiden Seiten wölbten sich hohe, aufwendig verzierte Rundbögen. Eine beeindruckende Kuppel erhob sich hoch oben über dem Altar, vor dem einige ältere Frauen standen und Kerzen anzündeten.

Er hörte, wie die Seitentür geöffnet und wieder geschlossen wurde. Pater Flanagan kam den Seitengang entlang. Suchend blickte er sich um, entdeckte Ben und lächelte. Dann beugte er sich vor und legte auf der Bank neben dem Beichtstuhl etwas ab. Ben stand auf und eilte in den Beichtstuhl. Dort war es dunkel, worüber er irgendwie froh war. Eine Tür fiel ins Schloss, dann wurde die kleine Luke, die sie voneinander trennte, hochgeschoben.

„Guten Morgen, Pater."

„Guten Morgen, Ben."

Ben hatte dem Priester bei seinem Anruf am Morgen seinen Namen genannt. Das machte jetzt auch nichts mehr aus – und außerdem war es ja gar nicht sein richtiger Name. „Was sollte ich noch mal sagen? Vergib mir, Vater, denn ich habe gesündigt. Wie viel … ein Tag ist seit meiner letzten Beichte vergangen."

Pater Flanagan lachte. „So ungefähr."

„Auf jeden Fall stand das FBI nicht vor meiner Tür."

„Hatten Sie damit gerechnet?"

„Nein, na ja … ich hatte gehofft, dass sie nicht kommen. Ein Priester sollte nicht lügen."

„Ihr Geheimnis ist bei mir gut aufgehoben. Sehen Sie, bei der Beichte sollen die Menschen das Gefühl haben, ehrlich sein zu können. Wenn sie damit rechnen müssten, dass wir – also die Priester – mit anderen über das reden, was sie uns anvertrauen, wäre das fatal. Sie hätten dann nicht die Freiheit, offen zu reden."

„Ist das denn so?", fragte Ben.

„Was denn?"

„Sind die Menschen denn ehrlich?"

„Gute Frage." Eine lange Stille folgte. „Einige schon, aber ich habe das Gefühl, dass viele einiges vor mir zurückhalten. Manchen Menschen fällt es schwer, sich anderen zu öffnen. Mir vermutlich auch."

„Ihnen fällt es schwer, ehrlich zu sein?"

„Nicht wenn ich Fakten weitergebe oder Dinge eingestehe, die ich gesagt oder getan habe. Aber wenn ich darüber reden soll, was ich tief in meinem Inneren empfinde … anderen Menschen gegenüber? Ja, Ben, das fällt mir schwer."

„Das hätte ich nie gedacht", wunderte sich Ben.

„Priester sind auch nur Menschen. Aber die Sache ist die: Gott sieht tiefer. Er sieht unsere Herzen so, wie sie sind, wie sie tatsächlich sind, in jedem Augenblick des Tages. Darum brauchen wir ihm auch nichts vorzumachen, wir brauchen ihm nicht vorzuspielen, dass alles gut ist, wenn es uns eigentlich sehr dreckig geht. Wir dürfen so zu ihm kommen, wie wir sind, in dem Wissen, dass er uns liebt und genau weiß, was wir denken und fühlen. Ich habe selbst vor Kurzem eine Zeit erlebt, wo ich wieder neu entdecken konnte, wie wahr das ist."

Ben wusste nicht, was er darauf erwidern sollte. „Steht das so in der Bibel?"

„Allerdings. Ich denke an einen Psalm, den ich in letzter Zeit häufig gelesen habe, den Psalm 139. Dort steht: ‚Herr, du erforschest mich und kennest mich. Ich sitze oder stehe auf, so weißt du es; du verstehst meine Gedanken von ferne. Ich gehe oder liege, so bist du um mich und siehst alle meine Wege. Denn siehe, es ist kein Wort auf meiner Zunge, das du, Herr, nicht schon wüsstest.'"

„Aber Gott schenkt doch nicht jedem Menschen diese Art von Aufmerksamkeit, oder? Ich meine, bei jemandem wie Ihnen kann ich das nachvollziehen, aber ..."

„Nein, Ben, Sie kennt er genauso wie mich. Darum dürfen Sie ihm Ihr Herz auch ganz öffnen. Nicht nur hier drin, sondern wann immer Sie beten, wo immer Sie auch sind."

Das war neu für Ben. „Ich bin so müde, Pater."

„Das glaube ich Ihnen gern. Sie schleppen eine ziemlich schwere Last mit sich herum."

„Sind Sie der Meinung, dass das, was ich tue, eine Sünde ist? Ich meine, diese ganze Verlogenheit?"

„Lügen ist eine Sünde. Das steht in den Zehn Geboten."

„Aber ist Gott denn nicht fair? Ist er nicht gerecht?"

„Doch, das ist er."

„Aber wenn er alles weiß, dann weiß er doch auch, dass ich keine Wahl habe. Wenn ich einem anderen Menschen als Ihnen erzählen würde, wer ich wirklich bin, würde ich auf der Stelle verhaftet. Und einen Monat später säße ich auf dem elektrischen Stuhl. Wie kann das fair oder gerecht sein?"

„Das ist es nicht."

„Ich habe kein Unrecht begangen. Wenn es nach mir ginge, wäre ich auf meiner Highschool geblieben und hätte an der Penn State studiert. Bestimmt hätte ich mich inzwischen längst freiwillig gemeldet und wäre beim Militär. Ich bin zwar deutscher Abstammung, aber ich liebe dieses Land. Ich hasse, was die Deutschen der Welt im Augenblick antun. Muss ich dafür bezahlen? Dass meine Eltern mich gegen meinen Willen nach Deutschland geschleppt haben?"

Pater Flanagan ließ sich viel Zeit mit seiner Antwort. „Nein, Ben. Ich glaube nicht, dass das richtig ist. Ich glaube nicht, dass Sie für etwas bestraft werden sollten, dessen Sie sich nicht schuldig gemacht haben. Ich glaube auch nicht, dass Gott das erwartet."

„Nicht?"

„Nein. Sie haben dieses Volk nicht verraten und Sie spionieren auch nicht für seine Feinde."

„Das tue ich nicht, Pater. Ich könnte keinem einzigen Amerikaner etwas zuleide tun. Meinen Auftrag hätte ich niemals ausgeführt. Und wissen Sie, was ich denke? Ich denke, es war Gott, der mir in jener Nacht am Strand meinen Partner genommen hat. Er ließ ihn in der Brandung umkommen, damit er nicht ausführen konnte, wozu er hergekommen war. Er wollte morden, viele Menschen töten, und er hätte es mit Freude getan. Mir war klar, dass ich ihn irgendwie daran hindern musste. Aber ihn zu töten, wäre mir wirklich extrem schwergefallen, verstehen Sie."

„Ich bin froh, dass ein solches Verbrechen nicht auf Ihrem Gewissen lastet, Ben."

„Aber warum fühle ich mich dann immer noch so schlecht? Ich meine, wenn ich doch kein Unrecht begangen habe."

„Das ist eine gute Frage. Haben Sie eine Idee?"

Unvermittelt stand Ben Claires hübsches Gesicht vor Augen. Dann eine Szene vom Abendbrottisch am vergangenen Abend. All die Lügen, die er ihr und ihrer Familie erzählen musste. „Es gibt eine junge Frau, in die ich mich verliebt habe. Sie heißt Claire. Sie ist … die Frau, die ich heiraten möchte. Mit der ich eines Tages eine Familie gründen möchte. Und ihre Familie, ihre Mutter und ihr Vater, sind sehr nette Menschen. Es widerstrebt mir, sie alle ständig anzulügen."

Wieder ein langes Schweigen.

„Ich glaube, in dieser Hinsicht kann ich Ihr Gewissen nicht entlasten."

„Wie meinen Sie das?"

„Ich denke, es ist falsch, Menschen anzulügen. Und da ist noch etwas anderes, Ben. Etwas, das mir ziemlich zu schaffen macht. Ich muss das Ihnen gegenüber einfach ansprechen."

„Worum geht es, Pater?"

„Ich habe es gestern schon kurz erwähnt. Und das hat Sie sehr aufgeregt, das war deutlich zu spüren. Es ist Ihnen bestimmt nicht recht, wenn ich das Thema jetzt noch einmal anschneide."

„Machen Sie nur."

„Vor ein paar Minuten sagten Sie, Sie würden keinem einzigen Amerikaner etwas zuleide tun. Und niemals hätten Sie den Auftrag ausgeführt, den Sie von Ihren Vorgesetzten erhalten haben."

„Das stimmt."

„Aber Sie wissen, dass sich im Augenblick irgendwo in Amerika zwei Männer versteckt halten, die keine Sekunde zögern werden, ihren Auftrag auszuführen. Viele unschuldige Amerikaner werden durch ihre Hand ihr Leben verlieren … wenn Sie nichts unternehmen. Das ist eine ernste Sache."

*Warum muss er das nur ansprechen?* „Ich weiß, Pater. Aber ich kann nichts machen." Augenblicklich wurde Ben klar, dass das nicht stimmte. Er hatte diese Männer ganz bewusst aus seinen Gedanken verbannt und sie zusammen mit Jürgens Leiche begraben.

„Ben … es muss eine Möglichkeit geben."

„Pater, das FBI ist doch informiert; es weiß mittlerweile, was die Nazis vorhaben. Beim letzten Fall waren mehr als dreißig Agenten im Einsatz. Die Küstenwache stellt Hunderte Teams zusammen, die zu Pferd und mit Hunden die Strände überwachen. Wenn ich irgendjemandem außer Ihnen gegenüber auch nur ein Wort darüber verliere, werde ich enttarnt. Und hingerichtet."

„Können Sie denn nicht einen anonymen Hinweis geben?"

„Ich weiß, wie das läuft. In Washington gibt es Handschriftexperten und große Labors. Sie könnten meinen Hinweis bestimmt irgendwie zu mir zurückverfolgen. Daran habe ich keinen Zweifel. Und dann wäre alles vorbei."

Ben war erschöpft. Er schwitzte sogar. Von der anderen Seite der Tür drangen Pater Flanagans Atemzüge zu ihm herüber.

„Also ich an Ihrer Stelle würde auf jeden Fall darüber nachdenken. Vielleicht könnten Sie auch darüber beten. Es ist eine Sache, sich zu stellen, um für etwas, das man nicht getan hat, hingerichtet zu werden. Doch es ist eine andere Sache, sein Leben aufs Spiel zu setzen, um unzählige Unschuldige vor dem Tod zu bewahren. Die Menschen, die Ihre Freunde umbringen wollen, sind nicht einmal Soldaten."

„Das sind nicht meine Freunde."

„Entschuldigung. Das hätte ich nicht sagen sollen. Aber Sie wissen schon, was ich meine."

Das wusste Ben. Doch er wollte lieber nicht darüber nachdenken. „Ich muss jetzt gehen, Pater. Danke, dass Sie sich Zeit für mich genommen haben."

„Gern geschehen. Es tut mir leid, wenn ich Sie mit meinen Worten verletzt habe. Aber Sie haben nach einem Weg gesucht, Ihr Gewissen zu erleichtern. Wie haben Sie es noch formuliert? Sie fühlten sich schlecht?"

„Ich glaube schon."

„Wir können vor unseren Schuldgefühlen nicht davonlaufen. Das gelingt uns nicht. Und Ihre Schuldgefühle werden sich in den vor Ihnen liegenden Tagen vermutlich noch verstärken, nicht nur wegen der Saboteure. Wie, sagten Sie, heißt noch mal das Mädchen, das Sie heiraten wollen?"

„Claire."

„Ja, auch wegen Claire und ihren Eltern. Vor den Behörden Informationen zurückzuhalten, die zur Folge haben könnten, dass Sie hingerichtet werden, ist eine Sache. Aber es ist nicht in Ordnung, die Menschen, die man liebt, anzulügen."

„Ich kann es ihr nicht sagen. Oder ihren Eltern. Das geht nicht. Sie würden das niemals verstehen. Ich würde alles, was zwischen uns ist, zerstören."

„Sind Sie sich da sicher, Ben? Ich glaube, Ihre Beziehung wird in die Brüche gehen, wenn Sie es ihr *nicht* erzählen. Und je länger Sie damit warten, desto schlimmer wird es sein, wenn sie es dann irgendwann doch erfährt. Das ist der Lauf der Dinge. Im Augenblick tut es vielleicht ein wenig weh, aber echte Liebe sollte so eine Enttäuschung verkraften können."

*Was wissen Sie schon über echte Liebe? Sie sind doch ein Priester.* Dieser Gedanke schoss Ben beinah augenblicklich durch den Kopf.

„Ich kann es ihr nicht sagen, Pater." Er stand auf. „Es geht einfach nicht."

„Ben."

Ben öffnete die Tür zum Beichtstuhl.

„Bevor Sie gehen – ich habe Ihnen eine Bibel mitgebracht. Oder besitzen Sie schon eine?"

„Nein."

„Ich habe sie draußen auf die Bank gelegt. Darin finden Sie eine Liste mit Psalmen, die Ihnen in Ihrer Situation weiterhelfen könnten. Für mich waren sie auf jeden Fall sehr hilfreich. Danach empfehle ich Ihnen, vielleicht die Evangelien zu lesen."

„Vielen Dank, Pater. Ich bezahle Ihnen die Bibel gern."

„Das ist nicht nötig. Ich werde für Sie beten, Ben."

„Danke."

Ben verließ den Beichtstuhl, nahm die Bibel an sich und machte sich auf den Weg Richtung Ausgang. Pater Flanagan war wirklich ein sehr freundlicher alter Mann, aber er begriff seine Situation nicht so ganz. Wie könnte Ben Claire jemals die Wahrheit sagen? Er erinnerte sich daran, was sie gestern im Park gesagt hatte. Als es darum gegangen war, was sie an Jim Burtons Verhalten besonders ärgerte, hatte sie gesagt: *Man kann keine gesunde Beziehung zu jemandem haben, der lügt.*

Wenn sie es nicht ertragen konnte, dass Jim sie einmalig anlog, indem er ihr verschwieg, dass er wieder zu seiner früheren Freundin zurückgekehrt war, dann wäre sie am Boden zerstört, wenn die Lawine von Bens Lügen über sie hinwegrollte.

Das würde alles kaputt machen.

# Kapitel 13

## Legare Street, Charleston
## 1 Uhr nachts

Vorsichtig legte ich das Manuskript auf den kleinen Beistelltisch, den ich mir herangezogen hatte. Ich wollte nicht, dass die Seiten einrissen. Wie viel Uhr war es eigentlich? *Das ist unmöglich!*, dachte ich, als ich auf meine Uhr sah. Ich hatte mich seit fast fünf Stunden nicht von der Stelle gerührt.

*Jenn!*

Sie hatte ich ganz vergessen. Ich griff in meine Tasche, um mein Handy hervorzuholen, doch es war nicht da. *Nein, nein, nein!* Ich drehte den Stuhl um und sah auf dem Schreibtisch nach. Nichts. Vermutlich hatte ich es in der Küche liegen lassen. Ob Jenn wohl angerufen hatte? Bestimmt. Wie konnte es sein, dass ich das Klingeln nicht gehört hatte? Ich rannte in die Küche. Sicher war sie krank vor Sorge.

Das ganze Haus lag im Dunkeln. Ich knipste das Licht an. Da lag es, neben der Mikrowelle. Mein Herz sank, als ich das Handy aufklappte. Jenn hatte es mindestens ein halbes Dutzend Mal probiert. Ich wählte ihre Nummer.

Es klingelte und klingelte und schließlich sprang ihre Mailbox an. „Jenn, es tut mir so leid. Ich habe das Klingeln einfach nicht gehört. Ich hatte mein Handy hier in der –" In meinem Handy piepste es. Es war Jenn.

„Michael? Wie viel Uhr ist es?" Ihre Stimme klang verschlafen.

„Kurz nach eins. Entschuldige bitte, Jenn."

„Ich habe mir solche Sorgen gemacht."

„Ich weiß. Es tut mir leid. Ich habe mein Handy in der Küche liegen lassen."

„Wo warst du?"

„Nirgends. Ich war die ganze Zeit zu Hause."

„Ich habe es andauernd probiert."

„Das habe ich gesehen. Entschuldige bitte."

„Ich habe sogar in den Krankenhäusern nachgefragt." Sie schien jetzt wacher zu sein. „Ich dachte mir, das ist eine moderne Stadt. Wenn er einen Unfall hatte, liegt er mit Sicherheit in einem der Krankenhäuser. Aber da du nirgends zu finden warst, dachte ich mir, dass es dir vermutlich gut geht."

„Jenn, ich ... es gibt keine Entschuldigung. Es tut mir schrecklich leid, dass ich dir das zugemutet habe. Wirklich. Verzeih mir bitte."

„Schon gut. Du hast ganz einfach vergessen, dass ich überhaupt existiere."

„Das ist es nicht. Aber ich hatte mich in Gramps' Roman vertieft. Ich saß in seinem Arbeitszimmer und hatte die Tür zugemacht."

„Die ganze Zeit?"

„Seit meinem letzten Anruf bei dir habe ich mich nicht von diesem Stuhl wegbewegt."

„Nicht einmal, um zur Toilette zu gehen?"

„Nein, aber da wir gerade davon sprechen ..."

„Wag es ja nicht, mich ins Bad mitzunehmen. Ich höre das."

Ich lachte. „Nein, das tue ich nicht. Aber ich kann nicht mehr lange reden."

„Dann ruf mich doch danach zurück."

„Musst du morgen denn nicht arbeiten?"

„Doch. Ich muss wirklich wieder ins Bett gehen."

„Dann mach das doch. Wir können morgen reden." Ich ging zum Kühlschrank und goss mir ein Glas Eistee ein.

„Dann ist der Roman also gut?"

„Er lässt mich nicht mehr los." Ich trank einen Schluck Tee. „Aber er ist irgendwie ganz anders als seine anderen Werke. Eigentlich ist es eher eine Liebesgeschichte."

„Wirklich."

„Der Roman ist auch spannend und es passiert viel, aber bisher ist es definitiv kein Thriller."

„Denkst du denn, dass er sich gut verkaufen würde?"

„Jenn, mein Großvater hat diesen Roman geschrieben. Die Leser würden sich vermutlich sogar um seine Einkaufsliste reißen."

„Ich bin froh, dass alles in Ordnung ist."

„Es tut mir so leid, dass du dir Sorgen gemacht hast."

„Wenn du weiterliest, achte darauf, dass dein Handy in Reichweite liegt."

„Das mache ich, versprochen."

„Versprich es nicht nur."

„Ist gut. Ich liebe dich. Ich kann es nicht erwarten, dass du das Buch auch liest."

„Wenn dein Großvater eine Liebesgeschichte geschrieben hat, will ich die auf jeden Fall lesen."

☙

Als ich am nächsten Morgen aufwachte, fühlte ich mich ziemlich zerschlagen.

Die Sonne schien bereits ins Zimmer und machte es trotz der Vorhänge beinah taghell. Ich drehte mich um und warf einen Blick auf den Digitalwecker. Es war schon nach 9 Uhr. Erschrocken griff ich nach meinem Handy. Wie konnte ich Jenns Anruf schon wieder überhört haben? Sie ging um halb acht aus dem Haus. Als ich das Telefon aufklappte, sah ich, dass ich ihren Anruf nicht überhört hatte. Jenn hatte mich ausschlafen lassen. Am Wochenende würde sie wieder hier sein. Darauf freute ich mich schon sehr. Ich stand auf, duschte, zog mich an und ging nach unten. Nach einer Tasse Kaffee und einer Schale Müsli fühlte ich mich ausreichend gestärkt, um in Gramps' Arbeitszimmer zurückzukehren und weiterzulesen.

Doch dann fiel mein Blick nach draußen. Eigentlich wäre es viel schöner, dort weiterzulesen. Als ich auf die Veranda hinaustrat, stellte ich fest, dass es angenehm kühl, aber nicht kalt war. Und es ging kaum Wind. Perfekt! Ich ging zurück in die Küche, schenkte mir Kaffee nach, verstaute das Handy in meiner Hosentasche und holte die Manuskriptseiten, die ich noch nicht gelesen hatte, aus dem Arbeitszimmer.

Auf dem Weg nach draußen überlegte ich, warum mein Großvater dieses Manuskript wohl noch nicht veröffentlicht hatte. Es war seinen anderen Werken durchaus ebenbürtig. Lag es an der Liebesgeschichte? In Gramps' Romanen war eigentlich immer auch ein gewisses Maß an Romantik zu finden, auch wenn ihn garantiert niemand als Liebesromanautor bezeichnet hätte. Die Zeit, in der der Roman spielte, konnte jedenfalls nicht der Grund dafür sein. Auch andere seiner Romane spielten in der Zeit des Zweiten Weltkriegs. Zum Beispiel *Zurück nach Bastenach* und *Erinnerungen an Dresden*.

Also, was war der Grund?

Ich öffnete die Haustür. Die beiden Korbsessel am hinteren Ende der Veranda machten einen sehr bequemen Eindruck. Ich ließ mich auf dem einen nieder, zog mir einen kleinen Tisch heran, auf dem ich die gelesenen Seiten ablegen konnte, und legte die Füße auf den anderen Stuhl.

Hier würde mich so schnell nichts mehr wegbringen.

# Kapitel 18

**Mitte Januar 1943**

Während der folgenden drei Monate beherzigte Ben seinen eigenen Rat und verdrängte Pater Flanagans Worte. Er war wirklich dankbar, dass sich der alte Priester so um sein Wohlergehen sorgte, aber er war zu der Überzeugung gelangt, dass Pater Flanagan seine Situation einfach nicht richtig einschätzen konnte. Wie auch? Das Leben des Geistlichen verlief in festgelegten Bahnen und wie jeder wusste, durften katholische Priester nicht einmal heiraten. Woher sollte er also wissen, was für Claire und Ben das Beste war?

Allerdings war die Bibel, die der Pater ihm geschenkt hatte, Ben eine große Hilfe. Er hatte es sich angewöhnt, jeden Morgen darin zu lesen, zuerst die Stellen, die Pater Flanagan ihm aufgeschrieben hatte, danach hatte er sich den Evangelien zugewendet. In den von dem Pater aufgelisteten Psalmen war immer wieder die Rede von Gottes Allwissenheit, die mit einschloss, dass er das Herz eines jeden Menschen kannte und ganz genau wusste, was darin vorging – in jedem Augenblick des Tages. Das konnte Ben nachvollziehen, je länger er darüber nachdachte. Falls es einen Gott gab, dann war er mit Sicherheit allmächtig, das höchste und strahlendste aller Wesen. An einen kleinen Gott zu glauben, machte gar keinen Sinn.

Ben nahm sich Davids Gebete in den Psalmen zum Vorbild und versuchte, selbst auch so mit Gott zu reden; ihm seine Gedanken anzuvertrauen, so ehrlich es ihm möglich war. Es war wundervoll, nicht mehr alles für sich behalten zu müssen. Ben war so dankbar, dass er Pater Flanagan einen Dankesbrief mit fünfzig Dollar schickte. Obwohl er sich ziemlich sicher war, dass ein Mensch wie Pater Flanagan dieses Geld für die Armen einsetzen würde.

Bens und Claires Beziehung entwickelte sich gut. Eine Woche nach ihrem ersten Kuss hatte Claire ihm gestanden, dass sie ihn liebte. Jetzt versicherten sie einander ununterbrochen ihrer Liebe. Zwei- oder dreimal in der Woche gingen sie miteinander aus und mindestens genauso oft war Ben zum Abendessen bei Claire zu Hause. Nach Barbs und Joes Hochzeit kurz vor Thanksgiving hatte sich „die Clique" aufgelöst. Joe war unmittelbar nach den Flitterwochen zur Militärbasis abgereist. Zurzeit war er irgendwo in Kalifornien stationiert und wartete auf seinen Truppentransport in den Pazifik.

Gelegentlich trafen sich Ben und Claire mit Barb und ab und zu auch mal mit Hank, um gemeinsam bei McCrory's etwas zu essen oder sich einen Film im Kino anzusehen. Das war auch für diesen Nachmittag geplant. Ben war gerade zu McCrory's unterwegs, wo Claire sich mit Barb zum Mittagessen verabredet hatte. Hank wollte im Kino zu ihnen stoßen.

Hank hatte sich Claire inzwischen aus dem Kopf geschlagen. Jetzt beschwerte er sich ständig darüber, dass er in dieser Stadt einfach nicht das richtige Mädchen finden konnte. Ben fand das seltsam, immerhin hatten mehr als zehntausend Armeehelferinnen die Stadt überrollt. An jeder Tankstelle und in jedem Supermarkt traf man zu jeder Tageszeit mindestens zwei Dutzend netter Mädchen. Erst heute Morgen war eine ganze Schar Armeehelferinnen in Reih und Glied über den Gehweg in der Nähe der Freilichtbühne gelaufen, genau an der Stelle vorbei, wo Ben und Claire zum ersten Mal miteinander getanzt hatten.

„Du bist einfach zu wählerisch, Hank", schimpfte Barb häufig.

*Das ist nur einer der Gründe,* dachte Ben im Stillen, wann immer sie das sagte.

Auf dem Weg zu McCrory's lieferte Ben noch den Artikel ab, den er für seinen Arbeitgeber, das Daytonaer News-Journal, verfasst hatte. Es war ein Artikel über eine Gruppe Armeehelferinnen, die eigenständig für die Wartung der Militärlastwagen in der Stadt verantwortlich war. Ben hatte sich die Stelle besorgt, damit er etwas hatte, worüber er am Abendbrottisch reden konnte, und um jedem weiteren Gespräch über eine Anstellung bei Claires Vater aus dem Weg zu gehen. Zuerst hatte er freiberuflich für die Zeitung gearbeitet. Er hatte sich eine hübsche tragbare Schreibmaschine gekauft und seine Artikel zu Hause am Küchentisch geschrieben. Doch dem Chefredakteur hatten seine Arbeiten so gut gefallen, dass er ihm inzwischen sogar eine feste Stelle angeboten hatte. Im Augenblick arbeitete Ben stundenweise an seinem Schreibtisch in der Redaktion in der Orange Avenue, aber nach wie vor auch an seinem Küchentisch.

Termingerecht lieferte er den Artikel bei seinem Redakteur ab. In der Redaktion herrschte helle Aufregung wegen eines starken Wirbelsturms, der am Abend vom Golf her auf die Stadt treffen sollte. Dem Artikel darüber wurde sogar ein Platz auf der Titelseite eingeräumt. Die Einwohner der Stadt sollten sich das ganze Wochenende über auf starke Sturmböen und raue See einstellen. Solche Stürme waren hier keine Seltenheit. Sie wüteten ein bis zwei Tage im Land, bevor sie sich auf das Meer zurückzogen. Für die Nacht wurden Temperaturen unter dem Gefrierpunkt erwartet, und die Wettervorhersage prophezeite bis zu fünfundzwanzig Liter Regen pro Quadratmeter für die kommenden zwei Tage – und das stündlich.

Als Ben zu seinem Wagen zurückkehrte, blickte er zum Himmel. Im Westen braute sich schon jetzt etwas zusammen. Er fragte sich, ob sie ihre Kinopläne für den Nachmittag nicht lieber aufgeben sollten. Normalerweise wäre er zu Fuß zu ihrem Stammlokal in der Beach Street gelaufen, da es nur ein paar Querstraßen weit weg war, aber jetzt sah es so aus, als könnte es jeden Augenblick anfangen zu regnen.

Ben brauchte zwei Minuten, um das Restaurant zu erreichen, und dann noch einmal zehn, um einen Parkplatz zu finden – auch das hatten die Einwohner den Armeehelferinnen zu verdanken. Als er an den Fenstern vorbeiging, entdeckte er Claire und Barb an einem Tisch. Claire sah ihn ebenfalls, rannte nach draußen und warf sich in seine Arme. „Ich freue mich so, dass du da bist", begrüßte sie ihn.

Ben küsste sie stürmisch. Als ihre sich Lippen voneinander lösten, bemerkte er, wie Barb im Lokal die Augen verdrehte. Er lächelte sie über Claires Schulter hinweg an. Ihr Spott machte ihm nichts aus; ihm gefiel es, wie Claire ihn begrüßte, und es war ihm ganz egal, wie das auf andere wirkte.

„Auweia", meinte Claire. „Das ist aber kalt hier draußen." Sie trat unter der Markise hervor und blickte in den Himmel.

„Es ist ein Orkan im Anmarsch", sagte Ben. „Die Meteorologen in der Redaktion meinten, es würde übel werden."

„Wirklich?"

„Starke Orkanböen, beinahe so schlimm wie ein Tropensturm. Und Unmengen an Regen."

„Wann?"

„Lass uns reingehen." Er hielt ihr die Tür auf, legte den Arm um sie und ging mit ihr ins Lokal. „Das Schlimmste wird für heute Abend erwartet, aber ich weiß nicht, ob es so eine gute Idee ist, heute Nachmittag noch ins Kino zu gehen. Hallo, Barb."

Sie winkte zur Begrüßung. „Ihr seid mir zwei", sagte sie. „Ihr erinnert mich an Rhett und Scarlett in *Vom Winde verweht*, wann immer ich euch zusammen sehe."

Claire sah Barb an. „Ich liebe die Szene, auf die du anspielst, aber wir werden nicht so enden wie Rhett und Scarlett. Unsere Geschichte wird ein Happy End haben." An Ben gewandt, fuhr sie fort: „Ich würde aber wirklich gern ins Kino gehen. Der Film dauert doch nur zwei Stunden."

„Was läuft denn?"

„Ein Krimi von Alfred Hitchcock", erwiderte Barb. „*Im Schatten des Zweifels*, mit Joseph Cotton und Teresa Wright. Soll sehr gut sein und sehr spannend. Joseph Cotton spielt einen unheimlichen Onkel, der in die Stadt kommt. Zuerst ist er ganz reizend, aber … er ist nicht der, für den er sich ausgibt", sagte sie mit geheimnisvoller Stimme.

*Na toll*, dachte Ben, *das ist genau das, was ich brauche.* „Ich weiß nicht, Claire. Diese Meteorologen können nicht immer genau voraussagen, wann ein Sturm die Stadt erreicht. So, wie der Himmel im Augenblick aussieht, würde ich sagen, es kann jeden Moment losgehen. Und sieh nur", er deutete auf ihren Stuhl, „du hast nur eine leichte Jacke dabei. Wenn du so dünn gekleidet draußen herumläufst, wirst du erfrieren, denn die Temperaturen werden noch weiter fallen."

„Vielleicht können wir ja morgen nach dem Gottesdienst gehen." Claire wandte sich an Barb. „Was meinst du? Hast du morgen Mittag Zeit?"

„Klar. Ich habe nichts vor."

„Hmmm … dieser Sturm wird morgen nicht vorüber sein. Vermutlich wird er sich sogar erst im Lauf des Montag verziehen."

„Du bist ein solcher Spielverderber, Ben", beklagte sich Barb. Die beiden Frauen standen auf und Ben half Claire in ihre Jacke.

„Vielleicht", räumte Ben ein. „Aber ich versuche nur, die Stimme der Vernunft zu sein." In diesem Augenblick setzte der Regen ein. „Seht nur, es geht schon los. Wir sollten lieber zusehen, dass wir zum Wagen kommen. Soll ich dich zu Hause absetzen, Barb?"

„Das wäre toll."

Nachdem sie das Restaurant verlassen hatten, wanderte Bens Blick zu den Sturmwolken am Himmel. Er war sehr dankbar für die unerwartete Hilfe. Ihm war alles recht, was verhinderte, dass er sich einen Film ansehen musste, in dem es um einen netten Mann ging, der in die Stadt kam, und „gar nicht der war, für den er sich ausgab".

# Kapitel 19

Nachdem Ben Barb nach Hause gebracht hatte, fiel ihm und Claire ein, dass sie sich ja mit Hank verabredet hatten. Und tatsächlich wartete er wie vereinbart vor dem Kino auf sie. Ben parkte in der zweiten Reihe, rannte schnell zu ihm und erklärte ihm, dass sie es sich wegen des Wetters anders überlegt hätten.

Als sie vor Claires Haus in der Ridgewood Avenue vorfuhren, hatte der Regen ein wenig nachgelassen, doch der Wind hatte an Stärke zugenommen und der Himmel sich bedrohlich verfinstert. „Lass uns schnell reingehen, bevor es wieder stärker regnet", schlug Ben vor.

Claires Mutter schien sie gesehen zu haben. Sobald sie die Veranda betraten, ging die Haustür auf und sie warf sie direkt hinter ihnen wieder ins Schloss. Im Haus war es schön warm und gemütlich. „Ich friere", sagte Claire und trat schlotternd näher an die Heizung. Ben zog seinen Mantel aus, legte ihn um ihre Schultern und rubbelte ihre Arme warm.

„Ich schlage vor, dass Sie Ihre Jacke schnell wieder anziehen, Ben", sagte Mrs Richards.

„Warum, Mom?", fragte Claire.

„Ich habe gerade mit deinem Vater telefoniert. Es wird ein schlimmes Unwetter erwartet. Der Sturm wird zunehmend stärker. Die Leute auf der Basis haben den Auftrag, alle Flugzeuge zu sichern. Sie bekommen ja immer die aktuellsten Wetterberichte. Er hat auch gesagt, dass es in den kommenden Tagen wie aus Eimern schütten wird. Man muss mit einer Überflutung der tief liegenden Gebiete am Strand rechnen. Deshalb hat er vorgeschlagen, dass Ben schnell nach Hause fährt, eine Tasche packt und dann hierbleibt, bis das Unwetter vorüber ist."

„Oh, dieser Vorschlag gefällt mir!", sagte Claire.

„Wir haben oben ein paar hübsche Gästezimmer, Ben."

Claire warf ihrer Mutter einen Blick zu, der ihr wohl klarmachen sollte, dass sie sich keine Sorgen zu machen brauchte. „Du könntest auch in Jacks altem Zimmer übernachten", schlug sie vor. „Es liegt direkt gegenüber von meinem. Das wird bestimmt toll."

„Ich nehme Ihre Einladung sehr gern an, Mrs Richards", sagte Ben. „Ist dir immer noch kalt, Claire? Ich könnte dir deine Jacke aus dem Schrank holen."

„Nein danke, mir ist wieder einigermaßen warm. Soll ich mitkommen?"

„Mir wäre es lieber, wenn du hierbleiben würdest", wandte ihre Mutter ein. „Ich könnte Hilfe bei der Vorbereitung des Abendessens gebrauchen. Dein Vater kommt heute früher nach Hause. Sobald die Basis gesichert ist, macht er sich auf den Weg."

„Ich beeile mich", sagte Ben, während er seine Jacke überstreifte. „Ich packe nur schnell ein paar Sachen zusammen." Er beugte sich vor und gab Claire einen Kuss. „Vielen Dank für das nette Angebot, hier zu übernachten, Mrs Richards. Und bitte richten Sie auch Ihrem Mann meinen Dank aus."

„Gern geschehen, Ben. Aber Sie können sich nachher selbst bei ihm bedanken. Vermutlich sind Sie noch vor ihm wieder hier."

„Da mögen Sie recht haben. Ich denke, wir sehen uns in etwa zwanzig Minuten."

Claire begleitete ihn zur Tür. Als sie sie öffnete, hörten sie ein lautes Knacken. Claire fuhr erschrocken zusammen. Ein Palmenwedel stürzte auf den Rasen vor dem Haus und wurde vom Wind über die Straße gewirbelt. „Sei vorsichtig", ermahnte sie ihn.

„Das bin ich."

Ben durchquerte die Innenstadt und fuhr über die Broadway Bridge zum Strand. Einmal traf ihn eine Windbö von der Seite und drückte ihn gegen den Bordstein. Die Reifen quietschten. Er lenkte dagegen und wäre beinahe mit einem entgegenkommenden Wagen kollidiert.

Ihm fiel auf, wie dunkel der Fluss war. Er spiegelte die Farbe des zornigen Himmels wider. Das normalerweise ruhige Wasser schien zu brodeln und Hunderte kleiner weißer Schaumkronen spritzten Wasser hoch, das vom Wind fortgetragen wurde.

Das war alles ziemlich aufregend, musste Ben sich eingestehen. Ganz besonders freute er sich natürlich darauf, jetzt lange mit Claire zusammen sein zu können. Als er in die Vermont Avenue einbog, fragte er sich, ob dieser Stadtteil tatsächlich so tief lag, dass er in der Gefahr stand, überflutet zu werden. Eigentlich war das egal, aber er musste Vorsichtsmaßnahmen treffen, nur für den Fall. Bens Gedanken wanderten sofort zu dem Koffer mit dem Bargeld und den Rationierungsmarken, der sicher im zweiten Schlafzimmer verstaut war.

Auf keinen Fall konnte er riskieren, dass dieses Ding vom Wasser auf die Straße gespült wurde.

Ben parkte den Wagen in seiner Einfahrt und rannte zur Haustür. Dicke Regentropfen prasselten auf ihn herab. Im Haus vergewisserte er sich zuerst, dass alle Fenster fest verschlossen waren. Dann holte er seinen Schlüssel aus der Tasche und schloss das zweite Schlafzimmer auf. Rasch ging er zum Bett, zog den Koffer darunter hervor und legte ihn auf die Matratze.

Die Vorhänge waren wie üblich zugezogen. Ben holte die wasserdichte Hülle, mit der er den Koffer geschützt hatte, bevor sie an Land gegangen waren, aus der obersten Kommodenschublade.

Seit jener Nacht hatte er sie nicht mehr gebraucht. Diese Hülle und der Koffer auf dem Bett waren die letzten Überbleibsel aus seinem alten Leben. Das war ein gutes Gefühl.

Nun gut, da war auch noch die Pistole, die er nicht mehr in der Hand gehalten hatte, seit er in jener Nacht den Koffer aus dem Sand ausgegraben hatte. Für alle Fälle nahm er sie aus der untersten Kommodenschublade und legte sie in den Koffer. Wenn seine Ohren ihn nicht täuschten, hatte der Regen wieder aufgehört. Vielleicht sollte er zuerst seine Tasche packen und sie zum Wagen bringen, bevor der Regen mit Macht wieder einsetzte.

Als Ben durch den Flur in das größere Schlafzimmer ging, in dem er schlief, hörte er, wie der Wind durch die Küche pfiff. Durch das große Küchenfenster konnte man in den Garten hinausblicken, deshalb stand davor sein kleiner Esstisch. An diesem Tisch tippte er auch seine Artikel für die Zeitung, weil er dort das meiste Licht hatte. Aber das Fenster war offensichtlich undicht. Und wenn der Wind hindurchkam, würde bei Starkregen garantiert auch Wasser eindringen. Ben wollte auf keinen Fall riskieren, dass seine Schreibmaschine Schaden litt. Also nahm er die besser auch mit.

*Wo ist nur der Schreibmaschinenkoffer?*, überlegte er. Die gebrauch-

te Schreibmaschine funktionierte tadellos, aber der dazugehörende
Koffer taugte nichts. Über die Unterseite zog sich ein Riss und zwei
der Ecken wurden nur noch von Klebeband zusammengehalten.
Ben entdeckte den Koffer auf dem Eisschrank und verstaute die
Schreibmaschine schnell darin. Vergeblich versuchte er, den Koffer zu verschließen; der Reißverschluss klemmte. Also nahm er ihn
auf die Arme und eilte damit zum Auto. Schreibmaschinenpapier
bräuchte er auch noch, aber das würde er in die Tasche packen, die
er zu Claire mitnehmen wollte.

Nachdem die Schreibmaschine sicher auf dem Rücksitz verstaut
war, kehrte Ben ins Haus zurück, um seine Sachen zu packen und
ebenfalls ins Auto zu bringen. Schließlich kehrte er noch ein letztes
Mal zurück, um den größeren, wichtigeren Koffer gut zu verstecken. Schwarze, unheilverkündende Wolken zogen von Westen auf.
Es wurde höchste Zeit, dass er wegkam.

In aller Eile klappte er den Koffer auf und überlegte, wie viele
Rationierungsmarken und wie viel Geld er in der kommenden Woche und für den Kauf, den er noch tätigen wollte, bevor er in Claires
Elternhaus zurückkehrte, benötigen würde. Die Pistole stopfte er in
eine Seitentasche des Koffers, die mit einem Reißverschluss versehen war, dann klappte er den Deckel zu und zog die wasserdichte
Hülle darüber.

Suchend blickte er sich im Zimmer um. Als Erstes stach ihm die
Kommode ins Auge. Aber es war schwer zu sagen, wie hoch das
Wasser im Haus stehen würde, falls die Straße tatsächlich überflutet
werden sollte. Ben stellte sich vor, wie die Kommode zur Seite kippte und auf die Straße hinausgeschwemmt wurde. Womöglich würde
sogar der Koffer aus der Schublade gespült.

Nein … das ging nicht.

Dann fiel ihm ein geeignetes Versteck ins Auge. Er wuchtete den
Koffer auf das oberste Regalbrett im Schrank, der gut zwei Meter
hoch und außerdem noch fest in der Wand verankert war. Perfekt!
Schnell verschloss er erst die Schranktür, dann das Schlafzimmer.
Nachdem er sich noch ein letztes Mal umgesehen hatte, ging er
hinaus auf die Veranda und schloss die Haustür hinter sich zu. Der
Regen hatte wieder eingesetzt. Bis Ben im Wagen saß, war er bis auf
die Haut durchnässt.

173

Jetzt musste er nur noch einen Zwischenstopp in der Stadt machen. Beim Juweliergeschäft in der Beach Street. Dort hatte er schon vor Wochen einen bestimmten Gegenstand ins Auge gefasst. Einen Diamantring für Claire.

# Kapitel 20

Als Ben bei Claire ankam, stand Mr Richards' Wagen bereits in der Einfahrt. Es regnete in Schüben; mehrere Minuten goss es in Strömen, dann ließ der Regen nach und es nieselte nur noch. Der Sturm peitschte den Regen beinahe seitwärts. Ben wartete im Wagen, bis der aktuelle Regenguss abklang.

Er griff in seine Jackentasche und strich über die Schachtel mit Claires Ring, bis er aussteigen konnte. Rasch öffnete er die hintere Wagentür und holte zuerst seine Reisetasche heraus. Den Schreibmaschinenkoffer wagte er nicht am Griff zu packen; er würde bestimmt nicht halten. Also würde er zweimal laufen müssen.

„Beeil dich, Ben, bevor es wieder anfängt zu regnen."

Claire stand auf der Veranda und hielt ihm die Haustür auf.

„Ich komme schon." Ben warf die Autotür zu und sprintete zur Veranda. „Ich stelle die Tasche hier ab und hole noch schnell meine Schreibmaschine."

„Musst du denn arbeiten?"

„Wahrscheinlich eher nicht", erwiderte er. „Aber vielleicht meldet sich mein Redakteur und dann brauche ich nicht durch das Unwetter zu fahren, sondern kann von hier aus arbeiten."

„Ich bringe deine Tasche schon mal ins Haus", sagte Claire und griff nach der Reisetasche.

„Aber trag sie nicht die Treppe hoch. Lass mich das machen." Ben rannte erneut zum Wagen, um seine Schreibmaschine zu holen. Als er zurück zum Haus kam, hielt Claire ihm die Tür auf. Mit der Schreibmaschine im Arm betrat er das Haus. Mr Richards kam gerade die Treppe herunter.

„Ben, wie schön, dass Sie es geschafft haben. Draußen ist es ziemlich ungemütlich."

„Hallo, Mr Richards. Ich –"

Ein lautes Poltern ertönte. Die Schreibmaschine lag am Boden. Erschrocken starrte Ben erst auf den Koffer in seinen Händen, dann auf den Boden. Anscheinend hatte der Riss in der Kofferwand nachgegeben. „Oh nein."

„Ben, alles in Ordnung?" Claire eilte zu ihm hin.

„Mir geht es gut. Aber das kann ich von meiner Schreibmaschine nicht unbedingt behaupten." Er hockte sich auf den Boden, um den Schaden zu begutachten. Claire ging ebenfalls in die Hocke und hob ein paar Fetzen der Hülle auf, die abgesplittert waren.

„Scheint nichts passiert zu sein", meinte sie.

„Das stimmt." Ben hob die Schreibmaschine auf. „Ich wünschte, ich könnte dasselbe vom Boden sagen." An der Stelle, wo die schwere Schreibmaschine aufgeschlagen war, war eine dicke Kerbe im Holzfußboden. „Leider habe ich den Teppich um knapp zwei Zentimeter verfehlt."

„Nicht so schlimm." Mr Richards begutachtete den Schaden. „Das ist das Schöne an Holzböden. Wir tragen ein wenig Beize auf, polieren es und dann sieht man nichts mehr. Der Boden wirkt dadurch vielleicht nur ein wenig rustikaler."

„Kannst du auf der Maschine denn noch schreiben?", fragte Claire.

„Mal sehen." Ben ging ins Esszimmer und stellte seine Schreibmaschine auf ein Platzset auf dem Tisch. „Ist es in Ordnung, wenn ich sie hierhinstelle?"

„Für den Augenblick schon", erwiderte Mr Richards. „Wenn Sie arbeiten müssen, sollten wir aber nach einem geeigneteren Ort dafür suchen."

„Natürlich. Ich möchte sie nur kurz ausprobieren."

„Hier." Claire reichte ihm ein Blatt Papier. „Es ist zwar kein Schreibmaschinenpapier, aber das geht doch auch, nicht?"

„Bestimmt." Ben drehte das Blatt ein und begann zu schreiben. Kurz darauf verkündete er: „Sieht so aus, als hätte sie keinen Schaden genommen."

„Das ist schön", meinte Mr Richards. „Ich bin dann bis zum Abendessen in meinem Arbeitszimmer." Er stand auf und verließ das Zimmer.

„Du tippst ziemlich schnell", meinte Claire.

„Doppelt so schnell wie zu dem Zeitpunkt, als ich angefangen habe, für die Redaktion zu arbeiten."

„Was hast du geschrieben?" Sie legte ihre Hände auf seine Schultern und beugte sich über ihn, um zu lesen, was auf dem Zettel stand.

*Ich liebe Claire;*
*Claire liebt mich.*
*Darum bin ich sehr glücklich.*
*q-x-y-z!*

„Ohh." Sie küsste ihn auf die Wange und flüsterte ihm ins Ohr: „Das ist ziemlich kitschig, aber ich liebe dich tatsächlich. Was bedeutet q-x-y-z?"

„Ich wollte nur möglichst viele Tasten ausprobieren. Wo soll ich sie hinstellen?"

„In Jacks altem Zimmer, in dem du übernachten wirst, steht ein Schreibtisch."

„Wunderbar. Ich bringe die Schreibmaschine und meine Tasche schnell nach oben und hänge ein paar Sachen auf, damit sie nicht verknittern. Dann komme ich sofort wieder herunter."

„Ich helfe meiner Mutter beim Kochen. Das Abendessen ist gleich fertig."

„Wie viel Zeit bleibt mir noch?"

„Vielleicht zehn Minuten."

Vorsichtig stieg Ben die Treppe hoch und durchquerte den breiten Flur. Vor Claires Zimmer blieb er stehen und warf einen Blick hinein. Auf ihrem Bett saßen die Plüschtiere, die er im Oktober für sie gewonnen hatte. Sie grinsten ihn an.

☙

Das Abendessen war köstlich. Ben war wie immer begeistert von Mrs Richards Kochkünsten. Was würde sie wohl erst auf den Tisch bringen, wenn es keine Rationierungsmaßnahmen gäbe? Als er in seiner Tweedjacke nach unten gekommen war, hatte Claire gefragt, ob ihm kalt sei. Er hatte erwidert, ihm sei in der Tat noch ein wenig fröstelig.

Das stimmte auch, aber eigentlich trug er die Jacke, um die

Schachtel mit dem Ring darin zu verbergen. Wenn er ihn in seine Hosentasche gesteckt hätte, hätte Claire die verräterische Ausbuchtung mit Sicherheit bemerkt und sofort gewusst, worum es sich handelte.

„Ich mache im Familienzimmer ein Feuer, Ben", sagte Mr Richards. „Möchten Sie mir helfen?"

„Gern."

„Ihr beide macht ein schönes Feuer im Kamin", sagte Mrs Richards. „Ich räume den Tisch ab und Claire kocht uns derweil Kaffee." Der Wind heulte und riss an den Fenstern.

„Ich hoffe nur, dass der Radioempfang durch den Sturm nicht gestört ist", seufzte Claire auf dem Weg in die Küche. „Heute Abend kommen einige meiner Lieblingssendungen."

Ben durchquerte das Foyer und ging durch das Wohnzimmer ins Familienzimmer auf der linken Seite im Erdgeschoss. Ein breites Ledersofa und drei gemütliche Sessel waren um ein großes Standradiogerät gruppiert. Der Kamin nahm die Hälfte der hinteren Wand ein. Die anderen beiden Wände waren mit Bücherregalen aus dunklem Mahagoniholz zugestellt. Mr Richards hockte bereits vor dem Kamin und schichtete Holz und Zweige aufeinander.

„Können Sie mir ein paar Seiten Zeitungspapier reichen, Ben?"

„Sie werden doch wohl nicht einen meiner Artikel verbrennen?"

Mr Richards lachte. „Nur wenn Sie mir die Zeitungsseite geben, auf der er steht."

Ben riss einige Seiten ab und knüllte sie zusammen. Sobald die Zweige brannten, reichte Ben Claires Vater das Papier. „Ich würde gern etwas mit Ihnen besprechen, solange wir allein sind."

„Gern." Das Holz fing Feuer. „So, das ist geschafft." Er wandte sich Ben zu. „Jetzt können wir reden." Er ließ sich in einem der Ledersessel nieder.

Ben setzte sich ihm gegenüber. „Ich denke, mittlerweile ist Ihnen klar, was ich für Claire empfinde. Ich liebe sie, ich liebe sie sogar sehr."

„Das merkt man, Ben."

„Ich möchte sie fragen, ob sie mich heiraten will ... natürlich nur mit Ihrem Einverständnis. Ich habe eine angemessene Zeit abgewartet, bevor ich darauf zu sprechen kam, aber ich wusste schon an dem Tag, an dem ich sie kennenlernte, dass sie die Richtige für mich ist." Der kleine Finger an seiner rechten Hand zuckte. Ben war schrecklich nervös.

Mr Richards warf einen Blick auf das Feuer, dann lehnte er sich in seinem Sessel zurück.

„Ich hatte so eine Ahnung, dass wir dieses Gespräch bald führen würden."

„Tatsächlich?"

„Mit Claires Mutter ging es mir genauso." Er schien nicht verstimmt oder gar verärgert zu sein. Ben entspannte sich ein wenig. „Und ich habe beobachtet, wie Sie sich in den vergangenen Monaten Claire gegenüber verhalten haben. Mir hat gefallen, was ich wahrnehmen konnte, und ich weiß, was sie für Sie empfindet."

„Wirklich?"

„Ich bin ihr Vater. Sie ist mein kleines Mädchen. Alles, was sie betrifft, liegt mir am Herzen." Er sprach ruhig, unaufgeregt. „Und deswegen habe ich Anfang der Woche mit Ihrem Redakteur telefoniert. Ich hoffe, Sie sind mir deswegen nicht böse." Ben war sprachlos. „Da ich mit diesem Gespräch gerechnet habe, wollte ich wissen, wie Sie sich in der Zeitung machen, welche Zukunft vor Ihnen liegt."

„Und was hat er gesagt?"

„Er mag Sie ebenfalls. Tatsächlich hat er sogar eine sehr hohe Meinung von Ihnen. Er sagte mir, er hätte das Gefühl, dass Sie ein guter Reporter werden würden und eine große Zukunft vor Ihnen läge."

Das gefiel Ben. Er griff in seine Jackentasche. „Ich würde Ihnen gern etwas zeigen." Doch dann hielt er inne und ging zuerst zur Tür. Claire und ihre Mutter waren noch in der Küche und plauderten miteinander. „Hier", sagte er und klappte die Ringschachtel auf.

Mr Richards lächelte ihn an. „Der wird ihr gefallen." Ben klappte den Deckel wieder zu. „Wann wollen Sie ihn ihr geben?"

„Ich dachte, irgendwann an diesem Wochenende, da wir ja wegen des Sturms hier festhängen."

„Nein, davon würde ich Ihnen abraten."

„Tatsächlich?"

„Ja. Sie sollten aus Ihrem Heiratsantrag ein ganz besonderes Ereignis machen. Lassen Sie sich etwas Originelles einfallen, etwas, mit dem Claire vor ihren Freundinnen prahlen kann. Nicht nur der Ring ist wichtig, sondern auch, wie Sie ihn ihr überreichen. Hat Ihnen meine Frau schon mal unsere Geschichte erzählt?"

Ben schüttelte den Kopf.

„Und das wird sie auch nicht. Denn ich habe es vermasselt."

„Und was genau soll ich machen?"

„Sie sind doch ein kluger Junge, Ben. Denken Sie sich was aus. Irgendetwas fällt Ihnen bestimmt ein."

Ben war dankbar für den Rat, aber auch ein wenig enttäuscht, als er den Ring wieder in seiner Tasche verschwinden ließ. Er hatte sich in den Kopf gesetzt, ihn ihr morgen, vielleicht übermorgen, zu überreichen. Doch er hatte sich bisher keine Gedanken darüber gemacht, wie er seinen Heiratsantrag inszenieren sollte.

Mr Richards stand auf und legte etwas Holz nach. „Ich würde Ihnen gern etwas schenken, Ben."

„Wirklich?"

„Es steht hier drüben." Claires Vater ging zu einem der Bücher-regale. „Es ist etwas, das Sie viel besser gebrauchen können als ich." Er nahm einen großen Holzkasten vom obersten Regal, pustete den Staub fort und ging damit auf Ben zu.

Als er näher kam, erkannte Ben, dass es sich nicht um einen ge-wöhnlichen Holzkasten handelte. Alle Seiten und der Deckel waren mit kunstvollen Holzschnitzereien verziert. In der Mitte des De-ckels prangte ein großes Tabakblatt.

Mr Richards stellte den Kasten auf den Couchtisch. „Als Ihr Schreibmaschinenkoffer kaputt ging, kam mir der Gedanke, dass Sie den hier vielleicht gut gebrauchen könnten. Er scheint die rich-tige Größe zu haben. Das ist ein Humidor, aus massivem Rosen-holz, handgearbeitet in Kuba. Sehen Sie das Tabakblatt in der Mit-te? Mein Vater hat ihn 1898 gekauft. Habe ich Ihnen eigentlich schon mal von meinem Vater erzählt?"

„Ich glaube nicht."

„Er hat mit Teddy Roosevelt und den Rough Riders im Spa-nisch-Amerikanischen-Krieg in San Juan Hill gekämpft. Diesen Humidor kaufte er in Havanna, bevor er nach Hause kam. Dad war ein ganzer Kerl. Er rauchte sein ganzes Leben lang kubanische Zigarren und hier drin hat er sie aufbewahrt. Vor seinem Tod schenkte er mir den Kasten. Aber ich rauche keine Zigarren."

„Und Jack?"

„Jack raucht auch keine Zigarren. Ich dachte, Sie könnten ihn gut für Ihre Schreibmaschine gebrauchen. Man müsste an der Seite nur noch einen Griff anschrauben."

„Mr Richards, das kann ich unmöglich annehmen. Es ist doch ein Familienerbstück."

„Das stimmt. Aber Sie werden ja bald zur Familie gehören."

„Ich … ich weiß nicht …"

„Gehen Sie nach oben und holen Sie Ihre Schreibmaschine. Mal sehen, ob sie reinpasst."

„Sind Sie sich sicher?"

„Ben, ich möchte, dass Sie ihn bekommen." Mr Richards sah Ben in die Augen und fuhr fort: „Ich denke, ich verfüge über eine gewisse Menschenkenntnis. Sie sind einer der nettesten jungen Männer, die ich je kennengelernt habe. Und ich weiß ganz sicher, dass Claire Ja sagen wird, wenn Sie ihr die bewusste Frage stellen. Ich freue mich, dass Sie meine Tochter heiraten wollen."

Ben kämpfte gegen seine Emotionen an. Bevor ihm die Tränen in die Augen traten, stand er auf. „Ich bin sofort zurück." In aller Eile verließ er das Familienzimmer. Dabei wäre er fast mit Claire zusammengestoßen, die ein Tablett mit Kaffeetassen trug. „Entschuldige."

„Ben, was ist denn los?", fragte sie. „Alles in Ordnung?"

„Mir geht es hervorragend. Ich liebe dich, Claire." Er beugte sich vor und küsste sie. „Ich bin gleich wieder da."

Während er die Treppe hochlief, hörte er Claire fragen: „Was ist denn los?"

„Nichts", erwiderte ihr Vater. „Wir haben gerade einen hübschen Tragekoffer für Bens Schreibmaschine gefunden."

# Kapitel 14

**Legare Street, Charleston**
**10 Uhr 30**

Zuerst war es nur ein Gefühl. Eine Reihe von Gefühlen eigentlich, die sich unter der Oberfläche regten und während des Lesens immer stärker nach oben drängten, bis sie zu einem Gedanken wurden.
Dieser Humidor.
Ich blätterte eine Seite zurück.

> Als er näher kam, erkannte Ben, dass es sich nicht um einen gewöhnlichen Holzkasten handelte. Alle Seiten und der Deckel waren mit kunstvollen Holzschnitzereien verziert. In der Mitte des Deckels prangte ein großes Tabakblatt.

Die Seite rutschte mir aus der Hand. Als ich sie aufheben wollte, stieß ich beinahe auch noch das restliche Manuskript zu Boden. Ich hob das Blatt auf und legte alle übrigen Seiten auf den Beistelltisch. Dann beugte ich mich vor und las noch einmal die Erklärungen von Claires Vater:

> Das ist ein Humidor, aus massivem Rosenholz, handgearbeitet in Kuba. Sehen Sie das Tabakblatt in der Mitte? Mein Vater hat ihn 1898 gekauft.

Und dann:

> Ich dachte, Sie könnten ihn gut für Ihre Schreibmaschine gebrauchen. Man müsste an der Seite nur noch einen Griff anschrauben.

Das war bestimmt Gramps' Schreibmaschinenkoffer! Ich sprang auf, legte die Manuskriptseite auf meinen Stuhl und eilte über die

Veranda zur Haustür. Kurz darauf stand ich im Arbeitszimmer und starrte auf den Schreibmaschinenkoffer. Oder genauer gesagt auf den Deckel des Schreibmaschinenkoffers. In seiner Mitte prangte ein großes Blatt. Und es war tatsächlich ein Tabakblatt. Vorher hatte ich dem Koffer wenig Beachtung geschenkt. Ich kannte ihn ja, das war Gramps' Schreibmaschinenkoffer. Aber jetzt konnte ich erkennen, was er ursprünglich gewesen war: Das war tatsächlich ein Zigarrenhumidor aus Rosenholz.

Stammte er wirklich aus Kuba? Und hatte ihn 1898 wirklich einer von Teddy Roosevelts Rough Riders mit nach Hause gebracht? Oder war dieser Teil der Geschichte Gramps' Fantasie entsprungen? Ich trat näher. In meinen Augen war dieser Koffer gerade drastisch im Wert gestiegen. Ich öffnete den Riegel, hob langsam den Deckel an, beugte mich vor und atmete tief den angenehmen Geruch ein.

Nur Holz, keine Spur von Zigarrenduft.

Mein Großvater hatte diese Schreibmaschine und den Koffer geliebt, das wusste ich. Aber warum hatte er ihn in diese Geschichte eingebaut? Als Schriftsteller wusste ich, dass es durchaus üblich war, Elemente aus dem realen Leben in Geschichten einfließen zu lassen. Um eine Szene wirklichkeitstreuer zu gestalten. War das der Grund dafür?

Ich klappte den Deckel wieder zu und warf einen Blick auf meine Uhr. Es war noch zu früh fürs Mittagessen, aber nicht zu früh für eine kleine Zwischenmahlzeit. Ich goss mir ein Glas Cola ein, schnappte mir eine Rolle Pringles und kehrte auf die Veranda zurück. Die Beschreibung von Gramps' Schreibmaschinenkoffer hatte mich aus der Geschichte in die Realität zurückgebracht und mir wieder neu in Erinnerung gerufen, dass es mein Großvater war, der sie geschrieben hatte.

Sobald ich das Manuskript ausgelesen hatte, würde ich mich auf die Suche nach weiteren kleinen Geheimnissen meines Großvaters begeben, das stand für mich fest.

# Kapitel 21

**Justizpalast**
**Washington DC**
**Januar 1943**

Gene Conway, der stellvertretende Direktor des FBI, betrat das holzvertäfelte Büro von J. Edgar Hoover. Zwei amerikanische Flaggen ragten wie Wächter zu beiden Seiten des Schreibtischs in die Höhe. Conways Blick wanderte zu dem blau-weißen FBI-Wappen hoch, das über dem Kopf des FBI-Direktors an der Wand prangte, dann wieder zurück zu Hoover, der seinen Blick noch nicht gehoben hatte. Er war gerade dabei, irgendwelche Papiere zu unterzeichnen. Beide Männer trugen dunkle Anzüge, weiße Hemden und unauffällige Krawatten. Ihre inoffizielle Uniform.

„Was ist los, Gene? Sie sagten, es sei wichtig."

„Es ist schon wieder geschehen, Mr Hoover. Die Nazis haben weitere Saboteure ins Land geschleust, vermutlich wieder mithilfe eines U-Boots. Am Strand von Florida, vielleicht auch noch woanders."

Hoover blickte auf. „*Vielleicht* auch noch woanders?"

„Im Augenblick wissen wir nur von Florida mit Sicherheit. Ich vermute dieselbe Verfahrensweise wie beim letzten Mal, Sir. Mehrere Teams in zwei verschiedenen Staaten."

„Wann war das?"

„Das genaue Datum wissen wir nicht. Sie sind vermutlich bereits vor mehreren Monaten an Land gekommen."

„Vor mehreren Monaten? Wieso erfahren wir erst jetzt davon?"

„Die Ermittlungen sind gerade erst in Gang gekommen, aber –"

„Was wissen wir, Gene? Nennen Sie mir die Fakten."

„Der Sturm, der jetzt Neu-England erreicht hat, hat vor ein paar Tagen in Florida gewütet. Der Wind hat das Meer und den Strand dort unten ganz schön aufgewirbelt."

Hoover warf ihm einen Blick zu, der ihn ermahnte, doch endlich zur Sache zu kommen.

„Es wurde eine Leiche gefunden, Sir. In den Dünen."

„Im vergangenen Jahr sind viele Leichen an Land gespült worden", wandte Hoover ein. „Kaufleute und Matrosen von den Schiffen, die von den U-Booten versenkt wurden."

„Dieser Leichnam wurde nicht an Land gespült, Mr Hoover. Der Sturm hat die Sanddünen abgetragen und den Leichnam freigelegt."

„Er war begraben?"

„Der Zustand der Leiche verrät uns, dass die Saboteure schon seit einigen Monaten hier sein müssen."

„Wir müssen den Zeitpunkt genauer eingrenzen. Mehrere Monate reicht nicht."

„Nach der Autopsie wissen wir mehr."

„Und es gibt nur diese eine Leiche?", fragte Hoover und beugte sich ein Stück vor.

„Wir sind noch dabei, die Dünen abzusuchen. Aber bisher hat es den Anschein. Wir wissen auch noch nicht, wie der Mann ums Leben gekommen ist, aber man hat mir gesagt, dass der Körper keine Schusswunden aufweist. Und auch keine gebrochenen Knochen."

„Vielleicht ist er ertrunken", überlegte Hoover. „Aber die Nazis schicken niemals nur einen Mann."

„Das ist auch unsere Meinung, Sir. Aus den Verhören der letzten Saboteure wissen wir, dass sie immer in Teams arbeiten. Das letzte Mal waren es zwei Teams mit jeweils vier Männern. Und die vier Männer arbeiteten eigentlich in Zweierteams."

„Wurden Dasch und Burger schon dazu vernommen?" Gemeint waren George Dasch und Ernst Burger, die beiden deutschen Saboteure aus dem Team, das dem FBI im vergangenen Sommer ins Netz gegangen war. Die beiden Männer waren nicht hingerichtet worden. Sie hatten ihre sechs Kollegen verraten, die daraufhin zum Tode verurteilt worden waren. Dasch und Burger waren wegen ihrer Kooperationsbereitschaft verschont worden, wenn auch nur widerstrebend, und hatten stattdessen lange Gefängnisstrafen bekommen.

„Unsere Männer sind gerade auf dem Weg zum Gefängnis, um sie zu befragen", sagte Conway. „Aber Dasch und Burger haben uns bereits verraten, dass zu ihrer Einheit nur acht Männer gehörten und noch mal acht in Deutschland."

„Trotzdem kann es sein, dass die Deutschen noch andere Teams ausgebildet haben", widersprach Hoover. „Vielleicht wissen sie nichts voneinander."

„Sie brauchten nichts voneinander zu wissen, meinen Sie?"

„Genau." Hoover lehnte sich auf seinem Stuhl zurück. „Wenn diese neuen Teams bereits seit einigen Monaten hier sind, dann wundert es mich, dass es noch keine Zwischenfälle gegeben hat. Das ist doch nicht der Fall, oder?"

Conway schüttelte den Kopf. „Sie würden selbstverständlich sofort darüber informiert, Sir. Aber wir haben auch die Sicherheitsvorkehrungen bei allen Zielen, die Dasch und Burger uns genannt haben, verstärkt."

„Das heißt gar nichts", wandte Hoover ein. „Es gibt genügend andere Ziele."

„Vielleicht ist noch nichts geschehen, weil die Saboteure Angst bekommen haben, so wie Dasch und Burger."

„Vielleicht. Diese beiden waren wirklich Angsthasen. Aber darauf können wir uns nicht verlassen. Wir müssen herausfinden, was diese anderen Teams vorhaben."

„Wir sind bereits dran, Sir. Unsere Leute in Florida und New York arbeiten mit Hochdruck daran."

„Nun, dann verdoppeln Sie die Zahl der zuständigen Agenten!", forderte Hoover. „Verdreifachen Sie sie, wenn nötig. Wir müssen diese Männer entlarven, wo immer sie auch stecken mögen."

„Selbstverständlich, Sir."

Hoover starrte auf seinen Schreibtisch. „Der Präsident ist der Meinung, dass die zügige Enttarnung und Hinrichtung der ersten Saboteure die Deutschen eingeschüchtert hat und davon abhält, weitere Teams zu schicken. Das glaube ich nicht. So leicht geben die Nazis nicht auf." Er seufzte. „Diese Dummköpfe von der Küstenwache! Ich habe sie beim letzten Mal darauf hingewiesen, dass so etwas wieder geschehen wird, wenn sie die Patrouillen an unseren Küsten nicht verstärken würden. In diesem Bereich gibt es große Sicherheitslücken."

„Wie es scheint, haben sie wenigstens einige unserer Ratschläge beherzigt und umgesetzt", erklärte Conway. „Diese Leiche in den Dünen wurde von einer Reiterpatrouille entdeckt."

„Aber die Küstenwache vor Ort weiß, dass das unser Fall ist?", sagte Hoover. „Ohne Wenn und Aber."

„Sie weiß Bescheid, Sir", erwiderte Conway. „Ich habe keinen Zweifel an der Zuständigkeit gelassen. Sie haben nicht einmal Einwände erhoben."

„Was ist mit der Ortspolizei? Ich wünsche keinen Ärger von dieser Seite."

„Damit rechne ich nicht, Sir. Aber wie wollen wir mit der Presse umgehen?"

„Die Presse wird nicht einbezogen. Keine einzige Verlautbarung. Auch nicht, wenn wir diese Kerle schnappen. Ich stimme das noch mit dem Präsidenten ab, aber ich bin mir sicher, dass er mir diesbezüglich grünes Licht geben wird. Die Öffentlichkeit braucht nicht mehr zu erfahren, als dass die letzten Spione gefasst und hingerichtet wurden oder im Gefängnis sitzen. Dabei wollen wir es belassen." Hoover lächelte Conway an. „Unsere Mitbürger sollen wachsam sein, aber sie sollen auf keinen Fall den Eindruck bekommen, dass der Arm der Deutschen tatsächlich bis nach Amerika reicht."

„Aber Sir, in Florida sind Dutzende Agenten im Einsatz. Sie werden eine Menge Fragen stellen. Die Presse wird garantiert Wind davon bekommen. Bestimmt sind schon Informationen über diesen Leichenfund in den Dünen durchgesickert."

„Das ist kein Problem. Der Fundort ist weiträumig abgesperrt?"

„Ja, und bisher sind auch keine Reporter dort aufgetaucht", erwiderte Conway.

„Dann haben wir alles unter Kontrolle. Wenn wir so weit sind, geben wir einfach eine Pressemitteilung heraus, die besagt, dass ein Leichnam an Land gespült wurde. Ohne Papiere. Die Presse wird glauben, dass es sich dabei um einen Matrose von einem der Frachtschiffe handelt, die versenkt wurden. Mehr braucht nicht bekannt zu werden."

„In Ordnung, Sir."

„Wer leitet die Ermittlungen in Florida?"

„Special Agent Victor Hammond."

„Ein guter Mann. Richten Sie ihm aus, was ich gesagt habe."

„Das mache ich."

„Sie haben mir noch nicht erklärt, woher wir wissen, dass dieser

Tote von einem U-Boot kommt, Mr Conway. Trug er eine deutsche Uniform?"

„Nein, er trug Zivilkleidung, in den USA gekauft. Aber wer auch immer ihm diese Kleidung angezogen hat, war scheinbar ziemlich in Eile. Der Tote trug noch seine Hundemarke."

„Wir müssen diesen Mann finden", sagte Hoover.

„Das werden wir, Sir. Das werden wir."

# Kapitel 22

Special Agent Victor Hammond sah sich am Tatort um. Der Rechtsmediziner hatte den Leichnam des deutschen Spions gerade abgeholt. Zwei Teams suchten die Dünen im Umkreis von 800 Metern nach Gegenständen ab, die die Deutschen in jener Nacht möglicherweise vergraben hatten und die vom Sturm freigelegt worden waren. Andere Teams gruben in der unmittelbaren Nähe des Leichenfundorts den Sand um. Hammond hatte damit dieselben Männer betraut, die damals die vergrabenen Waffen, den Sprengstoff und das Bargeld von Daschs und Burgers Einheit gefunden hatten.

Der Sturm war bereits vor langer Zeit abgeklungen, doch die Folgen waren noch sehr präsent. Im Augenblick war zwar Ebbe, aber der Sheriff vor Ort hatte ihnen erklärt, dass das Wasser den Strand bei Flut immer noch viel höher überspülte als sonst. Die Stelle, an der Hammond gerade stand, würde nachher dreißig Zentimeter unter Wasser stehen. Der Wind war nach wie vor so böig, dass er seinen Hut gar nicht erst aufgesetzt, sondern direkt im Wagen gelassen hatte.

Sein Partner Nate Winters kam durch den weichen Sand auf ihn zu. „Wie lange haben wir noch, bis die Flut einsetzt, Nate?"

„Vier oder fünf Stunden. Aber ich glaube nicht, dass wir hier noch etwas tun können, Vic. Man wird uns Bescheid geben, sobald etwas gefunden wird."

„Hier", sagte Hammond und reichte ihm ein Blatt Papier. „Gib diese Pressemitteilung den Reportern oben an der Straße."

Nate warf einen Blick darauf, las ein paar Absätze und nickte. „Leichnam an Land gespült. Hinweise darauf, dass es sich um einen unserer Leute handelt, möglicherweise ein Besatzungsmitglied von einem der Liberty-Schiffe?"

„So will der Boss es haben", erwiderte Hammond. „Möglicherweise werden die Reporter misstrauisch sein und wissen wollen, warum so viele Agenten hier draußen an der Arbeit sind. Aber letztlich werden sie kooperieren. Wo sind die restlichen Männer?"

„Sie warten in einem kleinen Restaurant in der Atlantic Avenue, auf der Hälfte der Strecke nach Ormond Beach. Das ist von hier aus die nächste Stadt. Ich habe dem Besitzer gesagt, dass er das Lokal abriegeln soll und ihm erklärt, wir bräuchten es für eine Besprechung. Er war einverstanden, als ich versprach, dass wir alle bei ihm zu Mittag essen würden."

„Also gut, dann gib du diese Information jetzt an die Presse weiter. Ich hole in der Zwischenzeit den Wagen und sammle dich dann ein." Hammond kletterte die Dünen zur Straße hoch. Er hatte sein Auto an einer einsamen Stelle an der Atlantic Avenue abgestellt, wo es nichts weiter gab als Sand und Dünen, so weit das Auge reichte.

Unmittelbar nachdem er den Motor angelassen hatte, kam eine Meldung über Funk herein. Es ging um eine Explosion in einer Werft in der Nähe von Savannah im Bundesstaat Georgia. Hammond notierte sich alle Einzelheiten, die bisher allerdings äußerst dürftig waren. In einer Stunde würde er mehr erfahren. Aber er hatte den Auftrag, unverzüglich ein Team dorthin zu schicken.

☙

Auf dem Weg zum Seaside Café informierte Hammond Nate über die Explosion am Stadtrand von Savannah. Sie parkten ihren Wagen zwischen einem Dutzend identischer Autos auf dem kleinen Parkplatz vor dem Restaurant. Im Gastraum hatten sich zwanzig Agenten an den wenigen Tischen versammelt und stärkten sich mit Kaffee, alkoholfreien Getränken und Sandwiches. Sobald Hammond das Lokal betrat, verstummten die Gespräche. Alle schenkten ihm ihre volle Aufmerksamkeit. Links von Hammond stand der Koch hinter einer Theke, eine Frau in Kellnerinnenkleidung neben ihm.

„Hallo", begrüßte die Frau sie und kam mit einer Speisekarte auf sie zu. „Ich bin Matty. Das ist mein Mann Bill." Sie deutete zum Koch hinüber.

„Ich brauche keine Speisekarte, Madam", sagte Hammond. Sein Blick fiel auf die Sandwiches, die die beiden Agenten an dem Tisch ganz in seiner Nähe aßen. „Mein Partner und ich nehmen das da."

Sie zog ihren Block hervor. „Zwei Sandwiches mit Schinken, Salat und Tomate. Weißbrot oder Roggenbrot?"

„Roggenbrot ist prima." Er sah zu Nate.

„Ich nehme dasselbe."

Hammond beugte sich zu der Kellnerin hinüber. „Matty, könnten Sie die Sandwiches in weniger als fünf Minuten bringen?"

„Ich denke, das schaffen wir."

„Und dann hätte ich gerne, dass Sie und Ihr Mann für fünfzehn Minuten verschwinden."

„Sie meinen ... das Lokal verlassen?"

„Ja. Ich muss vertraulich mit meinen Männern reden. Es handelt sich um eine Angelegenheit der nationalen Sicherheit."

„Oh ... verstehe. Selbstverständlich." Sie beugte sich vor und flüsterte: „Das hat mit dem Leichnam zu tun, der in den Dünen gefunden worden ist, nicht?"

„Dazu kann ich nichts sagen."

„Möchten Sie etwas trinken?"

„Kaffee wäre prima."

Nate nickte. Für ihn auch. Hammond wandte sich von Matty ab und seinen Männern zu, um ihr zu verstehen zu geben, dass sie keine Zeit zu verlieren hatten. „Esst auf, Jungs. Ich informiere euch in zehn Minuten." Er setzte sich an einen freien Tisch in der Nähe der Eingangstür. Nate nahm neben ihm Platz.

Wenige Minuten später brachten Matty und ihr Mann die Sandwiches, ein paar Chips und den Kaffee, dann verließen sie das Lokal durch die Hintertür. Hammond schlang sein Sandwich herunter, trank ein paar Schlucke Kaffee und erhob sich anschließend. „Männer, ihr wart dabei, als wir im vergangenen Sommer die Saboteure gefasst haben, ihr wisst also, wie diese Ermittlungen laufen werden. Ich will damit nicht sagen, dass alles gleich ablaufen wird. Nach bisherigen Erkenntnissen besteht keinerlei Verbindung zu der letzten Gruppe. Dasch und Burger wussten nichts von ihnen."

„Glauben wir ihnen?", fragte jemand.

„Ja, das tun wir", antwortete er. „Ihres Wissens waren nur ihre beiden Teams in das Programm involviert. Wir sollten uns also auf einige Überraschungen gefasst machen."

„Wissen wir mit absoluter Sicherheit, dass sich im Augenblick weitere deutsche Saboteure im Land aufhalten?", fragte ein anderer Mann. „Gibt es außer dieser einen Leiche noch andere Hinweise?"

„Es wurden bisher keine Koffer oder Kisten gefunden, richtig?", fragte der Agent rechts von ihm. „Wie im vergangenen Sommer."

„Wenn ihr mich fragt, ob ich euch ohne stichhaltige Anhaltspunkte auf eine Wildgänsejagd schicke, deren Erfolgsaussichten gering sind, euch aber harte Arbeit und Überstunden bringen wird" – Hammond hielt einen Augenblick inne – „dann ist die Antwort Ja." Die Männer lachten. „Vielleicht haben wir es hier mit einem einzelnen deutschen Soldaten zu tun, der in den Dünen begraben lag, aber dann drängt sich die Frage auf, warum. Warum sollte die Besatzung eines deutschen U-Bootes an Land kommen und eine Gefangennahme riskieren, um einen Mann zu begraben? Warum sollte sie ihm amerikanische Kleidung anziehen? Das passt alles nicht zusammen." Er blickte zu Nate herüber. „Trinkst du das Wasser noch?"

Nate reichte Hammond das Glas. „Aus unseren Verhören von Dasch und Burger wissen wir, dass dieser Tote mit Sicherheit einen Partner hatte. Sie arbeiten immer zu zweit. Und bestimmt wurde in jener Nacht mindestens noch ein weiteres Zweierteam an Land gebracht. Es könnten auch mehr sein. Damals im Juni waren es acht Spione. Vier in Florida, vier auf Long Island. Ob der Partner dieses Toten auf eigene Faust losgezogen ist oder sich möglicherweise den anderen angeschlossen hat, wissen wir natürlich nicht."

„Dann haben wir dieses Mal also sehr viel weniger als im vergangenen Jahr", meldete sich eine Stimme von hinten.

„Das stimmt. Aber gerade kam über Funk die Meldung, dass es in einer Werft östlich von Savannah zu einer geringfügigen Explosion gekommen ist. Könnte ein Zufall sein, es könnte aber auch das Werk dieser Saboteure sein. Der Zeitpunkt stimmt nachdenklich." Stimmengemurmel wurde laut und Hammond rief die Männer wieder zur Ordnung. „Hört zu. Wisst ihr noch, was uns das letzte Mal geholfen hat, den Fall zu lösen? Wir haben nicht die Nadel im Heuhaufen gefunden. Wir hatten Erfolg, weil Dasch und Burger kalte Füße bekommen und die anderen verraten haben. Wir brauchen nicht alle zu finden. Sondern nur einen. Wir gehen von der Annahme aus, dass dieses neue Team weiß, was mit seinen Vorgängern geschehen ist und aus deren Fehlern gelernt hat."

„Dann vergeuden wir unsere Zeit also nicht damit, all die militärischen Ziele zu überprüfen, auf die es die letzte Einheit abgesehen hatte?", fragte Nate.

„Genau", sagte Hammond. „Ihnen muss klar sein, dass die Sicherheitsvorkehrungen bei diesen Einrichtungen verstärkt wurden. Das engt unsere Suche ein wenig ein." Er nahm einige Papiere zur Hand. „Ich habe hier die Verteilung eurer Aufgaben. Eine Liste von allen Militärbasen und Verteidigungsanlagen im Umkreis von dreihundert Kilometern. Wir können den Zeitpunkt, wann dieses neue Team an Land gekommen ist, noch nicht genau eingrenzen. Aber dem Zustand des Leichnams nach zu urteilen, könnte es irgendwann im August oder September gewesen sein."

„Dann können sie jetzt überall sein", meinte einer der Männer. „Bedenkt nur, wie weit das Florida-Team damals schon gekommen war. Innerhalb von weniger als zwei Wochen waren sie nach Chicago und Cincinati gereist."

„Eure Aufgabe wird es sein, euch unverzüglich zu den euch zugewiesenen möglichen Zielen zu begeben und dort die Ermittlungen aufzunehmen. Uns interessieren Fremde, die in den vergangenen Monaten in die Stadt gezogen sind. Männer ohne Familien, die vermutlich über eine große Menge an Bargeld verfügen. Ihr Hab und Gut wird größtenteils neu sein. Die meisten Männer des letzten Teams sprachen recht gut Englisch, aber zum Teil mit deutschem Akzent. Wenn es in der Stadt ein deutsches Viertel gibt, fangt dort mit der Suche an. Ihr wisst, was zu tun ist."

Hammond trank seine Kaffeetasse leer. „Ich höre mich hier um, übernehme die Städte im näheren Umkreis und gehe dabei von der Annahme aus, dass der Partner dieses Toten allein unterwegs ist. Ich glaube nicht, dass sie ein Dreierteam gebildet haben. Das würde zu viel Aufmerksamkeit erregen."

„Aber wir können das auch nicht ausschließen", meinte einer der Männer.

„Nein, zum gegenwärtigen Zeitpunkt können wir noch gar nichts ausschließen", stimmte Hammond ihm zu, während er seinen Hut aufsetzte. „Was das Savannah-Team betrifft, so hat sich euer Auftrag gerade geändert. Nate wird die Leitung eures Teams übernehmen. Ihr brecht sofort zu dieser Werft auf. Die neuesten Informationen erhaltet ihr per Funk. Ihr anderen – denkt daran, dass wir nur einen dieser Männer zu schnappen brauchen. Nur einen. Er weiß, dass wir im vergangenen August sechs seiner Kumpane auf den elektrischen Stuhl gesetzt haben. Dieses Schicksal erwartet ihn auch, wenn er nicht kooperiert. Haltet mich oder Nate über die Ergebnisse eurer Ermittlungen auf dem Laufenden."

Er nahm seine Jacke vom Stuhl. „Wir werden diese Männer finden, meine Herren. Es ist nur eine Frage der Zeit."

# Kapitel 23

Claire zog ihren Pullover an und ging nach draußen. Sie wollte ihren Kaffee auf der Veranda trinken. Die Sonne schien wieder und die Temperatur war auf angenehme achtzehn Grad angestiegen. Claire trat ans Holzgeländer und schaute auf die Straße hinunter. Ihr gefiel, wie die Welt nach einem heftigen Sturm aussah. Äste und Palmblätter lagen zusammengefegt neben jeder Einfahrt. Aber alles andere wirkte hell, grün und lebendig. Vor allem die Palmen. Sie erinnerte sich an etwas, das ihr Vater gesagt hatte, wenn sie als kleines Mädchen Angst vor dem Donner gehabt hatte. „Du weißt doch, dass Daddy die Hecken beschneidet, oder? Nun, durch ein Unwetter beschneidet Gott die Bäume."

An diesem Morgen gab es noch einen anderen Grund für ihre Aufregung. Ben hatte sie gerade aus der Redaktion angerufen und gefragt, ob sie sich am Nachmittag nach der Arbeit sehen könnten. Er hatte sehr aufgeregt geklungen und angedeutet, dass er „etwas sehr Wichtiges" mit ihr besprechen müsse. Sie war sich ziemlich sicher zu wissen, worum es sich handelte.

„Hast du etwas dagegen, wenn ich mich zu dir geselle?" Claires Mutter trat durch die Fliegengittertür.

„Ganz und gar nicht. Ich habe gerade den Anblick bewundert."

„Ja, das war ein ziemlich heftiges Unwetter", meinte ihre Mutter. „Aber nicht ganz so schlimm wie erwartet, denke ich. Ich habe in der Zeitung gelesen, dass es in Holly Hill eine kleine Überflutung gegeben hat, aber zum Glück keine größeren Katastrophen."

„Ben hat mich gestern Abend angerufen, als er wieder zu Hause war. In seiner und den Nachbarstraßen gab es keine Probleme."

„Ist Wasser in sein Haus eingedrungen?"

„Nein, es war alles in Ordnung."

„Du wirkst irgendwie aufgeregt." Ihre Mutter ließ sich in einem Schaukelstuhl nieder.

„Heute Morgen hat Ben noch mal angerufen", erzählte Claire. Ein Lächeln umspielte ihre Lippen.

„Was? Ist etwas geschehen?"

Claire erzählte ihr von ihrer Verabredung für den Nachmittag und ihren Vermutungen.

Ihre Mutter lächelte. „Nach dem, was dein Vater mir vorgestern Abend vor dem Schlafengehen erzählt hat … könntest du recht haben."

„Wirklich?"

Sie nickte. „Darüber wollte ich mit dir reden. Ich wollte dich fragen, wie du dazu stehst."

„Du meinst, ob ich Ja sagen würde, wenn er mich tatsächlich fragen sollte, ob ich ihn heiraten will?"

„Genau."

„Natürlich würde ich Ja sagen!" Sie unterstrich ihre Worte mit einer nachdrücklichen Geste und stieß dabei ihre Kaffeetasse um. Der Kaffee spritzte über die ganze Veranda. „Entschuldige bitte."

Ihre Mutter lachte. „Ich habe den Eindruck, du bist in der Tat ziemlich aufgeregt."

„Ich hole schnell etwas zum Aufwischen." Claire rannte ins Haus und kam mit einem feuchten Lappen zurück. Hastig ging sie in die Knie und wischte den Kaffee auf. Doch dann hielt sie inne und blickte zu ihrer Mutter hoch. „Mom, ich liebe Ben. Aus tiefstem Herzen. Ich hätte nie gedacht, dass man so viel für einen anderen Menschen empfinden kann und ich bin noch nie so glücklich gewesen wie in diesen vergangenen Monaten."

„Dann empfindest du also kein Bedauern wegen Jim Burton?"

„Nicht die Spur. Ich weiß nicht, was ich für Jim empfunden habe, aber es war mit meinen Gefühlen für Ben nicht zu vergleichen."

„Hat Ben denn schon angedeutet, dass er dich heiraten möchte?"

„Wann immer wir uns sehen, sagt er mir, dass er mich liebt. Und er redet immer wieder davon, dass er den Rest seines Lebens mit mir verbringen und mit mir alt werden will."

„Das klingt ziemlich stark nach Heirat."

„Und dir wird auch gefallen, was ich dir jetzt erzähle", sagte Claire. „Ich habe ihn gefragt, wo er gern leben möchte. Ob er jemals wieder nach Pennsylvania zurückkehren will, wo er aufgewachsen ist, oder ob er sonst wo leben möchte.

„Und …?"

„Er hat gesagt, Daytona Beach würde ihm gut gefallen. Er meinte, er würde gern hierbleiben und hier eines Tages eine Familie gründen."

„Mit dir zusammen?"

„Er hat mir tief in die Augen gesehen und gelächelt, als er das gesagt hat."

„Dann denkst du also schon eine ganze Weile daran, ihn zu heiraten."

„In letzter Zeit denke ich an nichts anderes mehr."

&

Pater Flanagan eilte so leise wie möglich durch die St.-Paul-Kirche. Er wollte die Frauen, die in den ersten Bankreihen ins Gebet versunken waren, nicht stören. Von Ben war weit und breit nichts zu sehen. Aidan hatte sich ein wenig verspätet; vielleicht wartete Ben bereits im Beichtstuhl. Das rote Licht über einem der Beichtstühle leuchtete.

Es saß definitiv jemand darin.

Er schlüpfte auf seiner Seite in die Kabine und sprach ein kurzes Gebet. Den Geräuschen nach zu urteilen weinte die Person auf der anderen Seite im Beichtstuhl. Es war eindeutig ein Mann. Pater Flanagan schob das Sichtfenster zurück. Das Weinen verstummte.

„Ben, sind Sie das?"

„Pater Flanagan, mein Leben ist zu Ende."

Es war tatsächlich Ben. Als er vor etwa einer Stunde angerufen hatte, hatte er sehr aufgeregt geklungen, aber er hatte am Telefon keine Erklärung abgeben wollen. „Was meinen Sie damit? Was ist geschehen?"

„Alles lief so gut, war so wundervoll. Ich dachte, Gott hätte mir endlich den Weg für einen Neuanfang geebnet. Ich wollte Claire schon einen Heiratsantrag machen. Sie liebt mich. Ich weiß es. Aber jetzt … jetzt ist alles vorbei. Es ist hoffnungslos." Er begann erneut zu schluchzen.

„Es ist niemals hoffnungslos, mein Sohn. Erzählen Sie mir, was los ist. Was ist passiert?"

197

„Das Unwetter, Pater. Und jetzt die Explosion in der Nähe von Savannah. Es bricht alles auseinander."

„Jetzt beruhigen Sie sich doch erst einmal, Ben. Atmen Sie tief durch. Was ist mit dem Unwetter? Meinen Sie das Unwetter, das wir gerade überstanden haben?"

„Ja. Einige Reporter in der Redaktion haben sich darüber unterhalten. Das FBI ist vor Ort, ein paar Kilometer nördlich der Stadt. Und dann ist da noch diese andere Geschichte, die gerade gemeldet wurde, die Explosion in einer Werft am Stadtrand von Savannah."

„Was haben diese beiden Dinge miteinander zu tun? Und mit Ihnen, Ben? Ich verstehe nicht ..." Er hörte, wie Ben langsam ein- und ausatmete.

„Entschuldigen Sie, Pater. In meinem Kopf wirbelt alles durcheinander. Ich weiß nicht, was ich tun soll. Das FBI wird sicher in die Stadt kommen, möglicherweise sogar heute noch. Bestimmt aber morgen. Es ist Jürgens Leichnam. Er wurde gefunden."

„Jürgen?"

„Mein Partner, schon vergessen? Der deutsche Agent, mit dem ich in jener Nacht an Land gekommen bin. Der in der Brandung ertrunken ist."

Jetzt erinnerte er sich wieder. „Und man hat seine Leiche gefunden?"

„Der Sturm hat die Sanddünen abgetragen, an der Stelle, wo ich ihn begraben habe. Die Strandpatrouille der Küstenwache hat den Leichnam gefunden."

„Ach du meine Güte." Das war schlimm. „Und wie kommen Sie auf den Gedanken, dass das FBI involviert ist? Es ist zwar eine schreckliche Geschichte, aber es werden immer wieder Leichen von Schiffen an Land gespült ..."

„Das ist auch die offizielle Verlautbarung an die Presse", berichtete Ben. „Doch niemand glaubt es. Verstehen Sie, das wird in der Zeitung berichtet, aber das FBI weiß, dass dieser Leichnam kein Seemann sein kann. Er wurde halb begraben in einer Düne gefunden. Und die Reporter sagen, dass sich fünfmal so viele FBI-Agenten dort tummeln wie bei anderen Gelegenheiten, wenn die Leiche eines Seemanns an Land gespült wurde."

„Ich verstehe."

„Das bedeutet, dass ich verschwinden muss. Sofort! Ich kann nicht hierbleiben. Es ist nur eine Frage der Zeit, bis die Agenten herkommen und jede Menge Fragen stellen. Wenn ich gefasst werde, lande ich auf dem elektrischen Stuhl. Und vielleicht werden Claire und ihre Eltern auch belangt."

„Wo wollen Sie hin?"

„Ich weiß es nicht. Oh Claire ..." Er begann erneut zu weinen. „Ich kann sie nicht einfach verlassen, ohne ihr eine Erklärung zu geben."

Der arme Junge! Aidan wusste nicht, was er sagen sollte. „Was hat es mit dieser Explosion auf sich? Wie passt die ins Bild?"

„Das ist das andere Team. Graf und Kittel. Ich bin mir ganz sicher. Sie haben mit der Ausführung ihres Auftrags begonnen."

Das hatte Aidan befürchtet. Er hatte gehofft, die Männer hätten vielleicht aufgegeben oder seien mittlerweile geschnappt worden. Viele Monate waren ins Land gezogen. „Wurde jemand verletzt oder getötet?"

„Ich weiß es nicht. Es ist noch zu früh; dazu gibt es noch keine Erkenntnisse. Bestimmt wissen wir heute Abend mehr. Aber ... wie könnte es keine Opfer geben? Das ist doch der Zweck ihres Auftrags. *Tötet Amerikaner. Jagt dem Feind Angst ein.* Das wurde uns vorgebetet, immer und immer wieder."

„Wissen Sie denn sicher, dass die Explosion von diesen Männern herbeigeführt wurde?"

„Nein, aber ich weiß, dass die Werft in Savannah eines ihrer Ziele war. Außerdem noch eine andere Werft südlich von hier ... in Brunswick."

„Dann müssen Sie das melden. Sie dürfen nicht zulassen, dass noch mehr geschieht."

„Ich kann es nicht melden, Pater. Man wird mich finden. Ich weiß, dass es so kommen wird, irgendwie."

„Aber Ben ..."

„Ich werde nicht zulassen, dass diese Männer noch mehr Menschen verletzen, Pater." Bens Stimme hatte sich verändert. Jetzt lag Entschlossenheit darin, als hätte er einen Schalter umgelegt, der die Tränen versiegen ließ. „Ich hätte schon vor langer Zeit etwas unternehmen müssen."

„Die Behörden, Ben. Überlassen Sie das den Behörden. Ich könnte es für Sie melden, wenn Sie möchten."

„Nein, Pater. Vielen Dank, aber nein."

Aidan hörte, wie sich Ben erhob.

„Ich weiß jetzt, was ich zu tun habe. Ich sehe es kristallklar vor mir."

„Ben, gehen Sie nicht, noch nicht."

„Beten Sie für mich, Pater. Ich werde diese Männer aufhalten oder bei dem Versuch umkommen. Aber zuerst … muss ich mit Claire sprechen."

„Ben … warten Sie."

„Beten Sie für mich, Pater."

Er öffnete die Tür und verließ den Beichtstuhl.

# Kapitel 24

Als Claire Ben auf dem Bürgersteig auf sich zukommen sah, wusste sie sofort, dass er nicht gekommen war, um das Gespräch mit ihr zu führen, von dem sie den ganzen Tag geträumt hatte. Irgendetwas war geschehen. Er schien geweint zu haben. Ihr Arbeitstag bei Woolworth war beendet und sie wartete an der Eingangstür auf ihn.

„Ben, was ist los?"

„Wir müssen reden." Er umarmte sie, zog sich aber von ihr zurück, bevor sie ihn küssen konnte.

„Was ist denn los? Ist was passiert?"

Er sah über seine Schulter. „Lass uns einen Spaziergang im Park machen."

Claire hakte sich bei ihm ein. Ben trug einen grauen Regenmantel und einen schwarzen Filzhut. Sie standen am Straßenrand und warteten darauf, dass die Fußgängerampel grün wurde. Sie schaute zu ihm hoch, doch er mied ihren Blick, starrte stur vor sich hin. Das passte überhaupt nicht zu ihm. Claire merkte, wie sich alles in ihr verkrampfte.

Als die Ampel grün wurde, eilten sie über die Straße. „Was ist los, Ben? Was ist geschehen?" Er sah sie an und schien etwas sagen zu wollen, aber dann schüttelte er nur den Kopf und schwieg. Tränen traten in seine Augen. Nachdem sie den Fluss erreicht hatte, liefen sie schweigend den Weg am Wasser entlang, bis sie zu der Bank kamen, auf der sie sich das erste Mal geküsst hatten.

„Ich liebe dich, Claire", hörte sie ihn sagen. „Bitte vergiss das nie."

Das machte ihr mehr Angst, als dass es sie beruhigte.

Ben setzte sich auf die Bank und zog sie neben sich. Doch er konnte nicht sitzen bleiben, sprang wieder auf und lief nervös auf und ab.

„Ben, bitte setz dich doch zu mir. Beruhige dich. Sag mir, was los ist. Ich liebe dich auch. Was immer es ist, wir werden es gemeinsam durchstehen."

Zum ersten Mal sah er ihr in die Augen. „Ich wünschte, das wäre so. Von ganzem Herzen wünschte ich es mir."

Sie seufzte. Was war nur in dieser kurzen Zeit geschehen? Ben stand da und schaute sie an. An seinem Blick sah sie, dass er überlegte, was er sagen sollte.

„Ben, ich bin es, Claire."

„Ich weiß, dass du es bist, Claire. Aber sieh doch ... ich bin es nicht. Ich bin nicht Ben."

„Was?"

Er ging zu ihr, setzte sich neben sie und ergriff ihre Hand. „Bevor ich dir irgendetwas erzähle, sollst du eines wissen: Alle Gefühle, die ich für dich empfinde, alles, was ich dir über meine Liebe zu dir gesagt habe, über meine Hoffnungen und Pläne für unsere gemeinsame Zukunft ... das alles ist wahr. Jedes einzelne Wort."

„In Ordnung ..."

„Claire, ich bin nicht ganz ehrlich zu dir gewesen im Hinblick darauf, wer ich bin."

&#8731;

Der Ausdruck auf Claires Gesicht war schwer zu deuten. Ben wusste nicht, ob er von Anfang an erzählen und den schwierigen Teil erst später ansprechen sollte, oder ob er gleich damit herausrücken sollte.

„Wer du bist, Ben? Ich verstehe nicht. Du bist nicht ... der du bist?"

„Doch, das bin ich, Claire. Ich meine, im Großen und Ganzen. Aber es gibt einiges, was ich dir verschwiegen habe. Wichtige Dinge. Nicht weil ich es dir nicht sagen wollte, sondern weil ich es nicht konnte."

„Ben, was redest du da?" Jetzt wirkte sie alarmiert. „Was könnte jemanden davon abhalten, dem Menschen, den er liebt, die Wahrheit zu sagen?"

Das waren genau die Worte, die Pater Flanagan zu Ben gesagt hatte. Er hatte recht behalten. Aber welchen Unterschied hätte es gemacht, wenn Ben ihr gleich zu Anfang die Wahrheit gesagt hätte und nicht erst jetzt? Er hätte sie so oder so verloren. Das war die Wahrheit.

„Ben, ich möchte, dass du ehrlich zu mir bist. Was willst du mir sagen? Welche wichtigen Dinge sind nicht wahr?"

„Claire, ich werde dir jetzt alles sagen – die ganze Wahrheit. Aber ich befürchte, wenn ich mit dem schwierigsten Teil beginne, wirst du aufspringen und vor mir davonlaufen, so schnell du kannst." *Das war nicht die richtige Formulierung.*

„Warum, Ben? Hast du etwas Schlimmes getan? Was ist los?"

Er hatte sie erschreckt. Liebevoll legte er seine Hand auf ihre Schulter. „Claire, ich erzähle dir jetzt einiges über mich. Wenn du das hörst, wirst du sofort wissen, warum ich es dir verschwiegen habe. Aber du musst wissen … ich bin immer noch *dein* Ben. Ich bin der Mann, in den du dich verliebt hast. Das, was ich dir jetzt erzähle, kann daran nichts ändern. Okay?"

„Sprich es einfach aus, Ben. Spann mich nicht länger auf die Folter."

„Das mache ich, aber versprich mir, dass du mich zu Ende reden lässt, bevor du reagierst."

Claire seufzte.

„Wenn du mich liebst, Claire, dann versprich mir, dass du mich zu Ende anhörst."

„Okay, ich verspreche es."

Sein Blick wanderte über den Fluss hinweg und blieb schließlich an ihm hängen. „Erinnerst du dich noch, dass ich dir erzählt habe, meine Eltern seien bei einem Bombenangriff ums Leben gekommen?" Sie nickte. „Das stimmt. Aber nicht in London. Das hast du gesagt und ich habe dich nicht korrigiert."

„Wo sind sie denn gestorben?"

„In Köln. Einer Stadt in Deutschland."

„In Deutschland."

„Ja, Claire. Meine Eltern sind – ich bin – Deutscher."

„Ich verstehe das nicht. Wie sind sie nach Deutschland gekommen? Es ist doch Krieg."

„Sie sind vor dem Krieg zurückgegangen, im Jahr 1935. Ich wurde in Pennsylvania geboren, das stimmt. Aber sie nicht. Sie kamen nach dem Ersten Weltkrieg von Deutschland herüber. Ich wurde hier geboren, ging hier zur Schule. Ich liebte dieses Land. Aber sie litten unter Heimweh und hatten das Gefühl, nicht hierherzupas-

203

sen. Und als Hitler 1933 in Deutschland an die Macht kam, stellte er alles auf den Kopf. Sie hörten nur, dass in Deutschland jetzt alles wundervoll sei. Hitler begann, an alle ‚guten' Deutschen zu appellieren, ins Vaterland zurückzukehren."

„Ins Vaterland."

Ben schüttelte den Kopf. „So dachten sie. Das ist dieser Nationalismus. Es ist einfach irrwitzig."

„Ist das mit Patriotismus zu vergleichen?"

„Nicht richtig. Es gibt keine Freiheit. Es ist wie … stell dir vor, Franklin D. Roosevelt würde als Präsident das Oberkommando über das Militär übernehmen und heimlich alle Republikaner umbringen lassen und auch alle anderen, die nicht seiner Meinung sind. Dann verstaatlicht er die Presse, die Zeitungen, den Rundfunk. Die Bürger erfahren nur noch, was er sie wissen lassen will. Er stellt die Schulen unter staatliche Kontrolle. Die Kinder werden dort einer Gehirnwäsche unterzogen, damit sie nur in eine Richtung denken. Alles zur Ehre des Vaterlandes und des Führers. Das Vaterland, der Führer. Wohin du blickst rote Fahnen und Hakenkreuze. Ich habe das gehasst."

„Und wie bist du entkommen?"

Er sah es in ihren Augen. Bisher empfand sie Mitgefühl mit ihm. „Und jetzt kommt der schwierige Teil. Ich bin nicht geflohen."

„Aber wie bist du dem entkommen, wie bist du hierhergekommen?"

„Ich wurde hergeschickt. Ein U-Boot hat mich hier abgesetzt."

„Was!?" Claire sprang auf und blickte sich fahrig um, als befürchtete sie, sie könnten belauscht werden.

„Claire, bitte setz dich wieder. Lass mich erklären."

„Du bist …" Sie setzte sich und flüsterte laut: „In einem U-Boot hergekommen?"

„Ja, damals im August."

„Wir haben uns im September kennengelernt."

„Ich weiß und ich habe dich vom ersten Augenblick an geliebt."

„Ben … willst du damit sagen … du bist ein deutscher Spion?"

„Nein … zumindest nicht in meinem Herzen."

„Was heißt das?"

„Ich bin nur aus einem einzigen Grund hergekommen – um dem

Horror zu entfliehen, den meine Eltern mir in Deutschland zugemutet haben. Nach ihrem Tod gab es für mich keinen Grund mehr zu bleiben. Als die Nazis mir anboten, mich zum Spion auszubilden und in die Vereinigten Staaten zu schicken, wusste ich, dass dies meine Chance zur Flucht war. Ich wollte wieder in dem Land leben, das ich liebe, und hier einen Neuanfang wagen."

Tränen traten in Claires Augen und liefen über ihre Wangen. „Ich bin völlig durcheinander. Ich weiß nicht, was ich sagen soll."

„Sag … dass du mich liebst."

Sie zitterte. „Ben, ich liebe dich, aber ich weiß nicht recht. Das ist … zu viel, denke ich."

„Was soll das heißen?"

„Ben, wie soll es jetzt weitergehen? Ich habe gelesen, was mit den deutschen Spionen geschehen ist, die im Sommer geschnappt wurden. Sie wurden hingerichtet."

„Ich weiß, deshalb musste ich mir ja auch eine neue Identität zulegen. Damit ich neu anfangen konnte. Das habe ich getan. Und alles lief wunderbar. Das einzig Schwierige war, dich anzulügen, dies alles vor dir und deinen Eltern geheim zu halten."

„Du meine Güte, Ben. Meine Eltern!"

„Ich weiß … ich … ich habe keine Ahnung, was werden soll. Wie wir ihnen das erklären sollen."

„Du hast gesagt, du hättest dir eine neue Identität zulegen müssen. Bedeutet das … du heißt gar nicht wirklich Ben?"

Er schüttelte den Kopf.

„Du heißt nicht Ben Coleman?"

„Nein."

Sie brach in Tränen aus und barg ihr Gesicht in ihren Händen. Zwischen ihren Schluchzern hörte er die Worte: „Ich kenne nicht einmal deinen Namen."

„Aber ich bin Ben, Claire."

„Nein, das bist du nicht." Sie hob den Kopf immer noch nicht.

„Ich bin es. Mein Name ist nebensächlich. Im Inneren bin ich derselbe geblieben. In diesem Punkt habe ich dich nicht belogen."

Er wartete und rieb ihr sanft über den Rücken, während sie ihre Tränen fließen ließ. Schließlich blickte sie auf. Er reichte ihr ein Taschentuch. „Und wie ist dein richtiger Name?"

Ihre Augen. Ben sah es sofort; es war, als wäre das Licht darin erloschen. „Gerhard Kuhlmann. Also, in Pennsylvania war ich Gerard Kuhlmann."

„Ach du meine Güte." Sie blickte ihn an, als wäre er ihr plötzlich vollkommen fremd.

Er fühlte sich elend.

„Also, sag mir … *Gerhard Kuhlmann*, was noch? Ich will alles wissen, was du mir sonst noch verschwiegen hast. Keine Lügen mehr."

„Claire, ich habe dich nicht angelogen."

„Ach nein? Wie nennst du das denn?"

„Ich habe … ich habe bestimmte Teile meiner Vergangenheit für mich behalten, aber ich habe mich sehr bemüht, so ehrlich zu sein, wie es ging, vor allem in Bezug auf meine Gefühle für dich, meine Hoffnungen auf eine gemeinsame Zukunft. Ich habe sogar einen Diamantring gekauft. Dort drüben im Juweliergeschäft." Ben deutete zur Beach Street hinüber.

„Es sollte nicht so schwer sein, Ben. Eigentlich solltest du dich nicht so sehr bemühen müssen, einem Menschen gegenüber, den du liebst, ehrlich zu sein."

„Claire, wann hätte ich dir das sagen sollen? Wann wäre der geeignete Moment gewesen? Kannst du dir vorstellen, dass du das alles zu irgendeinem Zeitpunkt einfach so hingenommen hättest?"

Sie wandte den Blick ab, schaute zum Fluss hinüber. „Ich weiß es nicht. Aber ich weiß, dass ich jetzt alles wissen will. Ich will keine Lügen mehr hören."

Ben seufzte. Und dann erzählte er ihr alles. Wie er in jener Nacht an Land gekommen war. Von Jürgen, der in der Brandung ertrunken war. Wie er den Leichnam in den Dünen vergraben hatte. Von dem Koffer voller Geld und Rationierungsmarken.

Mit jeder neuen Information stieg die Anspannung in Claires Gesicht und an ihren Augen sah er, dass sie sich innerlich immer weiter von ihm entfernte. „Und warum sagst du mir jetzt die Wahrheit? Warum ausgerechnet heute?"

Ben erklärte ihr, dass Jürgens Leichnam während des Unwetters freigelegt worden war, und erzählte ihr von den FBI-Agenten, die vermutlich bereits auf dem Weg in die Stadt waren. Von den anderen beiden deutschen Agenten namens Graf und Kittel. Von ihrem Vorhaben, Amerikaner zu töten. Von seiner Angst, dass sie vielleicht bereits damit begonnen hatten, von der Explosion in der Werft in der Nähe von Savannah.

Ihr Gesichtsausdruck veränderte sich. Jetzt stand die nackte Angst darin.

Ben stand auf.

„Was hast du vor?"

„Das ist doch offensichtlich. Ich wusste, dass das geschehen würde. Ich habe dir die Wahrheit über mich gesagt und dich für immer verloren. Mein einziger Wunsch war, ein neues Leben anfangen zu können. Mehr wollte ich nicht. Ein neues Leben, ein amerikanisches Leben, zusammen mit dir. Mit deiner Familie. Hier. Aber das ist jetzt nicht mehr möglich, nicht wahr?"

„Was willst du tun?"

„Das Einzige, was ich tun kann. Ich muss versuchen, Graf und Kittel aufzuhalten, bevor sie noch mehr Menschen verletzen."

„Aber Ben, du könntest getötet werden."

„Wenn ich hierbleibe, wird das FBI mich schnappen, und dann wird mich die amerikanische Regierung hinrichten. Aber sie werden nicht nur mich töten, sie werden auch dich und deine Familie zerstören. Sie werden euch demütigen. Das kann ich nicht zulassen."

Er setzte sich in Bewegung.

„Ben, geh nicht."

In Claires Stimme lag Zärtlichkeit.

„Ich liebe dich."

Er drehte um und rannte zu ihr, strich mit dem Finger über ihre Wange.

„Vermutlich werde ich dich niemals wiedersehen. Aber ich möchte dir das hier geben." Er nahm die Ringschachtel aus seiner Tasche und klappte sie auf. Der Diamant funkelte in der Sonne. „Dieser Ring und alles, wofür er steht, sind wahr. Ich liebe dich von ganzem Herzen und ich werde dich bis zu meinem letzten Atemzug lieben." Er reichte ihr den Ring, beugte sich vor und drückte ihr einen Kuss auf die Stirn.

„Leb wohl, Claire."

Mit diesen Worten ging er davon.

„Ben, warte! Geh nicht."

Er beschleunigte seine Schritte und wagte es nicht zurückzusehen. Tränen verschleierten seinen Blick.

# Kapitel 15

**Legare Street, Charleston**
**Mittag**

Ich empfand tiefes Mitgefühl mit Ben … und mit Claire. Was für eine schreckliche Situation! Es bewegte mich tief, sie durch diese Geschehnisse hindurch zu begleiten. Dann musste ich lachen. Das war ja nur ein Roman. Gramps hatte sich die ganze Geschichte ausgedacht.

Auf dem Gefühlsbarometer konnte meine Liebesgeschichte mit Jenn längst nicht mit der von Ben und Claire mithalten.

Ich griff nach meinem Eistee. Im Glas war nur noch ein bisschen Wasser von dem geschmolzenen Eis übrig. Da meine Glieder allmählich steif wurden, veränderte ich meine Position auf dem Stuhl. Vermutlich war es keine gute Idee, den ganzen Tag hier zu sitzen, aber ich konnte das Manuskript einfach nicht aus der Hand legen.

In diesem letzten Gespräch zwischen Ben und Claire hatte Gramps wieder Elemente aus seinem eigenen Leben einfließen lassen, da war ich mir ziemlich sicher. Genau wie bei dem Schreibmaschinenkoffer.

Mir fiel auch auf, dass ich mir unbewusst ein Bild von den handelnden Personen gemacht hatte und sie beim Lesen permanent vor mir sah, wie die Hauptdarsteller in einem Film. Das passiert vermutlich den meisten Lesern. Mir war es mit Ben und Claire gleich zu Anfang so gegangen.

Da ich nicht mehr so genau wusste, wie Gary Cooper aussah, falls ich überhaupt je ein Foto von ihm oder einen Film mit ihm gesehen hatte, hatte mir diese Personenbeschreibung von Ben gleich zu Beginn des Buches nicht weitergeholfen. Unbewusst hatte ich stattdessen an die frühen Fotos von Gramps und Nan gedacht, die ich erst vor Kurzem in den Fotoalben oben in der Piratentruhe entdeckt hatte. Ben war zu dem jungen Gerard Warner geworden und Claire zu der jungen Mary.

Und in dieser letzten Szene hatte Gramps Ben seinen Vornamen gegeben – Gerard – als er Claire seine wahre Identität offenbarte.

*Gerard Kuhlmann.*

Klang ziemlich deutsch. Noch mehr, wenn man Gerard in Gerhard veränderte.

Ich hätte gern gewusst, wann Gramps diesen Roman geschrieben hatte. Er unterschied sich sehr stark von seinen anderen Werken. Ich fragte mich sogar, ob er schon mal in Daytona Beach gewesen war. Jenn und ich hatten dort am Strand ein paar schöne Nachmittage verbracht. Daytona lag nur eine Stunde von Orlando entfernt. Aber in den Stadtteilen, die Gramps in dem Buch beschrieb, war ich noch nie gewesen. Wenn wir das nächste Mal in Orlando waren, würde ich erneut dorthin fahren, um zu überprüfen, ob es diese Plätze tatsächlich gab und ob sie realitätstreu beschrieben waren.

Auch fragte ich mich, ob diese Geschichte mit den deutschen Saboteuren und den U-Booten der Wahrheit entsprach. Ich hatte noch nie zuvor davon gehört und überlegte, ob diese Elemente der Realität entsprachen oder frei erfunden waren. Gramps liebte es, Realität mit Fiktion zu vermischen. Seine Recherchen waren immer sehr verlässlich und man musste schon genau hinsehen, um das eine vom anderen zu unterscheiden.

Ich legte das Manuskript aus der Hand und fuhr zusammen, als mein Handy läutete. Als ich Jenns Name auf dem Display entdeckte, musste ich lächeln. „Hallo Schatz. Hast du gerade Mittagspause?"

„Ja. Es tut so gut, deine Stimme zu hören. Ich habe leider nicht viel Zeit. Ein paar der Mädels wollen mich zum Essen ausführen, sozusagen als Abschiedsessen. Ich sitze gerade im Auto und bin auf dem Weg ins Gerardo. Ist das zu glauben? Du weißt doch, dieses italienische Restaurant mit –"

„Gramps' Vornamen?", beendete ich den Satz für sie.

„Irgendwie macht mich das traurig", sagte Jenn. „Ich kannte ihn nicht so gut wie du, aber seit die Mädels mich vor ein paar Stunden in dieses Lokal zum Mittagessen eingeladen haben, musste ich ununterbrochen an ihn denken."

„Ich habe das Gefühl, schon den ganzen Vormittag und auch gestern Abend bei ihm und Nan gewesen zu sein."

„Durch das Manuskript, meinst du?"

„Ja."

„Ich kann gut verstehen, dass du dich dadurch deinem Großvater nahe fühlst, schließlich hat er den Roman geschrieben. Aber warum auch deiner Großmutter?"

Ich erzählte ihr, dass ich in Ben und Claire die jüngere Version von Gramps und Nan sah und dass er in die letzte Szene, die ich gelesen hatte, seinen Vornamen eingearbeitet hatte. Ich musste aufpassen, dass ich ihr nicht zu viel erzählte, denn immerhin wollte sie das Buch ja selbst lesen.

„Das ist tatsächlich ungewöhnlich", meinte sie.

„Was denn?"

„Dass er ausgerechnet seinen eigenen Vornamen gewählt hat."

„Er hat unzählige Bücher geschrieben. Vermutlich ist es schwierig, immer neue Namen zu finden, die man noch nicht benutzt hat." Und dann kam mir ein Gedanke: Die Manuskriptseiten waren vom Alter vergilbt. Vermutlich hatte Gramps die meisten seiner Bücher erst *nach* diesem hier geschrieben.

„Das kann sein", erwiderte sie. „Aber dass er seinen eigenen Namen verwendet hat?"

„Nun, das ist noch nicht alles! Warte nur, bis du das hörst …"

„Ich habe nicht mehr viel Zeit, Michael. Nur noch ein paar Minuten, dann bin ich da."

„Ich beeil mich." Schnell erzählte ich ihr von dem Schreibmaschinenkoffer und wie Gramps ihn in das Geschehen eingearbeitet hatte. Was seine Geschichte war und wo er ursprünglich herkam … laut Buch. Als ich fertig erzählt hatte, schwieg sie eine Weile. „Jenn … bist du noch dran? Ist die Verbindung unterbrochen?"

„Ich bin noch dran. Es ist nur … ach, was soll's. Inzwischen stehe ich auf dem Parkplatz des Gerardo. Ich muss jetzt Schluss machen. Ich liebe dich und vermisse dich sehr."

„Ich liebe dich auch."

„Liest du gleich weiter?", fragte sie.

„Ich kann gar nicht anders. Ich bin total fasziniert. Rufst du mich an, wenn du Feierabend gemacht hast?"

„Das mache ich. Bis später."

Nachdem ich aufgelegt hatte, schob ich das Manuskript zusammen und verschwand damit im Haus. Die Erwähnung des Gerardo hatte mir Lust auf ein schönes italienisches Essen gemacht. Vielleicht würde ich schnell zum Bocci in der Church Street fahren und mir Kalbfleisch Marsala bestellen. Oder vielleicht lieber eine Hähnchen-Picatta.

Danach würde ich sofort weiterlesen. Die verbliebenen Seiten lagen auf der Küchenarbeitsplatte bereit. Vielleicht schaffte ich es, das Manuskript noch vor dem Abendessen zu Ende zu lesen.

# Kapitel 25

Special Agent Victor Hammond fuhr die Atlantic Avenue in Richtung Süden nach Ormond Beach. In der Stadt verschwand das Meer, das bisher durch sein linkes Seitenfenster permanent zu sehen gewesen war, hinter den Ferienhäusern, die für eine Woche oder einen Monat zur Vermietung standen, und hier und da hinter einem Hotel im viktorianischen Stil. Die Gebäude waren eingebettet in Dutzende Dünen.

Ormond Beach war eine hübsche kleine Stadt, aber Hammond vermutete, dass das Klima hier im Sommer unerträglich war, vermutlich sogar den Großteil des Jahres. Hohe Luftfeuchtigkeit, extreme Hitze und keine Chance, dem zu entkommen. Überall Moskitos und Stechmücken. Ein befreundeter Agent, der hier in der Gegend einmal einem flüchtigen Verbrecher auf der Spur gewesen war, hatte ihm geraten, auf Kakerlaken und Spinnen aufzupassen. Seiner Aussage nach lebten hier die größten Vertreter dieser Spezies, die er je gesehen hatte. Dieser Mann war furchtlos den schlimmsten Verbrechern gegenübergetreten, hatte es mit der Mafia zu tun gehabt. Aber in dem Hotelzimmer hier in der Gegend hatte er nachts mehr Angst gehabt als jemals zuvor auf den Straßen Chicagos, wie er sagte.

Hammond entdeckte das kleine Hinweisschild, das ihn darüber informierte, dass er nun nach Daytona Beach kam. Ein paar Kilometer südlich stieß er auf die Broadway Avenue, dann auf ein Verkehrsschild, das ihn nach rechts, zu einer Brücke und in die Innenstadt wies.

Diese war sein Ziel.

Aus den FBI-Berichten und den Verhörprotokollen von George Dasch, die er intensiv studiert hatte, wusste Hammond, dass diese Kerle gern in Restaurants aßen. Hammond hatte sich in seiner Behörde einen Namen gemacht, weil er sich stets auf seinen Instinkt verließ. Die meisten seiner Kollegen hielten sich an die Vorschriften, legten methodisch Fakten offen und folgten ihrer Spur.

Er tat das auch, aber er war der Meinung, dass man sich zudem in die Kriminellen hineindenken musste. Wenn man sie stellen wollte, musste man ihre Gedankengänge nachvollziehen. „Was würde ich tun, wenn ich an ihrer Stelle wäre?" Das war die Frage, die er sich permanent stellte. Die wenigsten Straftäter waren Genies. Die meisten besaßen eher eine mittelmäßige Intelligenz. Auf diese Deutschen, die sie geschnappt hatten, traf das zweifelsohne zu. Er wunderte sich, dass das deutsche Oberkommando sie überhaupt mit einem solchen Auftrag betraut hatte, der so viel Geschicklichkeit und Klugheit erforderte. Diese Männer schienen nicht einmal über ein Minimum an gesundem Menschenverstand verfügt zu haben. Ein Lächeln stahl sich auf Hammonds Gesicht, während er auf die Brücke auffuhr, die die Meerseite mit dem Festland verband. Bei solchen Feinden brauchten die Alliierten keine Angst zu haben, den Krieg zu verlieren.

Als er die Brücke auf der anderen Seite verließ, fielen Hammond mehrere Geschäfte auf der Straße auf, die parallel zum Fluss verlief. Die meisten waren zweigeschossig, ab und zu war jedoch auch einmal ein dreistöckiges Haus darunter. Am Flussufer war ein hübscher Park angelegt mit Blumen, Teichen und Palmen. Abgesehen von den Palmen unterschied sich der Innenstadtbereich jedoch kaum von dem vieler anderer Kleinstädte, durch die Hammond im Norden und im Mittleren Westen schon gekommen war.

Sofort stachen ihm ein paar Lokale ins Auge, die sein Interesse weckten. Das waren Restaurants, die ein alleinstehender Mann aufsuchen würde, um einen Happen zu essen. Doch zuerst würde er sein Glück bei McCrory's und Woolworth versuchen. In diesen beiden Kaufhäusern gab es in der Regel auch ein Schnellrestaurant. Es dauerte ein paar Minuten, bis er einen Parkplatz gefunden hatte. Er beschloss, genau zwischen diesen beiden Geschäften zu parken und die paar Schritte zu Fuß zurückzulegen. Es war ein schöner Tag.

Als Hammond aus dem Wagen stieg, wurde er von einigen Fußgängern auf dem Bürgersteig angestarrt. Er kannte diesen Blick. Er gefiel ihm.

Victor Hammond war stolz darauf, ein FBI-Agent zu sein. Auch wenn nicht alles, was sein oberster Boss, J. Edgar Hoover, tat, seine Billigung fand. Wenn er ehrlich war, musste er zugeben, dass er mit einigem, was er in letzter Zeit gesehen und gehört hatte, so seine Probleme hatte. Im vergangenen Jahr hatte Hoover der Presse gegenüber falsche Angaben gemacht, wie diese deutschen Saboteure enttarnt und gefasst worden waren. Nach Hoovers Version klang es so, als wäre dieser Erfolg allein auf die Klugheit und gründliche Ermittlungsarbeit des FBI zurückzuführen gewesen. Doch Hammond kannte die Wahrheit. Mehr als 90 Prozent ihrer Hinweise hatten sie von Dasch bekommen, einem der deutschen Saboteure, der nichts mehr mit den Nazis hatte zu tun haben wollen. Das war der Presse verschwiegen worden.

Natürlich war Hammond nicht dumm, deshalb behielt er solche Gedanken lieber für sich. Zumal ihm auf der anderen Seite auch imponierte, wie sein Boss es geschafft hatte, in der Öffentlichkeit Ehrfurcht und Verehrung für die FBI-Agenten zu wecken. Er war ein Meister der Manipulation, besonders in Bezug auf die Öffentlichkeit und die Presse. Und er erwartete von seinen Agenten ein entsprechendes Auftreten in der Öffentlichkeit. Hammond nickte einigen Leuten zu, während er auf den Eingang von McCrory's zustrebte. Aber er lächelte nicht. Einige nickten zurück, andere wandten den Blick ab.

Im Kaufhaus ging er direkt in den Schnellrestaurantbereich. Eine Kellnerin nahm an der Theke gerade die Bestellung von drei Frauen in Uniform entgegen. Das waren bestimmt Armeehelferinnen. Richtig, er hatte gelesen, dass sie hier in der Stadt stationiert waren. Das Lokal war fast leer. Ein paar junge Leute im Collegealter saßen an einem Tisch in der Nähe des Musikautomaten. Hammond durchquerte das Lokal und ging zur Theke, wo er die Bedienung direkt anschaute.

Sie blickte auf, musterte ihn von oben bis unten, bemerkte, dass er sich keinen Platz suchte, und verstand.

„Irgendetwas sagt mir, dass Sie nicht hergekommen sind, um zu Mittag zu essen."

Hammond las ihren Namen von dem Schild an ihrer Bluse ab. „Da haben Sie richtig geraten, Miss Jane." Er zückte seinen Ausweis.

„FBI", sagte sie laut. Die anderen Gäste blickten auf.

Hammond hatte nichts dagegen.

„Was macht das FBI in Daytona Beach?"

„Dazu kann ich nichts sagen. Ich habe nur ein paar Fragen an Sie, wenn Sie gestatten."

„Ich wüsste zwar nicht, wie ich Ihnen helfen könnte, aber nur zu. Möchten Sie einen Kaffee? Geht aufs Haus."

„Gern, das wäre nett."

Während Miss Jane die Kaffeekanne holte, nahm Hammond auf einem der roten Barhocker Platz.

„Ich sehe nur schnell nach den jungen Leuten dort drüben, dann bin ich ganz für Sie da."

„Ist das ein richtiger Agent?", hörte er einen von ihnen fragen. Hammond warf einen Blick über seine Schulter und stellte fest, dass es sich um einen unscheinbaren Jungen mit blonden Locken und dicken Brillengläsern handelte. Miss Jane nickte und bedeutete ihm, leiser zu reden. Dann kam sie zurück.

„Jetzt bin ich für Sie da", sagte sie. „Aber ich habe nicht viel Zeit."

„Ich brauche nicht lange. Ich bin auf der Suche nach einem jungen Mann, vielleicht Mitte zwanzig bis Mitte dreißig, der des Öfteren hier gegessen hat, möglicherweise in den Monaten September und Oktober."

„Machen Sie Witze? Ich soll mich an jemanden erinnern, der vor mehreren Monaten hier gegessen hat?"

„Es wäre hilfreich, wenn Sie es versuchen würden."

„Ist er beim Militär?"

„Nein, er trägt vermutlich Zivilkleidung."

„Aber er war kein Zivilist."

„Kann ich nicht sagen."

„Was hat er verbrochen?"

„Auch darüber kann ich nicht sprechen. Also, haben Sie jemanden im Sinn?"

„Nein, ich bin nur neugierig. Viele Ortsansässige in diesem Alter kommen von Zeit zu Zeit zum Essen hierher. Nicht nur im Herbst."

„Ortsansässige interessieren mich nicht. Der Mann, den ich suche, stammt vermutlich nicht von hier. Möglicherweise verfügt er über große Summen an Bargeld und vielleicht hat er großzügig Trinkgeld verteilt. Er könnte auch mit Akzent sprechen."

„Ich erinnere mich nicht an so jemanden, zumindest an keinen mit Akzent. Sie meinen einen New Yorker oder Bostoner Akzent? Oder was?"

„Ich meine einen ausländischen Akzent." Hammond dachte an die erste Gruppe von Saboteuren. Sie waren wegen ihrer Englischkenntnisse für diesen Auftrag ausgewählt worden, aber alle hatten mit deutschem Akzent gesprochen.

Miss Jane schüttelte den Kopf. „Da klingelt bei mir nichts."

„Und wenn wir den Akzent mal außer Acht lassen?"

Sie überlegte kurz. „Immer noch nichts.".

„Sind Sie sich sicher? Niemand? Vielleicht ist er nur für ein paar Tage oder eine Woche in der Stadt geblieben."

„Mister …", sagte sie.

„Hammond."

„Mister Hammond, das ist eine Touristenstadt. Alle möglichen Leute kommen für ein paar Tage oder eine Woche her. Ich kann mich nicht an alle erinnern. Ich wünschte wirklich, ich könnte Ihnen helfen. Aber jetzt muss ich mich wieder um meine Gäste kümmern."

„In Ordnung, Miss Jane." Hammond erhob sich und zog seine Karte hervor. „Wenn Ihnen noch irgendetwas einfällt, was auch immer, rufen Sie einfach diese Nummer an. Dort weiß man, wie man mich erreicht."

„Das mache ich. Soll ich Ihnen noch mal Kaffee nachschenken, bevor Sie gehen?"

Er setzte seinen Hut auf. „Nein, ich habe noch einiges zu erledigen, bevor die Geschäfte schließen. Vielen Dank." Hammond war bereits am Ausgang, als er hinter sich einen Stuhl rücken hörte.

„Entschuldigen Sie." Es war die Stimme eines jungen Mannes.

Hammond drehte sich um. Der unattraktive Junge mit den blonden Locken kam auf ihn zu.

„Ich habe einige der Fragen gehört, die Sie Miss Jane gestellt haben."

Hammond nahm die Hand vom Türgriff und trat zurück.

„Ich glaube, ich kenne jemanden, auf den Ihre Beschreibung zutrifft", sagte er. „Nur dass er nicht mit Akzent spricht. Und er ist auch nicht nur ein paar Tage oder eine Woche geblieben. Er ist immer noch hier."

„Tatsächlich", meinte Hammond. Er holte seinen Notizblock und einen Stift aus der Tasche. „Und Sie sind …"

„Hank. Hank Nelson."

# Kapitel 26

Hank Nelson versorgte Hammond großzügig mit Informationen. Nur allzu bereitwillig erzählte er ihm alles, was er über einen jungen Mann namens Ben Coleman wusste, und wirkte dabei fast ein wenig übereifrig. Hammond spürte, dass der Junge eine Abneigung gegenüber diesem Coleman hegte und es in ihm brodelte. Seinen Worten war das nicht zu entnehmen, aber die Anzeichen dafür waren da. Mehrmals hatte er den Namen eines Mädchens erwähnt – Claire Richards. Vermutlich kooperierte Hank eher, weil er eifersüchtig war, und nicht, weil er es für seine Bürgerpflicht hielt.

Mitten im Gespräch fragte Hank plötzlich, ob eine Belohnung ausgesetzt sei, und er wurde deutlich zurückhaltender, als er erfuhr, dass dies nicht der Fall war. Hammond musste ihm mit einer Strafverfolgung wegen „Behinderung der Justiz" drohen, um an weitere Details zu kommen. Das funktionierte. Am Ende ging er mit drei Seiten Notizen aus diesem Gespräch hervor.

Aber er war sich nicht sicher, ob es ihn weiterbringen würde.

In vielerlei Hinsicht passte der Verdächtige Ben Coleman tatsächlich in das Schema. Deshalb würde er sich auf jeden Fall näher mit ihm beschäftigen. Aber einiges fehlte auch. Coleman schien viel zu … amerikanisch zu sein. Da war nicht nur der fehlende deutsche Akzent. Coleman schien dieses Land auch zu lieben und dasselbe Maß an patriotischem Eifer an den Tag zu legen wie die meisten jungen amerikanischen Männer.

An einem Punkt hatte sich Miss Jane in das Gespräch eingemischt und angemerkt, dass Hank mit seinen Informationen über Ben Coleman nur Hammonds Zeit verschwende. Was für eine finstere Gestalt Hammond auch immer suche, Ben Coleman sei es nicht. „Er ist einer der nettesten und bescheidensten jungen Männer, die ich in diesem Lokal je bedient habe", hatte Miss Jane gesagt. Hammond war der angewiderte Ausdruck auf Hanks Gesicht bei dieser Äußerung nicht entgangen.

Im Moment überquerte Hammond gerade erneut die Brücke. Sein nächstes Ziel war ein Wohnhaus auf der Grandview Avenue. Hank hatte ihm nicht sagen können, wo Coleman jetzt wohnte, aber er hatte sich an seine erste Wohnung in Daytona Beach erinnert und gemeint, seine alte Vermieterin wisse vielleicht, wohin er umgezogen war. Hammond hatte Hank auch nach dieser Claire gefragt und danach, wo er sie finden könnte. Scheinbar lief da etwas zwischen ihr und diesem Coleman, und sie wusste bestimmt genau, wo der junge Mann steckte. Vielleicht war er im Augenblick sogar mit ihr zusammen. Aber Hank hatte nicht über Claire reden wollen, egal wie sehr Hammond auch in ihn gedrungen war. Aber das war kein Problem. Ihre Adresse ließ sich mit Sicherheit im Telefonbuch finden.

Hammond bog auf einen Parkplatz neben dem Wohnkomplex ab, in dem Coleman bis vor Kurzem gelebt hatte. Hier war es etwas kühler als in der Stadt und die Gegend war sehr hübsch. Hammond gefielen die vielen kleinen Bungalows und Strandhäuser. Als er aus dem Auto stieg, hörte er in der Ferne das Meer rauschen. Vielleicht würde er irgendwann noch einmal mit seiner Frau Angie herkommen. Ihr würde es hier bestimmt gefallen. Aber bevor er sich einen Urlaub in Florida leisten könnte, bräuchte er erst noch ein paar Gehaltserhöhungen. Hammond ging um den Wagen herum und stieg die Treppe hoch.

Ein kleiner Zettel informierte ihn darüber, dass die Vermieterin in Appartement 101 wohnte. Auf sein Klopfen hin öffnete sie sofort die Tür und fuhr erschrocken zurück. „Entschuldigung", sagte sie. „Ich habe Alfred, den Klempner, erwartet."

„Special Agent Victor Hammond, Madam." Er hielt ihr seinen Ausweis hin.

„FBI? Ach du meine Güte."

„Ich möchte Ihnen ein paar Fragen stellen zu einem jungen Mann, der vor einigen Monaten hier gewohnt hat."

„Möchten Sie hereinkommen?"

„Gern. Es dauert auch bestimmt nicht lange."

„Ich bin übrigens Mrs Arthur. Evelyn Arthur. Entschuldigen Sie bitte die Unordnung. Ich hatte nicht mit Besuch gerechnet."

Hammond versuchte, sich nichts anmerken zu lassen, aber in der

Wohnung herrschte das reinste Chaos. Überall lagen Zeitungen, in der Küche standen Unmengen an benutztem Geschirr und auf dem Couchtisch türmten sich Wäscheberge.

„Also, wen suchen Sie?"

„Erinnern Sie sich an einen jungen Mann mit Namen Ben Coleman?"

„Ben? Natürlich erinnere ich mich an Ben. Ein netter Junge."

„Können Sie mir sagen, wann genau er herkam? Und wie lange er geblieben ist?"

„An das genaue Datum erinnere ich mich nicht, aber es war irgendwann im August. Mitte August, glaube ich."

„Können Sie das irgendwo nachsehen?"

Mrs Arthur schüttelte den Kopf. „Er hat bar bezahlt und meinte, er brauche keine Quittung, darum habe ich auch keine ausgestellt. Steckt Ben in irgendwelchen Schwierigkeiten?"

Bar bezahlt, dachte Hammond. Das passte. So hinterließ er keine schriftlichen Belege für seinen Aufenthalt. „Vermutlich nicht, aber darüber kann ich nicht reden. Ist Ihnen an Ben irgendetwas aufgefallen?"

„Sie meinen, an seinem Aussehen?"

„Nein, ich meine eher sein Verhalten. Hat er irgendetwas gesagt oder getan, das irgendwie ungewöhnlich war?"

Sie überlegte kurz. „Er ist ein ausgesprochen netter junger Mann. Ich habe ihn nur ungern gehen lassen. Aber eines fiel mir auf: Er schien viel Geld zur Verfügung zu haben, ist aber keiner regelmäßigen Arbeit nachgegangen. Ich fand das seltsam. Bestimmt hat er mittlerweile einen Job gefunden, aber damals hatte er keinen." Ihr Gesicht verdüsterte sich. „Allerdings erwähnte er mal, dass seine Eltern vor wenigen Monaten gestorben sind. Vermutlich haben sie ihm Geld hinterlassen. Wäre nicht schlecht, wenn jemand stürbe und mir mal etwas hinterlassen würde."

Hammond machte sich Notizen. „Sonst noch was?"

Mrs Arthur schaute zur Decke hoch. „Er ist ziemlich unerwartet umgezogen. Hat mir noch die volle Wochenmiete gezahlt, ist aber bereits nach zwei Tagen ausgezogen. Als ich ihn fragte, ob er das Geld zurückhaben wolle – nicht dass er Anspruch darauf gehabt hätte, aber er war einfach so nett –, sagte er: ‚Nein, behalten Sie es, Mrs Arthur.' Dann dankte er mir dafür, dass ich eine so nette Vermieterin gewesen sei."

„Wirkte er bei seinem Auszug irgendwie nervös oder in Panik?"

„Nein, das würde ich nicht sagen. Und er ist auch hier in der Gegend geblieben. Er hat ein Haus in der Vermont Avenue gemietet. Ich habe ihn noch ein paarmal vorbeifahren sehen. Er hat mir jedes Mal zugewinkt."

„Kennen Sie die genaue Adresse?"

„Nein, die Hausnummer kann ich Ihnen nicht nennen. Aber er fährt ein Ford Coupé, zweitürig, glaube ich. Es ist schwarz. Danach könnten Sie Ausschau halten."

„Danke, das hilft mir weiter." Hammond wartete noch ab. „Fällt Ihnen sonst noch etwas ein? Irgendetwas? Wirkte er einmal besonders aufgebracht oder nervös?"

„Nein … wobei, warten Sie. Einmal ist mir etwas aufgefallen. Und wenn ich so darüber nachdenke, war es tatsächlich ein wenig ungewöhnlich."

„Was war das?"

„Vor einiger Zeit war ich auf dem Weg zur Beichte – ich gehöre zur Kirchengemeinde St. Paul, auf der anderen Seite des Flusses – und Ben hat mir alle möglichen Fragen über die Beichte gestellt."

„Was für Fragen?"

„Er wollte zum Beispiel wissen, ob Priester über das, was sie in der Beichte hören, wirklich schweigen müssen. Sie verstehen schon, was ich meine … wenn man den Priestern in der Beichte Geheimnisse anvertraut. Er wollte wissen, ob man sich sicher sein könne, dass sie nicht darüber reden."

Schuldgefühle, dachte Hammond, während er sich Notizen machte. „Hat er Ihnen gesagt, weswegen er einen Priester aufsuchen wollte?"

„Nein, aber wenn ich mich recht entsinne, sagte er, er sei Lutheraner. In dieser Stadt gibt es keine lutherische Kirche und ich weiß auch gar nicht, ob es in dieser Konfession überhaupt eine Beichte gibt. Können Sie mir das sagen?"

„Nein, Madam. Ich bin Baptist."

„Vielleicht war er in meiner Kirche, denn er hat sich den Weg dorthin beschreiben lassen."

„Tatsächlich? Wissen Sie auch, an welchen Priester er sich gewandt haben könnte?"

„Nein. Wir haben nur dieses eine Mal darüber gesprochen. Er wirkte ziemlich aufgewühlt, darum habe ich nicht weiter nachgehakt. Der Glaube ist eine sehr persönliche Angelegenheit. Für mich jedenfalls."

Hammond reichte ihr seine Karte. „Sie haben mir sehr weitergeholfen, Mrs Arthur. Wenn Ihnen noch etwas einfällt, rufen Sie einfach diese Nummer an."

„Das mache ich, Sir."

Während er zur Wohnungstür ging, fügte Mrs Arthur noch hinzu: „Aber wissen Sie, ich glaube nicht, dass Ben Ihr Mann ist, egal was er getan haben soll. Nicht Ben. Auf meine Menschenkenntnis kann ich mich verlassen. Der gute Herr weiß, dass hier alle möglichen finsteren Gestalten wohnen. Aber Ben … er ist durch und durch gut. Ich kann mir nicht vorstellen, dass er irgendein Verbrechen begangen haben könnte."

„Auf jeden Fall herzlichen Dank, Mrs Arthur."

Auf dem Weg zu seinem Wagen machte sich Hammond noch einige Notizen. Dann fuhr er ein paarmal die Vermont Avenue hoch und runter. Aber er erblickte nirgends ein schwarzes Ford Coupé. Schließlich blickte er auf seine Uhr. Vielleicht sollte er besser zur Kirche fahren, um die Priester dort zu befragen.

*Also wieder zurück zur Brücke*, dachte er. Auf dieses Gespräch hätte er gut verzichten können. Priester waren immer sehr zugeknöpft, vor allem in Bezug auf Dinge, die sie in der Beichte gehört hatten. Aber Hammond wusste, wenn man gleich zu Beginn die richtigen Fragen stellte, konnte man ihnen erstaunlich viele Informationen entlocken.

# Kapitel 27

Wenigstens lagen seine Haare jetzt richtig.

Pater Flanagan stand im Flur des Pfarramts und lächelte sein Spiegelbild an. Er hatte gerade Hut und Mantel ausgezogen. Eigentlich hätte er gar keinen Mantel gebraucht, es war ein so schöner Tag. Er hatte sich die Haare schneiden lassen, beim Friseur in der Innenstadt, etwa 800 Meter entfernt.

Auf dem Heimweg war er sehr niedergeschlagen gewesen.

Es lag nicht an den oberflächlichen Gesprächen im Friseurladen – größtenteils zumindest. Er plauderte gern mit Joe und den Kunden. Seit er in Florida lebte, ging er einmal im Monat zum Friseur. Nicht nur wegen des Haareschneidens, sondern weil er den Kontakt zu den Menschen suchte und die Vorbehalte und Zurückhaltung dem Priesterkragen und seiner schwarzen Amtstracht gegenüber abbauen wollte. Mittlerweile wurde er fröhlich begrüßt, wenn er den Laden betrat, und abgesehen von den angestrengten Bemühungen der Kunden, ihre vulgäre Ausdrucksweise zu unterdrücken, waren die Gespräche meistens locker.

Was ihn beunruhigte, war ein Artikel in einer Zeitschrift, den er gelesen hatte, während er darauf wartete, dass er an die Reihe kam. Er stammte aus dem Juli und die Schlagzeile lautete: DIE ACHT SABOTEURE SOLLTEN HINGERICHTET WERDEN. In dem Artikel wurde darüber berichtet, wie das FBI die acht „Nazi-Terroristen" dingfest gemacht hatte, und der Zorn der Amerikaner diesen bösen Menschen gegenüber, die die Nazis ins Land geschickt hatten, war sehr anschaulich beschrieben. Im letzten Satz hieß es, dass diese Männer den Tod verdient hätten und dass nur ihr Tod die Amerikaner, die ihr Land liebten, zufriedenstellen könnte.

Joe und einige der Männer im Frisiersalon hatten die Zeitschrift in seiner Hand bemerkt und ihre Meinung dazu kundgetan. Alle waren sich einig gewesen: Der Tod war die einzig gerechte Strafe für diese Männer.

Einer der anderen Kunden hatte zu berichten gewusst, dass einen Monat nach Erscheinen des Artikels ein Militärgericht alle acht Männer schuldig gesprochen hatte, aber nur sechs hingerichtet worden waren. Die Männer im Salon hatten ihrem Zorn darüber Luft gemacht, dass die beiden „stinkenden Nazis – entschuldigen Sie den Ausdruck, Pater" verschont worden waren. Sie hatten nur lange Haftstrafen bekommen.

Was Aidan so bedrückte, war ... Ben hatte recht gehabt und er selbst unrecht.

Er hatte Ben gedrängt, sich den Behörden zu stellen, der Polizei zu verraten, was er über die anderen Saboteure wusste, und die ganze Sache dem FBI zu überlassen. Ben hatte darauf hingewiesen, dass man ihm nicht zuhören würde. Man würde ihn verhaften und vermutlich hinrichten. Jetzt musste er sich eingestehen, dass Ben mit dieser Einschätzung richtig gelegen hatte.

Während er dort in seinem Flur stand, fiel ihm ein Vers aus seinem Lieblingspsalm ein, Psalm 131: „Herr, mein Herz will nicht hoch hinaus, meine Augen sind nicht hochmütig. Ich gehe nicht mit Dingen um, die zu groß und zu wunderbar für mich sind."

*Herr*, betete er, *diese Situation mit Ben ist zu hoch für mich. Hilf du ihm, Herr. Und hilf mir zu erkennen, wie ich ihm helfen kann ... falls es etwas gibt, das ich –*

Die Türklingel erklang und riss ihn aus seinem Gebet.

☙

Hammond wartete einen Augenblick, dann noch einen. Er wollte gerade erneut läuten, als die Tür des Pfarramts geöffnet wurde. Seinen FBI-Ausweis hielt er bereits in der Hand.

Ein Priester trat an die Tür. „Guten Tag, wie kann ich –", der Priester warf nur einen Blick auf Hammond und erstarrte.

„Hallo Pater, ich bin Victor Hammond, Special Agent des FBI." Er hielt ihm seinen Ausweis hin. „Ich würde gern mit Ihnen reden. Sind Sie einer der Priester dieser Pfarrei oder leiten Sie diese vielleicht sogar?" Hammond konnte den Gesichtsausdruck des Priesters nur schwer deuten. Fast wirkte es so, als habe er Angst. Aber das ergab keinen Sinn.

„Oh, nein ... möchten Sie mit Pater Murphy sprechen?"

„Möglicherweise, aber vielleicht können Sie mir ja auch helfen. Eines Ihrer Pfarrkinder hat mir erzählt, dass vielleicht ein junger Mann hierhergekommen ist ... um Rat zu erbitten." Es war besser, das Wort *Beichte* nicht zu früh fallen zu lassen, dachte er sich.

„Kennen Sie den Namen des jungen Mannes? Oh, entschuldigen Sie. Wo sind nur meine Manieren geblieben. Möchten Sie nicht hereinkommen?"

„Danke, aber es dauert nur ein paar Minuten."

„Wie Sie wollen."

„Der Name des Mannes? Coleman, Ben Coleman." Wieder lag dieser Ausdruck in den Augen des Priesters. Colemans Name löste bei ihm eindeutig eine Reaktion aus.

„Ich ... ich erinnere mich an diesen Namen. Ich habe mit ihm gesprochen. Aber eigentlich hat er keinen Rat gesucht. Er hat bei mir die Beichte abgelegt."

„Ich verstehe. Aber soweit ich weiß, ist Coleman doch Lutheraner, stimmt das?"

„Ich glaube, das hat er erwähnt."

„Ist das nicht ein wenig ... ungewöhnlich?"

„Ja, das mag sein. Aber in der Stadt gibt es keine lutherische Kirche, darum ist er vermutlich hierhergekommen. Sie wissen sicher, Agent Hammond, dass das, was ein Pfarrkind dem Priester in der Beichte anvertraut, vertraulich ist."

„Aber Coleman ist doch eigentlich gar kein Gemeindemitglied, Pater. Das haben Sie gerade selbst gesagt. Er ist nicht einmal Katholik."

„Das ist ohne Bedeutung."

„Ich denke, dass das sehr wohl von Bedeutung ist."

„Dann sind wir in diesem Punkt wohl nicht einer Meinung."

„Ich möchte Ihnen nicht zu nahetreten, Pater, aber wir machen uns Sorgen um diesen jungen Mann und müssen wissen, wo er sich aufhält und welche Pläne er verfolgt. Können Sie mir zumindest sagen, ob Sie in letzter Zeit mit ihm gesprochen haben?"

„Ja, ich denke, diese Frage kann ich beantworten. Ich habe erst heute mit ihm gesprochen."

„Heute? Wissen Sie, wo er sich jetzt aufhält?"

„Nein, das weiß ich nicht. Darf ich fragen, worum es geht?"

„Nun, da geht es mir leider wie Ihnen, Pater. Das kann ich Ihnen nicht sagen … es ist vertraulich."

„Können Sie mir denn gar nichts sagen?"

„Leider nein. Es geht um die nationale Sicherheit, so viel kann ich Ihnen verraten, aber mehr leider nicht." Hammond wartete einen Augenblick.

„Ich verstehe."

Hammond war wie elektrisiert. Nicht so sehr durch das, was der Pater gesagt hatte, sondern vielmehr durch das, was er nicht gesagt hatte. *Er weiß etwas. Er weiß definitiv etwas.* Sowohl Miss Jane als auch Mrs Arthur hatten sich sofort zu Colemans Verteidigung aufgeschwungen, als Hammond auch nur angedeutet hatte, dass er in Schwierigkeiten stecken könnte. Aber der Pater sagte nur: „Ich verstehe"? „Pater, wenn Sie etwas über Coleman wissen, müssen Sie mir das sagen."

„Aber ich kann Ihnen nichts sagen, Sir. Das wissen Sie doch."

„Pater, Menschleben könnten in Gefahr sein. Erst heute Morgen hat es eine Explosion in einer Werft in der Nähe von Savannah gegeben. Wenn wir diesen Ben Coleman nicht bald finden, könnten weitere –"

„Wollen Sie etwa andeuten, Ben hätte etwas damit zu tun?"

„Nein, das will ich nicht. Aber wir wissen es nicht mit Gewissheit, oder?"

„Doch, das wissen wir. Ich habe Ihnen gerade gesagt, dass ich Ben heute getroffen habe. Er war heute Morgen nicht einmal in der Nähe von Savannah. Man braucht einige Stunden, um –"

„Ich sage ja nicht, dass Ben persönlich etwas mit dieser Explosion zu tun hatte, aber vielleicht kennt er die Männer, die dafür verantwortlich sind. Er könnte mit den Tätern unter einer Decke stecken." Sobald er das gesagt hatte, bedauerte er seine Worte. Es war seine Aufgabe, den Priester zum Reden zu bringen, und jetzt hatte er sich selbst verplappert. Aber andererseits … Pater Flanagans Schweigen sprach Bände. Hammond wartete noch einen Augenblick, um die unbehagliche Spannung zu steigern.

Da, da war sie erneut, diese Reaktion in den Augen des Priesters!

„Ich denke, es ist alles gesagt, Agent Hammond."

Jetzt war sich Hammond sicher: Ben Coleman war sein Mann.

Er war garantiert der Partner des Toten, den sie gerade am Strand gefunden hatten. Coleman war ein deutscher Saboteur. Und er, Hammond, war kurz davor, diesen Fall im Alleingang zu lösen. Das würde ihm bei seinen Vorgesetzten jede Menge Pluspunkte einbringen. „Ich denke, für den Augenblick sind wir fertig, Pater. Und noch einmal, ich wollte Ihnen nicht zu nahetreten. Aber wenn Menschenleben auf dem Spiel stehen …"

Der Priester war bereits dabei, die Tür zu schließen, hielt aber noch einmal inne. „Eines möchte ich Ihnen sagen, Sir. Ben Coleman ist keine Bedrohung für dieses Land. Er liebt es. Ich glaube, er ist bereit, sein Leben für dieses Land zu geben."

„Wie meinen Sie das, Pater? Hat er etwas vor? Sie müssen mir das sagen."

„Es tut mir leid, Agent Hammond. Ich kenne Bens Pläne nicht, und ich weiß auch nichts Genaues. Ich sage Ihnen nur, dass er der netteste junge Mann ist, den ich je kennengelernt habe. Ich darf Ihnen zwar nicht sagen, was Ben mir in der Beichte anvertraut hat, aber Ben ist nicht so, wie Sie ihn darstellen wollen, ganz und gar nicht. Er würde einem Bürger dieses Landes niemals Schaden zufügen."

Das brachte ihn nicht weiter. Hammond hatte alle Informationen, die der Priester preisgeben würde. Und für den Augenblick genügten ihm die. „Hier ist meine Karte, Pater. Falls Ihnen noch etwas einfällt."

Der Pater nahm die Karte entgegen. „Ich kann kaum glauben, dass ich das sage, aber ich hoffe, Sie finden Ben nicht. Wenn Sie ihn doch finden sollten, denken Sie bitte an das, was ich gesagt habe. Bitte …" Die Augen des alten Priesters schimmerten feucht. „Tun Sie ihm nichts. Er ist nicht Ihr Feind."

Er schloss die Tür.

Während Hammond davonging, dachte er: *Tut mir leid, Pater, aber da bin ich anderer Meinung.*

# Kapitel 28

Claire hatte so lange und so heftig geweint, dass sie völlig erschöpft war.

Zuerst im Park, nachdem Ben gegangen war, dann auf dem Heimweg. Und anschließend zu Hause auch noch einmal eine halbe Stunde. Sie war froh, dass ihre Mutter unterwegs war. Wenn sie eine Erklärung für ihren Zustand hätte abgeben sollen, wäre sie nicht in der Lage gewesen, zwei zusammenhängende Sätze herauszubringen. Als die Hintertür unten ins Schloss fiel, hob sie den Kopf.

„Claire? Claire, bist du zu Hause? Alles in Ordnung, Liebes?"

Die Stimme ihrer Mutter drang durch die geschlossene Zimmertür. Dann Schritte, die die Treppe heraufkamen. Woher wusste ihre Mutter, dass mit Claire etwas nicht stimmte?

Es klopfte an der Tür. „Claire, bist du da drin? Kann ich hereinkommen?"

Langsam richtete sich Claire im Bett auf. „Ich bin hier drin."

Ihre Mutter öffnete die Tür. „Ich habe deinen Pullover im Wohnzimmer auf dem Boden gefunden. Was ist los? Stimmt etwas nicht?"

Claire brach erneut in Tränen aus. „Oh Mom. Nichts ist in Ordnung." Sie ließ sich mit dem Gesicht auf das Bett fallen.

„Ach du meine Güte."

Sie spürte, wie ihre Mutter sich neben sie auf das Bett setzte und ihr liebevoll über den Rücken strich. „Was ist los, Schatz? Hast du dich mit Ben gestritten?"

Claire wusste nicht, was sie sagen sollte.

„Dein Vater und ich hatten, bevor wir geheiratet haben, auch einmal einen heftigen Streit. Das bedeutet noch nicht das Ende, Liebes. Was ist denn das?"

Claire wartete; sie hatte ihr Gesicht zur Wand gedreht.

„Ist das ein Ring, Claire?"

Claire drehte sich um. Das hatte sie ganz vergessen; sie hatte die Schachtel mit dem Ring, den Ben ihr geschenkt hatte, auf den Nachttisch neben ihrem Bett gestellt. Ihre Mutter klappte die Schachtel auf.

„Claire, der ist ja wundervoll! Und er sieht ziemlich teuer aus. Hat Ben dir einen Antrag gemacht?"

„Oh Mom ... ja ... nein ... ich weiß nicht."

„Komm her", sagte ihre Mutter und breitete die Arme aus. „Ich habe zwar keine Ahnung, was los ist, aber du brauchst mir das jetzt auch nicht zu erklären." Claire glitt in ihre Arme und weinte sich an ihrer Schulter aus.

Nachdem sie eine ganze Weile so dagesessen hatten, beruhigte sich Claire schließlich ein wenig. „Ich habe mich nach der Arbeit mit Ben getroffen", begann sie zu erzählen.

„Und er hat dir einen Antrag gemacht?"

„Nein." Claire seufzte tief und löste sich so weit von ihrer Mutter, dass sie ihr ins Gesicht sehen konnte. „Ich weiß nicht, wie ich dir erzählen soll, was geschehen ist." Das Gesicht ihrer Mutter spiegelte zu gleichen Teilen Besorgnis und Verwirrung. „Wann kommt Dad nach Hause?"

„Das dauert nicht mehr lange. Ich hatte eine Planungssitzung mit einigen Frauen aus der Kirche und wir haben uns ein wenig verplaudert. Deshalb habe ich ihn auf der Arbeit angerufen, aber er meinte, ich solle mir keine Gedanken machen. Wenn er nach Hause kommt, führt er uns zum Essen aus."

„Ich kann nicht ausgehen."

„Nicht?", fragte sie sanft.

„Ich kann an Essen nicht einmal denken. Ich kann überhaupt nicht klar denken."

„Was ist los, Claire? Vielleicht kann ich ja helfen."

Claire sah sie an. Ihre Mutter würde es nicht verstehen. Diese Sache konnte sie nicht in Ordnung bringen. „Ich weiß, ich muss es dir erklären, aber ich würde damit lieber warten, bis Dad zu Hause ist. Ich kann das unmöglich zweimal erzählen."

☙

Vierzig Minuten später saß Claire mit ihren Eltern zusammen im Familienzimmer. Ihre Mutter hatte aus den Resten des Vortags

Sandwiches zubereitet. Claire hatte ein schlechtes Gewissen, weil ihre Mutter jetzt nicht zum Essen ausgehen konnte. Sie arbeitete immer so hart.

Ihr Vater beugte sich vor und ergriff das Wort. „Kannst du jetzt darüber reden … was auch immer es ist?" Sein Gesicht war ernst, wie es der Situation entsprach, aber in seinen Augen lag eine tiefe Zärtlichkeit.

„Ich denke schon", sagte Claire. Eine lange Stille folgte. „Ich weiß gar nicht, wo ich anfangen soll."

„Würde es helfen, wenn ich Fragen stelle?"

„Nein. Ich meine, das kannst du natürlich. Aber ich denke, ich muss es einfach aussprechen. Es geht um Ben." Wieder stiegen Tränen in ihr auf. Sie drängte sie mit Gewalt zurück.

„Hattet ihr einen Streit?"

„Es war sehr viel mehr als das. Ich wünschte, wir hätten uns nur gestritten. Das wäre eine Kleinigkeit im Vergleich zu dem, worum es tatsächlich geht." Ihre Eltern wirkten nun sehr verwirrt. „Also gut, ich sage es jetzt einfach. Ben kam hierher, in dieses Land, meine ich, in einem …" Sie seufzte ungewollt. „Ich kann nicht einmal glauben, dass ich das sage … Ben kam im August in einem U-Boot hierher."

„In einem was?"

„In einem U-Boot, Dad. Das ist kein Scherz."

„Das merke ich."

„Ben ist Deutscher. Er wurde von den Nazis zum Spion ausgebildet; er sollte hier –"

Fassungslosigkeit spiegelte sich auf den Gesichtern ihrer Eltern. Beide schüttelten die Köpfe. Sie konnten nicht glauben, was sie hörten.

„Ben?", fragte ihre Mutter. „*Unser* Ben?"

In den folgenden fünfzehn Minuten erklärte Claire ihnen, so gut es ging, was Ben ihr am Nachmittag gebeichtet hatte. Jeder Satz, der über ihre Lippen kam, klang so absurd, dass sie es selbst kaum glauben konnte. Es war unmöglich, dass sie gerade über Ben sprach. Dass Ben gar nicht sein richtiger Name war, hatte sie noch gar nicht erwähnt.

Auf dem Gesicht ihrer Mutter spiegelte sich eine Mischung aus

Sorge und Furcht. Aber es war der Gesichtsausdruck ihres Vaters, der Claire Angst machte.

Sie hielt inne.

„Claire, hat er gesagt, dass das FBI hierherkommt, in dieses Haus?"

„Nein, er meinte in die Stadt, glaube ich. Warum, Dad, was ist los?"

Ihr Vater sah ihre Mutter an, dann wieder Claire. „Das ist eine ernste Angelegenheit. Ich habe von den Spionen gelesen, die im vergangenen Sommer hergekommen sind. Die meisten von ihnen wurden hingerichtet."

„Das hat Ben auch gesagt."

„Und die Leute, die ihnen geholfen hatten, wurden verhaftet", fuhr ihr Vater fort.

„Oh Hugh", sagte ihre Mutter. „Was sollen wir tun?"

„Herr, hilf uns." Er senkte den Blick zu Boden.

Claire spürte, wie sich ihr Magen umdrehte. Sie hatte sich darauf verlassen, dass ihr Vater wissen würde, was zu tun war. Er wusste immer, was zu tun war.

„Wir müssen zur Polizei gehen", sagte er schließlich. „Alles melden. Bevor sie zu uns kommen."

„Aber Dad", wandte Claire ein. „Sie werden Ben töten, wenn sie ihn erwischen."

„Ich weiß, Claire. Doch uns bleibt nichts anderes übrig." Ihr Vater stand auf. „Was rede ich da?" Er ging vor dem Kamin auf und ab.

„Ach du meine Güte", jammerte ihre Mutter. „Das ist einfach schrecklich."

Claire spürte, wie Panik in ihr hochstieg. Die Reaktion ihrer Eltern bestätigte ihre tiefsten Ängste: Es war tatsächlich so schlimm, wie es schien. Sie musste sich beruhigen, die Fassung wiedergewinnen. „Dad, wieso sollten wir Schwierigkeiten bekommen? Wir wussten doch gar nichts und haben erst heute davon erfahren."

„Und es ist ja auch nicht so, als hätten wir Ben irgendwie geholfen", bekräftigte ihre Mutter. „Wir waren doch nur seine Freunde."

„Aber das FBI weiß das nicht", erklärte ihr Vater. „Ich habe einiges über das FBI gehört, darüber, was sie tun … um ihr Ziel zu erreichen."

„Was denn zum Beispiel, Hugh?"

„Ich weiß nichts Genaues, aber sagen wir mal so: Sie spielen wohl nicht immer fair. Wenn sie davon überzeugt sind, dass wir einem flüchtigen Verbrecher irgendwie geholfen haben, zumal es sich um einen Spion handelt, dann kann es durchaus sein, dass sie uns alle ins Gefängnis stecken."

„Aber das kann doch nicht sein, Dad. Du redest, als hätten wir ihm geholfen, irgendein Unrecht zu begehen. Aber Ben hat kein Unrecht begangen. Das Einzige, was man ihm vorwerfen kann, ist, dass er als Deutscher geboren wurde, dass er Eltern hatte, die ihn vor ein paar Jahren dorthin zurückgeschleppt haben. Jetzt sind sie tot, wegen Hitler. Ben hat doch nur einen Weg gesucht, aus diesem Land wegzukommen und wieder nach Amerika zurückzukehren."

Noch während Claire diese Worte aussprach, durchzuckte sie ein Gedanke: Sie glaubte wirklich, was sie da sagte. Es war, als ob ein Teil von ihr mit einem anderen Teil von ihr reden würde.

Die Wahrheit redete mit der Furcht.

Sie liebte Ben. Alles andere war ihr egal. *Gott*, betete sie im Stillen, *rette Ben. Lass nicht zu, dass ihm etwas zustößt.*

„Claire", sagte ihr Vater, „ich weiß, was du meinst, Liebes. Aber so läuft das leider nicht. Zumindest nicht im Augenblick, wo wir Krieg gegen die Nazis führen."

„Aber Hugh", wandte ihre Mutter ein, „selbst wenn sie anfangs vermuten sollten, dass wir uns schuldig gemacht haben, werden sie doch die Wahrheit feststellen, sobald sie unsere Aussagen überprüft haben. Wir wussten nichts über Ben, nicht bis zum heutigen Tag, nicht bis vor einer Stunde. Und wenn sie sich umhören, werden sie erfahren, dass Ben sich die ganze Zeit, seit er in der Stadt ist, nichts hat zuschulden kommen lassen."

Claire atmete tief durch. „Dad, denk doch nur an die Artikel, die er für die Zeitung geschrieben hat. Die meisten waren sehr patriotisch und haben die Kriegsbemühungen unterstützt. Wir könnten sie dem FBI zeigen. Dann müssen sie doch erkennen, dass Ben keine Sabotage betreiben wollte."

Ihr Vater ging zu seinem Sessel zurück und ließ sich darin nieder. „Helen, Claire … ich verstehe, was ihr sagt, aber ich glaube, ihr begreift nicht richtig. Nehmen wir einmal an, wir würden verhaftet und später wieder auf freien Fuß gesetzt. Wir wären trotzdem ruiniert. Vollkommen ruiniert. Unsere Firma würde den Vertrag mit dem Militär verlieren – er würde sofort aufgekündigt. Und im Augenblick arbeiten wir zu etwa 95 % für das Militär." Er vergrub sein Gesicht in den Händen. Nach einer Weile blickte er wieder auf und massierte sich mit den Händen die Schläfen.

Die Türglocke läutete.

„Wer kann das sein?", fragte Claires Mutter.

„Vielleicht ist es Ben", erwiderte Claire. „Ich mache auf." Sie rannte zur Tür und riss sie auf.

Vor ihr stand ein Mann in dunklem Anzug, weißem Hemd und dunkler Krawatte. Ein grimmiger Ausdruck lag auf seinem Gesicht. „Guten Abend, ich bin Special Agent Victor Hammond vom FBI."

# Kapitel 29

Er musste sich beruhigen, das war Ben klar.

Er war jung und in ausgezeichneter körperlicher Verfassung, aber er machte sich derart verrückt, dass er jeden Augenblick zusammenklappen könnte. Es wäre kein Wunder, wenn er einen Herzinfarkt bekäme und auf der Stelle tot umfiele. Erneut blickte er in den Rückspiegel. Was er in den vergangenen zwei Stunden alle paar Sekunden getan hatte. Er konnte nicht anders. Mittlerweile wusste das FBI bestimmt über ihn Bescheid.

Unterwegs zu der Werft in Savannah kam er gerade durch Jacksonville. Die Explosion am Morgen war das Werk der anderen beiden Saboteure, da war er sich sicher. In diesem Monat hätten auch Jürgen und er mit den Aktionen beginnen sollen. Das andere Team hielt sich also genau an den Zeitplan. Und Ben wusste, dass die Werften in Brunswick und Savannah auf ihrer Liste standen, weil dort die Liberty-Schiffe gebaut wurden.

Das Ziel der Aktionen war es, die Handelsschifffahrt nicht nur zur See, sondern auch zu Land zu behindern. Die Liberty-Schiffe versorgten die Alliierten in Übersee mit allem, was sie brauchten, um diesen Krieg zu führen. Im vergangenen Jahr hatten die deutschen U-Boote bereits eine große Anzahl dieser Schiffe versenkt, im Golf und an der Ostküste. Die Saboteure sollten die deutsche Kriegsmarine nun in diesem Kampf unterstützen, indem sie möglichst viele Werftarbeiter töteten oder verkrüppelten. Das Oberkommando war der Ansicht, dass diese Doppelangriffe die Produktion der Liberty-Schiffe verzögern, wenn nicht gar zum Stillstand bringen könnte.

Ein Bild blitzte vor Bens innerem Auge auf. Sein Kommandeur, der vor einer Tafel stand und sagte: „Sorgt dafür, dass sie Angst davor haben, an ihren Arbeitsplatz zu gehen. Sie sollen so viel Angst haben, dass sie die Arbeit verweigern. *Das* ist euer Auftrag."

Erneut wanderte Bens Blick zum Rückspiegel. Immer noch keine Gefahr. Er war jetzt schon ewig auf der A1A unterwegs. Rechts von ihm hatte lange Zeit das Meer gelegen. Als er bei Saint Augustine ein Stück landeinwärts gefahren war, hatte er sich gefragt, ob er das Meer jemals wiedersehen würde. Bei diesem Tempo dauerte die Fahrt endlos, aber er durfte keinesfalls riskieren, wegen überhöhter Geschwindigkeit von der Polizei angehalten zu werden. Darum wagte er es nicht, auch nur einen einzigen Kilometer schneller zu fahren als die vorgeschriebenen fünfzig Stundenkilometer.

Bevor er Daytona Beach verlassen hatte, war Ben noch einmal zu dem Haus zurückgekehrt, das er gemietet hatte, um seine Sachen zu packen. Nur weniges war ihm wirklich wichtig: Seine Pistole, der Koffer mit dem Geld und den Rationierungsmarken, seine Schreibmaschine mit dem Koffer … und das Foto von sich und Claire, das ihr Vater vor ihrem Haus aufgenommen hatte. Alles außer dem Foto war sicher im Kofferraum verstaut. Das Foto jedoch lag in dem einfachen silbernen Rahmen, in den er es gesteckt hatte, neben ihm auf dem Sitz. Immer wieder warf er einen Blick auf Claires wunderschönes Gesicht.

Er hatte hin und her überlegt, was er damit tun sollte. Auf keinen Fall konnte es im Haus zurückbleiben. Das FBI würde es sicher finden. Sie würden es als Beweismittel dafür verwenden, dass Claire und ihre Familie in die ganze Sache verstrickt waren. Aber andererseits war es auch nicht klug, es mitzunehmen. Wenn er nun unterwegs geschnappt würde? Dann würden sie es im Wagen finden. Aber er hatte sich nicht überwinden können, es wegzuwerfen; es war das einzige Foto, das er von ihnen beiden hatte.

*Claire.* Tränen sammelten sich in seinen Augen.

Er würde sie nie wiedersehen.

Nein. Jetzt war nicht der richtige Zeitpunkt für Tränen. Energisch verdrängte Ben jeden Gedanken an Claire. Er musste sich ganz auf seine Aufgabe konzentrieren.

Entschlossen streckte er den Arm aus und drehte das Bild um. Es machte ihn schwach. Aber er musste jetzt stark sein.

So stark, dass er die beiden Saboteure aufhalten konnte.

Sofort war die Anspannung wieder da.

Rechts vor sich entdeckte Ben einen Gebrauchtwagenhändler. Das brachte ihn auf eine Idee. Er sollte seinen Wagen loswerden. Bestimmt wusste das FBI mittlerweile, dass er ein schwarzes zweitüriges Ford Coupé besaß. Alle in Daytona wussten das.

Ben fuhr auf den Hof und suchte sich einen Parkplatz. Noch bevor er den Motor ausgeschaltet hatte, fiel sein Blick auf den richtigen Wagen. Ein bulliger Verkäufer in einem billigen grauen Anzug kam auf ihn zu. Ben stieg aus und ging zu dem Wagen, auch ein Ford Coupé. Doch dieses hatte vier Türen und war hellgrün lackiert.

„Guten Tag, junger Mann. Ein schöner Tag heute, nicht wahr? Sie möchten einen Wagen kaufen?" Der Mann ging um Bens Coupé herum. „Und den möchten Sie eintauschen?"

Ben nickte und spähte in den grünen Wagen hinein. Er war in einem ziemlich guten Zustand. Aufmerksam begutachtete er die Reifen; noch ziemlich viel Profil. „Wie viele Kilometer ist er gelaufen?" Es war ihm eigentlich egal, aber er wollte nicht auffallen und stellte deshalb lieber all die Fragen, die ein Käufer eben stellte.

„Der da? Knapp dreiunddreißigtausend, glaube ich. Fährt sich prima. Ihrer sieht auch noch ganz gut aus. Ich schätze, sie haben dasselbe Baujahr. Wie viele Kilometer hat Ihrer drauf?"

„Etwa dreiundzwanzigtausend", erwiderte Ben.

„Hmmm", erwiderte der Mann leicht besorgt.

„Er ist topp in Ordnung", versicherte Ben ihm schnell. „Deswegen will ich ihn nicht verkaufen. Ich suche einen Wagen mit vier Türen. Ich will in den Norden fahren … mit einigen Verwandten." Was sonst noch? Ihm musste jetzt schnell etwas einfallen.

„Ich verstehe", erwiderte der Verkäufer. „Ältere Verwandte, schätze ich."

Ben nickte; er würde das so stehen lassen.

„Ältere Menschen haben Probleme, in zweitürige Autos ein- und auszusteigen, vor allem bei langen Fahrten. Wo wollen Sie hin?"

„Nach Virginia."

Der Mann ging noch einmal um Bens Auto herum, erneut mit besorgtem Gesichtsausdruck. „Da gibt es nur ein Problem, junger Mann …" Er blickte auf und sah zum hinteren Ende des Parkplatzes hinüber. „Ich habe noch zwei andere Ford Coupés da, beides zweitürige Modelle wie Ihrer."

„Dafür finden wir doch bestimmt eine Lösung", sagte Ben. „Ich bin durchaus bereit, etwas mehr zu bezahlen, um ein viertüriges Auto zu bekommen." Er schaute auf den Rücksitz. „Ich kann mir einfach nicht vorstellen, wie meine Großeltern in meinen Wagen ein- und aussteigen sollen, den ganzen Weg bis nach Virginia und wieder zurück. Vor allem meine Großmutter. Sie leidet unter Rückenbeschwerden." Was redete er da? „Wie viel muss ich drauflegen, damit sich das Geschäft für Sie lohnt?"

Der Verkäufer dachte kurz nach. „Fünfundsiebzig Dollar."

„Sagen wir fünfundsechzig, und ich nehme den Wagen."

Der Mann lächelte. „Sie sind ein harter Verhandlungspartner, junger Mann. Einverstanden!" Er streckte die Hand aus und Ben ergriff sie.

„Dürfte ich eine Probefahrt machen, nur um sicherzugehen?" Ben wollte sich eigentlich nicht zu lange hier aufhalten, aber er musste sich wie ein normaler Kunde verhalten.

„Nur zu", forderte der Verkäufer ihn auf. „Ich habe nichts zu verbergen. Wie ich schon sagte, er fährt sich wie geschmiert. Ich hole schnell die Schlüssel." Kurz darauf war er wieder da.

Ben stieg ein und forderte den Mann dazu auf, sich zu ihm zu setzen.

„Ist nicht nötig. Ich vertraue Ihnen. Sie haben ein nettes Gesicht. Außerdem habe ich ja Ihren Wagen als Pfand."

„Ich bin gleich wieder da." Ben rollte vom Hof, bog nach links ab, fuhr ein Stück und hielt schließlich ein paar Querstraßen weiter am Straßenrand an. Der Wagen fuhr sich prima. Er blieb kurz sitzen und überlegte, wie lange er wohl wegbleiben müsste. Auf einmal überlief es ihn siedend heiß. *Du Idiot!* Er hatte seine Schlüssel im Wagen stecken lassen. Wenn der Verkäufer sie nun fand? Und wenn er sich Bens Wagen ansehen wollte?

Seine Pistole und das Geld lagen im Kofferraum.

# Kapitel 30

Eins war sicher, diese Leute waren schuldig im Sinne der Anklage und wussten genau, was los war. Man bekam ein Gefühl für so etwas, wenn man lange in der Verbrechensbekämpfung tätig war. Man sah es in den Augen, merkte es an den fahrigen Bewegungen, dem zu eifrigen Bemühen. Hammond stand im weiträumigen Foyer der Richards. Sie hatten ihn hereingebeten, vermutlich nur aus Höflichkeit. Es war ziemlich offensichtlich, dass sie es am liebsten gesehen hätten, wenn er sich auf der Stelle umgedreht hätte und wieder verschwunden wäre.

„Kann ich Ihnen etwas zu trinken anbieten, Agent Hammond?", fragte Mrs Richards. „Vielleicht ein Glas Eistee? Ich könnte auch Tee kochen, wenn Sie möchten."

„Nein, vielen Dank. Könnten wir dieses Gespräch dort drin fortsetzen?", fragte er und deutete auf die Tür zum Salon. „Ich denke, wir sollten uns lieber setzen. Sie wissen vermutlich bereits, warum ich hier bin." Er hatte so eine Vorahnung und sprach ins Blaue, um zu sehen, was das auslöste.

„Hören Sie, Agent Hammond", wandte Mr Richards ein. „Ganz sicher wissen wir nicht, was Sie zu uns führt." Er sprach mit fester Stimme, gab den großen Beschützer, aber Hammond merkte, dass seine Haltung vorgetäuscht war. Der Mann führte sie in den Salon. Sie nahmen Platz.

„Ich spreche von Ben Coleman", sagte Hammond. Er blickte alle der Reihe nach an. Sein Blick blieb an der jungen Claire hängen. Sie schien kurz davor zu sein, die Fassung zu verlieren. Auf dieses Gespräch freute er sich.

„Ben? Was ist mit Ben?", fragte Mrs Richards. Sehr schlecht geschauspielert.

„Also gut, lassen wir doch die Spielchen. Ich werde Ihnen jetzt sagen, was ich bereits über Ben in Erfahrung gebracht habe. Von Ihrer Reaktion wird abhängen, was aus Ihnen wird, sobald ich das

Haus durch diese Tür verlasse." Blankes Entsetzen stand in ihren Gesichtern. *Gut. Jetzt kommen wir weiter.*

„Agent Hammond, ich –"

„Bitte, Mr Richards. Ich zuerst. Dann können Sie reden. Ich weiß, dass Ben auf einem deutschen U-Boot in dieses Land und diese Stadt gekommen ist, vermutlich im vergangenen August." Er musterte ihre Gesichter. Oh ja, es stimmte! „Ich weiß, dass er einen Partner hatte, einen anderen deutschen Spion, der vermutlich in der Nacht, in der Ben an Land gekommen ist, gestorben ist. Ben vergrub ihn in den Dünen."

„Aber Ben hat ihn nicht getötet", platzte es aus Claire heraus.

„Claire", ermahnte sie ihr Vater.

„Aber das muss er doch wissen, Dad. Sein Partner ist in der Brandung ertrunken."

Du meine Güte! Hammond blickte Claires Vater an, der kopfschüttelnd zu Boden sah. „Ich habe nicht behauptet, dass Ben ihn getötet hat, Miss Richards. Der Punkt ist: Ben ist ein deutscher Spion. Er ist nicht auf der *Queen Mary* in dieses Land gekommen, sondern auf einem deutschen Unterseeboot, in der Nacht. Und er kam zusammen mit anderen, um Menschen zu töten und Fabriken in die Luft zu sprengen. Das ist der Punkt."

„Aber Sir", wandte Claire ein. „Das war vielleicht sein Auftrag, doch deswegen ist Ben nicht hergekommen. Er würde nie jemandem etwas zuleide tun." Sie begann zu weinen. „Und vermutlich werde ich ihn genau deswegen niemals wiedersehen. Er ist heute fortgegangen. Er will verhindern, dass diese Männer anderen Menschen Schaden zufügen."

„Was?", fragte Hammond und richtete sich auf. „Sie wissen, wo Ben ist, wo er hinwill? Dann müssen Sie mir das sagen, Miss Richards. Auf der Stelle."

„Warte, Claire. Mr Hammond, hören Sie, es gibt da einige Dinge, die Sie vorher wissen sollten."

„Verzeihen Sie, Mr Richards, aber Sie bewegen sich gerade auf sehr dünnem Eis, Sir. Wir sprechen hier über Angelegenheiten der nationalen Sicherheit … über Verrat. Können Sie mir folgen?"

Mr Richards seufzte. „Denken Sie, ich wüsste das nicht?", erwiderte er. „In diesen letzten Stunden, seit wir davon erfahren haben, haben wir uns zu Tode geängstigt."

*Letzten Stunden*, dachte Hammond. Konnte das stimmen? War es möglich, dass diese Leute die Wahrheit über Ben Coleman tatsächlich gerade erst erfahren hatten?

„Mr Hammond", ergriff nun Claire wieder das Wort. Sie trocknete ihre Augen mit einem Taschentuch, das ihre Mutter ihr gereicht hatte. „Ben liebt dieses Land. Er wurde hier geboren. Seine Eltern gingen mit ihm nach Deutschland, als er in der Highschool war. Es hat ihm dort nicht gefallen, er hat gehasst, was dort vorging. Vor allem hat er die Nazis gehasst."

„Das hat er Ihnen erzählt?"

„Ja."

„Wann?"

„Heute Nachmittag."

„Wie lange kennen Sie ihn schon?"

„Seit Anfang September."

„Sie sind seit einigen Monaten zusammen", fügte Mrs Richards höflich hinzu. „Sie lieben sich sehr. Ben wollte ihr einen Heiratsantrag machen."

Sie schienen es nicht zu begreifen. Hammond blickte zu Mr Richards hinüber. Es war offensichtlich, dass er seine Frau liebte, sich in diesem Moment aber wünschte, sie würde ihren Mund halten. Hammonds Instinkt sagte ihm, dass diese Menschen nicht wissentlich gegen das Gesetz verstoßen hatten. Aber das war ohne Bedeutung. Zumindest im Augenblick. „Sie behaupten also", fuhr Hammond an Claire gewandt fort, „dass Sie bis heute keine Ahnung hatten, wer Ben tatsächlich ist?"

Sie brach in Tränen aus.

*Ich schätze, da habe ich meine Antwort*, dachte er. Seine Frau weinte manchmal auch so. Wenn sie über ernste Dinge redeten. Wahre Dinge. Dinge, die so wahr waren, dass nur Tränen sie beschreiben konnten. Mrs Richards reichte Claire die Schachtel mit den Papiertaschentüchern.

„Wann haben Sie die Wahrheit über Mr Coleman erfahren?", wandte sich Hammond erneut an Claires Vater.

„Gerade eben", erwiderte der Mann. Inzwischen war alle Kraft aus seiner Stimme gewichen. „Als ich von der Arbeit nach Hause kam."

„Ich bin kurz vorher heimgekommen", erklärte Mrs Richards, „und habe Claire in diesem Zustand vorgefunden. Ich dachte, sie hätten sich getrennt."

„Es ist viel schlimmer, Mom", schluchzte Claire. „Vielleicht sehe ich Ben nie wieder. In ein oder zwei Tagen könnte er tot sein."

„Agent Hammond, ich weiß nicht, welchen Eindruck Ihnen all das vermittelt", meinte Mr Richards, „aber ich verfüge über eine gewisse Menschenkenntnis, und die sagt mir, dass Ben kein Spion ist. Abgesehen von meinem Sohn ist er vermutlich der netteste junge Mann, den ich je kennengelernt habe. Ich habe ihm die Erlaubnis gegeben, meine Tochter um ihre Hand zu bitten. Selbst nachdem ich nun weiß, was ich gerade erfahren habe, kann ich … ich kann mich einfach nicht überwinden, ihn zu hassen. Oder ihn als Feind dieses Landes zu betrachten. Sie hätten mal miterleben sollen, wie patriotisch Ben eingestellt ist. All die Gespräche, die wir geführt haben, die Artikel, die er in unserer Zeitung über den Krieg veröffentlicht hat … das war nicht vorgetäuscht. Ben ist ein aufrichtiger Amerikaner. Darauf würde ich mein Leben verwetten."

So langsam gingen Hammond diese ständigen Lobeshymnen auf Ben Coleman gehörig auf die Nerven. Aber sie gingen nicht ganz spurlos an ihm vorbei. Erst die Kellnerin im Restaurant, dann die Vermieterin, dann der Priester und jetzt das hier. „Also gut, Mr Richards, vielleicht steckt ja tatsächlich mehr hinter der Geschichte mit Ben Coleman, als sich auf den ersten Blick erkennen lässt. Aber Fakt ist, dass es heute Morgen in einer Werft in der Nähe von Savannah zu einer Explosion gekommen ist. Falls Ben Informationen darüber hat oder sogar weiß, wer dafür verantwortlich ist, dann muss ich das wissen. Sie haben selbst gesagt, Miss Richards, dass Ben in ein oder zwei Tagen tot sein könnte. Das ist keine Übertreibung. Niemand ist in der Lage, solche Menschen ganz allein zu jagen."

„Das habe ich ihm ja auch gesagt", meinte Claire. „Aber er wollte nicht auf mich hören. Er ist trotzdem gegangen."

„Wissen Sie warum?"

„Ist das nicht offensichtlich?", fragte sie. „Sehen Sie doch nur, wie

Sie uns behandelt haben, seit Sie hier aufgetaucht sind. Mein armer Vater, der dieses Land liebt und ihm immer gedient hat – er hat Angst vor Ihnen. Und mein Bruder befindet sich gerade in Übersee und kämpft für dieses Land. Mein Vater macht sich schreckliche Sorgen, dass Sie uns verhaften und unser Leben zerstören, nur weil wir Ben kennen. Nur um Ihre eigene Karriere voranzutreiben, um auf der Karriereleiter eine Sprosse höher zu steigen."

„Hören Sie, Miss Richards –"

„Nur zu, leugnen Sie es", unterbrach ihn Claire und funkelte ihn an. „Sagen Sie mir, dass Sie diesen Fall nicht in erster Linie als Chance sehen, einen großen Coup zu landen und Ihren Namen in allen Zeitungen zu lesen. Sagen Sie mir, dass Sie nicht darüber nachgedacht haben, wie sich ein Verhaftungserfolg auf Ihre Karriere beim FBI auswirken würde."

Hammond gefiel ganz und gar nicht, in welche Richtung sich dieses Gespräch entwickelte. Schließlich stand nicht er unter Verdacht.

„Ich bin hier nicht der Böse, Miss Richards."

„Nicht? Nun, wissen Sie was ... Ben auch nicht! Wissen Sie, was sein Verbrechen ist? Er wurde als Kind deutscher Einwanderer geboren und seine Eltern haben sich von Hitler an der Nase herumführen lassen. So wie Millionen andere Menschen in Europa. Sie zwangen den armen Ben, ihnen in dieses Land zu folgen, und wissen Sie, was es ihnen eingebracht hat? Sie kamen im vergangenen Jahr bei einem Bombenangriff ums Leben. Ben musste eine Lüge leben, erst dort drüben und dann hier, nur weil er wieder Amerikaner sein wollte. Er wollte sich hier verlieben, hier Kinder bekommen ..." Sie verlor die Fassung.

Ihre Worte wurden von einer Tränenflut fortgespült.

„Also gut, hören Sie mir zu ... es mag ja sein, dass ich das alles womöglich falsch eingeschätzt habe", räumte Hammond ein. Das Verrückte war, dass er das ehrlich meinte. „Aber ich brauche Ihre Hilfe, um Ben zu finden. Wenn das, was Sie sagen, stimmt, dann befindet er sich im Augenblick in großer Gefahr. Das FBI ist viel besser dafür ausgerüstet, diese deutschen Spione zu fassen, als Ben. Sie müssen mir die Informationen geben, die ich brauche ... um Ben zu helfen."

„Tatsächlich, Agent Hammond?", fragte Mr Richards. „Um Ben zu helfen? Meinen Sie das wirklich ernst?" Er blickte Hammond fest in die Augen.

„Ja", erwiderte Hammond. „Wenn Ben tatsächlich der Mensch ist, für den Sie und alle anderen ihn halten, dann bin ich bereit, das zu tun. Aber darum geht es im Augenblick nicht. Nicht in erster Linie. Jetzt ist erst einmal wichtig, dass wir diese Kerle erwischen. Wir – das FBI. Nicht Ben."

„Aber was ist mit Ihren Kollegen?", fragte Mr Richards. „Was werden sie tun, wenn sie Ben finden? Was wird J. Edgar Hoover tun?"

Hammond versuchte, sich nichts anmerken zu lassen, aber Mr Richards hatte tatsächlich ein ernstes Problem angesprochen. Hammond hatte keine Ahnung, wie er in diesem Fall weiter vorgehen sollte. Denn er wusste genau, was seine Kollegen und Hoover tun würden, falls sie Ben in die Finger bekämen.

# Kapitel 31

Ben ließ den Schlüssel seines grünen viertürigen Coupés auf die Kommode fallen. Der Koffer, in dem seine Pistole verstaut war, lag zusammen mit seiner Schreibmaschine auf dem Bett. Draußen war es dunkel und er war völlig erschöpft. Die einzige Lampe in dem kleinen Zimmerchen spendete gerade so viel Licht, dass er nur das sah, was er sehen wollte.

Das Foto von ihm und Claire. Ben stand da und starrte es an. Eigentlich ruhte sein Blick ausschließlich auf Claire.

Sie schmiegte sich an ihn. Er lehnte an der Stoßstange seines Wagens und hatte die Arme um sie gelegt. Sie schaute in die Kamera, er blickte zu ihr hinunter. Damals und auch jetzt konnte er seinen Blick nicht von ihr lösen. Links im Hintergrund war die umlaufende Veranda am Haus ihrer Eltern zu erkennen. Die Rückenlehnen der beiden Schaukelstühle, in denen sie in den vergangenen Monaten so häufig gesessen hatten, ragten ein kleines Stück über das Verandageländer hinaus.

Tiefe Traurigkeit erfasste ihn. Je länger er das Foto anschaute, desto stärker wurde sie. Aber das war egal. Er wollte den Blick nicht von Claire lösen. „Du warst es wert", sagte er laut. Wenn er noch einmal die Wahl hätte, würde er alles wieder genauso machen, nur um ihre Liebe zu erleben. Die Monate mit ihr waren die glücklichsten seines Lebens gewesen. Bens Kehle schnürte sich mehr und mehr zusammen. Als er kaum noch Luft bekam, legte er das Foto umgedreht auf die Kommode.

Er sah sich um. Ein durchgelegenes Doppelbett mit einer ausgefransten Überdecke. Zwei einfache Stühle und ein ebenfalls einfacher runder Tisch in der Ecke neben der Badezimmertür. Als er die Vorhänge zuzog, musste er niesen. Es gab kein Telefon. Kein Radio. Die Besitzer hatten dem Motel den Namen E-Z Breeze Motor Lodge gegeben. Doch draußen wehte kein einziges Lüftchen.

Das Motel befand sich am Highway 17, zwischen Brunswick und Savannah. Bettler dürfen nicht wählerisch sein, hatte seine

Mutter immer gesagt. Nachdem er beschlossen hatte, seine Fahrt zu unterbrechen und irgendwo zu übernachten, war er an vier oder fünf ähnlichen Motels vorbeigekommen, die aber alle geschlossen hatten. Wegen der Benzinrationierung waren neuerdings nur noch wenige Leute mit dem Auto unterwegs.

Ben warf einen Blick auf seine Uhr. Es war kurz nach 21 Uhr. Er schob seinen Koffer beiseite und streckte sich auf dem Bett aus. Warum nur hatte er nicht etwas zu lesen eingepackt, etwas, das ihn von den Gedanken an Claire ablenken konnte? Ben dachte an die Bibel, die Pater Flanagan ihm geschenkt hatte. Er hatte sie mitgenommen, obwohl er sich kaum dazu hatte überwinden können, sie zusammen mit der Pistole in dem Koffer zu verstauen. Aber in den vergangenen Monaten hatte er sich angewöhnt, jeden Morgen darin zu lesen. Er hatte inzwischen das Gefühl, Gott dadurch ein wenig besser zu verstehen. Natürlich nur ansatzweise.

Die Bibel schien ihm jedoch nicht das Richtige für diesen Augenblick zu sein.

Würde Gott die Pläne, die Ben im Moment verfolgte, billigen? Sein Blick wanderte zu dem Koffer, in dem die Bibel lag. Ganz kurz durchzuckte ihn der dumme Gedanke, dass Gott vielleicht nicht merken würde, was er gerade tat, wenn er ihm keine Beachtung schenkte.

*Welche Wahl habe ich denn, Herr?*

Er dachte an David und einige der Bibelstellen, die er gelesen hatte, in denen David ziemlich harte Dinge über seine Feinde gesagt hatte. Dass er wünschte, sie wären tot, dass Gott sie stellen und ihnen die Zähne ausschlagen möge. Das war nicht gerade das, was er als Kind in der Kirche gehört hatte. Er hatte Pater Flanagan danach fragen wollen, wie das mit dem zusammenpasste, was Jesus gesagt hatte ... dass man seine Feinde lieben solle.

Einmal hatte er an einem Sonntagmorgen im Radio eine Predigt zu diesem Thema gehört. Der Prediger hatte gesagt, dies sei kein Widerspruch in der Bibel und auch nicht darauf zurückzuführen, dass das Neue Testament netter sei als das Alte. Es sei einfach so, dass eine Stelle sich an einzelne Menschen wende und eine andere sich auf die Stellung beziehe, die Gott den Machthabern gegeben habe. Der Prediger hatte eine Stelle aus dem Römerbrief angeführt, in der es heißt, dass sie „das Schwert nicht umsonst" tragen und vollziehen „das Strafgericht an dem, der Böses tut".

*Genau das ist es,* dachte Ben. *Mehr tue ich auch nicht.* Deshalb war er auf dem Weg nach Savannah, um Graf und Kittel, die beiden anderen deutschen Agenten, an ihrem Vorhaben zu hindern. Sie waren wie die Männer, von denen David in den Psalmen sprach – böse Männer, Übeltäter.

Sie würden unbeirrt an ihrer Mission festhalten und ihren Auftrag ausführen, sie würden so lange unschuldige Menschen verstümmeln und töten, bis ihnen Einhalt geboten wurde. Pater Flanagan hatte recht, wenn er sagte, dass Ben sich einmischen müsse. Aber er täuschte sich, wenn er glaubte, dass Ben die amerikanischen Behörden ins Vertrauen ziehen und ihnen die Verhaftung der beiden Männer überlassen könnte. Sie würden Ben mit Graf und Kittel auf eine Stufe stellen und keinen Unterschied zwischen ihnen machen. Warum sollte er sich auf dem elektrischen Stuhl hinrichten lassen? Wenn er schon sterben musste, dann wollte er lieber bei dem Versuch umkommen, die beiden Saboteure an ihrem Vorhaben zu hindern, und nicht als schändlicher Verräter, von allen gehasst und verachtet.

Ben blieb noch eine Weile liegen und versuchte sich an seine Ausbildung bei der Abwehr zu erinnern. Er hoffte, wieder mit dem Mörderinstinkt in Berührung zu kommen, den der Ausbilder ihnen einzupflanzen versucht hatte. Sie hatten Filme über das Töten gesehen, Artikel gelesen und Tag für Tag Schießtraining gehabt, damit das Töten so natürlich wurde wie das Atmen. Es war etwas, das man auf Befehl tat, das eine Pflicht war.

Ben richtete sich auf. Es war zwecklos.

Für ihn war das Töten nie so natürlich geworden wie das Atmen, und es fühlte sich auch jetzt nicht natürlich an. Er war kein Mörder. Seine erworbenen Fähigkeiten im Schießen, Bombenbauen und der Spionagetätigkeit hatten allein dem Zweck gedient, ihn nach Amerika zu bringen. Damit er sich wieder normal verhalten konnte. Damit er wieder normal reden und denken konnte. Damit er wieder über die Filme von Abbott und Costello lachen, Ted Williams beim Baseball zuschauen und die Lieder von Glenn Miller im Radio hören konnte. Er musste eine andere Motivation finden, diese Mission durchzuführen.

Ben stand auf und ging zur Kommode. Bei dem Gedanken an Glenn Miller war ihm die „Moonlight Serenade" eingefallen, die eine andere Erinnerung nach sich gezogen hatte … die Erinnerung an seinen ersten Tanz mit Claire bei der Freilichtbühne. In seinem Kopf begann das Lied zu spielen. Ben schloss die Augen. Vor sich sah er die anderen Pärchen, die um ihn herumwirbelten. Er spürte die leichte Meeresbrise, sah Claires Augen, ihr Lächeln. Wie Claire Ja sagte. Er hielt ihr seine Hand hin, sie ergriff sie. Er spürte sie ganz deutlich, nicht nur die Berührung ihrer Hand, sondern wie es war, sie im Arm zu halten. Vorsichtig drehte er sich mit ihr zu den Klängen der Musik. Sie schmiegte sich an ihn. Die Zeit schien stillzustehen. Noch bevor der Tanz vorbei war, wusste er, dass sie für immer die Seine sein würde.

Er fuhr zusammen.

Eben nicht für immer. Das war gar nicht möglich. Es war nur eine Illusion.

Wie hatte er je denken können, er könnte seine Vergangenheit hinter sich lassen? Die Nazi-Geißel hatte ihr hässliches Haupt erhoben, über das Grab seiner Eltern hinweg, über fünftausend Kilometer offenes Meer hinweg, über alle seine Bemühungen hinweg, sie zu begraben. Sie würde ihn nie freigeben … es sei denn, er vernichtete sie.

Das war seine Motivation.

Graf und Kittel waren Nazis. Überzeugte Anhänger Hitlers. Sie standen für alles, was Ben verachtete. Sie waren der einzige noch verbleibende Teil seiner Vergangenheit, der eine Verbindung herstellte zu einer Welt, mit der er für immer brechen wollte.

Aber … könnte er wirklich tun, was nötig war, um sie an ihrem Vorhaben zu hindern, wenn es so weit war?

*Herr,* betete er, *ich weiß nicht, ob du bereit bist, mir in einem solchen Augenblick zuzuhören … du hast Jürgen ausgeschaltet, sodass ich das nicht zu tun brauchte. Könntest du –*

Nein. Ben zwang sich, sein Gebet abzubrechen. Das war Schwäche. Er musste stark sein. Er musste sich in Erinnerung rufen … dass die Nazis ihm Claire genommen hatten.

Er nahm das Foto von der Kommode und schaute in ihr liebliches Gesicht.

*Claire.*

248

# Kapitel 16

**Legare Street, Charleston**
**16 Uhr 30**

*Claire.*

Ich las den Namen ein paarmal, sah vor mir, wie der arme Ben vor der Kommode stand und ihr Foto anstarrte. Nachdenklich legte ich die restlichen Manuskriptseiten neben mich auf die Couch. Es waren noch ungefähr fünfzig Seiten. Vieles von dem, was ich seit dem Mittagessen gelesen hatte, entsprach wieder dem normalen Schreibstil meines Großvaters, mehr Action und Spannung. Aber hier in diesem Kapitel war die Qual, die Ben empfand, beinahe greifbar.

Wie mein Großvater die Geschichte weiterentwickeln würde, konnte ich nicht vorausahnen. Würde er Ben auf seiner Suche nach den Spionen umkommen lassen? Würde Ben sie stellen können? Würde Ben am Leben bleiben, dann aber verhaftet werden? Würde Ben seine Claire noch einmal wiedersehen? Gramps ließ häufig auch eine kleine Liebesgeschichte in seine Romane mit einfließen, doch nur selten gab er diesem Handlungsstrang so viel Raum.

Rick Samson, der Agent meines Großvaters, würde dieses Buch lieben, auch wenn es ein wenig anders war als Gramps bisherige Bücher. Er würde alles lieben, was mein Großvater geschrieben hatte, und alles, was ich über meinen Großvater schreiben würde. Solange ich nur über *ihn* schrieb, den richtigen Warner. Gerard, nicht Michael.

Ich stand auf, streckte mich und beschloss, mir eine Tasse Kaffee zu kochen. Doch plötzlich blitzte ein Bild von meinem Großvater als junger Mann vor mir auf. Ich sah ihn vor mir, wie er vor der Kommode stand und das einzige Foto anstarrte, das er von sich und Claire besaß. Voller Verzweiflung. Augenblick mal, das war nicht mein *Großvater* gewesen. Sondern *Ben*. Ein fiktiver Charakter. Ich tat es schon wieder: Ich stellte mir den einen als den anderen vor.

Ich dachte an die Fotos von Gramps in diesem Alter, die ich in den Fotoalben in der alten Piratentruhe im Gästezimmer entdeckt hatte. Als ich sie im Geiste noch einmal durchging, stach ein Foto besonders hervor. Aus irgendeinem Grund kam es mir vertrauter vor als die anderen. Ich sah es beinahe vor mir.

Moment mal.

Das Foto auf der Kommode in dem Motel, das Ben anstarrte. Das war dieses Foto! Ich irrte mich bestimmt nicht. War ich gerade auf eine weitere Verbindung zu Gramps realem Leben gestoßen? Wie der Schreibmaschinenkoffer? In meiner Erinnerung sah das Foto oben genau wie das Foto aus, das in dem Roman beschrieben wurde.

Ich war mir da ziemlich sicher.

Hastig durchsuchte ich die letzten zehn Manuskriptseiten nach der Stelle, an der das Foto beschrieben wurde.

Ben stand da und starrte es an. Eigentlich ruhte sein Blick ausschließlich auf Claire.

Sie schmiegte sich an ihn. Er lehnte an der Stoßstange seines Wagens und hatte die Arme um sie gelegt. Sie schaute in die Kamera, er blickte zu ihr hinunter. Damals und auch jetzt konnte er seinen Blick nicht von ihr lösen. Links im Hintergrund war die umlaufende Veranda am Haus ihrer Eltern zu erkennen. Die Rückenlehnen der beiden Schaukelstühle, in denen sie in den vergangenen Monaten so häufig gesessen hatten, ragten ein kleines Stück über das Verandageländer hinaus.

Das war bestimmt das Foto, das ich im Sinn hatte.

Ich schnappte mir die Manuskriptseite, rannte nach oben ins Gästezimmer und klappte die Truhe auf. Leider erinnerte ich mich nicht mehr so genau, in welchem Album ich dieses Foto gesehen hatte, aber ich nahm einfach alle drei Alben mit den alten Schwarz-Weiß-Fotos heraus. Nachdem ich sie auf dem Bett ausgebreitet hatte, knipste ich das Licht an. Sehr schnell hatte ich herausgefunden, in welchem der Alben die ältesten Fotos klebten.

Aufmerksam schaute ich mir die Aufnahmen nacheinander an. Dabei kam mir ein Gespräch mit meiner Schwester Marilyn wieder in den Sinn. Es ging um einen ihrer großen „Knackpunkte". Vor dem Tod meines Großvaters hatte sie ihn gefragt, warum es denn keine Hochzeitsfotos von ihm und Nan gäbe. Wie das möglich sei. Auch in der damaligen Zeit sei es doch üblich gewesen, Hochzeits-fotos zu machen. Die Großeltern aller ihrer Freunde hätten welche.

Gramps' Antwort hatte sie nicht zufriedengestellt. Er hatte nur gesagt, sie hätten eben keine machen lassen. Aber das sei eine lange und teilweise sehr schmerzhafte Geschichte, die er nicht erzählen wolle. Aus Respekt vor ihm hatte Marilyn nicht weiter nachgehakt. Wir waren natürlich davon ausgegangen, dass das bedeutete, dass alle Fotos in diesen Alben nach ihrer Hochzeit aufgenommen worden waren.

Ich blätterte mehrmals um, bis ich das betreffende Foto endlich entdeckte. Es klebte rechts oben auf der dritten Seite. Da waren sie, Gramps und Nan mit Mitte zwanzig. Auf den Fotos davor und danach waren sie ebenfalls zu sehen, entweder allein oder zusammen, in den unterschiedlichsten Posen.

Aber auf diesem Foto hier … das war genau das Foto, das Gramps in seinem Buch beschrieben hatte. *Claire. Sie schmiegte sich an ihn. Er lehnte an der Stoßstange seines Wagens und hatte die Arme um sie gelegt. Sie schaute in die Kamera, er blickte zu ihr hinunter.* Und tat-sächlich, links von ihnen im Hintergrund entdeckte ich … *die um-laufende Veranda am Haus ihrer Eltern.* Und *Die Rückenlehnen der beiden Schaukelstühle, in denen sie in den vergangenen Monaten so häufig gesessen hatten, ragten ein kleines Stück über das Verandageländer hinaus.*

Gramps hatte dieses Foto von sich und Nan bis ins kleinste Detail beschrieben und daraus das Bild gemacht, das Ben auf seine Flucht mitgenommen hatte, das er in seinem Motelzimmer anstarrte und dabei furchtbare Qualen litt.

Ich fragte mich, aus welchem Grund.

War dies Gramps' Lieblingsfoto von sich und Nan, als sie noch jung waren? Ich wusste, dass Gramps sein ganzes Leben lang verrückt nach ihr gewesen war. Das sah man auf diesem Foto. Ich schaute mir alle Fotos an, auf denen sie zusammen abgelichtet waren. Bisher war mir das nie aufgefallen, aber auf allen Fotos blickte er immer zu ihr, niemals in die Kamera.

Ich erinnerte mich an ein Gespräch mit ihm, das wir an dem Wochenende geführt hatten, bevor ich Jenn den Heiratsantrag machte. Ich war hergekommen, um bei ihm Rat zu suchen. „Hattest du in Bezug auf Nan jemals Zweifel, Gramps?"

„Nein, niemals", hatte er geantwortet. „Vom Augenblick unserer ersten Begegnung an war ich mir sicher, dass sie die Richtige für mich ist."

„Ich meine es ernst, Gramps. Ich weiß, dass du sie geliebt hast. Und natürlich war sie meine Großmutter. Aber ich rede hier von Mann zu Mann mit dir. Nicht als dein Enkel. Hattest du niemals Zweifel, hast du niemals irgendein Bedauern empfunden?"

Wir saßen draußen im Garten in den Liegestühlen. Es war dunkel. Mein Großvater wandte sich mir zu. Im Licht, das aus seinem Arbeitszimmer nach draußen drang, konnte ich sein Gesicht deutlich erkennen. „Michael, schau mich an. Sieh mir in die Augen und sag mir, ob du darin auch nur den kleinsten Hinweis findest, dass ich dir gegenüber nicht aufrichtig bin oder etwas zurückhalte."

„Okay." Ich tat wie geheißen.

„Von dem Augenblick an, als ich deine Großmutter zum ersten Mal traf, durch alle Schwierigkeiten hindurch, die wir vor unserer Hochzeit hatten, durch alle Höhen und Tiefen in den siebenundfünfzig nachfolgenden Jahren hindurch, wusste ich, dass sie die einzige Frau ist, die ich je lieben würde. Daran habe ich nie gezweifelt. Ich habe nie auch nur einen Hauch von Bedauern empfunden. Wenn Gott dir eine solche Frau schenkt, dann weißt du es ganz tief in deinem Inneren. Beinahe auf der Stelle. Eine solche Liebe ist ein Geschenk, Michael. Ein Geschenk, das du dir niemals verdienen und niemals vergelten kannst." Er beugte sich vor und Tränen traten in seine Augen. Dann sah er mich wieder an. „Ich wusste, dass ich in ihr eine Frau gefunden hatte, die mein ganzes Leben schöner machen würde, und so war es auch. Sie machte die schwierigen Zeiten erträglicher und die glücklichen noch schöner. Du meine Güte", sagte er und wandte den Blick ab, „sie war *so* lebensfroh." Mit dem Finger wischte er sich eine Träne ab. „Ich hatte es gut mit ihr. Wirklich gut."

Mir war, als wäre mein Großvater in diesem Augenblick bei mir in diesem Raum und spräche mit mir. Ich wischte die Tränen fort,

252

die mir bei der Erinnerung an unser Gespräch in die Augen getreten waren. Und mir wurde klar … genauso empfand ich für Jenn.

Das hatte ich damals während jenes Gesprächs getan und das tat ich noch immer.

Ich vermisste sie so. Ein Blick auf die Uhr sagte mir, dass ich sie noch nicht anrufen konnte. Sie war noch bei der Arbeit. Aber ich könnte ihr eine SMS schreiben. Die könnte sie zwischendurch lesen. Ich brauchte nur wenige Minuten, um ihr eine Liebesbotschaft zu schicken, danach legte ich mein Handy auf die Bettdecke.

Während ich mich wieder auf die Fotos in dem Album konzentrierte, fühlte ich mich Gramps sehr nahe. Das auf dem Foto war er, ein verliebter junger Mann, und genau diese Situation hatte er in seinem Roman beschrieben.

Offensichtlich hatte ich gerade ein drittes Verbindungsglied zu seinem realen Leben gefunden. Erst der Schreibmaschinenkoffer, dann sein Vorname und jetzt das Foto. Ich fragte mich, warum Gramps ausgerechnet dieses Foto ausgewählt hatte. Einige der Fotos hatten sich im Laufe der Jahre von den Seiten gelöst und lagen lose in der Mitte des Albums. Ich sah sie durch und erinnerte mich, dass ich sie mir schon einmal angeschaut hatte; besonders viel Freude hatten mir damals die kurzen Erklärungen bereitet, die meine Großmutter auf der Rückseite notiert hatte.

Natürlich. Damals hatten die Leute ihre Fotos beschriftet, damit sie sich später wieder an die Einzelheiten erinnern konnten. Wir versahen unsere Digitalfotos ja auch mit Bildunterschriften. Und die Leute klebten ihre Fotos damals auch nicht unbedingt sofort in Alben. Manchmal taten sie das erst Jahre später. Vermutlich waren alle Fotos auf diesen Seiten mit Notizen versehen. Auch wenn ich wusste, dass meine Schwester Marilyn mich umgebracht hätte, wenn sie in diesem Moment hier gewesen wäre, vor allem, wenn das Foto beim Herauslösen einriss, konnte ich einfach nicht anders. Ich musste sehen, was auf der Rückseite dieses besonderen Fotos stand. So vorsichtig wie möglich löste ich es von der schwarzen Albumseite und drehte es um.

Nein.

Ausgeschlossen.

Ich konnte nicht glauben, was ich las.

*Ben und Claire – 1943.*

Nicht „Gerard und Mary", sondern „Ben und Claire". Wie war das möglich? Schnell drehte ich die anderen losen Fotos um und verglich die Handschriften auf der Rückseite. Ich wusste, dass die anderen von Nan beschriftet worden waren. Das hatte sie mir einmal selbst erzählt.

Es war nicht dieselbe Handschrift.

Mein Großvater hatte dieses Foto beschriftet. Ich wusste es einfach. Ich las die Worte erneut, diesmal laut. „Ben und Claire – 1943". Mehr nicht. Aber wann hatte Gramps das geschrieben? Das war schwer zu sagen. Die Beschriftung wirkte beinahe so alt wie das Foto. Aber das war doch unmöglich.

Ich musste mir die Rückseite der anderen Fotos ansehen. Nacheinander löste ich sie von der Seite und drehte sie um. Jedes einzelne war von meiner Großmutter beschriftet worden und auf keinem fanden sich die Namen „Ben und Claire". Überall stand „Gerard und Mary".

Als ich die Fotos noch einmal gründlich musterte, fielen mir weitere Unterschiede auf. Auf dem Foto, auf dessen Rückseite „Ben und Claire" stand, trug Nan eine etwas andere Frisur als auf den späteren Fotos. Und auf dem „Ben-und-Claire"-Foto wirkten meine Großeltern auch etwas jünger als auf den anderen. Ich weiß nicht, warum mir das vorher nie aufgefallen war, aber mit einem Mal war es völlig offensichtlich. Plötzlich kam ich mir dumm vor, weil ich es nicht früher erkannt hatte. Als mir klar wurde, was das bedeutete, begannen meine Hände zu zittern.

Der Schreibmaschinenkoffer. Der richtige Vorname. Dieses Foto.

Ich hatte in den vergangenen zwei Tagen nicht den letzten, unveröffentlichten Roman meines Großvaters gelesen. Ich hatte seine Autobiografie gelesen.

Seine Lebensgeschichte.

Er erzählte in diesem Manuskript von sich. Davon, wie er seine Mary kennengelernt hatte. Er erzählte, worüber nie gesprochen worden war. Hier fanden sich die Antworten auf alle Fragen, die Marilyn immer wieder gestellt hatte.

Mit einem Mal erinnerte ich mich wieder an das Tagebuch meines Großvaters und an das, was er auf der letzten Seite geschrieben hatte. Als ich es vor ein paar Tagen gelesen hatte, hatte ich nicht verstanden, was er meinte. Vielleicht verstand ich es ja jetzt. Ich ließ die Alben auf dem Bett liegen, schnappte mir das Foto und die Manuskriptseite, rannte die Treppe hinunter und hastete durch die Küche in sein Arbeitszimmer.

Ich schlug die letzte Tagebuchseite auf und überflog sie. Da, es stand im letzten Absatz:

*Ich schreibe diese letzten Seiten für meine Familie. Genauer gesagt, für meinen Enkel Michael, der sie finden wird. Ich vertraue darauf, dass er weiß, was damit zu tun ist, genauso wie mit dem Päckchen, das ich in meinem Schreibmaschinenkoffer zurückgelassen habe (der seine eigene Geschichte hat, wie er ebenfalls herausfinden wird).*

Tränen rannen mir über die Wangen.

Ich hatte gefunden, was ich finden sollte. Jetzt wusste ich sogar, was es mit dem wundervollen Schreibmaschinenkoffer aus Holz auf sich hatte. Woher er stammte. Ich sah ihn mir noch einmal genau an. Oh Mann. Dieser Holzkoffer war tatsächlich im Jahr 1898 in Havanna gefertigt worden, während des spanisch-amerikanischen Krieges. Mein Großvater – Ben – hatte ihn von seinem zukünftigen Schwiegervater, Mr Richards, meinem Urgroßvater, bekommen, der ihn wiederum von seinem Vater, meinem Ururgroßvater geschenkt bekam, der mit Teddy Roosevelt und den Rough Riders gekämpft hatte. Er hatte tatsächlich die Schlacht von San Juan Hill erlebt.

Mein Ururgroßvater war ein amerikanischer Kriegsheld.

Das, was ich in den vergangenen zwei Tagen gelesen hatte … entsprach alles der Wahrheit.

Ich musste Jenn anrufen. Sie musste Bescheid wissen. Wie viel Uhr war es? Mist, sie hatte immer noch nicht Feierabend. Aber dieses Gespräch konnte nicht warten. Was konnte ihr Arbeitgeber schon schlimmstenfalls tun, sie feuern? Ich wählte ihre Nummer und lief ungeduldig auf und ab, während es läutete. *Geh ran, Jenn. Bitte geh ran.*

Nur die Mailbox. Ich hörte mir ihre Ansage an und wartete auf den Piepton. „Jenn, ruf mich an, sobald du das abhörst. Du wirst es nicht glauben. Dieses Manuskript ist kein Roman. Das ist die Lebensgeschichte meines Großvaters. Es ist alles wahr. Ich kann es kaum erwarten, mit dir zu reden. Ich liebe dich."

Dann legte ich auf.

Im selben Moment kam mir ein Gedanke, der mich sehr beunruhigte. Falls diese Geschichte stimmte, war mein Großvater früher ein deutscher Spion gewesen. Und unser Familienname, mein Familienname, war nicht Warner, weil Gramps' richtiger Name nicht Gerard Warner war. Und auch nicht Ben Coleman. Sondern Gerhard Kuhlmann.

War das mein richtiger Nachname? Unser Familienname? Kuhlmann?

Was würde Jenn von alldem halten? Oder Marilyn? *Marilyn wird ausrasten, wenn sie das hört.* Wie würde der Rest der Familie reagieren? Wie Rick Samson, der Agent meines Großvaters? Was war mit den Fans meines Großvaters?

Und dem FBI?

Ich konnte jetzt nicht länger darüber nachdenken. Ich musste zurück zur Couch und weiterlesen. Ich musste erfahren, wie die Geschichte meines Großvaters endete.

# Kapitel 32

„Nate, hast du was zu schreiben zur Hand?"

„Moment, ich hole schnell meinen Block und einen Stift aus der Tasche. Ich lege den Hörer dafür kurz beiseite."

Hammond hatte sich in einem hübschen Hotel nördlich der Innenstadt von Jacksonville eingemietet. Noch länger in Daytona Beach zu bleiben, war ihm nicht sinnvoll erschienen. Er hatte seinen Mann gefunden. Ben Coleman – beziehungsweise der Mann, der sich so nannte – war zweifelsohne der Partner des toten deutschen Spions. Deshalb telefonierte Hammond jetzt mit seinem Partner Nate Winters, der sich bereits in Savannah aufhielt.

„Okay, Vic, schieß los. Was hast du herausgefunden?"

„Wie wäre es mit der Identität unseres mutmaßlichen Spions? Wer er ist, wie er aussieht …"

„Also ehrlich! So läuft das jetzt? Du schickst uns in alle Lande, um nach Spuren zu suchen, und löst den Fall dann im Alleingang, nur wenige Kilometer von unserem Ausgangspunkt entfernt?"

„Oh, dieser Fall ist noch lange nicht gelöst. Der Mann ist noch auf freiem Fuß und vermutlich in eure Richtung unterwegs."

„Tatsächlich? Also, was wissen wir über ihn?"

„Er nennt sich Ben Coleman, ist Mitte zwanzig, ungefähr ein Meter neunzig groß und hat hellbraune Haare."

„Vermutlich nicht sein richtiger Name."

„Wohl kaum", erwiderte Hammond. Claire hatte ihm Bens richtigen Namen genannt. Nachdem er die Richards davon überzeugt hatte, dass er ihnen glaubte, hatte das Mädchen ihm alles erzählt, was es wusste. Was, wie sich herausstellte, nicht sehr viel war. „Wie wir uns bereits gedacht haben, scheint es noch zwei weitere Saboteure zu geben, die sich möglicherweise immer noch in Savannah aufhalten. Ich bin zu euch unterwegs. Momentan bin ich in Jacksonville, aber bei Sonnenaufgang fahre ich weiter. Habt ihr schon Näheres über die Explosion in Erfahrung gebracht?"

„Ich bin noch dabei, die Sachlage zu überprüfen, aber das Ganze wirkt überaus verdächtig. Unsere offizielle Stellungnahme der Presse gegenüber lautet allerdings, dass es sich um einen Unfall gehandelt hat. Auf Hoovers Anweisung hin."

„Lass mich raten", bemerkte Hammond. „Es war ein Unfall, ganz egal was wir herausfinden."

„Genau. In dieser Werft lagert jede Menge brennbares Material, das die Ursache für die Explosion gewesen sein könnte. Aber die Mitarbeiter, die den Vorfall miterlebt haben, vermuten eher einen Sabotageakt. In dieser Werft herrschen umfassende Sicherheitsvorkehrungen und alle wurden befolgt. Trotzdem kam es zur Explosion. Zeugen sagen aus, das sei auf keinen Fall ein Unfall gewesen."

„Falls sich herausstellen sollte, dass sie recht haben, findest du bestimmt einen Weg, sie zur Kooperation zu bewegen."

„Nun ja, vermutlich … also, Vic, erzähl doch mal, wie bist du diesem Kerl auf die Schliche gekommen?"

„Das erzähle ich dir morgen früh. Aber was ich dir jetzt bereits sagen kann, ist, dass dieser Fall nichts mit dem vom vergangenen Sommer gemein hat. Bist du gerade irgendwo, wo du reden kannst … vertraulich, meine ich? Inoffiziell?"

Einen kurzen Moment lang herrschte Stille. „Sicher, Vic. Hier sind nur du und ich und zwei Münztelefone. Was ist los?"

„Weißt du noch, wie die Spione, die im vergangenen Sommer ins Land kamen, ihre Zeit verbracht haben? Abgesehen von Dasch und Burger trafen sich alle mit alten deutschen Freunden und Nazisympathisanten."

„Ich erinnere mich vage."

„Dieser Coleman hat das nicht getan, er hat es nicht einmal versucht. Und er ist jetzt seit sechs Monaten hier. Alle, mit denen ich gesprochen habe, haben ihn in den höchsten Tönen gelobt. Er sei patriotisch eingestellt, ein aufrechter Bürger, und so weiter und so fort. Da kam nur Positives. Keiner wusste, dass er eigentlich Deutscher ist."

„Kein Akzent?"

„Nicht den geringsten. Der Junge wurde hier geboren, irgendwo in Pennsylvania. Sein Partner ist anscheinend in der Brandung ertrunken. Daraufhin ließ er sich in der nächsten Stadt nieder, suchte sich einen Job, schloss Freundschaften, verliebte sich. Selbst das Mädchen, das er heiraten wollte, wusste bis zum heutigen Tag nichts von seiner Vergangenheit."

„Das war sicher sehr schmerzlich. Aber komm schon, Vic. Er ist trotzdem ein Kraut."

„Das ist es ja, Nate. Ich bin mir da nicht so sicher. Sie hat erzählt, er habe ihr – übrigens erst heute – gesagt, er wisse, wer die anderen beiden Saboteure seien, und wolle sich auf die Suche nach ihnen machen."

„Er will sich ihnen anschließen?"

„Er will sie an ihrem Vorhaben hindern. Das Mädchen ist zutiefst verzweifelt und befürchtet, dass er dabei ums Leben kommt."

„Und du glaubst das? Du weißt doch, dass diese Typen lügen, sobald sie den Mund aufmachen, vor allem Frauen gegenüber."

„Ich weiß, Nate, aber hast du mir nicht erzählt, dein Freund im Washingtoner Büro habe dir geschildert, wie Dasch von Hoover über den Tisch gezogen wurde?"

„Oh Mann, darüber will ich wirklich nicht am Telefon sprechen, Vic."

„Jetzt komm schon, Nate. Du hast doch gesagt, du seist an einem Münztelefon."

„Trotzdem."

„Es ist unmöglich, dass Hoover diese Leitungen angezapft hat."

Eine lange Stille. „Vermutlich hast du da recht. Also gut, ja, das hat mein Kumpel erzählt. Offensichtlich hat dieser andere Deutsche, Dasch, der Leiter jener ersten Gruppe –"

„Dasch ist nicht auf den elektrischen Stuhl gekommen, richtig?"

„Nein, er bekam dreißig Jahre Arbeitslager aufgebrummt. Aber mein Freund sagte, der Fall konnte nur dank seiner Hilfe gelöst werden. Sonst wäre uns das nicht gelungen. Er hat uns alles verraten, was er wusste. Jeder wichtige Hinweis in diesem Fall kam von ihm. Er gab uns alles, was für die Ergreifung der anderen nötig war. Und während er geredet hat, hat der Boss ihn wie ein Instrument gespielt. Er hat ihm eingeredet, er sei ein Held, und ihm versprochen, ihn laufen zu lassen, wenn alles vorbei ist. Er hat ihn sogar in dem Glauben gelassen, er könne uns helfen, die Nazis zu bekämpfen. Und dann hat Hoover ihn in Einzelhaft gesteckt, damit er nicht reden kann, und diese ganze Sache in den Zeitungen so dargestellt, als hätten wir den Spionagering ganz ohne Hilfe auffliegen lassen."

Hammond erinnerte sich daran, dass Hoover sogar so getan hatte, als hätte er den Fall ganz alleine gelöst. Das war eine Seite seines Berufs, die Hammond ausgesprochen verhasst war. All die Manipulationen und Vertuschungen hinter den Kulissen. Hoover war darin ein Meister. Und deshalb wusste Hammond ganz genau, was er mit einem Menschen wie Ben machen würde. „Nate, ganz unter uns, ich glaube, dieser Junge ist wirklich so, wie alle behaupten. Mein Gefühl sagt mir, dass Coleman zu dir nach Savannah unterwegs ist, und es ihm tatsächlich einzig und allein darum geht, diese beiden Deutschen, die in jener Nacht mit ihm zusammen an Land gekommen sind, an ihren weiteren Vorhaben zu hindern."

„Was soll ich tun? Aber du weißt schon, Vic, dass uns das unseren Kopf kosten kann, wenn wir die Sache vermasseln, oder?"

„Keine Ahnung, Nate. Ich habe das noch nicht bis ins kleinste Detail durchdacht. Mir war einfach wichtig, dich bei der Sache dabeizuhaben, weil ich garantiert deine Hilfe brauche. Und weil du jemand bist, dem ich vertrauen kann, wenn es hart auf hart kommt und wir sämtliche Regeln über Bord werfen müssen."

„Du weißt doch, dass ich auf Abenteuer stehe."

„Ich weiß. Es ist nur …" Hammond seufzte. „Wir müssen sehr vorsichtig vorgehen, sonst könnte uns die ganze Sache um die Ohren fliegen."

„In mehr als einem Sinne. Seit wann machst du denn Witze, Vic?"

Hammond lächelte. Es tat gut, Nate an seiner Seite zu wissen. „Das war eher unbeabsichtigt. Viel mehr kann ich dir zum jetzigen Zeitpunkt nicht sagen. Coleman wollte sein Mädchen und dessen Familie nicht noch tiefer in die Sache hineinziehen. Deshalb hat er ihr nur das Nötigste erzählt."

„Nun, auf jeden Fall wissen wir jetzt sehr viel mehr als heute Morgen. Gut gemacht, Vic."

„Danke. Aber diese Sache … Die könnte auf tausend unterschiedliche Weisen schiefgehen."

„Ich stehe hinter dir, Vic. Wie du immer hinter mir stehst. Bevor du auflegst: Sollen wir den Rest des Teams herbeordern, jetzt wo wir wissen, wo sämtliche Kerle stecken?"

„Ich befürchte, das könnte die beiden Saboteure verschrecken. Wenn so viele Agenten auf der Werft herumschnüffeln, tauchen sie womöglich ab, und wir müssen wieder von vorne anfangen."

„Willst du ihnen eine Falle stellen?"

„Irgendetwas in die Richtung. Aber ich habe noch keinen Plan. Ich denke, das hängt alles von diesem Coleman ab. Wir müssen ihn finden. Ich sag dir was: Ruf fünf oder sechs Männer zur Verstärkung, aber mehr auf keinen Fall. Ansonsten soll alles so weiterlaufen wie bisher. Die neuen Informationen behalten wir erst mal für uns, bis wir absehen können, wie sich alles entwickelt. Aber ich möchte dich gern an meiner Seite haben, sobald ich vor Ort bin."

„Vermutlich triffst du am späten Vormittag hier ein?"

„Das ist der Plan." Hammond atmete tief durch. „Mal sehen, ob wir etwas Gutes bewirken können."

„Und verhindern, dass wir in die Luft fliegen."

Hammond dachte kurz nach. „Das war ein Witz, oder?"

„Du bist und bleibst ein hoffnungsloser Fall, Vic. Bis morgen."

# Kapitel 33

Stunden waren vergangen. Zumindest kam es ihr so vor.

Seitdem Helen Richards das Licht ausgeschaltet hatte, war es vollkommen dunkel in ihrem Schlafzimmer, wie jeden Abend, seit sie mit Hugh verheiratet war. Sie konnte nur einschlafen, wenn kein einziger Lichtstrahl ins Zimmer fiel. Seltsam, wie viel sie trotzdem erkennen konnte, nachdem ihre Augen sich an die Dunkelheit gewöhnt hatten. Ihr Blick wanderte an der Decke entlang und blieb an der Lampe hängen. Ihr Blumenmuster konnte sie natürlich nicht sehen, aber ihre Umrisse schon.

Sie hob leicht den Kopf. Links von ihr stand Hughs Kommode, auf seiner Seite des Zimmers. Sie konnte den großen Aschenbecher aus Glas ausmachen, in dem er seine Schlüssel und seine Brieftasche ablegte. Rechts von ihr stand ihre Kommode und daneben der Schrank. Sogar die Umrisse des Spiegels konnte sie erkennen.

„Kannst du nicht schlafen, Liebes?", flüsterte Hugh.

„Habe ich dich geweckt?"

„Nein. Ich habe noch kein Auge zugemacht."

„Ich auch nicht." Sie drehte sich zu ihm um. „Aber das ist ja auch kein Wunder. Diese ganze Geschichte ist immer noch völlig unglaublich für mich."

„Da geht es mir anders", sagte Hugh. Er lag auf dem Rücken und starrte zur Decke. „Für mich fühlt sich das alles sehr real an."

„Machst du dir noch Sorgen … ich meine, so wie vorher?" Sie hatten sehr eindringlich gebetet, bevor sie das Licht ausgeschaltet hatten, mehr als sonst.

„Nein – seit unserem Gebet empfinde ich einen tiefen Frieden."

Helen ging es ähnlich. Ihr fiel die Stelle aus dem Philipperbrief ein, wo von dem Frieden die Rede war, „der allen Verstand übersteigt". Nur so war die Gelassenheit zu erklären, die sie beide empfanden, obwohl ihr Leben auf den Kopf gestellt worden war. „Was denkst du gerade?" Sie hörte ihn langsam ein- und ausatmen.

„Etwas, das ich nicht denken möchte, aber es lässt mir keine

Ruhe. Ich kämpfe schon die letzten Stunden mit mir und weiß nicht, ob diese Gedanken von Gott sind oder vom Teufel."

Das hörte sich nicht gut an.

„Nur leider", seufzte er, „bin ich mir ziemlich sicher, dass Gott es ist, der sie mir gibt."

Helen setzte sich auf. „Ist es in Ordnung, wenn ich das Licht anschalte?"

„Warum nicht." Hugh richtete sich ebenfalls auf.

Als sie in sein Gesicht blickte, sah sie Tränen in seinen Augen schimmern. „Was ist los, Hugh?", fragte sie leise. Sie hob die Hand und strich über seine Wange. Natürlich war eine ganze Menge los, aber sie wusste nicht, was genau ihm momentan so zu schaffen machte.

„Gott sagt mir immerzu, ich solle loslassen, aber ich will nicht loslassen, nicht jetzt, nicht so." Tränen rollten ihm über die Wangen.

Sie legte die Arme um ihn und spürte das Gewicht seines Kopfes auf ihrer Schulter. Er ließ sich gehen und erlaubte den Tränen zu fließen. Was genau ihn so traurig machte, konnte sie immer noch nicht sagen. Aber sie wollte ihn auf keinen Fall drängen, deshalb gab sie ihm erst einmal Zeit, sich ein wenig zu beruhigen.

Irgendwann hob er den Kopf und sah sie an.

„Was sollst du loslassen, Hugh?"

„Claire." Erneut stiegen ihm die Tränen in die Augen, doch dieses Mal beherrschte er sich. „Ich denke, ich soll Claire loslassen – *wir* sollen sie loslassen."

„Wie meinst du das?" Was er da sagte, gefiel ihr nicht.

„In diesen letzten Monaten, seit sie und Ben zusammen sind, habe ich mich so für sie gefreut. Als ihr Vater, meine ich. Ich hatte mir Sorgen gemacht und sehr intensiv dafür gebetet, dass sie den richtigen Mann findet. Einen Mann, der sie wirklich glücklich macht, der sie für den Rest ihres Lebens umsorgt und so mit ihr umgeht, wie ich all die Jahre mit ihr umgegangen bin."

„So wie du mit mir umgehst", sagte Helen. Er beachtete den Einwurf gar nicht.

„Ich hatte den Eindruck, dass Ben dieser Mann ist – seit jenem ersten Abend, und jeden Augenblick, den ich seither mit ihm verbracht habe. Wir haben erlebt, wie glücklich Claire auf einmal war. Ich hatte das Gefühl, dass er der Mann ist, für den ich all die Jahre gebetet habe. Weil er ist, wie er ist."

Helen verstand ihn nur zu gut. „Das habe ich auch gedacht, aber jetzt bin ich mir da nicht mehr so sicher." Sie wusste nicht, warum, aber irgendwie verkrampfte sie sich innerlich. „Und was willst du damit sagen?"

„Ich will sagen, dass ich immer noch das Gefühl habe, dass Ben der Richtige für Claire ist. Er ist der Mann, den ich mir für sie gewünscht habe."

„Trotz allem?" Sie ergriff seine Hand.

Hugh nickte. „Ich will das nicht denken. Ich habe versucht, diese Gedanken zu verdrängen, sie niederzukämpfen. Ich habe mir gesagt, dass Claire der Wahrheit ins Auge sehen muss. Dass wir der Wahrheit ins Auge sehen müssen: Es ist vorbei. Wir müssen uns dem stellen. Unsere Gefühle spielen dabei keine Rolle. Ben ist ein deutscher Spion und auf der Flucht. Das allein zählt. Wir müssen uns von ihm fernhalten. Ich muss meinen väterlichen Einfluss, jede Unze, die ich davon noch besitze, dazu nutzen, ihr zu helfen, ihn loszulassen."

Die Heftigkeit, mit der er diese Worte aussprach, verwirrte Helen. „Aber eigentlich glaubst du das nicht?"

„Nein. Ich habe das Gefühl, dass Gott mir sagt, ich solle … Claire loslassen. Dass Ben kein Irrtum ist. Dass er tatsächlich der Mann ist, den ich mir für sie gewünscht habe, der Mann, der sie wirklich glücklich machen wird."

„Aber du weißt, was das bedeuten würde", sagte Helen.

Sie blickte in seine Augen. Er wusste es.

Erneut liefen Tränen über seine Wangen.

# Kapitel 34

Ben hatte in der letzten Nacht nicht gut geschlafen, aber das war auch nicht anders zu erwarten gewesen. Da er sowieso nicht hatte schlafen können, war er gegen halb fünf aufgestanden und hatte sich auf den Weg nach Savannah gemacht. Er war schneller vorangekommen, als er gedacht hatte. Vor zwanzig Minuten hatte er die Stadtgrenze passiert. Im Augenblick fuhr er die Bay Street entlang, die parallel zum Fluss verlief. Über dem Wasser ging gerade die Sonne auf.

Eine hübsche Stadt. Im Geschichtsunterricht hatte er gelernt, dass sie im Bürgerkrieg eine wichtige Rolle gespielt hatte. Aber an die Einzelheiten konnte er sich nicht mehr erinnern. Das wollte er auch gar nicht. Er war nicht hier, um sich die Sehenswürdigkeiten anzusehen. Aber es fiel schwer, die bezaubernden alten Häuserfronten und Hotels, die kleinen Parks und die riesigen Eichen nicht wahrzunehmen. Claire hätte es hier gefallen.

Nein.

Er seufzte. Er durfte nicht mehr an Claire denken. Das machte ihn schwach.

Die Werft lag im Osten der Stadt, zwischen dem Fluss und der President Street. In Deutschland hatten sie die Lage genau studiert, wie auch die der anderen Werften, die diese Liberty-Schiffe bauten. Er versuchte sich an die Details des Auftrags zu erinnern. Er hatte alles, was damit zusammenhing, in den hintersten Winkel seines Gedächtnisses geschoben, nachdem er und Jürgen andere Ziele zugewiesen bekommen hatten. Aber wenn er Graf und Kittel aufspüren wollte, musste er dieses Wissen jetzt wieder hervorkramen.

Wenn die beiden tatsächlich für die Explosion vom Vortag verantwortlich waren, bedeutete das, dass es einem von ihnen gelungen war, in der Werft eingestellt zu werden. Hatte einer der Männer das erst mal geschafft, war die größte Schwierigkeit überwunden. Derjenige hatte freien Zugang zu der Werft und konnte sich mit den Sicherheitsvorkehrungen vertraut machen. Und Monate später konnten er und sein Partner bei Nacht in die Werft eindringen und ihren Sprengstoff anbringen. Die Explosionen würden anfangs als Unfälle gewertet. Doch wenn es dann immer häufiger zu immer stärkeren Explosionen käme, würde eine Panik unter den Arbeitnehmern entstehen.

Ben erinnerte sich daran, wie sein Abwehrkommandeur gegrinst hatte, als er von den fetten, faulen Amerikanern gesprochen hatte, die sich als so patriotisch einschätzten, weil sie diese Schiffe bauten und damit ihren Beitrag für den Krieg leisteten. Der Durchschnittsamerikaner sei nicht gut über die Realitäten des Krieges informiert, hatte er behauptet, über die richtigen Schlachten, in denen Menschen kämpften und starben. „Wir wollen doch mal sehen, wie schnell sie die Flucht ergreifen", hatte er gesagt, „wenn ihre Kollegen bei diesen Explosionen sterben oder ihre Gliedmaße verlieren." Alle im Raum hatten laut gelacht. „Wir werden diese Werften sabotieren", hatte er gesagt, „eine nach der anderen."

Ben hatte einen Weg gefunden, seine Emotionen unter Kontrolle zu behalten, schon lange vorher. Solche wahnwitzigen Äußerungen machten ihm innerlich nichts mehr aus. Er war zu einem Schauspieler geworden, der seine Rolle spielte. Nur so hatte er nicht nur die physischen, sondern auch die psychischen Folgen seiner Ausbildung ertragen können. Nach außen spielte er den begeisterten Nationalsozialisten, der sich für Führer und Vaterland engagierte. Niemals hätte jemand vermutet, dass er insgeheim ganz anders dachte. Niemals gab es darauf auch nur den kleinsten Hinweis.

Als Ben jetzt von der Bay Street in die President Street einbog, wurde ihm bewusst, dass er erst in den letzten sechs Monaten angefangen hatte, sich wieder einigermaßen normal zu fühlen. Seit er Claire kennengelernt hatte. Zwar hatte er immer noch eine Rolle spielen müssen, aber wenigstens hatte er in ein paar Bereichen seines Lebens die Wahrheit sagen können. Er hatte ihr den Menschen zeigen können, der er eigentlich war. Den Mann, in den Claire sich verliebt hatte.

Mit voller Wucht schlug er auf das Lenkrad. „Hör auf damit!" Er quälte sich doch nur selbst.

Vor sich entdeckte Ben die Leuchtreklame der Werft, die über den Häusern am Stadtrand in die Höhe ragte. Er warf einen Blick auf die Uhr. Gut. Das passte. Er hatte zwar keinen Plan, wie es weitergehen sollte, aber erst einmal wollte er in der Nähe des Tors warten. Die Arbeiter würden gegen sieben Uhr zur Arbeit erscheinen. Sein Fernglas, eines der wenigen Ausrüstungsgegenstände, das er in jener ersten Nacht nicht in den Dünen vergraben hatte, lag griffbereit neben ihm. Er wollte sich eine geschützte Stelle suchen, von der aus er unauffällig die in die Werft strömenden Arbeiter beobachten konnte. Vielleicht könnte er Graf oder Kittel ja unter ihnen ausmachen.

Hoffentlich war er den weiten Weg nicht umsonst gekommen.

CB

Claire saß draußen auf der Veranda in dem Schaukelstuhl, in dem sie in den vergangenen Monaten so häufig den Abend hatte ausklingen lassen. In diesen wundervollen Monaten. Ihr Blick wanderte nach links zu dem leeren Schaukelstuhl neben ihr. Bens Schaukelstuhl.

Im Augenblick fühlte sie sich überhaupt nicht wundervoll.

Vermutlich war bereits später Vormittag, aber Claire hätte nicht sagen können, wie viel Uhr es war. Ihr Vater war wie gewohnt zur Arbeit gegangen. Noch nie hatte sie ihn so verstört erlebt. Beim Frühstück hatte er sich zwar nicht anders verhalten als sonst, aber innerlich hatte er völlig abwesend gewirkt. Er hatte seinen Kaffee getrunken, seinen Toast gegessen und in die Zeitung gestarrt. Doch er hatte kein einziges Mal umgeblättert. Einmal hatte er sie kurz angesehen, sich dann aber schnell wieder abgewandt. Als er ins Büro aufbrechen musste, war er aufgestanden, ohne ein Wort zu sagen, und hatte sie und ihre Mutter auf die Wange geküsst. Sein Mund war zu einem Lächeln verzogen gewesen, aber dieses Lächeln hatte seine Augen nicht erreicht. Gegen achtzehn Uhr sei er wieder zu Hause, wie gewöhnlich, hatte er erklärt.

Ein Blaureiher flatterte von den Bäumen zu Boden und landete plötzlich vor Claire im Vorgarten. Mehrere Augenblicke lang rührte er sich nicht, nur sein Kopf bewegte sich langsam vor und zurück, als sei er auf der Hut. Sie liebte diese Vögel. Normalerweise hielten sie sich in der Nähe von Wasser auf, im Schilf an einem Teich oder am Flussufer. Warum war er ausgerechnet in diesem Augenblick gekommen? Was für wunderschöne Vögel, dachte sie, aber so einsam. Selbst in der Gesellschaft anderer Reiher wirkten sie immer irgendwie allein.

Die Fliegengittertür quietschte und fiel ins Schloss. „Claire, alles in Ordnung? Ich habe dir eine Tasse Kaffee gebracht."

Wie machte ihre Mutter das nur? Sie brachte immer die Kraft auf, positiv zu bleiben, egal wie groß die Herausforderungen waren. „Danke." Der Kaffee schmeckte in der letzten Zeit längst nicht mehr so gut wie früher, weil die guten Bohnen wegen des Krieges nicht mehr zu bekommen waren. Aber sie freute sich trotzdem darüber, hauptsächlich wegen der liebevollen Geste.

Ihre Mutter setzte sich in den Schaukelstuhl, in dem Ben immer gesessen hatte. „Dein Vater und ich haben uns heute Nacht lange unterhalten. Wir haben beide kaum geschlafen. Aber du hast bestimmt auch nicht viel Schlaf bekommen."

„Doch, ich habe eigentlich ganz gut geschlafen", erwiderte Claire. „Das war vermutlich die Erschöpfung. Aber ich bin völlig zerschlagen aufgewacht."

„Wir sind alle ziemlich erschöpft", meinte ihre Mutter. „Aber das ist ja auch kein Wunder."

„Was hat Dad gesagt?"

„Nun, er meinte, er habe das Gefühl, dass dieser FBI-Agent …" Sie schien seinen Namen vergessen zu haben.

„Hammond", half Claire ihr weiter.

„Richtig. Also, er hatte den Eindruck, dass Agent Hammond gestern gegen Ende des Gesprächs wirklich aufrichtig war. Ich hatte dasselbe Gefühl."

Claire fragte sich, ob Hammond sie vielleicht einfach nur manipuliert hatte, um an mehr Informationen zu kommen.

„Aber ich merke, dass dein Vater beinah krank vor Sorge ist. Das ist alles so unfassbar und kommt so unerwartet."

Claire trank einen Schluck Kaffee. Sie hatte noch gar nicht darüber nachgedacht, wie schwer diese Situation auch für ihre Eltern war. „Es tut mir leid, Mom, dass ich euch beide in solche Schwierigkeiten gebracht habe."

„Das ist doch nicht deine Schuld, Claire. Du konntest von Bens

Vergangenheit unmöglich etwas wissen. Wer hätte das denn auch ahnen können? Außerdem mögen dein Dad und ich Ben doch auch. Mir gefiel er von Anfang an und dein Dad war ganz begeistert, als er ihn um deine Hand bat. Du hättest hören sollen, was er an diesem Abend über Ben gesagt hat. Weißt du, Eltern machen sich große Sorgen darüber, wen sich ihr Kind wohl als Ehepartner aussucht – ob es sich in den Richtigen verliebt oder den Falschen."

Was ihre Mutter damit sagen wollte, war mehr als offensichtlich: Ben war der Falsche, so falsch, wie ein Mensch nur sein konnte.

„Ich liebe ihn trotzdem, Mom." Tränen stiegen ihr in die Augen.

Ihre Mutter ergriff ihre Hand. „Das weiß ich, Liebes."

Claire wappnete sich innerlich für die liebevolle Ermahnung, die jetzt unweigerlich kommen würde. Dass sie vernünftig sein und Ben loslassen müsse. Dass es für sie keinen Weg gäbe, jetzt noch mit ihm zusammen zu sein.

„Weißt du", fuhr ihre Mutter fort, „wir lieben Ben auch trotzdem noch."

Claire blickte auf. Ihrer Mutter lief eine Träne über die Wange. „Wir möchten ihn nicht verlieren. Aber wir haben keine Wahl."

Und jetzt kommt es, dachte Claire.

„Dein Dad hat die Berichterstattung über diese anderen deutschen Spione verfolgt, die im letzten Juni entlarvt wurden. Natürlich kennen wir nicht die ganze Geschichte, das ist in Kriegszeiten immer so. Aber eins wurde sehr deutlich … alle waren außer sich vor Zorn. Er meinte, jeder habe den Tod dieser Spione gefordert. Scheinbar wird gemunkelt, dass die beiden, die nicht hingerichtet wurden, sich ähnlich verhalten haben wie Ben. Sie waren keine überzeugten Nazis und haben mit den Behörden kooperiert. Deshalb sind sie auch nicht zum Tode verurteilt worden. Aber beide haben lange Haftstrafen bekommen. Sie sitzen jetzt im Gefängnis."

Claire wusste nicht, worauf ihre Mutter hinauswollte, aber das, was sie ihr erzählte, half ihr ganz und gar nicht.

„Dein Vater hat den Eindruck, dass Agent Hammond uns, und vor allem dir, geglaubt hat, dass wir tatsächlich erst gestern die Wahrheit über Ben erfahren haben. Aber eventuell spielt das keine Rolle. Er meinte, falls Hammond uns doch in diese Sache mit hineinziehen sollte … bestehe die Gefahr, dass wir verhaftet würden.

Doch er ist fest davon überzeugt, dass wir, falls es tatsächlich zu einem Prozess kommen sollte, bestimmt freigesprochen würden. Du meine Güte, ich kann kaum glauben, was ich da sage."

Claire seufzte.

„Alle Leute, die uns kennen, und die Ben kennen, würden aussagen, dass wir nichts gegen unser Land getan haben, dass wir kein Unrecht begangen haben. Die Sache ist nur – und das ist es, was uns beide so traurig macht – ganz egal, ob wir nun verhaftet werden oder nicht, wir sehen keine Möglichkeit, wie wir weiterhin mit Ben zusammen sein können … das geht vermutlich nie wieder." Sie nahm ein Taschentuch aus ihrer Küchenschürze und fuhr sich damit über die Augen. „Weder wenn er gefasst wird noch wenn er entkommen sollte. Wir dürfen ihn auf keinen Fall wiedersehen." Sie weinte jetzt. „Und das bricht mir das Herz."

„Ach Mom", sagte Claire. Sie schlug sich die Hände vors Gesicht und weinte ebenfalls. Dass ihre Mutter ihr die Hand auf die Schulter legte, spürte sie kaum.

„Aber Claire … wir finden nicht, dass es richtig wäre, dasselbe auch von dir zu verlangen."

Claire riss den Kopf hoch. Hatte sie richtig gehört? Mühsam versuchte sie, ihre Emotionen in den Griff zu bekommen. „Was?"

„Sieh mich an, Liebes."

Sie tat wie geheißen.

Ihre Mutter wischte erst sich die Tränen aus den Augen, dann Claire. „Wir lieben Ben. Und wir haben nicht das Gefühl, dass er irgendetwas falsch gemacht hat, jedenfalls nicht vor Gott. Er sollte nicht für ein Verbrechen bezahlen müssen, das er nicht begangen hat. Und wir wissen, wie sehr ihr einander liebt. Dein Vater ist letzte Nacht fast daran zerbrochen, aber er sagte, er habe das Gefühl, Ben liebe dich so, wie er mich liebe. Und dieser Art von Liebe begegne man nur einmal im Leben. Es war so süß, wie er das sagte. Wir können ihnen das nicht nehmen, hat er gesagt. Dir und Ben. Wir haben lange darüber gesprochen und intensiv gebetet, und wir glauben nicht, dass Gott das möchte."

„Was meinst du damit?"

„Dein Dad musste an einen Bibelvers denken, der im dreizehnten Kapitel des ersten Korintherbriefs steht. Dort heißt es, dass wahre Liebe nicht an sich selbst denkt. Wir lieben dich so sehr, Claire. Und wir möchten dich nicht verlieren, genauso wenig wie Ben. Wir wissen nicht, warum all dies geschehen ist. Aber wir sind zu der Erkenntnis gelangt, dass wir dich gehen lassen müssen."

„Ich verstehe nicht." Claire zitterte.

„Falls Ben zurückkommt, falls er … falls er nicht vom FBI verhaftet wird …" Ihre Mutter begann erneut zu weinen. „Dann fühl dich bitte frei, mit ihm zu gehen, wenn du das möchtest. Entscheide so, wie du es für richtig hältst. Wir werden dich natürlich vermissen … euch beide, sehr sogar. Aber wir werden es schaffen. Wenn es wirklich Gott ist, der uns auf diesen Gedanken gebracht hat, und wir denken, dass dem so ist, dann wird er uns auch die Kraft geben, die im Augenblick keiner von uns hat."

Claire brach in Tränen aus und fiel ihrer Mutter in die Arme. Mehrere Minuten lang saßen sie einfach nur da und weinten.

Als Claire schließlich aufblickte, war der Blaureiher fort.

# Kapitel 35

An seinem ersten Morgen in Savannah vor zwei Tagen hatte Ben sich in einem Gebüsch in der Nähe der Werft versteckt und mit seinem Fernglas das Eingangstor im Blick behalten. Unzählige Arbeiter waren hindurchgegangen, Hunderte Autos hindurchgefahren, Hunderte mit dem Bus gekommen. Vielleicht auch Tausende.

Graf oder Kittel hatte er nicht unter ihnen ausmachen können.

Er war sich allerdings ziemlich sicher, dass ein halbes Dutzend FBI-Agenten oder mehr durch das Tor gekommen waren. Schwarze Autos, schwarze Anzüge, weiße Hemden, dunkle Krawatten und Hüte. Er hatte beobachtet, wie diese Männer sich auf dem Gelände umgesehen, Menschen befragt und ihre Aussagen protokolliert hatten. Ihre Anwesenheit würde es ihm erschweren, Graf und Kittel aufzuhalten. Natürlich war jedoch nicht ausgeschlossen, dass das FBI die beiden Männer zuerst entlarvte und ihn von dieser Pflicht befreite.

Bisher hatte er keine ungewöhnlichen Vorgänge beobachten können. Alles schien seinen gewohnten Gang zu gehen.

Es war jetzt fast halb vier Uhr nachmittags, der Schichtwechsel stand kurz bevor. Nach zwei Tagen wie diesem fragte er sich langsam, ob Graf und Kittel vielleicht doch nicht für die Explosion verantwortlich waren. Wenn sie hier arbeiteten, oder auch nur einer von ihnen, warum hatte er sie dann noch nicht entdeckt? Er hatte in den letzten zwei Tagen bei jedem Schichtwechsel hier auf der Lauer gelegen: um sieben Uhr morgens und um halb vier nachmittags und sogar noch einmal um Mitternacht, wenn die Spätschicht Feierabend machte.

Er fragte sich, ob das FBI die beiden vielleicht verschreckt hatte. Vielleicht hatten sie sich bereits zum nächsten Ziel aufgemacht, der Werft in Brunswick, knapp 130 Kilometer südlich von hier. Wenn dem so war, dann würde er dort mit seiner Überwachung wieder ganz von vorn beginnen müssen.

In der Werft ertönte ein Horn, das das Schichtende verkündete.

Sekunden später strömten aus den verschiedenen Werkshallen unzählige Männer und Frauen zum Eingangstor. Ben hob das Fernglas an die Augen. Er musterte die Arbeiter, die sich vor drei Stadtbussen in einer Schlange angestellt hatten, um einzusteigen. Moment mal, war das …

Inmitten einiger Männer, die sich gerade vor dem mittleren Bus angestellt hatten, meinte Ben ein bestimmtes Gesicht entdeckt zu haben. Leider hatte sich fast im selben Moment ein großer Mann vor den Mann geschoben, der sein Interesse geweckt hatte. „Weg da!", murmelte Ben. „Na los, geh aus dem Weg." Der Mann ließ seinen Helm fallen und bückte sich, um ihn aufzuheben. Jetzt hatte Ben klare Sicht auf den Arbeiter hinter ihm. Das könnte Kittel sein.

Er behielt den Mann genau im Blick und kniff die Augen zusammen, um besser sehen zu können. Jetzt drehte der Mann sich um und redete mit einem Kollegen, der hinter ihm stand. Ben bemerkte die Brotdose in seiner einen Hand, den Schutzhelm in der anderen. Er trug eine blaue Arbeitshose und ein rot-kariertes Hemd. Kurz darauf lachte er über etwas, das der Mann hinter ihm gesagt hatte, und drehte sich dabei in Bens Richtung.

Es war tatsächlich Kittel! Daran bestand kein Zweifel.

Ben beobachtete die Männer noch eine Weile, dann richtete er das Fernglas auf den Bus. Er musste sich die Busnummer merken, für den Fall, dass er ihn in der Stadt aus den Augen verlor. Leider war sie von seinem Beobachtungsposten aus nicht zu erkennen. Ben rutschte den kleinen Abhang hinunter, auf dem er Position bezogen hatte, und rannte ein paar Schritte weiter, um einen besseren Blickwinkel zu bekommen. Die Liniennummer stand auf der Rückseite des Fahrzeugs. Es handelte sich um einen Bus der Linie 113. Jetzt standen nur noch wenige Leute vor Kittel. Ben rannte zu seinem Wagen, den er auf einem einsamen Feldweg etwa fünfzig Meter entfernt geparkt hatte. Er musste zur Stelle sein, wenn der Bus losfuhr.

In aller Eile stieg er ein und brauste los. Den Bus behielt er durch das rechte Seitenfenster im Blick. Er musste ihn unbedingt einholen, bevor er das Werftgelände verließ und Richtung Stadtmitte fuhr.

ഇ

Ben hatte sich an den Bus der Linie 113 drangehängt, aber immer darauf geachtet, dass sich drei oder vier Wagen zwischen ihnen befanden. Mittlerweile hatte der Bus bereits an verschiedenen Haltestellen in der Innenstadt von Savannah gehalten. Ben war jedes Mal rechts rangefahren und hatte die aussteigenden Fahrgäste gemustert, aber Kittel saß immer noch im Bus. Dieser war inzwischen unweit des Tellfair Square auf die Jefferson Street eingebogen und steuerte nun die nächste Haltestelle an. Ben ließ seinen Blick über die zweistöckigen Mietshäuser am Straßenrand und den Bürgersteig gleiten.

*Da war Graf!*

Ben fuhr in eine Parklücke hinter einem großen Buick und duckte sich hinter das Lenkrad. Kaum fünfzig Meter von ihm entfernt lehnte Graf, Kittels Partner, an einem Eisenzaun vor einem Wohnblock, und rauchte eine Zigarette. Ben klappte die Sonnenblende herunter und spähte vorsichtig über das Armaturenbrett.

Zuerst stieg ein Mann mit einem Stock aus dem Bus. Dann Kittel. Er nickte Graf zu, der seine Zigarette auf die Straße warf, und ging auf ihn zu. Der Bus fädelte sich wieder in den Verkehr ein und fuhr davon. Als Kittel Graf erreichte, sagte er etwas, woraufhin Graf lächelte. Anschließend zeigte Graf seinem Partner ein Stück Papier. Kittel warf einen Blick darauf und wurde sofort ernst. Dann stiegen beide Männer die Eingangstreppe hinauf und betraten das Haus.

Bens Herz klopfte zum Zerspringen. Er hatte es geschafft. Er hatte sie tatsächlich aufgespürt. *Gott, gib mir die Kraft zu tun, was zu tun ist*, betete er, obwohl er sich nicht sicher war, ob Gott ihm tatsächlich helfen beziehungsweise bei einem solchen Gebet überhaupt zuhören würde.

Als die Tür hinter den beiden Männern ins Schloss fiel, fuhr Ben los. Im Vorbeifahren las er die Adresse über der Tür ab. Er notierte sie auf einem Zettel und machte sich auf den Weg zu dem kleinen Appartement, das er in der East Oglethorpe Avenue für eine Woche gemietet hatte. Er beschloss, dort einen Happen zu essen und bis zum Einbruch der Dunkelheit zu warten. Dann würde er zu Fuß zurückkehren. Einen konkreten Plan hatte er zwar noch nicht, aber auf jeden Fall wäre es leichter, zu Fuß zu flüchten. Dann könnte niemand seinen Wagen identifizieren. Und in den dunklen, engen Straßen von Savannah könnte er gut untertauchen.

Als Ben in die Nähe seines Wohngebäudes kam, erschrak er. Vor dem Haus parkte in zweiter Reihe ein schwarzer Wagen. Er sah genauso aus wie die Autos, in denen die FBI-Agenten auf das Werftgelände gekommen waren. Augenblicklich fuhr Ben in die nächste freie Parklücke am Straßenrand. Ein Mann im dunklen Anzug trat aus der Haustür. Dann noch einer, identisch gekleidet. Auf dem Bürgersteig wechselten sie ein paar Worte miteinander, setzten ihre Hüte auf und begaben sich zum Wagen. Einer stieg auf der Beifahrerseite ein, der andere ging um den Wagen herum, öffnete die Fahrertür und hielt dann inne. Sein Blick wanderte die Straße hinauf und hinunter.

Sofort duckte sich Ben hinter das Lenkrad. Sein Herz klopfte zum Zerspringen. Erst als er den Wagen in die entgegengesetzte Richtung davonfahren hörte, richtete er sich wieder auf. Die Luft war rein. Aber wie es weitergehen sollte, wusste er weniger denn je.

Bestimmt waren noch andere FBI-Agenten in der Nähe. Was sollte er tun? In seine Wohnung konnte er nicht zurückgehen. Zumindest nicht im Augenblick. Was, wenn in einem der anderen Autos am Straßenrand ein dritter Agent saß, der den Hauseingang im Auge behielt und auf seine Rückkehr wartete? Nach Einbruch der Dunkelheit würde er es trotzdem riskieren müssen, noch einmal herzukommen. Er musste zurück in die Wohnung. Sein Koffer lag zwar im Kofferraum seines Autos, aber die Pistole hatte er oben in der Wohnung versteckt.

Genauso wie das Foto von Claire.

# Kapitel 36

„Findest du nicht, dass das ziemlich riskant ist, Vic?", fragte Nate Winters, während er und Hammond die Price Street hinunterfuhren. „Sollten wir das Haus nicht wenigstens unter Beobachtung stellen? Was, wenn deine Nachricht ihn in Panik versetzt und er untertaucht?"

Hammond sah seinen Partner an. In den vergangenen zwei Jahren hatten sie vieles gemeinsam durchgestanden. Er vertraute Nates Instinkt beinah genauso sehr wie seinem eigenen. „Es ist nur so ein Gefühl, Nate. Aber ich glaube, wir können ihm vertrauen. Bestimmt würde es dir auch so gehen, wenn du mit mir diese Befragungen durchgeführt hättest. Der Mann ist kein Mörder. Er will diese beiden Männer nicht umbringen. Aber er will sich auch nicht stellen. Er vertraut uns nicht, weil er ganz genau weiß, was geschehen würde, wenn er es doch täte. Er ist hier, weil er denkt, dass es das einzig Richtige ist und er keine andere Wahl hat. Deshalb müssen wir ihm zeigen, dass er eben doch eine Wahl hat."

„Aber Vic, du hast doch gerade selbst gesagt, dass er uns nicht traut. Wieso glaubst du, dass er anrufen wird?"

„Ich setze auf zwei Dinge. Zum einen seine Ausbildung bei der Abwehr und zum anderen, dass er tatsächlich so ist, wie alle ihn beschrieben haben. Wenn er meine Nachricht liest, weiß er, dass wir ihm auf der Spur sind und sogar schon seinen Aufenthaltsort ausfindig gemacht haben. Er wird sich fragen, warum wir ihn nicht in dem Augenblick verhaftet haben, in dem er seine Wohnung betreten hat. Er wird sich draußen umsehen und damit rechnen, dass wir ihn unter Beobachtung halten. Doch dann wird er feststellen, dass das nicht der Fall ist, genau wie ich es ihm in meiner Nachricht versprochen habe, und dass wir ihm den Fluchtweg offen gelassen haben."

„Du vertraust darauf, dass er zu uns flüchtet."

„Genau." Hammond sah Nate an und war sich unsicher, ob er ihn überzeugt hatte. „Okay, ich gebe zu, es ist ein Risiko. Ich kann mich irren und dann … ist er weg."

„Und was nun?", fragte Nate. „Fahren wir jetzt wirklich einfach ins Hotel zurück und warten?"

„Uns bleibt nichts anderes übrig. Ich habe ihm die Telefonnummer des Hotels und unsere Zimmernummer aufgeschrieben. Auf diese Weise kann er uns erreichen, ohne dass andere in der Behörde etwas davon mitbekommen."

Hammond war klar, dass dieser Plan auch gründlich schiefgehen konnte. Aber auf der anderen Seite war er beim FBI nur deshalb so weit aufgestiegen, weil er auf seinen Instinkt vertraut hatte. Wenn er sich immer exakt an die Vorschriften gehalten hätte, wäre er nach wie vor da draußen und würde die Büsche absuchen, würde die Laufarbeit für die anderen erledigen. Er hatte Respekt vor den Jungs, die diese Beinarbeit machten. Sie wurden gebraucht. Es waren genau diese Männer, die ihn auf Bens Spur gebracht hatten. Mithilfe von guter alter Polizeiarbeit, genau nach Vorschrift. Er sollte etwas sagen. „Die Jungs haben gute Arbeit geleistet."

„Sie haben nur getan, was du ihnen aufgetragen hast." In den vergangenen zwei Tagen waren die Männer mit Colemans Beschreibung losgezogen und hatten alle Mietshäuser im Süden Savannahs abgeklappert, die wochenweise Wohnungen vermieteten. Ihr Ziel war es gewesen, eine Liste mit den Namen aller Personen zu erstellen, die in den vergangenen zwei Tagen eine Wohnung angemietet hatten.

„Aber es war viel Beinarbeit nötig, um an all diese Namen zu kommen und sie zu überprüfen."

„Ich richte den Jungs aus, dass du sie gelobt hast", meinte Nate.

„Aber jetzt noch nicht", erwiderte Hammond. „Wir sollten das für uns behalten und erst mal sehen, wie sich alles entwickelt. Ich gebe allen eine Runde aus, wenn wir das zu Ende gebracht haben."

„Du meinst, falls uns die Sache nicht um die Ohren fliegt."

Hammond brauchte eine Minute. „Dieser Witz wird langsam alt, Nate."

☙

Ben war dankbar, dass sich der Mond hinter den Wolken versteckte. Die Straßenlaternen brannten zwar, waren aber vorschriftsmäßig abgedunkelt. Es war angenehm dämmrig in der Stadt. Nachdem er etwas gegessen hatte, war er ziellos in der Stadt herumgelaufen, bis es ganz dunkel geworden war. Jetzt näherte er sich seinem Wohnhaus. Immer wieder blickte er sich aufmerksam um, aber es war niemand zu sehen, der das Gebäude beobachtete.

Das ergab keinen Sinn.

Er fing an, sich zu fragen, ob er vielleicht überreagiert hatte und diese beiden Männer gar keine FBI-Agenten gewesen waren. Langsam näherte er sich seiner Haustür. Bevor er die Treppe hochstieg, hielt er noch einmal inne. Beinahe rechnete er damit, von FBI-Agenten überwältigt zu werden. Aber niemand kam. Erleichtert seufzte er auf. Dann stieg er die Stufen hoch, schloss seine Tür auf und knipste das Licht an. Von der Wohnungstür aus konnte er beide Räume überblicken. Es war niemand da.

Aber irgendetwas stört ihn. Was war das nur?

Ben trat ein und verschloss die Tür hinter sich. Während er seinen Blick aufmerksam durch den Raum wandern ließ, bemerkte er es. Claires Foto. Es stand jetzt auf dem Beistelltisch, unter der Lampe, die er gerade angeknipst hatte. Und daneben lag ein Zettel.

Er begann zu zittern. Es war tatsächlich jemand hier gewesen. Ben rannte zum Bett und griff nach der Pistole, die er unter dem Kissen versteckt hatte. Sie war noch da. Dann hastete er zur Tür und schaltete das Licht aus, bevor er sich ans Fenster schlich und vorsichtig die Vorhänge ein Stück zurückzog. Suchend glitt sein Blick über die Straße. Nirgends eine Bewegung. Kein Anzeichen dafür, dass jemand ihn beschattete.

Ben war verwirrt. Er legte seine Pistole aufs Bett und schaltete das Licht wieder an. Stirnrunzelnd griff er nach dem Zettel, der neben Claires Foto lag, ließ sich damit in den Sessel sinken und faltete ihn auseinander.

*Ben,*
*ich bin Victor Hammond vom FBI. Sie fragen sich vermutlich, warum ich Sie nicht verhaftet habe. Und warum ich Sie nicht einmal beobachten lasse, wie Sie mittlerweile bestimmt festgestellt haben. Ich habe mit Claires Familie gesprochen und kenne Ihre Geschichte. Ich bin bereit, Ihnen eine Chance zu geben,*

*Ben. Ich glaube nicht, dass Sie ein Nazi sind. Aber Sie müssen mir vertrauen und sich von mir helfen lassen. Sie können diese beiden Männer nicht im Alleingang ausschalten. Ich denke, ich weiß einen Weg, wie wir es gemeinsam schaffen und Sie aus der ganzen Angelegenheit heraushalten können. Rufen Sie mich im Marshall House Hotel an. Die Telefonnummer steht auf der Rückseite. Ich wohne in Zimmer 312. Wenn Sie mich nicht erreichen, lassen Sie sich meinen Partner Nate geben. Sprechen Sie mit keinem anderen.*
*Vic Hammond*

# Kapitel 37

Ben schnappte sich das Foto, den Zettel und noch ein paar andere Dinge, die in der Wohnung herumlagen, stopfte alles in einen Kissenbezug und knipste das Licht aus. Die Pistole steckte er hinten in seinen Hosenbund und ging zu dem Fenster, das auf die Rückseite des Hauses hinausging. Bevor seine Wahl auf diese Wohnung gefallen war, hatte er sich davon überzeugt, dass er ungesehen durch dieses Fenster entkommen konnte.

Draußen war es stockdunkel. Er schob das Fenster hoch und kletterte hinaus. Dabei tastete er mit dem Fuß nach dem Vorsprung. Unter ihm befand sich das leicht abfallende Dach der hinteren Wohnung, die sich in einem Anbau befand. Lautlos rutschte er das Dach hinunter, warf den Kissenbezug ins darunter liegende Gebüsch und hängte sich an die Dachrinne. Als er losließ, landete er fast lautlos auf einem Stück Rasen. Trotzdem blieb er einen Moment reglos stehen, um sicherzugehen, dass er keine Aufmerksamkeit erregt hatte.

Dann schnappte er sich den Kissenbezug und schlich im Dunkeln zum rückseitigen Bürgersteig. Dort war kein Mensch zu sehen. Seinen Wagen hatte er nur wenige Straßen weiter abgestellt und er erreichte ihn ohne Zwischenfälle. So unauffällig wie möglich stieg Ben ein und warf den Kissenbezug auf den Beifahrersitz.

Erst jetzt konnte er wieder frei atmen.

Das war einfach verrückt. Was sollte das alles? Wer war dieser Hammond? War das vielleicht eine Falle? Aber das ergab keinen Sinn. Hammond hätte ihn in dem Augenblick, in dem er zurückgekommen war, verhaften können. Warum hatte er das nicht getan? Hoffte das FBI, dass Ben sie zu Graf und Kittel führen würde, bevor sie ihn verhafteten? Aber warum hatte Agent Hammond dann diese Nachricht geschrieben?

Hammond hatte geschrieben, er sei bereit, ein Risiko einzugehen. Er glaube Claires Familie. Konnte er diesem Mann vertrauen? *Claire.*

Hatte sie ihn tatsächlich mit ihrer Aussage entlastet? Und ihre Eltern auch? Sicher verachteten sie ihn wegen all seiner Lügen. Plötzlich kam ihm ein noch schlimmerer Gedanke: *Sie haben Claire. Sie haben Claire und ihre Eltern gefangen genommen.* Natürlich, so musste es sein – er hatte es schließlich mit dem FBI zu tun. Ben hatte gelernt, dass das FBI genauso mächtig war wie die Gestapo. Es konnte tun, was immer es wollte, wann immer es wollte. Die Behörde hatte ihre eigenen Gesetze aufgestellt und besaß uneingeschränkte Macht. Amerika war nicht mehr das Land der Freien, die Heimat der Tapferen, sondern es befand sich im Krieg. Er war ja so dumm gewesen. Er hatte doch gewusst, dass das FBI damals im Juni jeden verhaftet hatte, der den Spionen irgendwie geholfen hatte. Vermutlich saßen Claire und ihre Familie bereits im Gefängnis.

Selbst wenn von Claires Gefühlen für ihn noch irgendetwas übrig sein sollte, hatte Mr Richards dem FBI gegenüber sicherlich nichts zurückgehalten, was seiner Familie in dieser verzwickten Situation weiterhelfen könnte. Warum sollten sie dafür bestraft werden, dass sie ihm ihre Herzen geöffnet und ihn bei sich aufgenommen hatten? Ben hatte ihnen schließlich eine Lüge nach der anderen aufgetischt.

Sein Kopf sank auf das Lenkrad. Er hatte es wirklich vermasselt. *Gott*, betete er, *bitte verschone die Richardsens. Lass sie nicht für das bezahlen, was ich getan habe.*

ೞ

Dreißig Minuten später hatte Ben unter falschem Namen in einem Hotel auf der anderen Seite der Stadt eingecheckt. Er saß vor dem Schreibtisch in seinem Zimmer, hielt die Nachricht von Victor Hammond in der Hand und starrte auf das Foto von sich und Claire.

Hammond hatte dieses Foto gesehen. Er wusste, wie Ben aussah. Und seine Flucht aus Daytona Beach hatte nicht verhindern können, dass Claire und ihre Eltern in die ganze Geschichte mit hineingezogen worden waren. Es war dumm von ihm gewesen zu glauben, er könnte sie aus dieser Angelegenheit heraushalten. Vielleicht sollte er erneut verschwinden, dieses Mal für immer. Er könnte sich einfach ins Auto setzen und losfahren. Irgendwohin, am besten in den Westen, in eine unbekannte Stadt, und dort noch einmal neu anfangen.

Aber das konnte er den Richardsens und vor allem Claire nicht antun. Das FBI musste wissen, dass sie mit der ganzen Sache nichts zu tun hatten. Ein Vers, den er in der Bibel gelesen hatte, kam Ben in den Sinn. Er hatte ihn auswendig gelernt. Es war eine Aussage Jesu: „Niemand hat größere Liebe als die, dass er sein Leben lässt für seine Freunde."

Ben musste sich stellen. Ja, er könnte hingerichtet werden. Oder vielleicht wie Dasch und Burger zu dreißig Jahren Haft verurteilt werden. Aber ihm blieb keine andere Wahl mehr. Entschlossen nahm er den Hörer ab und nannte der Vermittlung die Nummer des Marshall House Hotels. Dort meldete sich ebenfalls die Vermittlung. „Zimmer 312, bitte", sagte er.

Jemand meldete sich. „Hallo, hier spricht FBI Special Agent Nate Winters."

Ben antwortete nicht.

„Hallo? Wer spricht da?"

Ben hörte jemanden im Hintergrund fragen: „Ist er das?"

„Äh … hier spricht Ben Coleman. Ich möchte gern –"

„Er ist es, Vic. Hier."

„Hallo? Ben?"

„Ja."

„Ich bin froh, dass Sie sich melden, Ben."

Ben seufzte. „Ich habe Ihre Nachricht bekommen. Mir blieb also wohl kaum eine andere Wahl."

„Sie hätten untertauchen können. Wie Sie mit Sicherheit festgestellt haben, habe ich Ihnen alle Möglichkeiten offen gelassen."

„Ich weiß. Aber ich verstehe den Grund dafür nicht."

„Nun, ich bin geneigt zu glauben, dass Sie kein Nazi-Saboteur sind."

„Das bin ich nicht, Mr Hammond."

„Bitte nennen Sie mich Vic."

„Sie müssen wissen, dass Claire nichts damit zu tun hatte, Mr … Vic. Und ihre Eltern auch nicht. Ich habe sie die ganze Zeit belogen. Bis –"

„Ich weiß, Ben."

„Wurden sie verhaftet?"

„Verhaftet? Nein. Soweit ich weiß, sitzen sie in ihrem Haus in Daytona Beach. Völlig verzweifelt. Aber das wissen Sie sicher."

Ben schnürte sich die Kehle zusammen, als er das hörte. Aber gleichzeitig empfand er auch Erleichterung. „Ich verstehe das alles nicht. Was geht denn hier vor? Warum ... warum haben Sie mich nicht verhaftet? Offensichtlich wissen Sie doch, wer ich bin, und Sie wussten, wo ich mich aufgehalten habe."

„Wo Sie sich aufgehalten haben? Dann sind Sie nicht mehr in der Price Street?"

„Nein, ich ... ich bin in eine andere Unterkunft in der Stadt gezogen. Ich hatte das Gefühl, in dieser Wohnung nicht mehr sicher zu sein."

„Hören Sie, Ben, das ist jetzt nicht wichtig. Wichtig ist nur, dass Sie der Einzige sind, der weiß, wer diese anderen beiden Saboteure sind, wie sie aussehen. Vielleicht sogar, was sie als Nächstes vorhaben. Wir wissen immer noch nicht, ob sie überhaupt verantwortlich für die Explosion in der Werft sind."

„Das sind sie."

„Woher wissen Sie das?"

„Ich habe gesehen wie einer von ihnen, Kittel, heute Nachmittag aus der Werft kam."

„Kittel?"

„So heißt der eine. Der andere heißt Graf."

„Kittel und Graf. Einen Augenblick bitte. Schreib das auf, Nate. Zwei Saboteure, Kittel und Graf."

„Sie nennen sich sicher anders", erklärte Ben. „Wir wurden angewiesen, Decknamen zu benutzen, und wurden mit den entsprechenden Ausweispapieren ausgestattet. Leider habe ich ihre Decknamen vergessen, aber natürlich weiß ich, wie sie aussehen ... und wo sie in der Stadt wohnen."

„Tatsächlich? Das ist perfekt. Ben, ich weiß, dass Sie mir nicht trauen; warum sollten Sie auch? Aber im Augenblick bin ich alles, was Sie haben. Und Nate, mein Partner. Nate und ich, wir sind die Einzigen, die im Augenblick von Ihnen wissen."

„Was?"

„Wir haben diese ... *Entwicklung* noch nicht gemeldet."

„Aber warum?"

„Weil ich in Daytona Beach außer mit den Richardsens auch noch mit einigen anderen Leuten gesprochen habe. Sogar mit diesem Priester in der … wie hieß die Kirche noch mal?"

„St. Paul? Sie haben mit Pater Flanagan gesprochen?" Ben konnte es nicht glauben. Pater Flanagan hatte ihm doch versprochen, dass alles, worüber sie geredet hatten, zwischen ihnen bleiben würde.

„Er hat nicht gegen das Beichtgeheimnis verstoßen. Pater Flanagan hat mir kein Sterbenswort von dem verraten, was Sie ihm anvertraut haben. Aber er hat gesagt, ich würde mich irren, wenn ich glaubte, Sie würden jemals etwas tun, das diesem Land schaden könnte."

„Das stimmt", bestätigte Ben und kämpfte erneut gegen die Tränen an. *Danke, Gott, für Pater Flanagan.*

„Mr Richards hat dasselbe gesagt."

Ben traute seinen Ohren nicht.

„Und deshalb lehnen Nate und ich uns für Sie ziemlich weit aus dem Fenster. Das könnte uns den Job kosten."

„Oder Schlimmeres", hörte Ben Nate im Hintergrund sagen.

„Aber wir sind der Meinung, wenn Sie uns helfen, Kittel und Graf auszuschalten … nun, mehr wollen wir nicht. Wir wollen diese Männer stoppen, bevor sie noch mehr Menschen verletzen."

Es war kaum zu glauben, aber Hammond schien es ernst zu meinen. „Sie werden es definitiv wieder tun", sagte Ben. „Jede Bombe soll größeren Schaden anrichten als die vorhergehende. Es würde mich nicht wundern, wenn sie sogar noch heute Nacht erneut zuschlagen. Ehrlich gesagt rechne ich fest damit. Ich wollte sie daran hindern."

„Dann lassen Sie uns das gemeinsam tun", meinte Hammond. „Wo sind Sie gerade? Wir kommen vorbei und holen Sie ab."

# Kapitel 38

Ben saß auf dem Beifahrersitz neben Victor Hammond, dessen Partner Nate freiwillig den Rücksitz gewählt hatte. Nate beugte sich vor und starrte angestrengt durch die Windschutzscheibe. Ben konnte immer noch kaum glauben, was geschah. Als die beiden FBI-Agenten in die Lobby gekommen waren, hatte Ben beinah damit gerechnet, Handschellen angelegt zu bekommen. „Es ist das Haus dort vorne auf der linken Seite, hinter der Laterne", erklärte Ben. „Das mit dem schwarzen Eisenzaun."

Hammond lenkte den Wagen an den Straßenrand. „Wissen Sie, mit welchem Sprengstoff sie arbeiten?"

Ben nickte.

„Bringen wir die Menschen, die in diesem Haus wohnen, in Gefahr, wenn wir hineingehen?"

„Auszuschließen ist das nicht", erwiderte Ben. „Natürlich haben wir gelernt, unsere Bomben zu sichern, damit sie nicht detonieren, bevor sie am Einsatzort deponiert sind. Aber wir haben es schließlich mit Sprengstoff zu tun."

„Welches Ausmaß wird die Explosion haben, von der wir hier reden?", fragte Nate vom Rücksitz aus. „Ich habe mit eigenen Augen gesehen, was die Explosion in der Werft angerichtet hat. Sollte ich mich besser von meiner Frau und den Kindern verabschieden?"

„Ich glaube nicht, dass das nötig ist", erwiderte Ben. „Die Idee ist, eine kleine Bombe in der Nähe eines Gastanks oder etwas Ähnlichem zu deponieren, der dann eine viel größere Explosion auslöst."

„Eine sekundäre Explosion", sagte Hammond.

„Genau."

„Aha", sagte Nate. „Wir werden hier also vermutlich nicht in die Luft gesprengt, sondern verlieren höchstens ein paar Arme und Beine."

Ben lächelte. „So kann man es auch ausdrücken."

Hammond öffnete die Wagentür. Beim Aussteigen zog er seine Pistole. Nate stieg hinten aus und zückte ebenfalls seine Waffe.

Ohne zu überlegen, nahm auch Ben seine Pistole aus dem Hosenbund. „Einen Augenblick", sagte Nate. „Vic, ist das in Ordnung?"

„Es tut mir leid, Ben. Aber –"

„Leute, ich kann schießen", wandte Ben ein.

„Das glaube ich Ihnen gern", erwiderte Hammond, „aber wenn diese Männer getötet werden, sollten die Kugeln aus unseren Waffen stammen."

„Das verstehe ich", erwiderte Ben. „Aber vielleicht brauchen Sie einen dritten Mann. Glauben Sie mir, Graf und Kittel sind hervorragende Schützen. Wir sind nicht aus demselben Holz geschnitzt wie die Jungs, die Sie im Juni geschnappt haben. Im Vergleich zu uns waren das Clowns."

„Na gut, möglicherweise haben Sie recht", meinte Hammond. „Aber … lassen Sie den Finger vom Abzug. Sie sind nur der Ersatzmann. Und das meine ich ernst: Sie greifen nur ein, wenn das hier wirklich aus dem Ruder läuft."

„In Ordnung", erwiderte Ben.

Langsam näherten sie sich der Tür. Nate und Hammond gingen voraus, Ben folgte ihnen. Er hatte den beiden Agenten bereits eine genaue Beschreibung von Graf und Kittel gegeben. Sie stiegen die wenigen Stufen hoch und öffneten die Haustür, die in einen dunklen Flur führte. Im Licht, das von der Straßenlaterne hereindrang, konnten sie zwei Türen und links von ihnen eine Treppe erkennen. Die eine Tür befand sich unmittelbar vor ihnen, die andere am Ende des Flurs.

„Wissen Sie, welche Wohnung es ist?", flüsterte Hammond.

Ben schüttelte den Kopf.

„Ich klopfe einfach an diese Tür. Wenn jemand öffnet, gehen wir beide zuerst hinein, Nate. Ben, Sie halten sich zurück." Hammond blickte zuerst Nate an, dann Ben. Sie nickten beide.

„Hoffen wir, dass uns das nicht um die Ohren fliegt", flüsterte Nate.

Hammond sah ihn an und grinste. Dabei schüttelte er den Kopf, als wollte er sagen: „Du Idiot." Leise klopfte er an die erste Tür. Im Innern wurden Geräusche laut. Schritte näherten sich der Tür.

„Ja? Wer ist da?" Es war die Stimme einer Frau, einer älteren Frau mit ausgeprägtem Südstaatenakzent. Die Tür wurde ein paar Zentimeter geöffnet, aber es war eine Messingkette vorgelegt.

Rasch ließen Hammond und Nate ihre Waffen sinken. „Hallo, Madam", sagte Hammond fast flüsternd. „Wir kommen von außerhalb und wollen Freunde besuchen. Sie haben uns diese Adresse gegeben. Zwei Männer, etwa in unserem Alter."

Die Frau schloss die Tür wieder, entriegelte die Kette und öffnete sie ganz. „Lassen Sie sich mal anschauen." Sie war klein, nur knapp ein Meter fünfzig groß, hatte graue, gelockte Haare und dicke Brillengläser auf der Nase. „Wenn das die Adresse ist, die Ihre Freunde Ihnen gegeben haben, suchen Sie bestimmt Mr Garner und Mr Keller. Dort drüben wohnt Mr Hemming, aber er ist noch älter als ich."

Hammond sah zu Ben und formte mit den Lippen die Worte „Garner und Keller." Ben nickte. Das waren sie.

„Das sind sie, Madam. Sie wohnen also oben?"

„Ja. In der Wohnung über mir, aber Sie haben sie gerade verpasst. Vor fünfzehn Minuten sind sie weggegangen."

„Ach, tatsächlich. Das ist wirklich zu schade. Haben sie gesagt, wo sie hinwollen?"

„Ich habe nicht mit ihnen gesprochen, aber ich hatte den Eindruck, dass der junge Mr Keller zur Nachtschicht zurückgerufen wurde. Er arbeitet unten in der Werft."

„Wie kommen Sie darauf?"

„Er hatte seinen Helm und seine Brotdose dabei."

„Passiert das öfter?", fragte Nate. Er klang eher wie ein FBI-Agent als wie ein alter Freund.

„Aber nein, ich glaube nicht. Möchten Sie eine Nachricht und Ihre Namen hinterlassen? Ich kann sie ihnen gerne geben und ihnen ausrichten, dass Sie sie besuchen wollten."

„Das ist nicht nötig", meinte Hammond. „Wir sind auf dem Weg nach Florida und dachten einfach, wir versuchen unser Glück. Uns war bewusst, dass sie möglicherweise gar nicht da sind. Aber vielen Dank für Ihre Hilfe, Sie waren sehr freundlich. Einen schönen Abend noch."

Die alte Dame schloss die Tür und legte die Kette vor. Die drei Männer verließen das Haus.

„Es passiert heute Nacht", sagte Ben.

„Die Brotdose?", fragte Hammond.

Ben nickte.

„Dann sollten wir uns besser schleunigst auf den Weg zur Werft machen", sagte Hammond. Sie rannten zum Wagen, sprangen hinein und brausten davon.

Kurz darauf deutete Nate mit dem Kopf auf Ben. „Wie erklären wir dem Pförtner, wer er ist?"

Bevor Hammond antworten konnte, meldete Ben sich zu Wort. „Wir sollten nicht durch das Haupttor auf das Gelände fahren. Ich habe eine bessere Idee."

# Kapitel 39

Zu dritt fuhren sie mit dem dunklen Wagen durch die noch dunkleren Straßen im Osten der Stadt. Vor ihnen glühten die Lichter der Werft, wie ein kleiner Sonnenaufgang, eine goldene Kuppel. Wieder einmal wunderte sich Ben über die Absurdität und den Widersinn der Verdunkelungsbestimmungen. Er wusste, dass die Deutschen mit ihren Flugzeugen nicht den Atlantik überqueren konnten, um die USA zu bombardieren; die Stadt Savannah hätte alle Lichter anknipsen können, die ganze Nacht lang, wenn sie wollte, jeden Abend der Woche.

Wenn die Deutschen die Möglichkeit gehabt hätten, hätten sie die verdunkelte Stadt in Ruhe gelassen und die Werft, die hell erleuchtet war und tatsächlich etwas produzierte, das die Deutschen zerstören wollten, in Grund und Boden bombardiert. Aber die Nazis besaßen nicht die Möglichkeit, Bomben über den Vereinigten Staaten abzuwerfen. Stattdessen hatten sie Graf und Kittel, bewaffnet mit einer kleinen, handgefertigten Bombe, die sie in einer Butterbrotdose aus Metall versteckt hatten. Und die waren nun auf dem Weg, um ihren zweiten Sabotageakt auszuführen.

„Was können Sie mir über die erste Explosion erzählen?", fragte Ben.

„Das sind vertrauliche Informationen", erwiderte Nate. „Darüber brauchen Sie nichts zu wissen."

Hammond warf einen Blick über seine Schulter und verzog das Gesicht.

„Okay, vermutlich müssen Sie doch darüber Bescheid wissen."

„Ich brauche keine umfassenden Informationen", sagte Ben. „Gab es Todesopfer?"

„Nein. Die Explosion ereignete sich während der Nachtschicht. Fünf Schweißer wurden leicht verletzt. Ein paar Schnitte und Brüche, ein Mann verlor teilweise sein Gehör."

„Also bei den Schweißern, ja?"

„In einer Werft gibt es eine Menge Schweißer", bemerkte Nate.

„Dann haben sie sich bei der ersten Explosion an die Vorschriften gehalten. Die heutige wird schlimmer. Da es beim ersten Mal geklappt hat, werden sie vermutlich dieselbe Inszenierung wählen, ein ähnliches Ziel. Aber dieses Mal werden Menschen ihr Leben verlieren. Nicht viele, aber gerade so viele, dass Unruhe unter den Arbeitern entsteht."

Sie ließen die Stadt hinter sich. „Also gut, Ben", sagte Hammond, als sie fast an der Werft waren. „Wohin jetzt?"

„Biegen Sie da vorne links in diesen Feldweg ein, der am äußeren Zaun entlangführt."

„Meinen Sie nicht, dass sie das Gelände einfach durch das Tor betreten werden? Schließlich arbeiten sie doch dort."

„Soweit wir wissen, ist nur Kittel dort angestellt", korrigierte Ben ihn. „Die Frau hat nichts davon gesagt, dass beide dort arbeiten, und heute Nachmittag habe ich nur Kittel gesehen."

„Und warum hat er seinen Schutzhelm mitgebracht?", fragte Nate.

„Ich schätze als Tarnung, für den Fall, dass sie entdeckt werden. Ich hoffe nur, dass das nicht geschieht."

„Warum?"

„Sie würden demjenigen ohne zu zögern die Kehle durchschneiden."

„Und ein Mordopfer zurücklassen? Würde das nicht zu viel Aufmerksamkeit erregen?"

„Man würde den Leichnam nicht finden", sagte Ben. „Oder erst, wenn sie ihr Ziel erreicht haben. Augenblick mal, könnten Sie an dieser Stelle hier anhalten?" Die Straße und der Zaun stiegen leicht an.

„Eisenbahnschienen", sagte Hammond.

Ben entdeckte ein Wachhaus neben einem Tor. Zwei Soldaten standen darin.

„Über die Straße kommt man hier nicht ins Werk", sagte Nate. „Das ist nur für die Züge."

„Fahren Sie noch ein Stück weiter", bat Ben Hammond, „bis kein Licht mehr herüberdringt. Haben Sie eine Taschenlampe?"

„Im Kofferraum", sagte Nate.

„Können wir anhalten und sie holen? Wir hätten sie gleich, als wir losgefahren sind, vorholen sollen."

Hammond hielt an. Nate sprang aus dem Wagen und stieg kurz darauf mit der Taschenlampe in der Hand wieder ein. „Hier. Die Batterien sind ganz neu."

Hammond überquerte die Bahnschienen. „Denken Sie, dass sie hier irgendwo reingegangen sind?"

„Das würde ich auf jeden Fall tun", sagte Ben. Er leuchtete mit der Taschenlampe den unteren Teil des Zauns ab. „Könnten Sie bitte langsamer fahren?"

Nach etwa fünfundsiebzig Metern entdeckte Ben etwas. „Stopp!"

„Was ist?"

„Da, sehen Sie! Die Stelle, auf die der Strahl der Taschenlampe fällt!"

„Ich sehe nur den Zaun", meinte Nate.

„Lassen Sie uns hingehen", schlug Ben vor.

Hammond nickte. Gemeinsam mit Nate folgte er Ben über eine Wiese. Beim Näherkommen war deutlich zu erkennen, dass ein Stück des Metallzauns durchgeschnitten worden war, ein sauberer Schnitt, etwa sechzig Zentimeter lang. Es war wieder heruntergeklappt worden und wurde von Steinen gehalten. „Hier sind sie rein."

„Dann sollten wir ihnen folgen", schlug Hammond vor.

Sie schoben die Steine aus dem Weg. Nate zog den Maschendrahtzaun beiseite und hielt ihn fest, damit die anderen durchkriechen konnten. Als sie alle auf der anderen Seite standen, sagte er: „Vielleicht sollten wir das melden, Vic. Falls diese Kerle irgendwo da drin sind und eine Bombe legen …"

„Wenn wir das tun, verlieren wir sie, das ist sicher", erwiderte Hammond.

„Aber sieh dir doch mal all diese Werkshallen an. Wie sollen wir drei sie alle absuchen? Ich glaube nicht, dass wir so viel Zeit haben."

Ben bückte sich und leuchtete mit dem Strahl der Taschenlampe das Gras ab. „Sie sind in diese Richtung gegangen. Sehen Sie nur." Nate und Vic hockten sich hin und Ben leuchtete auf eine bestimmte Stelle, wo man das niedergetretene Gras deutlich erkennen konnte.

„Das klappt", meinte Hammond. „Die Spur ist deutlich genug. Lasst uns gehen." Die beiden FBI-Agenten zogen ihre Waffen. Zu dritt rannten sie quer über die Wiese auf den Fluss und eine lang gestreckte Werkshalle aus Wellblech zu. Die Spur endete dort, wo die Wiese zu Ende war.

Ben sah sich um. „Was befindet sich in dieser Halle? Weiß das einer von Ihnen?"

Hammond schüttelte verneinend den Kopf. „Ich weiß es nicht genau", meinte Nate. „Aber ich meine mich zu erinnern, dass ich im hinteren Bereich einige große Propantanks gesehen habe." Er deutete nach links, zum hinteren Ende der Halle.

„Arbeiten in diesem Bereich Menschen?", fragte Ben.

„Viele", erwiderte Nate. „Zumindest in der Frühschicht."

„Dann sollten wir dort beginnen", sagte Ben. Im Schutz der Dunkelheit rannten sie über den geteerten Platz zum hinteren Teil der Werkshalle.

Wenigstens brauchten sie nicht darauf zu achten, keinen Lärm zu machen, dachte Ben. Der Lärm aus den Hallen, in denen riesige Stahlplatten zusammengehämmert, genietet und geschweißt wurden, war ohrenbetäubend. Sie bogen um die Ecke und kamen zu einem hell erleuchteten offenen Platz. Unweit des Flusses konnte Ben drei Schiffsrümpfe erkennen, die von Dutzenden Arbeitern zusammengesetzt wurden.

„Denken Sie, dass sie vielleicht dort unten sind?", fragte Nate. „Das sind ziemlich große Ziele."

„Ich denke, wir sollten es lieber hier probieren", sagte Ben und deutete auf die Werkshalle, vor der sie standen.

„Bisher hat er sich noch nicht geirrt", bemerkte Hammond.

Nate überprüfte den Türgriff der Doppeltore. „Es ist offen."

Er öffnete die Tür und sie traten ein.

Die hohe Halle war in diesem Bereich nur spärlich beleuchtet. Metallträger und Rohre zogen sich kreuz und quer durch die Werkshalle, so weit wie Ben sehen konnte. Das war eine typische Fabrikhalle. Aber Nate hatte recht, hier standen vier große Propangastanks, jeweils zwei nebeneinander. Sie befanden sich momentan im Schatten der nächststehenden beiden. Ben war sofort alarmiert. „Also ich an ihrer Stelle würde den Sprengstoff hier deponieren, genau hier." Die Männer hoben ihre Pistolen.

„Pass auf, wo du hinschießt, Nate. Diese Tanks sollten möglichst nicht getroffen werden."

„Sobald wir sie sehen, eröffnen wir das Feuer?", vergewisserte sich sein Partner.

„Oh ja", erwiderte Hammond. „Wir erledigen sie. Ben, sobald Sie sie entdeckt haben …"

Ben hörte kaum hin. Er war ein paar Schritte weitergegangen und hatte sich gebückt, damit er besser nach den Spionen Ausschau halten konnte. Noch hatte er Graf und Kittel nicht entdeckt, aber er war sich sicher, dass sie da waren. Sein Blick wanderte zu den beiden Tanks auf der anderen Seite der Halle hinüber. Sie warfen ihren Schatten über den gesamten Bereich. Vor den Tanks war eine Gruppe von zwanzig Maschinisten mit Bohrern, Schleifgeräten und einer Drehmaschine beschäftigt. Ben legte sich auf den Boden und musterte den Boden zwischen den Tanks.

Da waren sie.

Zwei Paar Beine drängten sich im Schatten. Eines von ihnen kniete auf dem Boden. Ben blickte zu Hammond hoch. „Das sind sie. Da bin ich mir sicher." Er zeigte zu der Stelle, wo er sie entdeckt hatte. Hammond bedeutete Nate, ihm an der hinteren Wand entlang zur anderen Seite des Gebäudes zu folgen. Ben sprang auf und stoppte die beiden.

„Was ist?", flüsterte Hammond. „Lösen wir den Sprengsatz aus, wenn wir schießen?"

„Möglicherweise. Ich bin mir nicht sicher. Sie haben bestimmt eine Zeitschaltuhr eingebaut. Aber ich habe keine Ahnung, wie weit sie bereits sind. Ich dachte, wenn ich da rübergehe, mich an die hintere Wand stelle und ihnen etwas zurufe, treten sie vielleicht so weit zurück, dass Sie gefahrlos auf sie schießen können. Außerdem wollen Sie doch keine Werftarbeiter erschießen, oder?"

„Okay, dann machen wir es so", bestimmte Hammond.

„Woher sollen wir wissen, dass sie es sind?", fragte Nate. „Wir haben nur eine Sekunde. Und da drüben ist es ziemlich dunkel."

„Wie wäre Folgendes", schlug Hammond vor. „Sie sprechen sie auf Deutsch an. Und wenn sie auf Deutsch antworten, eröffnen wir das Feuer."

„In Ordnung", erwiderte Ben.

„Wir zielen auf die Köpfe", sagte Hammond zu Nate. „Ich habe keine Lust, versehentlich die Bombe zu erwischen."

Ben schlich über den Zementboden auf die andere Seite der Halle und tauchte dort in den Schatten der gegenüberliegenden beiden Tanks ein. Die beiden FBI-Agenten hielten sich hinter ihm. Hinter dem ersten Tank hielten sie inne. Ben spürte, wie Panik in ihm aufstieg. Sein Gesicht wurde knallrot. *Schluss damit.* Er atmete tief durch. *Bitte gib mir Mut.*

Er trat hinter dem Tank hervor und spähte den dunklen Gang hinunter. Wie erwartet sah er vor sich zwei Silhouetten. Der eine Mann stand und sah in Richtung der Maschinisten, der andere kniete auf dem Boden.

„Graf, Kittel … sind Sie das? Ich bin es, Gerhard", sagte Ben auf Deutsch.

Der stehende Mann drehte sich um. Ben konnte sein Gesicht noch immer nicht erkennen. Der kniende Mann hielt in dem, was er gerade tat, inne und stand auf. Ungläubig fragte er ebenfalls auf Deutsch: „Gerhard, was tun Sie denn hier?" Ben erkannte Grafs Stimme.

„Sie sind es tatsächlich", sagte Ben. Dann trat er zur Seite und presste sich mit dem Rücken gegen die Metallwand.

„Sprecht gefälligst Englisch, ihr Trottel", sagte Kittel.

Ein Schuss ertönte. Kittel stürzte zu Boden. Graf warf sich der Länge nach hin, weshalb der für ihn bestimmte Schuss über seinen Kopf hinwegflog. „Verräter!", schrie er.

„Ich sehe ihn nicht mehr", rief Nate.

„Er zündet die Bombe", schrie Ben und rannte durch den Gang auf Graf zu.

„Ben, aus dem Weg", rief Nate.

„Stehen bleiben, Ben!", schrie Hammond.

Ein gleißender Blitz. Ein lautes Dröhnen. Ben spürte, wie er zurückgeschleudert wurde. Er prallte gegen die Metallwand.

Um ihn herum wurde alles schwarz.

# Kapitel 40

Ben öffnete die Augen. Er lag auf dem Boden. Unter sich spürte er Erde und Gras. Sein Sehvermögen war eingeschränkt. In der Ferne schrillten Alarmglocken. Jemand schrie: „Raus hier! Alle Mann raus!" Dann ertönte die Stimme eines anderen Mannes: „Das ganze Ding kann jeden Augenblick in die Luft fliegen!"

Er rieb sich die Augen. Allmählich wurde der Nachthimmel klarer.

„Er kommt zu sich." Das war Nates Stimme.

Ben wandte den Kopf. Hammond hockte neben ihm. „Alles in Ordnung, Ben? Können Sie sich bewegen?"

„Ich gehe besser wieder zurück", meinte Nate. „Was sagen wir, was gerade passiert ist?"

Hammond sah Nate an. „Alle dort drin tun, was getan werden muss; sie räumen die Halle. Unsere Jungs werden sicher jeden Augenblick hier eintreffen. Sorg dafür, dass sich jemand um die Leute kümmert und sicherstellt, dass tatsächlich das ganze Gebäude geräumt wurde. Und dann häng dich ans Telefon und informiere den Rest unseres Teams, dass wir die Saboteure hier in Savannah ausfindig gemacht haben und sie tot sind." Er zuckte mit den Achseln. „Ach, du weißt schon." Nate nickte und ging davon.

„Wie bin ich hierhergekommen?", fragte Ben, während er sich aufsetzte.

„Wir haben Sie da rausgeholt", erklärte Hammond. „Erinnern Sie sich noch, was geschehen ist?"

„Graf und Kittel."

„Sie sind beide tot."

„Ist sonst noch jemand gestorben?"

„Gott sei Dank nicht. Im ersten Moment dachten wir, Sie wären tot. Keine Ahnung, welchem Umstand wir das zu verdanken haben, aber zum Glück hat es keine sekundäre Explosion gegeben. So wie es aussieht, ist nur die Bombe in der Butterbrotdose hochgegangen."

„Wie lange war ich bewusstlos?"

„Ein paar Minuten."

Ben blickte durch das Loch im hinteren Teil der Werkshalle. Trotz des dichten Rauches konnte er erkennen, dass die großen Tanks unversehrt waren. „Unglaublich, dass sie nicht in die Luft geflogen sind." Das war wirklich ein Wunder.

„Noch ist die Gefahr nicht gebannt. Sind Sie verletzt?"

„Könnten Sie mir hochhelfen?" Während Ben aufstand, beobachtete er, wie eine große Traube Arbeiter über das Gelände auf die Werkshalle zuströmte, in der es zur Explosion gekommen war. Sobald er auf den Beinen war, hörte er in sich hinein. „Mein Kopf dröhnt und meine Schultern schmerzen. Außerdem habe ich das Gefühl, dass meine Ohren verstopft sind. Aber ansonsten scheint alles in Ordnung zu sein."

„Sie haben ein paar Kratzer im Gesicht und am Hals", sagte Hammond. „Aber wenn Sie sonst nicht verletzt sind ... Hören Sie, Ben, hier wird es bald von Agenten nur so wimmeln. Ich weiß nicht, wie viel Zeit wir noch haben."

„Und ... was wollen Sie damit sagen?"

„Sie können gehen."

„Was ... wann?"

„Sofort. Denn wenn Sie sich nicht augenblicklich aus dem Staub machen, könnte alles sehr kompliziert werden. Niemand außer Nate und mir weiß von Ihnen. Da drin liegen zwei tote Spione. Nach denen haben wir gesucht und die wollten wir unschädlich machen. Man wird uns als Helden feiern, weil wir verhindert haben, dass sie ihr Vorhaben durchführen. Unsere offizielle Version wird lauten, dass sie sich selbst in die Luft gesprengt haben, weil wir sie umzingelt hatten. Das wird Hoover gefallen." Er schüttelte den Kopf. „Ich tue das wirklich nur ungern. Eigentlich gebührt das Lob für diese Aktion Ihnen. Aber die einzige Anerkennung, die ich Ihnen geben kann, ist die hier." Er hielt ihm die Hand hin.

Ben ergriff sie.

„Ehrlich gesagt würde ich mich nicht wundern", fuhr Hammond fort, „wenn kein einziges Wort darüber seinen Weg in die Zeitungen finden würde. Ich glaube nicht, dass Hoover noch mehr deutsche Spione im Land haben will, ob sie nun da sind oder nicht.

Aber das ist im Augenblick meine geringste Sorge. Wichtig ist jetzt nur, dass Sie schnellstmöglich verschwinden."

„Wo soll ich denn hin?"

„Das liegt an Ihnen. Aber in Ihr altes Leben können Sie nicht mehr zurück. Sie dürfen sich weder in Daytona Beach niederlassen noch sich weiterhin Ben Coleman nennen."

„Aber warum? Sie haben doch gerade gesagt, dass Sie Ihre Spione gefunden haben. Außer Ihnen kennt niemand meinen Namen."

„Aber alle wissen, dass es einen vierten Mann gegeben hat. Vergessen Sie nicht: Wir haben Ihren Partner in den Dünen gefunden. Und ihr arbeitet immer zu zweit. Hoover weiß das. Genauso wie alle anderen in diesem Team. Dass Graf und Kittel tot sind, hat uns ein wenig Zeit erkauft, mehr nicht. Nate und ich haben das besprochen; wir sind beide bereit, Ihnen eine zweite Chance zu geben. Weil wir der Meinung sind, dass Sie die verdient haben. Aber in unserem Team gibt es viele scharfsinnige Jungs und es liegen viele lose Enden herum, die ehrgeizige Agenten aufnehmen und zusammenknüpfen könnten. Man wird nicht aufhören, nach Ihnen zu suchen. Sie sind der vierte Mann. Also müssen Sie untertauchen, für immer."

Was ansonsten geschehen würde, musste er nicht weiter ausführen. Ben wusste genau, was ihm blühte, wenn man ihn erwischte. „Ich weiß nicht, was ich sagen soll."

Hammond lächelte. „Versprechen Sie mir einfach, dass Sie etwas aus Ihrem Leben machen. Tun Sie etwas Sinnvolles. Entwickeln Sie ein Heilmittel für eine Krankheit. Stellen Sie einen Weltrekord auf. Tun Sie, was auch immer Sie tun wollen. Nur tun Sie es nicht als Ben Coleman, oder Gerhard … wie auch immer Ihr Nachname lautet."

„Was ist mit den Richardsens in Daytona? Was ist mit Claire?"

„Ich werde zu Protokoll geben, dass wir da nicht weitergekommen sind. Sie stehen nicht unter Verdacht. Nate und ich werden uns etwas einfallen lassen, wie wir Graf und Kittel auf die Spur gekommen sind. Aber an Ihrer Stelle würde ich trotzdem nicht nach Daytona Beach zurückkehren. Wie ich schon sagte … ich habe dort viele Fragen gestellt, mit vielen Menschen gesprochen. Einer unserer Männer könnte die Spur dort wieder aufnehmen. Und dann wird er zwei und zwei zusammenzählen, so wie ich es getan habe. Wenn Sie aber fort sind, ist alles nur ein Gerücht."

Ben schüttelte dem FBI-Agenten erneut die Hand. Am liebsten hätte er ihn umarmt. Hammond hatte ihm gerade nicht nur das Leben gerettet, sondern ihm eine Zukunft geschenkt.

„Und jetzt verschwinden Sie von hier."

# Kapitel 41

Als Ben am nächsten Morgen in seinem Hotelbett in Savannah erwachte, hatte er zum ersten Mal seit Tagen gut geschlafen. Trotzdem fühlte er sich so zerschlagen, als wäre er von einem Auto überrollt worden. Langsam und vorsichtig zog er sich an, dann schnappte er sich seinen Koffer und begab sich nach unten in die Hotellobby, um auszuchecken.

Seine Waffe und das Foto von Claire waren sicher im Koffer verwahrt. Die Pistole würde er unterwegs irgendwo in einem Sumpf oder einem Fluss verschwinden lassen. Die brauchte er jetzt zum Glück nicht mehr. Aber von dem Foto würde er sich niemals trennen. Unten in der Lobby blätterte er die Zeitung durch und staunte nicht schlecht. Zum einen, weil die Explosion in der Werft von der vergangenen Nacht mit keinem Wort erwähnt wurde, und zum anderen, weil schon Samstag war. Wenn man um sein Leben kämpfte und diesen Kampf beinah verlor, ging einem irgendwie jegliches Zeitgefühl verloren.

Er ging zu seinem Wagen, den er zwei Querstraßen weiter geparkt hatte, verstaute sein Gepäck im Kofferraum und setzte sich ans Steuer des grünen viertürigen Coupés. Erst jetzt wurde ihm klar, dass er sich gar keine Gedanken darüber gemacht hatte, wie es nun weitergehen sollte. Nicht einmal, welche Richtung er einschlagen sollte, wenn er die Stadt hinter sich gelassen hatte, wusste er. Ihm stand keine Stadt vor Augen, in der er sich gerne niedergelassen hätte, kein Ort, an dem er seine „zweite Chance", wie Hammond es ausgedrückt hatte, wahrnehmen könnte. An Geld mangelte es Ben nicht. Er hatte genug, um zu tun, was auch immer er tun wollte. Außerdem besaß er ausreichend Rationierungsmarken, um an jedem Ort in den USA fast ein Jahr lang leben zu können.

Aber was zählte das?

Er würde das alles sofort eintauschen, wenn er Claire zurückbekommen könnte. Wenigstens befanden sie und ihre Eltern sich nicht mehr im Visier des FBI. Das war eine große Erleichterung für ihn.

Ein älteres Ehepaar spazierte untergehakt über den Bürgersteig; der Blick des Mannes war unverwandt auf ihn gerichtet. Ben nickte ihm lächelnd zu. Der Mann lächelte zurück. Entschlossen startete Ben den Motor und bog an der ersten Kreuzung in die West Oglethorpe Avenue ab.

Savannah war wirklich ein bezauberndes Städtchen.

Er schlug den Weg zur Werft ein, obwohl das die falsche Richtung war, aber das war ihm egal. Die Werft lag am anderen Ende der Stadt. Außerdem herrschte dort nach der Aufregung in der vergangenen Nacht sowieso gerade das Chaos. Er wollte sich wenigstens noch ein paar Minuten lang an der Schönheit der hiesigen Szenerie erfreuen.

Die Eichen, die hier wuchsen, waren unglaublich. Jede einzelne war bestimmt über hundert Jahre alt. Zu beiden Seiten säumten sie im Abstand von etwa fünfzehn Metern die Straße. Er liebte diese Alleen; es war faszinierend, wie die Bäume ihre knorrigen Äste über die Straße reckten und sich mit den Bäumen auf der anderen Seite verbanden. Hier und da brach ein Sonnenstrahl durch das dichte Blätterdach, das sich über die Straße wölbte, aber ansonsten lag sie im Schatten. Ben genoss die Fahrt in vollen Zügen. An jeder Kreuzung bremste er ab und bewunderte die historischen Gebäude links und rechts den engen Straßen.

Wenn die Explosion in der Werft nicht gewesen wäre, hätte er sich gut vorstellen können, hier einen Neuanfang zu wagen. Aber jetzt wimmelte es in der Stadt nur so von FBI-Agenten.

Außerdem: Wie könnte er ohne Claire jemals irgendwo neu anfangen?

Bens Magen knurrte und erinnerte ihn daran, dass er noch nicht gefrühstückt hatte. Bevor er Savannah verließ, sollte er besser dafür sorgen, dass er über eine gute Grundlage für die Fahrt verfügte. Er bog in die Drayton Street ab und fuhr bis zur Broughton Street, die ihn stark an die Beach Street in Daytona Beach erinnerte. Als er ein McCrory's entdeckte, riss er instinktiv das Lenkrad herum und fuhr auf den Kundenparkplatz. Nachdem er ausgestiegen war, spähte er durch das Schaufenster ins Innere. Dabei überfiel ihn eine tiefe Traurigkeit. Beinahe konnte er „die Clique" an der Theke sitzen sehen. Joe und Barb, Hank, außerdem Miss Jane, die ihre Bestel-

lungen entgegennahm, und natürlich Claire, deren wunderschönes
Lächeln das ganze Lokal erhellte.

☙

„Steht was in der Zeitung, Dad? Über Savannah, meine ich?"
Claire saß ihrem Vater am Esstisch gegenüber. Ihre Mutter spülte
in der Küche das Frühstücksgeschirr. Sie hatte darauf bestanden,
dass Claire in aller Ruhe bei ihrem Vater am Tisch sitzen blieb
und ihren Kaffee zu Ende trank. Claire glaubte nicht, dass sie
jemals wieder Ruhe verspüren würde. Seit Ben vor ein paar Tagen
fortgefahren war, hatte die Angst sie fest im Griff. Tiefe Traurigkeit
erfüllte sie und viele Stunden am Tag saß sie einfach nur da und
starrte vor sich hin.

Ihr Vater blätterte die Seiten durch. „Hier steht kein einziges
Wort, Claire. Savannah wird mit keiner Silbe erwähnt. Aber glaub
mir, Liebes … über solche Ereignisse wird in der Zeitung auch
nicht berichtet, nicht in Kriegszeiten."

Wenigstens hatte ihr Vater sich wieder einigermaßen gefangen.
An dem Tag nach dem Gespräch mit Agent Hammond hatte er befürchtet, dass jeden Augenblick das FBI durch die Tür stürmen und
sie alle verhaften würde. Sowohl an jenem als auch am Tag danach
hatten sie beim Abendessen kein einziges Wort miteinander gesprochen. Die Stimmung war angespannt und niedergedrückt gewesen.

Aber das FBI war nicht gekommen. Der nächste Tag war ange-
brochen und zu Ende gegangen, ohne dass etwas passiert war. Und
dann noch einer. Vor ein paar Minuten hatte ihr Vater zu ihr und
ihrer Mutter gesagt, er glaube nicht, dass jetzt noch etwas passieren
würde. „Vielleicht hat Agent Hammond ja tatsächlich die Wahrheit gesagt", hatte er gesagt und zum ersten Mal seit Tagen wieder
gelächelt.

Ihre Mutter hatte das als Zeichen genommen, ihr altes Leben
wieder aufzunehmen. Niemand sprach mehr über Bens Flucht oder
Rückkehr oder darüber, dass Claire mit ihm gehen könnte, wenn
er zurückkäme.

Dabei drehten sich Claires Gedanken ausschließlich um dieses
Thema. Immer wieder quälte sie die schreckliche Vorstellung, dass

Ben vielleicht gar nicht mehr am Leben war und sie ihn nie wiedersehen würde. Sie fragte sich, was wohl schlimmer wäre: das oder niemals zu erfahren, was aus ihm geworden war.

# Kapitel 42

Was er tat, war völlig verrückt, aber das war ihm egal.

Nach dem Frühstück bei McCrory's in Savannah war Ben aus der Stadt herausgefahren, obwohl er immer noch keine Vorstellung davon gehabt hatte, wie es weitergehen sollte. An der Kreuzung zum Highway 17 hatte er gehalten. Er hatte nachgedacht, gebetet und sich den Kopf zerbrochen. Sollte er links oder rechts fahren? Nach Norden oder nach Süden? Bestimmt drei oder vier Minuten hatte er an dieser Kreuzung gestanden, bis ein Farmer in einem alten Pickup ungeduldig geworden war und auf die Hupe gedrückt hatte.

Ben hatte instinktiv reagiert und war nach links in Richtung Süden abgebogen.

Damit war die Entscheidung getroffen. Er würde nach Daytona Beach zurückkehren, ein letztes Mal, um Claire noch einmal zu sehen.

Unterwegs hatte er mit sich gerungen. War es richtig, sich von Claire zu verabschieden? Auch die Warnungen, die Hammond ihm vergangene Nacht mit auf den Weg gegeben hatte, klangen in ihm nach. *Was auch immer Sie tun, kehren Sie keinesfalls nach Daytona Beach zurück*, hatte er gesagt. Aber war es wirklich so schlimm, wenn er noch einmal für einen Tag, nur für einen einzigen Tag, in die Stadt zurückkehrte? Bis die Agenten ihre Ermittlungen in der Werft abgeschlossen hatten, würde Ben längst wieder fort sein.

Am stärksten beunruhigte ihn jedoch sein letztes Gespräch mit Claire, das im Park am Fluss.

*Ben ... willst du damit sagen ... du bist ein deutscher Spion?*

*Ben, ich liebe dich, aber ich weiß nicht recht. Das ist ... zu viel, denke ich.*

*Also, sag mir ...* Gerhard Kuhlmann, *was noch? Ich will alles wissen, was du mir sonst noch verschwiegen hast. Keine Lügen mehr.*

*Eigentlich solltest du dich nicht so sehr bemühen müssen, einem Menschen gegenüber, den du liebst, ehrlich zu sein.*

Es waren nicht nur ihre Worte, die ihm Bauchschmerzen bereiteten; es war der Ausdruck in ihren Augen, der Widerwille in ihrer Stimme.

Aber er konnte nicht anders, er musste zurückkehren, nur noch ein Mal. Um sie ein letztes Mal zu sehen. Selbst wenn er dann erneut ihre Zurückweisung ertragen müsste. Er hatte sich etwas vorgenommen. Bens Blick wanderte zu dem Holzkoffer, der neben ihm auf dem Beifahrersitz stand. Er wollte ihn Mr Richards zurückgeben; immerhin war er ein Familienerbstück. Claires Vater hatte ihm den Koffer nur geschenkt, weil er geglaubt hatte, dass Ben Teil dieser Familie würde.

Außerdem sollte die letzte Erinnerung der Richardsens an ihn positiv sein. Er würde ihnen die gute Nachricht überbringen, dass sie seinetwegen nicht länger in Angst leben mussten, dass Hammond beschlossen hatte, sie in Ruhe zu lassen.

Wieder hielt Ben sich streng an die Geschwindigkeitsbeschränkungen, und so zog sich die Fahrt ziemlich lange hin. Zwischendurch verlor er jegliches Zeitgefühl, doch allmählich kamen ihm die Hinweisschilder auf die umliegenden Städte wieder bekannt vor. Saint Augustine, Bunnell, Ormond Beach, Holly Hill. Jetzt war er bald da. Links von ihm tauchte das wunderschöne Riviera Hotel auf, ein Bauwerk, das viel besser nach Beverly Hills gepasst hätte. Als Ben sich der Mason Avenue näherte, bremste er ab. Ein Konvoi Armeelastwagen, die allesamt von Armeehelferinnen gesteuert wurden, hielt ihn auf.

Er kurbelte sein Fenster hinunter, um die frische Meeresbrise hereinzulassen.

Vor ihm rechts lag St. Paul. Vielleicht sollte er anhalten und Pater Flanagan einen Besuch abstatten. Ben verdankte ihm so viel. Der Priester hatte keine Mühe gescheut, um ihm zu helfen, obwohl er nicht einmal katholisch war. Aber in der Nähe der Kirche parkten einige Autos und Ben konnte sehen, dass Gläubige in die Kirche strömten. Vermutlich saß Pater Flanagan gerade im Beichtstuhl und war gut beschäftigt.

Nachdem er die Broadway Avenue und schließlich die Orange Avenue hinter sich gelassen hatte, begann Bens Herz schneller zu schlagen. Jetzt war es nicht mehr weit bis zu dem großen Haus von Claires Eltern. Als es in Sicht kam, machte sich Furcht in ihm breit und schnürte ihm die Kehle zu.

Er bog in die Einfahrt ein, fand aber nicht die Kraft, die Wagentür zu öffnen.

ॐ

„Wer mag das nur sein?", fragte Claires Mutter und kam aus dem Esszimmer ins Wohnzimmer geeilt.

Claire zuckte hilflos mit den Achseln. Auch sie hatte gehört, dass ein Wagen in ihre Einfahrt eingebogen war, und augenblicklich hatte sich alles in ihr verkrampft. Ihr Vater konnte es nicht sein; er war den ganzen Nachmittag zu Hause gewesen.

Ihre Mutter blickte aus dem Fenster. „Den Wagen kenne ich nicht."

*Bitte, Gott, lass es nicht das FBI sein.* Claire legte ihre Zeitschrift aus der Hand und stand auf. „Kannst du sehen, wer drinsitzt?"

„Nein, aber es ist nur eine Person. Ein Mann, glaube ich. Er sitzt reglos da."

Claires Vater kam die Treppe herunter. „Was ist los?"

„Gerade ist ein Wagen in die Einfahrt eingebogen", erklärte ihre Mutter.

„Welche Farbe hat er?", fragte ihr Vater.

„Grün."

Er seufzte erleichtert auf. „Das FBI fährt in der Regel dunkle Autos, am liebsten schwarze."

„Was sollen wir tun?", fragte Claire. „Sitzt er immer noch da?"

„Ja", sagte ihre Mutter.

„Das ist doch einfach lächerlich", konstatierte ihr Vater. „Ich gehe jetzt raus und sehe nach, wer es ist und was er will."

„Warte", sagte ihre Mutter. „Jetzt geht die Wagentür auf. Ach du meine Güte! Ich fasse es nicht!"

„Was?", fragte Claire. „Wer ist es?" Sie trat ans Fenster.

„Es ist Ben." Ihre Mutter ließ den Vorhang los.

„Ben?", wiederholte ihr Vater. „Wirklich?"

„Ben?", rief Claire. „Ben!" Wie der Blitz rannte sie zur Haustür, riss sie auf und stürmte auf die Veranda.

ॐ

Ben traute seinen Augen nicht. Da war sie – plötzlich stand sie auf der Veranda.

Claire.

Ihre Blicke trafen sich. Tränen verschleierten seinen Blick, doch er konnte trotzdem erkennen, dass sie lächelte.

„Ben", rief sie. Dann sprang sie die Treppe hinunter und auf ihn zu. „Du bist am Leben! Du bist zurückgekommen!"

Als er ihr entgegenrannte, warf sie sich in seine Arme. Ben wirbelte sie herum. Anschließend stellte er sie vorsichtig wieder auf den Boden. Mit freudestrahlendem Gesicht blickte sie zu ihm auf. Tränen liefen über ihre Wangen. „Ich liebe dich, Ben. Ich habe dich so vermisst. Lass mich nie wieder allein."

Sie küssten sich tief und leidenschaftlich, länger, als sie sich jemals zuvor geküsst hatten. Ben hatte das Gefühl, jeden Moment vor Freude zu zerspringen.

Nach einer Weile löste er sich vorsichtig von ihr und nahm ihr Gesicht in die Hände. „Es ging nicht anders, Claire. Ich musste zurückkommen. Ich hatte Angst, dass du mich vermutlich niemals wiedersehen wolltest, wegen all der Lügen … Aber ich musste es versuchen."

Claire küsste ihn erneut. „Mir ist egal, wie du heißt oder wie du ins Land gekommen bist." Sie küsste ihn noch einmal. „Gott hat dich mir zurückgebracht, und nur das zählt. Ich werde nur zu gerne Mrs Wer-auch-Immer, mir ist das egal."

Der Ring! Ben griff nach ihrer Hand. Sie trug den Ring, den er ihr im Park gegeben hatte. Über ihre Schulter hinweg sah er ihre Eltern auf der Veranda stehen. Mrs Richards weinte. Mr Richards hatte seinen Arm um ihre Schultern gelegt. „Was ist mit deinen Eltern?", fragte Ben. „Was denken sie?"

„Sie mögen dich sehr, Ben. Wir haben über alles gesprochen."

„Aber Claire … es gibt da noch etwas, das du wissen musst … etwas, das *sie* wissen müssen."

„Was auch immer es ist, Ben, es ist ohne Bedeutung."

„Claire, hör mir zu." Er zog sich von ihr zurück, ließ seine Hände jedoch auf ihren Schultern liegen. „Das ist eine ernste Sache und sehr wohl von Bedeutung. Ich kann nicht hierbleiben. Wenn ich bliebe, würde ich uns alle in Schwierigkeiten bringen. Eigentlich sollte ich nicht einmal jetzt hier sein."

„Ich weiß", sagte Claire. „Und meine Eltern wissen es auch." Sie drehte sich zu ihren Eltern um, wandte sich dann aber sofort wieder ihm zu.

„Wissen sie, was das bedeutet … für dich und mich?"

Sie blickte ihm tief in die Augen. „Ben, ich liebe dich. Und deshalb gehe ich mit dir, wohin du auch gehst. Ich werde sein, wer auch immer ich sein muss, wenn ich nur mit dir zusammen sein kann."

Das war zu viel für Ben. Tränen strömten über sein Gesicht. Wie war das möglich? Das war mehr, als er je zu hoffen oder auch nur zu träumen gewagt hatte.

Claire reichte ihm ein Taschentuch, nahm seine Hand und führte ihn zum Haus. „Lass uns reingehen, bevor die Nachbarn uns sehen. Dann erkläre ich dir alles."

# Kapitel 43

Wie schon die letzten Tage war Pater Flanagan auch an diesem Morgen wieder sehr früh auf den Beinen. Er machte sich große Sorgen um Ben. Der Gedanke an ihn ließ ihm einfach keine Ruhe – weder tagsüber noch nachts. Zum Glück musste er heute keinen Gottesdienst halten. Für die Messen am Vormittag waren seine Kollegen eingeteilt. Er hatte vor, den Gottesdienst um zehn Uhr zu besuchen und die Zeit bis dahin zum Beten zu nutzen.

Ein Klopfen an seiner Tür riss Pater Flanagan aus seinen Gedanken. Als er öffnete, stand er Pater Murphy gegenüber. „Pater Murphy, was für eine schöne Überraschung."

„Ich freue mich auch, Sie zu sehen, Aidan. Hoffentlich haben Sie gut geschlafen. Ich bin ziemlich in Eile, aber ich wollte Ihnen das hier schnell vorbeibringen, bevor ich es nachher vergesse." Pater Murphy reichte ihm einen dicken Umschlag.

„Was ist das?"

„Das hat ein junger Mann gestern Abend im Pfarramt abgegeben. Er sagte, der Umschlag sei für Sie, und bat mich, dafür zu sorgen, dass Sie ihn auch wirklich bekommen."

„Ein junger Mann?" Ob das wohl Ben gewesen war? „Wirkte er irgendwie nervös oder niedergeschlagen?"

„Ganz im Gegenteil. Er schien sehr glücklich zu sein und war nur traurig, dass er Sie nicht angetroffen hat. Ich sagte ihm, Sie seien bereits zu Bett gegangen. Ist alles in Ordnung?"

„Ich denke schon. Danke, dass Sie mir den Umschlag vorbeigebracht haben, Pater Murphy. Brauchen Sie heute Morgen Hilfe?"

„Nein, eigentlich nicht. Ich schaffe das gut allein", erwiderte Pater Murphy. „Aber vielen Dank für das Angebot. Wir sehen uns dann später."

Aidan schloss die Tür, ließ sich in den nächsten Sessel sinken und öffnete neugierig den Umschlag. „Ach du meine Güte!", entfuhr es ihm.

Der Umschlag war prall gefüllt mit Geldscheinen.

Außerdem befand sich ein Zettel darin.
Aidan klaubte ihn heraus und begann zu lesen:

*Lieber Pater Flanagan,*
*die Dinge haben sich besser entwickelt, als ich es mir je erträumt*
*hätte. Ich wünschte, ich könnte Ihnen Genaueres erzählen. Sie*
*haben mir mehr geholfen, als Sie sich vorstellen können. Mit*
*keinem Geld der Welt könnte ich Ihnen Ihre Freundlichkeit,*
*Liebe und Ihren guten Rat vergelten. Bitte nehmen Sie diese*
*Spende und verwenden Sie das Geld so, wie es Ihnen sinnvoll*
*erscheint. Und bitte schließen Sie mich (uns) auch weiterhin in*
*Ihre Gebete mit ein. Ich werde Sie nie vergessen.*
*Ein anonymer Freund*

Aidan wusste sofort, dass dieser Brief von Ben kam. Er war sich
dessen absolut sicher. Ben hatte nur deshalb nicht mit seinem Namen unterschrieben, weil er Aidan nicht in Schwierigkeiten bringen
wollte. „Danke, Herr", sagte Aidan laut.

Gott hatte seine Gebete erhört. Er hatte Bens Leben verschont
und verhindert, dass er verhaftet wurde, und er hatte Ben sogar mit
Claire zusammengeführt, falls er das „uns" in der Nachricht richtig
deutete.

Er war so dankbar, und so erleichtert.

☙

Wenige Stunden später fuhren Ben und Claire, jetzt Mr und Mrs
Wer-auch-Immer, auf der US1 in Richtung Norden, um ihr neues
Leben zu zweit zu beginnen.

Claires Eltern waren wirklich außergewöhnliche Menschen.
Nachdem sie am Vortag alle ins Haus gegangen waren und sich
die erste Aufregung gelegt hatte, hatte Claires Vater verkündet, er
und Claires Mutter seien zu dem Schluss gekommen, dass Gott
Ben und Claire füreinander bestimmt habe. Kurz darauf war Mr
Richards zum Pastor seiner Gemeinde gefahren, um ihn zu bitten,
ihre Trauung vorzunehmen. Was gerade eben nach dem Sonntags-
gottesdienst geschehen war.

Seit Kriegsbeginn war es nicht ungewöhnlich, dass ein Paar recht überstürzt getraut werden wollte. Viele entschieden sich zur Hochzeit, bevor der Bräutigam nach Übersee verschifft wurde. Deshalb war der Pastor mittlerweile daran gewöhnt, Trauungen auch kurzfristig zu vollziehen. Die Frist für die Bestellung des Aufgebots war offiziell aufgehoben worden. Claires Vater hatte dem Pastor erklärt, Ben werde zwar nicht nach Übersee gehen, aber seine Gründe für die überstürzte Heirat hingen definitiv mit dem Krieg zusammen und seien „vertraulicher Natur". Der Pastor hatte geantwortet, wenn Mr Richards für Bens Charakter bürgen könne und seine Absichten billige, dann reiche ihm das.

Bei der Trauung hatte Claire das Hochzeitskleid ihrer Mutter getragen. Es war ihr ein wenig zu groß gewesen, aber Ben hatte sie in dem Kleid einfach nur bezaubernd gefunden. Der schwierigste Teil war der Abschied gewesen. Für Ben war es unfassbar, welches Opfer Claires Eltern brachten, und wie groß ihre Liebe zu Claire sein musste, dass sie dazu bereit waren.

Zum Glück war ihm noch eine Idee gekommen, wie Claire und er in den kommenden Monaten und Jahren mit ihren Eltern in Verbindung bleiben konnten. Sie würden das Verfahren anwenden, das er während seiner Ausbildung bei der Abwehr erlernt hatte. Es war zwar ziemlich kompliziert, aber Mr Richard hatte es schnell begriffen. Durch Anzeigen in Lokalzeitungen konnten sie einander verschlüsselte Botschaften übermittelt. Ben hatte dieses Verfahren so weiterentwickelt, dass sie künftig einmal im Monat miteinander in Verbindung treten konnten.

„Aber eines ist wichtig", hatte er anschließend zu Mr Richards gesagt. „Sie müssen diese Anweisungen auswendig lernen und den Zettel dann unbedingt vernichten." Mr Richards hatte sich die einzelnen Schritte durchgelesen und genickt. Später hatte Ben mitbekommen, wie Mr Richards zu seiner Frau gesagt hatte, eigentlich hätten sie doch viel Grund zur Dankbarkeit. Immerhin gehe es ihnen viel besser als den Familien vor hundert Jahren. „Ihre verheirateten Kinder sind mit dem Planwagen in den Westen aufgebrochen oder über das Meer davongesegelt, und sie haben nie wieder von ihnen gehört."

„Und wenn Jack aus dem Krieg zurückkommt", hatte Claire ge-

310

sagt, „könnt ihr ihm ja auch beibringen, wie das Verfahren funktioniert."

Die Aussicht, dass die Verbindung zwischen ihnen nicht komplett abreißen würde, war Mrs Richards ein kleiner Trost gewesen. Doch ihre Tränen hatte dies nicht eindämmen können. Sie hatten alle vier geweint, als sie sich voneinander verabschiedet und sich tausendmal umarmt hatten. Ben litt unendlich mit den Richardsens. Doch sein Schmerz wurde überlagert von der Freude und dem Glück, das er empfand, während er mit der Liebe seines Lebens zu diesem romantischen Abenteuer aufbrach.

Ben konnte immer noch nicht recht glauben, auf welch erstaunliche Weise Gott sie geführt hatte. Er hatte sich als voll und ganz vertrauenswürdig erwiesen und sie mehr beschenkt, als Ben es jemals für möglich gehalten hätte. Nicht in seinen kühnsten Träumen hätte er sich ausgemalt, dass sein Leben einmal so aussehen würde. Und deshalb war er sich sicher, dass Gott sie alle auch durch die ungewissen Zeiten, die vor ihnen lagen, führen würde.

# Ein kurzer Epilog

Während der folgenden Jahre waren Ben und Claire sehr glücklich miteinander und genossen ihr gemeinsames Leben in vollen Zügen. Trotzdem ertappte Ben seine Frau immer wieder dabei, wie sie gedankenverloren in die Ferne starrte oder still etliche Tränen vergoss. Natürlich kannte er den Grund für ihre Tränen.

Es war der Verlust.

Die verpassten Augenblicke, die gemeinsamen Erinnerungen, die sie sich nie mit ihrer Familie schaffen konnten. In solchen Augenblicken legte er die Arme um sie und bat sie erneut um Verzeihung, dass sie ein so großes Opfer für ihn hatte bringen müssen.

Und jedes Mal sah sie ihm, sobald ihre Tränen versiegt waren, in die Augen und sagte ihm, wie sehr sie ihn liebte und dass sie dieses Opfer gern für ihn gebracht hatte. Und obwohl es schwer für sie war, versicherte sie ihm immer, dass sie alles wieder ganz genauso machen würde.

Ben schwor sich dann im Stillen, dass er sie sein Leben lang lieben würde, und er flehte Gott an ihm zu helfen, sich dieser wunderschönen Frau und ihrer Familie als würdig zu erweisen, genauso wie dieser Liebe, die einen so hohen Preis gefordert hatte.

Jahrzehnte später würde Ben auf diese außergewöhnlichen Zeiten zurückblicken und eines mit absoluter Gewissheit sagen können: Von dem Augenblick an, als er Claire zum ersten Mal getroffen hatte, durch alle Schwierigkeiten hindurch, die sie vor ihrer Hochzeit gehabt hatten, sowie durch alle Höhen und Tiefen in den vielen danach folgenden Jahren hindurch, hatte er immer gewusst, dass sie die einzige Frau war, die er je lieben würde. Daran hatte er nie gezweifelt. Und er hatte nie auch nur einen Hauch von Bedauern empfunden. Wenn Gott einem Mann eine solche Frau schenkte, dann wusste er es ganz tief in seinem Inneren. Beinahe auf der Stelle. Eine solche Liebe war ein Geschenk. Ein Geschenk, das man sich niemals verdienen und niemals vergelten konnte.

ENDE

# Kapitel 17

**Legare Street, Charleston**
**18 Uhr**

Ich hielt die letzte Manuskriptseite in der Hand und lehnte mich auf der Couch zurück. Mit einem Mal war ich völlig erschöpft. Offensichtlich hatten sich meine Augen an das schwindende Licht angepasst, denn erst jetzt stellte ich fest, dass es im Wohnzimmer mittlerweile recht dunkel geworden war. Die Sonne ging bereits unter. Seit mir klar geworden war, dass ich Gramps' und Nans Lebensgeschichte in den Händen hielt, hatte ich mich nicht mehr von der Stelle gerührt. Es war ein hervorragendes Buch und eine bewegende Geschichte. Ich hatte Gramps sehr geliebt, aber jetzt erreichte er in meinen Augen den Status eines Superhelden.

Ich las den letzten Absatz noch einmal und erinnerte mich an mein Gespräch mit Gramps im Garten, damals, bevor ich Jenn den Heiratsantrag gemacht hatte. Auf meine Frage hin, ob er nie bedauert habe, Nan geheiratet zu haben, hatte er beinah wortwörtlich aus diesem Manuskript zitiert.

Ich drehte die letzte Seite um, legte sie auf den Stapel, richtete mich auf und streckte mich. Ich musste mir jetzt unbedingt noch einmal seine Schreibmaschine und den handgearbeiteten Holzkoffer anschauen, der ganz unvermutet zu einem kostbaren Vermächtnis geworden war. Beide standen hinten in seinem Arbeitszimmer – in meinem Arbeitszimmer. Ich durchquerte die Küche und knipste das Licht an, während ich das Zimmer betrat. Die Schreibmaschine stand auf seinem Schreibtisch und der Holzkoffer gleich daneben, genau an der Stelle, wo ich ihn gestern stehen gelassen hatte.

War das wirklich erst gestern gewesen? Mir kam es vor, als wäre ich mit Gramps gemeinsam durch die Zeit gereist.

Mein Großvater hatte die Reise, an deren Ende ich gerade angekommen war, auf diesem alten Ding getippt. Ich sah ihn förmlich vor mir, wie er in die Tasten haute. Er war ein solches Genie im Erfinden komplizierter Handlungsstränge und schlau wie ein Fuchs. Genau das machte seine Romane so fesselnd und interessant. Aus irgendeinem Grund hatte er beschlossen, seine Lebensgeschichte, die Geheimnisse, die Nan und er sechzig Jahre lang gehütet hatten, ebenfalls auf diese Weise zu offenbaren. In einem Roman, nur dass er diesmal nicht fiktiv war. Es handelte sich um eine Liebesgeschichte, ihre Liebesgeschichte. Einen Spionageroman. Einen Thriller über die Zeit des Zweiten Weltkriegs.

Aber was sollte ich jetzt damit tun? War diese Geschichte nur für mich bestimmt und den Rest der Familie? Oder erwartete er, dass ich sie öffentlich machte?

Ich ließ mich am Schreibtisch nieder und drehte mich auf dem Stuhl hin und her. Gramps hatte diese Schnitzeljagd bewusst für mich inszeniert. Er hatte alles genau durchdacht und sorgfältig eingefädelt. Was sollte ich noch finden? Was auch immer es war, es befand sich ganz sicher nicht in diesem Haus, denn das hatte ich gründlich durchsucht. War in dem Manuskript ein weiterer Hinweis zu finden oder vielleicht in seinem Tagebuch? Hatte ich irgendetwas übersehen?

*Ich vertraue darauf, dass er weiß, was damit zu tun ist, genauso wie mit dem Päckchen, das ich in meinem Schreibmaschinenkoffer zurückgelassen habe.*

Ich drehte mich wieder zum Schreibtisch zurück und starrte auf den Holzkoffer. „Gramps, deine Erwartungen an mich waren zu hoch. Puzzles waren noch nie mein Ding."

Durch die Niederschrift seiner Lebensgeschichte hatte Gramps viele der großen Fragen, die meine Schwester Marilyn, aber auch wir anderen in Bezug auf ihn und Nan hatten, beantwortet. Woher er und Nan kamen, wie sie sich kennengelernt und wie sie sich ineinander verliebt hatten. Warum sie nie darüber geredet hatten. Warum es keine Hochzeitsfotos gab.

Mein Großvater war ein deutscher Spion.

Wer kann schon mit so etwas aufwarten? Ich dachte an meinen guten Freund Aaron Burns, den wir zu unserer Hochzeit eingeladen hatten. Sein Großvater hatte in der NFL für die Packers gespielt, damals, als die Topspiele im Football noch in schwarz-weiß übertragen wurden. Ich hatte ihn immer um seinen berühmten Großvater beneidet.

Moment mal. Plötzlich wurde mir bewusst, dass ich deutsche Wurzeln hatte. Ich hatte immer gedacht, wir stammten von den Briten ab.

Was wohl aus den Richardsens geworden war? Sie waren immerhin meine Urgroßeltern! Und ich hatte auch noch einen Großonkel Jack, der im Zweiten Weltkrieg gekämpft hatte. Von ihm wusste ich nur, dass er keine Zigarren rauchte. Was war mit Hammond, dem FBI-Agenten? Waren er und mein Großvater sich noch einmal begegnet? Wurden im Manuskript die richtigen Namen all dieser Personen genannt?

Fragen über Fragen. Und bestimmt würden im Laufe der Zeit noch mehr hinzukommen. Doch wie auch immer die Fragen und die Antworten darauf lauteten (falls sie denn je ans Tageslicht kämen), ich hatte bereits jetzt beschlossen, die Schreibmaschine und den Holzkoffer niemals wegzugeben. Eines Tages würde ich sie einem meiner Kinder schenken.

Der Gedanke an unsere ungeborenen Kinder erinnerte mich daran, dass ich Jenn anrufen musste. Mittlerweile müsste sie eigentlich Feierabend gemacht haben.

Als ich ins Wohnzimmer zurückkam, leuchtete mein Handy. Ich rannte zur Couch, doch der Anrufer hatte bereits aufgelegt. Es war Jenn gewesen. Ich wählte die Nummer und hoffte, dass sie noch nicht in ihr Auto gestiegen war.

„Du bist mir vielleicht einer", sagte sie. „Ich habe deine Nachricht abgehört, aber als ich dich zurückrufen wollte, bist du nicht rangegangen. Ich dachte gerade: Wie kann er mir das schon wieder antun?"

„Es tut mir leid, Schatz. Ich habe das Handy nur ganz kurz hier liegen lassen. Und, Feierabend?"

„Allerdings, und ich habe gute Nachrichten."

„Welche?"

„Nein, du zuerst."

„Es ist unglaublich, Jenn. Es geht um Gramps und Nan. Das hier ist nicht Gramps letzter Roman. Es ist seine Autobiografie und er erzählt darin ihre Geschichte – wie sie sich kennengelernt haben, woher sie kamen und all das. All die Geheimnisse, die Marilyn unbedingt lüften wollte. Das hätte mir schon viel früher auffallen müssen. Aber vermutlich konnte ich es mir einfach nicht vorstellen. Am liebsten würde ich dir alles erzählen, aber du willst das Manuskript ja bestimmt noch selbst lesen."

„Allerdings."

„Die Auflösung habe ich dir jetzt bereits verraten."

„Das hatte ich mir schon gedacht."

„Wirklich?"

„Ich wollte bei deinem letzten Anruf nichts sagen, aber ich war mir ziemlich sicher."

„Das ist alles so unglaublich, Jenn. Ich kann es immer noch nicht fassen."

„Ich bin schon ganz gespannt darauf, das Manuskript zu lesen. Willst du jetzt meine guten Neuigkeiten hören?"

„Na klar!"

„Ich muss nächste Woche nicht mehr zur Arbeit kommen. Also kann ich nach dem Wochenende gleich bei dir bleiben. Meine Kolleginnen waren wirklich toll. Sie meinten, es sei völlig in Ordnung, wenn ich nicht mehr die vollen zwei Wochen arbeitete, und meine Chefin war der gleichen Meinung. Sie sagte, es sei schon erstaunlich, dass ich überhaupt zurückgekommen bin."

„Das ist ja toll, Jenn! Ich freue mich riesig auf dich! Weißt du was, mir kommt da gerade eine Idee … Wir haben doch jetzt jede Menge Geld und sind in der Lage, spontan das zu machen, was wir wollen. Wir können uns etwas ausdenken und es einfach tun."

„Im Prinzip schon …", erwiderte sie. „Woran denkst du?"

„Wie wäre es, wenn ich dich mit dem Mini Cooper abhole?"

„Das ist doch nicht nötig. Ich kann wieder fliegen. Ich hatte für meinen Wochenendbesuch doch sowieso einen Flug gebucht."

„Willst du den Mini denn gar nicht fahren?"

„Michael, wenn ich erst mal wieder in Charleston bin, kann ich ihn jederzeit fahren."

„Also gut, es gibt ehrlich gesagt noch einen anderen Grund. Jetzt, wo ich das Manuskript gelesen habe, würde ich gerne einen Abstecher nach Daytona Beach machen. Wenn ich dich abholen würde, könnten wir gemeinsam dorthin fahren und uns in einem hübschen

Hotel am Strand ein Zimmer nehmen. Du könntest das Manuskript lesen und ich könnte währenddessen all die Orte ausfindig machen, die Gramps beschrieben hat. Wenn du das Manuskript dann zu Ende gelesen hast, zeige ich dir alles."

Jenn zögerte kurz, bevor sie sagte: „Das klingt eigentlich ziemlich gut. Ich habe mich immer noch nicht an unsere neue Situation gewöhnt und dass wir so etwas jetzt einfach machen können ... Übrigens, hast du dir schon überlegt, was du dem Agenten deines Großvaters sagen willst?"

„Nein, und eigentlich möchte ich jetzt auch noch nicht mit ihm reden."

„Wann erwartet Mr Samson deinen Anruf?"

„Er sagte, in ein paar Tagen. Ich werde ‚in ein paar Tagen' einfach etwas länger interpretieren."

Jenn lachte. „So, jetzt sitze ich im Auto."

Das bedeutete, dass sie Schluss machen musste. „Ich hole dich morgen Abend von der Arbeit ab."

„Ich freue mich darauf. Aber ich darf ans Steuer, okay?"

„Ich sehe schon kommen, dass wir einen genauen Plan ausarbeiten müssen", erwiderte ich.

„Macht es so viel Spaß?", fragte sie.

„Ja." Jenn hatte sich diesen Wagen viel mehr gewünscht als ich, aber da hatte ich ihn auch noch nicht gefahren. „Ich liebe dich und kann den morgigen Tag kaum erwarten ... Mrs Kuhlmann."

„Was?"

„Du wirst schon sehen."

Nachdem wir unser Gespräch beendet hatten, schob ich das Manuskript vorsichtig zusammen. Morgen früh würde ich sofort eine Kopie anfertigen, die Jenn dann lesen konnte. Das Original würde ich in einem Bankschließfach deponieren. Auf einmal kam mir eine Idee: Ich könnte ein Diktiergerät kaufen, den Text aufsprechen und jemanden eine Abschrift davon machen lassen. Dann hätte ich ein Dokument, das ich dem Rest der Familie mailen könnte. Natürlich würde ich erst mit Jenn darüber sprechen, aber ich fand, was mit dem Manuskript geschehen sollte, sollte die ganze Familie gemeinsam entscheiden.

Im Arbeitszimmer klappte ich den Holzkoffer auf und legte das

317

Manuskript hinein, damit es ein vorübergehendes Zuhause hatte. Denn jetzt musste ich mich erst einmal um meinen Magen kümmern. Meine Pläne vor dem Zubettgehen waren einfach: Ich würde mir etwas zu essen besorgen, einen schönen großen Umschlag für das Manuskript kaufen und dann meine Sachen packen.

Nachdem ich das Licht ausgeschaltet hatte, verließ ich das Arbeitszimmer. Ich war kaum ein paar Schritte gegangen, als mich das ungute Gefühl überkam, dass ich etwas übersehen hatte, etwas, das mit dem Manuskript zu tun hatte. Ich ging zurück, schaltete das Licht wieder an und trat vor den Schreibtisch.

Mein Blick wanderte über die Tischplatte, die Schreibmaschine, das Tagebuch meines Großvaters. Noch klingelte nichts. Erst als ich den Holzkoffer öffnete, machte es Klick.

Special Agent Victor Hammond.

Da dies eine wahre Geschichte war, musste Hammond eine reale Person sein. Genau wie sein Partner Nate. Was, wenn einer von ihnen, oder vielleicht sogar beide noch am Leben waren? Sie müssten jetzt Ende achtzig oder Anfang neunzig sein. Ausgeschlossen war das also nicht. Und es könnte durchaus sein, dass mein Großvater ihre richtigen Namen verwendet hatte. Bei sich und Nan hatte er das immerhin auch getan – auf der Rückseite dieses Fotos stand „Ben und Claire".

Mit einem Mal war mir mein Hunger egal. Dem musste ich sofort nachgehen. Ich schnappte mir meinen Laptop und eilte zur Couch. Zwar hatte ich keine Ahnung, wo ich mit der Suche beginnen sollte, aber wenn Victor Hammond noch irgendwo auf dieser Erde lebte, würde ich ihn finden.

# Kapitel 18

E s war kurz vor Mitternacht. Allmählich machte sich bemerkbar, dass ich in letzter Zeit so wenig Schlaf bekam. Gerade hatte ich die frische Unterwäsche für die kommende Woche in den Mülleimer gesteckt anstatt in meinen Koffer. Aber ich war in Hochstimmung – überglücklich, um genau zu sein.

Gerade war etwas Unglaubliches geschehen. Etwas, das perfekt mit allen anderen Entwicklungen in der Geschichte meines Großvaters zusammenpasste. Es war nicht zu fassen, wie sich alles ineinanderfügte.

Nach drei Stunden Recherche im Internet hatte mir vor einer halben Stunde ein pensionierter FBI-Agent auf meine E-Mail-Anfrage hin geantwortet, dass er Victor Hammond kenne und glaube, dass er noch am Leben sei. „Vor fünf Jahren war er es auf jeden Fall noch", hatte er geschrieben. „Da habe ich mit ihm Golf gespielt, als wir nach Florida zu Disney World gefahren sind. Er war zwar langsamer als früher, aber geistig immer noch fit." Allerdings wusste er nicht mehr, wo Hammond wohnte. Er schrieb, Hammond sei damals von „irgendwo an der Ostküste" zu ihrer Verabredung auf dem Golfplatz gekommen. Ich vermutete, dass er die Ostküste Floridas meinte.

Aber sicher war ich mir da nicht, deshalb fragte ich per E-Mail noch einmal nach. Während ich auf Antwort wartete, suchte ich im Internet in Floridas größeren Küstenstädten nach einem Victor Hammond. Ich begann im Norden des Landes. Kein Victor Hammond in Jacksonville. Keiner in St. Augustine. Als Nächstes suchte ich in Daytona Beach.

*Dort wird er auf keinen Fall leben*, dachte ich.

Trotzdem gab ich den Namen ein. Und schnappte augenblicklich nach Luft.

Da stand es: *Victor Hammond, 93 Jahre alt, Daytona Beach, Florida.*

Es überraschte mich nicht, dass Hammond sich in Florida zur

Ruhe gesetzt hatte. Viele Pensionäre zog es in den Sonnenstaat. Aber dass er sich ausgerechnet in Daytona Beach niedergelassen hatte, verblüffte mich. Das Praktische war, dass mir das die Mühe ersparte, wer-weiß-wohin zu fliegen, um ihn zu treffen. Nach Daytona Beach würde ich ja ohnehin fahren.

Anfangs hatte ich vor, ihn am nächsten Morgen anzurufen. Die meisten älteren Leute, die ich kannte, blieben nicht freiwillig so lange auf. Dann kam mir die Idee, dass ich ihm eine Nachricht auf seinem Anrufbeantworter hinterlassen könnte. Bestimmt würde er ihn gleich nach dem Aufstehen abhören. Und ich würde ihn nicht von meinem Handy aus anrufen, sondern von dem Festnetztelefon in Gramps Haus. Vielleicht hatte er ja eine Rufnummernerkennung, und in dem Fall würde ihm der Name meines Großvaters im Display angezeigt. Soweit ich wusste, hatten die beiden Männer zuletzt an jenem Abend in Savannah im Jahr 1943 miteinander gesprochen. Aber was, wenn dem nicht so war? Einen Versuch war es auf jeden Fall wert.

An den genauen Wortlaut meiner Nachricht erinnere ich mich nicht mehr. Aber zu meiner Überraschung rief Victor Hammond bereits fünf Minuten später zurück.

Seine Stimme war leise und brüchig, aber ich konnte ihn problemlos verstehen. „Ich habe mit Ihrem Anruf gerechnet, Michael, seit ich vom Tod Ihres Großvaters erfahren habe. Leider bin ich zu alt, um noch zu verreisen. Sonst wäre ich zur Beerdigung gekommen. Ihr Großvater war einer der nettesten Männer, die ich je kennengelernt habe, und ein guter Freund."

„Mr Hammond, ich kann kaum glauben, dass Sie es wirklich sind."

Wir verabredeten uns für den Nachmittag des übernächsten Tages in seiner Wohnung in Daytona Beach.

Kopfschüttelnd legte ich die saubere Unterwäsche in meinen Koffer, wo sie hingehörte. Ich war wirklich hundemüde. Trotzdem war ich mir nicht sicher, ob ich einschlafen könnte. Ich war zu aufgeregt.

# Kapitel 19

Florida zeigte sich von seiner schönsten Seite. Es war ein herrlicher Oktobertag mit dreiundzwanzig Grad und erstaunlich niedriger Luftfeuchtigkeit. Vom Meer her wehte eine angenehme Brise und die Sonne stand hoch am Himmel. Nur gelegentlich wurden ihre Strahlen von einer kleinen Wolke gedämpft.

Die normalerweise langweilige und extrem zähe Fahrt hierher hatte sich gestern als nicht halb so schlimm erwiesen, wenn man in einem sportlichen kleinen Wagen mit einer unglaublichen Musikanlage unterwegs war. Zum Glück hatte der Mini auch einen Tempomat, denn ansonsten hätte ich bestimmt alle Geschwindigkeitsbeschränkungen überschritten. In Orlando hatte ich Jenn von der Arbeit abgeholt und war mit ihr in einem unserer Lieblingsrestaurants essen gewesen. Dann hatte ich auf dem Beifahrersitz Platz genommen und ihr das Lenkrad überlassen. Sie hatte uns in einer Stunde von Orlando nach Daytona Beach gebracht.

Dort hatte ich uns in einem Fünfsternehotel am Strand ein Zimmer reserviert, von dem aus tatsächlich die historische Freilichtbühne zu sehen war. Bei unserer Ankunft am vergangenen Abend war es allerdings bereits dunkel gewesen, und außerdem hatten wir Besseres zu tun gehabt. Immerhin hatten wir uns eine Woche nicht gesehen. Unser Zimmer war sehr luxuriös und das Hotel selbst sehr viel schöner als das, in dem wir unsere Flitterwochen verbracht hatten.

Heute Morgen hatten wir lange geschlafen und uns das Frühstück aufs Zimmer bringen lassen. Anschließend hatte Jenn sich mit dem Manuskript meines Großvaters auf den Balkon zurückgezogen.

Wie ich inzwischen herausgefunden hatte, lag Victor Hammonds Wohnung nur zehn Minuten von unserem Hotel entfernt. Da wir uns erst am Nachmittag treffen wollten, beschloss ich, in der Zwischenzeit all die verschiedenen Plätze aufzusuchen, die mein Großvater in seinem Buch erwähnt hatte. Mit der Freilichtbühne fing ich an.

Alles war genau so, wie er es beschrieben hatte, nur dass die Holz-
bänke mittlerweile abmontiert worden waren. Vermutlich stand ich
an genau derselben Stelle, an der Gramps und Nan zum ersten Mal
miteinander getanzt hatten. Ich lief ein paar Schritte über „den breiten Betonweg", blieb aber gleich wieder stehen und lehnte mich
„an das Geländer der Uferpromenade", um auf das Meer hinauszu-
schauen – so wie sie es damals getan hatten. Als ich mich umdrehte,
sah ich den hohen Uhrenturm, an dem sie sich an jenem Abend
getroffen hatten und an dem Gramps das erste Mal bemerkt hatte,
dass Nan nach seiner Hand greifen wollte.

Nicht weit davon entfernt entdeckte ich das Riesenrad, aber wie
sich herausstellte, war es nicht mehr das, mit dem sie an jenem
Abend gefahren waren. Eine alte Frau, die an einem Stand in der
Nähe Hotdogs verkaufte, versorgte mich großzügig mit Informationen. Dieses Riesenrad sei erst vor einigen Jahren gebaut worden.
Das, mit dem Gramps und Nan gefahren waren, sei 1989 demon-
tiert worden. Trotzdem, als ich davorstand, sah ich förmlich vor
mir, wie sie dort in der Gondel saßen, während zwischen ihnen
die Funken sprühten. Gramps, der sich krampfhaft zusammenriss.
Nan, die ihre Gefühle zu ignorieren versuchte.

Erstaunlicherweise hatte sich die Innenstadt von Daytona Beach
allem Anschein nach kaum verändert. Woolworth gab es zwar nicht
mehr und auch das McCrory's hatte zugemacht, doch die Häuser
standen noch.

Dem wunderschönen Park am Fluss war es nicht so gut ergan-
gen. Er existierte noch; die Gehwege, die kleinen Brücken und Teiche waren noch da. Aber von den Palmen und den wunderschön
angelegten Blumenbeeten fehlte jede Spur. Ich ging hindurch und
versuchte die Stelle zu finden, wo Gramps und Nan sich zum ersten
Mal geküsst hatten und wo sie an dem Tag, an dem Jürgens Leichnam gefunden worden war, jenes schicksalhafte Gespräch geführt
hatten. An dem Tag, an dem Ben befürchtet hatte, dass seine Welt
zusammenbrechen und er Claire für immer verlieren würde. Ich
blieb stehen, ließ meinen Blick durch den Park wandern und versuchte, alles in mich aufzunehmen. Es tat mir gut, all diese Orte zu
sehen und mich davon zu überzeugen, dass sie tatsächlich existier-
ten. Dass meine wundervollen Großeltern mit ihrer unglaublichen

Liebesgeschichte genau hier gestanden und all diese Dinge vor so vielen Jahren erlebt hatten. Als sie unsterblich ineinander verliebt gewesen waren.

So wie Jenn und ich jetzt.

Noch einmal atmete ich tief ein, sog die frische Seeluft in mich auf und kehrte dann zu meinem Mini Cooper zurück. Während ich über die Brücke Richtung Strand fuhr, fragte ich mich, was der pensionierte Special Agent Victor Hammond mir wohl erzählen würde.

# Kapitel 20

Ich parkte auf dem Besucherparkplatz und drückte auf die Klingel neben der Eingangstür. Die Wohnanlage, in der Hammond lebte, war hübsch, aber längst nicht so hoch wie die umliegenden Gebäude und auch die Gartenanlage war nicht so aufwendig gestaltet. Er ließ mich ein. Ich stolperte über eine schwarze Matte, die hinter der Haustür lag, und war dankbar, dass mich niemand gesehen hatte.

Der Aufzug reagierte nicht sofort, deshalb drückte ich mehrmals auf den Knopf. *Das hilft auch nicht. Beruhige dich einfach*, hörte ich Jenns Stimme in meinem Kopf.

Hammond lebte in der 6A, einer Wohnung mit Meerblick, aber sie lag am hinteren Ende des Flurs.

Noch bevor ich klingeln konnte, öffnete sich die Tür. Ein Mann, der ganz anders aussah als der Victor Hammond, den ich mir in meiner Fantasie ausgemalt hatte, stand lächelnd im Türrahmen.

„Kommen Sie herein. Sie müssen Michael sein. Sie sehen genauso aus wie auf dem Foto.“

*Dem Foto?*

„Der bin ich, Mr Hammond.“

Er schloss die Tür hinter mir. „Bitte nennen Sie mich Vic“, sagte er, während er mich in ein Wohnzimmer mit einem unglaublichen Ausblick auf das Meer führte. Die hintere Wand war komplett verglast und mit Schiebetüren versehen, die auf einen Balkon führten.

Ich trat vor die Fensterfront. „Ich kann mir nicht vorstellen, dass Sie dieses Ausblicks je überdrüssig werden, Vic.“

„Nein, das stimmt. Gott stellt da draußen jeden Tag ein neues Gemälde aus. Darf ich Ihnen etwas zu trinken anbieten? Ich habe Cola, Bier und Wasser. Ich kann aber auch Kaffee kochen, wenn Sie mögen.“

„Ein Glas Wasser wäre schön.“

„Ich hole es Ihnen. Nehmen Sie doch in der Zwischenzeit bitte Platz. Es ist so schön draußen, wenn Sie mögen, können wir uns auf den Balkon setzen.“

„Sehr gern."

Etwas gebeugt ging er in die Küche. Er war etwa ein Meter neunzig groß. Bestimmt war er früher noch größer gewesen. Außerdem hatte er eine Glatze und dicke Brillengläser. Sein Lächeln war sehr angenehm. An einer Wand hingen gerahmte Familienfotos in unterschiedlichen Größen. Ich trat näher. Er schien drei Kinder zu haben, zwei Töchter und einen Sohn. Zudem einige Enkelkinder, vielleicht auch schon Urenkel. Eine Reihe zeigte Vic und seine Frau im Wandel der Zeit. Auf dem ältesten Foto hatte er tatsächlich ein wenig Ähnlichkeit mit dem Mann, den ich mir während des Lesens von Gramps' Manuskript vorgestellt hatte.

„So, bitte schön."

„Vielen Dank. Sie leben allein, Vic?" Wir traten durch die Schiebetür.

Er seufzte. „Ja, das hatten Ihr Großvater und ich gemeinsam. Meine Frau Angie ist vor drei Jahren gestorben. Dabei sollte es doch eigentlich der Mann sein, der zuerst geht, nicht wahr?"

„Ich schätze schon."

„Eine meiner Töchter wohnt auch in der Stadt. Ein oder zwei Mal in der Woche sieht sie nach mir. Sie zwingt mich, dieses Ding hier um den Hals zu tragen." Er hielt es in die Höhe. „Das soll die Kavallerie herbeirufen, wenn ich ins Gras beiße."

In diesem Augenblick entdeckte ich drei dunkle Regale an der Wohnzimmerwand. Mein Blick blieb an den ersten beiden Regalböden in der Mitte hängen. Ich war mir nicht ganz sicher, aber es sah so aus, als besäße Vic jeden Roman, den mein Großvater je geschrieben hatte. In der Hardcover-Ausgabe. „Sind das ... Erstausgaben?"

Vic blieb stehen und sein Blick folgte dem meinen. „Ach, ich hätte mir denken können, dass Sie die entdecken. Meine stolze Sammlung. Ja, das sind alles Erstausgaben. Und jedes einzelne Exemplar ist von Ihrem Großvater signiert. Nehmen Sie eines heraus."

Ich tat es und schlug den Deckel auf. Dann fielen mir beinahe die Augen aus dem Kopf. Ich erkannte die Handschrift meines Großvaters mühelos; schließlich hatte er alle seine Bücher auch für mich signiert. Aber in Vics Buch stand: „Für meinen lieben Freund Vic, der ein ganz besonderer Special Agent ist." Und dann folgte seine

Unterschrift, die ziemlich markant und kaum zu lesen war. Doch wenn man sie kannte, war sein Name zu entziffern. Der Nachname in dem Autogramm begann allerdings mit einem „K", nicht mit einem „W". Ungläubig fragte ich: „Heißt das ...?"

„Kuhlmann?", beendete Vic den Satz für mich. „Sehr gut, Michael. Ja, das stimmt. Der kleine Geheimcode Ihres Großvaters. Nur für mich. Kurz vor seinem Tod habe ich mal zu ihm gesagt: „Weißt du was, du hast mir das wirklich gründlich verdorben. Wie soll ich diese Erstausgaben jemals verkaufen, wenn irgend so ein dummer Kraut seinen Namen in allen verewigt hat?"

Wir lachten beide.

„Dann sind Sie also all die Jahre in Kontakt geblieben?"

„Sporadisch. Anfangs natürlich nicht. Die Gefahr, dass Ihr Großvater doch noch enttarnt wurde, war einfach zu groß – nicht nur während des Zweiten Weltkrieges, sondern eigentlich auch während der gesamten Zeit des Kalten Krieges."

„Wirklich?", erwiderte ich. „Danach wollte ich Sie unter anderem fragen."

„Wie es kam, dass er seine Identität all die Jahre geheim gehalten hat?"

Ich nickte. „Ich verstehe, warum das anfangs so war. Aber in den vergangenen Tagen habe ich viel darüber nachgedacht, warum er auch noch so lange nach Kriegsende ein Geheimnis daraus gemacht hat. Sogar seiner Familie gegenüber."

„Lassen Sie uns nach draußen gehen, dann erzähle ich Ihnen alles."

Da Vic sich mit der Schiebetür sichtlich abmühte, half ich ihm ein wenig dabei, sie zu öffnen. Der Balkon war so groß, dass ein runder weißer Tisch und vier Gartenstühle darauf Platz hatten. Vic nahm direkt Platz, doch ich bewunderte erst einmal den Ausblick. Im Süden entdeckte ich den Anlegesteg in der Nähe der Bucht, in der in den Dreißigerjahren die Autorennen veranstaltet worden waren. Im Norden konnte ich den Main Street Pier ins Meer ragen sehen. In einem der Hotels dort in der Nähe saß meine Jenn auf einem Balkon und las das Manuskript.

„Ich kann mir vorstellen, dass die damalige Zeit für Sie schwer zu begreifen ist, Michael. Der 11. September hat alles verändert. Aber davor waren die Kommunisten die Feinde und davor wiederum die Nazis. Für das, was mein Partner Nate und ich für Ihren Großvater getan haben, hätten wir nicht nur gefeuert werden können. Wenn das aufgeflogen wäre, wären wir vor Gericht gestellt worden und zu langen, möglicherweise sogar lebenslangen Haftstrafen verurteilt worden. So war die Situation damals."

Ich nahm Platz und griff nach meinem Wasserglas. „Vic, ich möchte Ihnen ganz herzlich danken für das, was Sie damals in Savannah für meinen Großvater getan haben."

„Sie brauchen mir nicht zu danken, Michael. Ihr Großvater hat das bereits häufiger getan, als ich zählen kann."

„Es ist mir trotzdem ein Bedürfnis, das zu tun. Wenn Sie und Nate nicht gewesen wären, wenn Sie vor vielen Jahren nicht so gehandelt hätten, wie Sie es getan haben, säße ich jetzt nicht hier. Dann gäbe es meine Familie überhaupt nicht."

„Aber sehen Sie doch nur, was Ihr Großvater aus seinem Leben gemacht hat! Das ist eine der besten Entscheidungen gewesen, die ich je getroffen habe – auch wenn sie nicht ganz legal gewesen sein mag. So ganz illegal war sie meines Erachtens aber auch nicht. Damals gab es einfach noch kein Zeugenschutzprogramm. Und etwas anders haben Nate und ich eigentlich nicht getan."

„Das verstehe ich, Vic. Aber trotzdem … vielen Dank!"

„Sehr gern geschehen."

„Darf ich Sie noch etwas fragen? Bestand damals tatsächlich die Gefahr, dass er verhaftet würde? Sicher, anfangs schon. Aber auch noch nach zehn oder zwanzig Jahren?"

„Bei Spionage gibt es keine Verjährung, Michael. Bis heute nicht. Im Grunde genommen hätte Ihr Großvater noch bis zum Tag seines Todes verhaftet werden können." Er lehnte sich zurück. „Ich denke nicht, dass diese Gefahr tatsächlich bestand, nicht in den vergangenen zehn, fünfzehn Jahren. Es gab wichtigere Dinge, um die sich die Regierung zu kümmern hatte. Außerdem war Ihr Großvater inzwischen ganz zu Gerard Warner geworden. Er war nicht mehr Ben Coleman oder Gerhard Kuhlmann und das Leben, das er für sich und seine Familie aufgebaut hatte, war authentisch. Er wollte keine Unruhe erzeugen, indem er die Dose der Pandora öffnete."

Ich trank einen Schluck Wasser. „Das kann ich verstehen."

„Erinnern Sie sich an sein Buch *A Rose by Any Other Name?*"

Ich nickte.

„Über dieses Buch musste ich schmunzeln. Als ich es las, entdeckte ich darin alle möglichen Anspielungen auf Ihren Großvater. Wir sprachen bei unserer nächsten Begegnung darüber. Erinnern Sie sich an die Stelle, wo die Hauptfigur – den Namen habe ich vergessen – sagt: ‚Ein Name? Ein Name bedeutet gar nichts. Ein Mann ist, wer er im Inneren ist. Nur das allein zählt.' Ich musste laut lachen, als ich das gelesen habe."

Ich nahm mir vor, das Buch noch einmal zu lesen. „Wie häufig hatten Sie Kontakt miteinander?"

„Nur dann und wann. Wie ich schon sagte, anfangs gar nicht. Zum ersten Kontakt kam es, nachdem sein erster Roman erschienen war. Zuerst dachte ich, wer um alles in der Welt schickt mir denn dieses Buch? Doch dann folgte ein verschlüsselter Brief und ich begann eins und eins zusammenzuzählen. Später, als er bereits ein bekannter Bestsellerautor war, bekam Ihr Großvater dann die Genehmigung, zu Recherchezwecken einen FBI-Agenten bei seiner Arbeit zu begleiten. Er gab an, er habe von einigen meiner Fälle gehört und wolle deshalb gerne mit mir zusammenarbeiten."

„Und daraufhin wurden Sie ihm zugeteilt?"

Vic strahlte mich an. „Danach war es viel leichter für uns, den Kontakt zu halten."

„Stand er irgendwie in Verbindung mit Nans Eltern? Den Richardsens?" Ich hoffte es sehr. Aber Vics Lächeln erlosch.

„Das ist eine traurige Geschichte. Der Bruder Ihrer Großmutter, Jack, fiel im Krieg. 1944 war das, glaube ich. Er war zwar verheiratet, hatte aber noch keine Kinder. Wie verabredet hielten Ihre Großeltern über diesen Zeitungscode Kontakt mit Marys, beziehungsweise Claires, Eltern. Das funktionierte während der Vierziger- und Fünfzigerjahre auch recht gut, wie Ihr Großvater mir erzählte. Doch eines Tages erfuhren Ihre Großeltern, dass Marys Eltern bei einem Autounfall ums Leben gekommen waren. Das war 1961, glaube ich. Danach gab es nur noch sie beide."

Das zu hören, machte mich traurig. Ich hatte mir bereits ausgemalt, wie ich mit dem anderen Zweig der Familie in Kontakt treten würde. „Vic, als wir vorgestern telefoniert haben, sagten Sie, Sie hätten meinen Anruf erwartet. Woher wussten Sie –"

„Ihr Großvater hat mich etwa einen Monat vor seinem Tod besucht. Ich merkte, dass es ihm gesundheitlich nicht gut ging. Er erzählte mir von dem Manuskript, das er geschrieben hatte, und dass er alles so inszenieren wollte, dass Sie es finden würden."

„Tatsächlich? Er hat mich erwähnt?"

„Oh ja. Sie sind doch der Schriftsteller, nicht wahr?"

„Ja. Oder zumindest hoffe ich, einer zu werden."

„Nun, er sagte, er habe lange und intensiv darüber nachgedacht und gebetet. Er sei der Meinung, dass das Manuskript bei Ihnen am besten aufgehoben wäre. Ich fragte ihn, ob ich Sie nach seinem Tod anrufen sollte, aber das wollte er nicht. Er war sich sicher, dass Sie sich alles zusammenreimen und sich ganz bestimmt mit mir in Verbindung setzen würden."

Fassungslos schüttelte ich den Kopf.

„Sie haben keine besonders gute Meinung von sich selbst, nicht wahr?"

Vics Frage verblüffte mich. „Warum? Ich weiß nicht –"

„Er sagte, Sie würden sich nicht so sehen, wie er Sie sähe oder wie Gott es täte. Noch nicht. Das waren genau seine Worte. Er wollte Ihnen helfen, eine neue Einstellung zu sich zu bekommen. Das war einer der Gründe, warum er das alles so inszeniert hat." Vic beugte sich vor und fuhr fort: „Er war sehr stolz auf Sie, Michael. Und so wie es aussieht, hatte er auch durchaus Grund dazu."

Ich musste meine Tränen zurückblinzeln.

„An jenem Tag hat er mir ein Päckchen hiergelassen, das für Sie bestimmt ist. Er sagte: ,Gib das Michael, wenn er kommt. Er wird wissen, was er damit tun soll.' Wie er sagte, liegt auch ein Brief für Sie darin. Ich wollte von ihm wissen, was damit geschehen sollte, falls ich sterben sollte, bevor Sie mich ausfindig machten. Wissen Sie, in meinem Alter kann man sich schon freuen, wenn man morgens die Augen aufmacht und noch die Zimmerdecke über sich sieht."

Ich lachte.

„Er sagte, ich solle das Päckchen in mein Testament aufnehmen, damit Sie es auf jeden Fall bekommen. Aber das habe ich ehrlich

gesagt vergessen. Deshalb bin ich sehr froh, dass Sie heute hergekommen sind, Michael. Ich habe mein Testament nicht geändert
und jetzt brauche ich das auch nicht mehr zu tun."

Einen Moment lang saßen wir schweigend da. Vic sah so aus, als
würde er jeden Moment einschlafen. „Und ... wo ist dieses Päckchen jetzt?", erkundigte ich mich vorsichtig.

„Ach ja, richtig. Ich denke, es ist entweder Zeit für mein Nach-
mittagsschläfchen oder aber Sie sind ziemlich langweilig." Er lachte.
„Das war natürlich ein Witz. Ich bin einfach nur müde." Langsam
kämpfte er sich auf die Füße. „Dann kommen Sie mal mit, junger
Mann. Ich habe das Ding vorhin aus seinem Versteck geholt und es
auf mein Bett gelegt."

# Kapitel 21

Ich war wieder bei Jenn in unserem wundeschönen Hotelzimmer. Vic hatte mir das Päckchen gegeben, das mein Großvater ihm für mich anvertraut hatte. Ich hatte es noch in seiner Wohnung geöffnet. Drei Dinge hatten sich darin befunden: ein altes Fotoalbum, ein altes Notizbuch und ein versiegelter Umschlag mit meinem Name darauf.

„Das ist der Brief, den er Ihnen geschrieben hat", hatte Vic gesagt. „In dem Fotoalbum finden Sie alte Fotos von den Richardsens und in dem Notizbuch die verschlüsselten Nachrichten, über die er und Mary mit ihren Eltern kommuniziert haben."

Alles drei interessierte mich brennend, aber am meisten sehnte ich mich danach, den Brief an mich lesen. Doch dazu wollte ich allein sein. Vic verstand das voll und ganz. Eigentlich hätte ich den Mann zum Abschied am liebsten umarmt, aber stattdessen reichten wir uns die Hände und ich versprach ihm, in Kontakt zu bleiben. Er meinte, dann müssten wir aber telefonieren. „Mit diesem Internet-Quatsch kann ich nichts anfangen", hatte er mir erklärt.

Daraufhin war ich in unser Hotel zurückgekehrt. Jenn saß immer noch draußen auf dem Balkon und blätterte in Lichtgeschwindigkeit die Manuskriptseiten um. Der Wind hatte etwas aufgefrischt und sie hatte ihr Handy auf die gelesenen Seiten gelegt, damit sie nicht fortgeweht wurden. Wir unterhielten uns kurz und sie sagte, sie wolle alles über meinen Besuch bei Vic erfahren, aber ich solle mich einen Augenblick gedulden, bis sie die passende Stelle für eine Unterbrechung gefunden habe. Ich wandte ein, dass sie keine finden, ich aber trotzdem warten würde.

Während Jenn sich wieder in das Manuskript vertiefte, ging ich zurück ins Zimmer, schenkte mir ein Glas Eistee ein und setzte mich in einen Sessel. Dann griff ich nach Gramps' Brief. Meine Hand zitterte, was natürlich lächerlich war. „Also gut, Gramps, los geht's."

Ich entfaltete den Briefbogen und begann zu lesen.

*Lieber Michael,*

*mittlerweile kennst du vermutlich die ganze Geschichte. Ich hoffe, du nimmst mir mein ungewöhnliches Vorgehen nicht übel, aber ich dachte, wenn mich einer verstehen kann, dann bist du das, mein Schriftstellerkollege. Ich schreibe diesen Brief an meinem Schreibtisch, der jetzt dein Schreibtisch ist … in deinem Arbeitszimmer (mach dir deswegen bitte keine Gedanken, ich wollte wirklich, dass das alles dir gehört). Ich weiß nicht so genau, wo du dich in diesem Moment aufhältst, aber wenn du diesen Brief von Vic bekommen hast, hast du bestimmt nicht gewartet, bis du wieder in Charleston bist, bevor du ihn geöffnet hast. (Ich hoffe, der alte Junge ist noch am Leben und konnte dir das Päckchen persönlich übergeben. Ich wünsche mir sehr, dass du ihn kennenlernst).*

*Ich überlasse dir die Entscheidung darüber, was du mit diesem Manuskript, meinem Tagebuch und den beiden Alben in der Schachtel tust. Diese Geschichte war ursprünglich nicht zur Veröffentlichung gedacht, das musst du wissen. Ich habe sie für unsere Familie geschrieben. Wenn ihr entscheidet, dass ihr sie veröffentlichen wollt, dann ist das für mich in Ordnung. Ich wünsche mir nur, dass die Familie einstimmig beschließt, welcher Weg eingeschlagen werden soll.*

*Ach … eins noch: Falls ihr das Manuskript veröffentlicht, solltet ihr Vics und Nates Namen ändern (ich will auf gar keinen Fall, dass diese wundervollen Menschen Schwierigkeiten bekommen). Michael, ich hoffe, du und der Rest der Familie könnt mir verzeihen, dass ich all das vor euch geheim gehalten habe. Aber ich hatte keine Wahl. Ich bin dankbar dafür, dass Gott deiner Großmutter und mir ein so außergewöhnliches Leben geschenkt hat. Mehr als jeder Ruhm und jedes Vermögen, das wir erlangt haben, haben uns unsere Kinder und Enkelkinder bedeutet. Ich war ein junger Mann ohne Familie, ohne Heimatland, ohne Freunde, aber Gott hat mir ein reiches Erbe geschenkt. Michael, du hast alles. Einen tiefen Glauben an Gott, eine bezaubernde Frau, ein wunderschönes Zuhause.*

*Und du bist ein talentierter Schriftsteller! Ich wäre sehr traurig, wenn ich wüsste, dass du in meinem Schatten lebst. Ich habe*

*dich nun schon seit einiger Zeit beobachtet und dir zugehört.
Und ich bin überzeugt, dass Gott dich ganz anders geschaffen
hat als mich. Mir gefällt, wie du die Welt siehst, welche Gedanken du dir machst. Schreib das auf. Nicht als Michael Warner,
Enkel eines Bestsellerautors. Sondern als Michael Warner, der
seine eigenen Geschichten zu erzählen hat. Es dauert vielleicht
länger, möglicherweise sogar Jahre. Aber ich denke, die Welt
wartet auf das, was du zu sagen hast.
Ich würde ganz bestimmt darauf warten, wenn ich noch am
Leben wäre.
Nun, eigentlich sollte ich dir jetzt noch ein paar berühmte letzte
Worte mit auf den Weg geben, denn dies wird das letzte Mal
sein, dass du meine Stimme „hörst". Ich bin Schriftsteller und
verflixt noch mal, mir sollten doch nun wirklich ein paar originelle oder kluge Worte einfallen.
Aber das Einzige, was mir permanent durch den Kopf geht, ist dies:
Ich liebe dich, Michael. Ich kann es nicht erwarten, bis ich dich
wiedersehe und erfahre, was du aus deinem Leben gemacht hast.
Gramps*

„Ich liebe dich auch, Gramps. Und ich kann es auch nicht erwarten, bis ich dich …"

Meine Tränen ließen sich nicht länger zurückhalten. Ich schloss die Augen und weinte wie ein Kind – keine Ahnung, wie lange.

„Oh Michael", erklang irgendwann leise Jenns Stimme hinter mir. Sie legte die Arme um mich. „Ist alles in Ordnung?"

„Er war so wundervoll, Jenn. Und ich vermisse ihn so sehr."

„Hier." Sie reichte mir ein paar Taschentücher. „Brauchst du noch etwas Zeit? Wir können auch später nach draußen gehen."

Ich wischte mir über die Augen und stand auf. „Nein, lass uns gehen. Ich brauche frische Luft … und etwas zu essen." Ich legte Gramps' Brief auf den Beistelltisch.

„Wann darf ich den lesen?", fragte sie.

Ich zog sie in meine Arme. „Wenn du magst, kannst du ihn sofort lesen oder nach dem Essen. Aber vielleicht solltest du lieber warten, bis du das Manuskript zu Ende gelesen hast. Dann wird er dir noch mehr bedeuten."

„Dann warte ich."

Nachdem sie ihre Handtasche geholt hatte, gingen wir händchenhaltend in den Wohnbereich unserer Suite. Vor dem Fenster blieben wir einen Moment stehen, um den Ausblick zu genießen. „Glaubst du, dass wir uns jemals daran gewöhnen werden, Michael? An dieses neue Leben, das dein Großvater uns ermöglicht hat?"

„Ich hoffe nicht, Jenn."

☙

Drei Tage später waren Jenn und ich wieder in unserem neuen Zuhause in Charleston. Sie hatte das Manuskript und den Brief meines Großvaters gelesen und wir hatten uns sehr viel Zeit genommen, das Familienalbum der Richardsens durchzusehen sowie die alten verschlüsselten Anzeigen, über die sie mit Nans Eltern in Kontakt geblieben waren. Gramps hatte eine Anweisung beigefügt, wie sie zu dekodieren waren. Darunter hatte er geschrieben: „Auswendig lernen und dann vernichten", und einen kleinen Smiley hinzugefügt.

Ich hatte Rick Samson bereits angerufen und ihm für sein Interesse an einer Biografie über meinen Großvater gedankt, ihm aber mitgeteilt, dass ich beschlossen habe, dieses Projekt vorerst nicht anzugehen. „Zumindest nicht in den nächsten paar Monaten", hatte ich schnell hinzugefügt. Ich glaubte zwar nicht, dass ich meine Meinung noch ändern würde, aber das würde mir genug Zeit verschaffen, um einige der Dinge anzugehen, die mein Großvater vorgeschlagen hatte.

Jenn und ich hatten uns einen Plan zurechtgelegt, wie wir die Familie informieren wollten. Aber wir waren uns beide einig, dass eine Person in der Familie es vor allen anderen erfahren sollte.

Und zwar von mir.

Deshalb saß ich nun in *meinem* Arbeitszimmer, schaute einen Moment lang in den bezaubernden Garten mit den beiden Liegestühlen hinaus und griff dann zum Telefon.

Es klingelte vier Mal.

„Hallo Marilyn? Ich bin es, Michael. Ich habe hier im Haus etwas gefunden und muss dir unbedingt eine unglaubliche Geschichte erzählen. Es geht um Gramps."

# Anmerkung des Autors

Der vorliegende Roman ist reine Fiktion und alle Hauptfiguren sind Produkte meiner Fantasie. Aber die Handlung basiert auf einer Reihe faszinierender historischer Tatsachen. Die Idee für diesen Roman kam mir, als ich mir vor dem Hintergrund einiger dieser Tatsachen einmal ausmalte, „was gewesen wäre, wenn".

Zum Beispiel: Meine Ausführungen über die deutschen Saboteure, die im Juni 1942 in Florida und Long Island an Land gegangen sind, beruhen auf historischen Tatsachen. Ihr Anführer, George John Dasch, war kein überzeugter Nazi. Eigentlich empfand er sogar eine tiefe Verachtung für die Nationalsozialisten und nutzte diesen „Sabotage-Auftrag", um in das Land zurückzukommen, in dem er bereits einige Jahre gelebt hatte und das er liebte. Er hatte nie die Absicht, seinen Auftrag auszuführen. Kurz nachdem er ins Land kam, stellte er sich dem FBI und gab alle Informationen weiter, die er hatte. Er wollte die Sabotageakte nicht nur verhindern, sondern er wollte der amerikanischen Regierung sogar dabei helfen, die Nazis zu bekämpfen. Deshalb verriet er seine Mitstreiter und verschaffte dem FBI Erkenntnisse über seinen Auftrag und die Ziele der geplanten Sabotageakte.

Ohne seine Hilfe hätte das FBI die Saboteure niemals enttarnen und die Ausführung ihres Auftrags vermutlich nie verhindern können. Leider hielt sich FBI-Direktor J. Edgar Hoover nicht an das Versprechen, das er Dasch gegeben hatte, und ließ ihn zusammen mit den anderen Saboteuren inhaftieren. Er wollte, dass allein das FBI die Lorbeeren für die Verhaftung der deutschen Saboteure erntete, und hoffte, dass Dasch durch eine Verhandlung vor dem Militärgericht und eine schnelle Hinrichtung für immer zum Schweigen gebracht werden würde. Doch Dasch wurde stattdessen zu einer langen Haftstrafe verurteilt. 1948 wurden er und Ernst Peter Burger allerdings durch den US-Präsidenten Harry S. Truman begnadigt und in die amerikanische Zone des besetzten Deutschland abgeschoben. Mehr über diese Episode der amerikanischen Geschichte können Sie erfahren in *Saboteurs: The Nazi Raid on America* von Michael Dobbs (Alfred A. Knopf, New York 2004) oder *Betrayal* (Hippocrene Books, New York, 2007) von David Alan Johnson.

Außerdem beflügelte noch etwas anderes meine Fantasie: eine Szene aus der HBO-Miniserie *Band of Brothers.* In einer Episode, die zeitlich kurz nach dem D-Day angesiedelt ist, treffen Angehörige der 101st Airborne Division auf einer Straße auf einen Trupp deutscher Kriegsgefangener. Im Vorübergehen verspotten sie die Deutschen. Einer der deutschen Soldaten bittet einen der Amerikaner daraufhin in perfektem Englisch um eine Zigarette. Der Amerikaner ist verblüfft und unterhält sich ein wenig mit dem Gefangenen.

Er erfährt, dass der Deutsche in den Vereinigten Staaten zur Welt gekommen und sogar dort aufwachsen ist, in unmittelbarer Nähe des Heimatortes dieses GIs. Seine Eltern seien in den Dreißigerjahren mit ihm gegen seinen Willen nach Deutschland zurückgekehrt. Sie hätten sich von Hitlers Aufruf an alle guten Deutschen, ins Vaterland zurückzukehren, locken lassen.

Das faszinierte mich.

Ich fragte mich, wie es mir wohl gegangen wäre, wenn ich das erlebt hätte. Ich glaube, ich hätte alles getan, um in die Vereinigten Staaten zurückkehren zu können, ganz besonders, nachdem ich die Wahrheit über die Absichten der Nationalsozialisten erfahren hätte.

All das inspirierte mich letztlich zu Bens Geschichte. Von da an wirbelten viele unterschiedliche Gedanken durch meinen Kopf und nahmen immer mehr Form an. Wie wäre ich mit den Herausforderungen und Hindernissen umgegangen, die solche Umstände schufen? Was hätte ich zum Beispiel gemacht, wenn ich mich in eine Frau verliebt hätte, mit der ich den Rest meines Lebens verbringen wollte?

Eine Frau wie Claire.